UN PRÉDATEUR DANS L'OMBRE

Gytha Lodge

Un prédateur dans l'ombre

Traduit de l'anglais (Royaume-Uni)
par Santiago Artozqui

FAYARD NOIR

Cet ouvrage est la traduction intégrale, publiée pour la première fois en France, du livre de langue anglaise : *Watching from the Dark* édité par Michael Joseph / Penguin Random House UK, London.

Adaptation de couverture : Le petit atelier

ISBN : 978-2-213-72521-5

Dépôt légal : octobre 2025

Ce livre est dédié à deux Paul.

À Monsieur Paul Brooke, professeur d'anglais passionné et charismatique. Vous avez aidé tant d'étudiants à aimer les livres, et vous avez fait de beaucoup d'entre eux des écrivains. *Grazie*.

Et au Docteur Paul Worth, alias le Neurologue sexy. J'éprouve une immense reconnaissance pour le soutien indéfectible d'un être humain aussi intelligent, bienveillant et à la pitrerie légendaire. Tout mon amour et mes remerciements.

PROLOGUE

Quelque chose cliqueta dans la maison et il se figea, le regard rivé à la porte fermée, le cœur battant. Était-ce la porte ? Quelqu'un était-il entré ?

Tournant la tête, Aidan tendit l'oreille. Des pas. Le frottement d'un mouvement.

Mais il n'y avait rien. Un simple craquement, normal dans une maison.

Il tenta de souffler pour se détendre un peu. Cela faisait une semaine qu'il anticipait l'événement. Pour une fois qu'il était seul et sans attaches, il avait imaginé passer toute la soirée avec Zoe. Mais, bien sûr, les choses avaient tourné autrement, et il avait beau être disponible, elle jonglait avec son propre emploi du temps. Alors, il patientait jusqu'à 23 heures. C'était frustrant, comme tous les jeudis.

Au lieu de s'installer sur le canapé pour regarder un film, il s'était retrouvé devant son ordinateur de bureau à attendre que l'icône de Skype lui signale que Zoe s'était connectée. Mais la pastille était restée désespérément rouge, alors il avait tué le temps en parcourant les fils d'info et quelques articles.

Bien trop de nuits s'étaient écoulées ainsi, à l'attendre. Une fois sur deux, elle était en retard. Au début, il avait réagi en boudant, mais, par la suite, il avait compris que cela réveillait la rebelle en Zoe. Elle avait besoin de se sentir libre.

Il la voyait quand il la voyait, et il avait dû apprendre à l'accepter. Il n'était pas le seul à avoir un planning chargé dont il fallait bien s'accommoder.

À 22 h 52, l'icône de Zoe passa au vert. Il ne lui fallut guère plus d'une seconde pour cliquer dessus et se connecter.

Ça décrocha aussitôt, et il souriait déjà par anticipation avant que l'image s'affiche. C'est alors qu'il vit que le fauteuil de Zoe était vide. Elle ne se trouvait pas dans le champ de la caméra, et seule une ombre mouvante projetée sur le mur signalait sa présence. Que faisait-elle donc ?

Il monta le volume de son haut-parleur et se rendit compte qu'il entendait de l'eau couler. S'apprêtait-elle à prendre un bain ? Maintenant ?

Il sentit instinctivement que c'était une sorte de jeu. Comme lorsqu'elle se déshabillait pour lui, le regard distant, les lèvres entrouvertes. Ça le mettait dans tous ses états.

Mais quel intérêt s'il ne pouvait pas la voir ? Frustré, il ajusta la position de son propre écran, mais, bien sûr, cela ne changea rien à ce que la webcam cadrait dans la chambre de Zoe. Il distinguait toujours le fauteuil vide, le mur en arrière-plan, un bout de rideau sur un côté et, de l'autre, les gonds de la porte d'entrée.

Le clapotis de l'eau qui coulait se réduisit, puis cessa, remplacé par d'autres sons, un bruit de mouvement, le couic d'une peau humide contre le revêtement en acrylique de la baignoire.

Aidan soupira. Elle allait donc vraiment prendre un bain pendant qu'il restait planté là !

Il songea à raccrocher en signe de protestation. Mais, si jamais elle faisait vite, il allait louper le spectacle de son corps nu et encore humide. Ou celui de ses seins à peine retenus par une serviette quand elle se pencherait vers la caméra pour cliquer sur la souris.

Il entendit un nouveau bruit chez lui, à l'étage. Il tendit l'oreille, les yeux fixés sur un point imaginaire, mais il savait bien que ce n'était rien et, au bout de quelques instants, il se détendit. Il était étrangement nerveux ce soir.

Il éprouva une certaine impatience en se reconcentrant sur l'écran. La vue de cette chambre déserte commençait à l'irriter.

C'est alors qu'il entendit un cliquetis. Il distingua un mouvement et se rendit compte qu'il s'agissait de la porte de l'appartement de Zoe. Le battant bougeait, la partie côté gonds qui se trouvait dans le champ pivotait vers lui.

Il fut frappé par un pur sentiment de frayeur. Avait-elle invité un homme chez elle ? Laissait-elle quelqu'un la regarder prendre un bain, peut-être la toucher, tandis qu'il était obligé d'assister à cela ?

Il s'attendait à entendre le nouveau venu appeler Zoe, mais la porte se referma quasiment sans bruit, et sans que personne dise bonjour. Aucun autre son. Il monta un peu plus le volume de son haut-parleur, presque à contrecœur… Un léger buzz, et, par-dessus, le clapotis de l'eau tandis que Zoe bougeait dans son bain. Ce n'est qu'en tendant vraiment l'oreille qu'il distingua un très léger bruit de pas. La personne qui venait d'entrer, qui qu'elle fût, se déplaçait dans la pièce.

Un instant après, il entendit un mouvement soudain dans la salle de bains et la voix de Zoe, teintée de surprise.

— Mais… Mon Dieu ! Mais qu'est-ce que vous faites là ?

Ensuite, il y eut quelque chose qui ressemblait à un rire, mais un rire qui traduisait la peur.

— Écoutez, je suis… Je suis vraiment désolée…

Les clapotis s'éteignirent et deux clics résonnèrent en succession rapide. L'intrus venait de refermer la porte de la salle de bains. Et de la verrouiller.

Il sentit son cœur qui battait plus vite. Qui était là ? Qui s'enfermait dans la salle de bains avec elle ?

D'autres sons suivirent. Des sons qui évoquaient indéniablement une lutte. La voix de Zoe, étouffée, semblait rauque et désespérée.

Puis, brutalement, le silence. Un silence absolu.

La peur était différente, à présent. Quelque chose ne tournait vraiment, vraiment pas rond.

Il fallait qu'il réagisse. Qu'il l'aide. Oh, mon Dieu ! Et s'il était trop tard ?

Il farfouilla sur son bureau pour trouver son téléphone. Il avait commencé à composer le 999 quand il se rendit compte de ce que cela signifiait pour lui. Il s'interrompit. Il voyait très bien la suite : le coup de fil, le suivi, la convocation par la police. Toute l'histoire qui apparaît au grand jour, et sa vie qui s'effondre.

Quelques instants plus tard, il entendit la porte de la salle de bains cliqueter de nouveau en s'ouvrant, et les mêmes pas tranquilles, puis une pause. Des sons furtifs, dont il ne parvenait pas à expliquer l'origine. Il aurait aimé que la personne se montre dans le cadre. Qu'on distingue son visage. Mais le bruit des pas se prolongea quelques instants, puis le battant pivota de nouveau. La silhouette qu'il n'avait jamais pu voir s'en alla, et la porte se referma.

1

Jonah avait presque laissé tomber. Le coup de fil. Le rapport. Presque laissé tomber.

Plus tard, il s'interrogea : cela aurait-il fait une différence ? C'était courant quand on classait une affaire. On cherchait les erreurs, mais aussi leur pendant. Les choses qu'on avait bien faites... On se demandait comment elles avaient affecté l'enquête... et, dans ce cas précis, le plus gros point d'interrogation portait sur un rapport d'homicide qu'il avait quasiment ignoré. Les choses auraient-elles pris une autre tournure s'il avait agi plus tôt ? Et à quel point auraient-elles été différentes s'il n'avait rien fait du tout ?

Ces scénarios alternatifs n'auraient peut-être rien changé. Les événements auraient alors implacablement suivi leur cours jusqu'à la même conclusion. Mais il était également possible que tout ait été différent.

Le rapport avait réémergé un vendredi matin, vers la fin d'une réunion alambiquée où nombre de dossiers avaient été traités, et que l'absence du commissaire divisionnaire Wilkinson avait rendue encore pire. Comme ce dernier n'était pas là pour faire avancer les choses, la réunion s'était enlisée dans des discussions sans fin sur des points de détail. C'était à vous flinguer le cerveau d'ennui.

Mais ils avaient fini par venir à bout de la répartition des affaires, et Jonah avait vu son alter ego chez les policiers en uniforme, Yvonne Heerden, prendre en charge trois effractions et un accident de la route.

— Une déclaration de meurtre, pour l'instant non vérifiée, a été transférée au bureau des affaires criminelles, avait ensuite déclaré Heerden. Je vous ai envoyé la transcription, avait-elle ajouté à l'intention de Jonah, mais je pense que ça ne débouchera sur rien, alors on peut s'en charger sans problème. La personne qui a appelé affirme que sa petite amie a été assassinée pendant qu'il discutait avec elle sur Skype, mais qu'il n'a pas vu le meurtrier. Quand on lui a demandé son nom et ses coordonnées, il a raccroché. Le bureau des affaires criminelles a essayé de retrouver la victime, mais on n'a aucune trace en ligne d'une femme portant ce nom.

Jonah parcourut la transcription. La femme s'appelait Zoe Swardedeen.

Il faut que je... Ma copine a été assassinée... lisait-il.

Heerden avait probablement raison. Vraisemblablement, la marche à suivre était des plus simples. Croiser les références avec la liste des personnes disparues. Essayer quelques variantes dans l'orthographe.

— OK ? demanda Heerden tandis qu'il continuait sa lecture.

Quelque chose dans la façon de s'exprimer de l'appelant fit hésiter Jonah. Une chose qui le dérangeait.

Néanmoins, il avait conscience que Heerden attendait une réponse, et il lui faisait confiance, ainsi qu'à son équipe, pour mener le dossier à bien. Sa propre équipe était plongée jusqu'au cou dans une complexe affaire de chantage et n'avait que peu de temps à consacrer à des à-côtés évitables.

— Bien sûr, dit-il. Tenez-moi au courant si ça donne quelque chose.

Ils enchaînèrent avec un accident de la route ayant causé plusieurs victimes, provoqué par le conducteur d'un poids lourd qui était au téléphone. Jonah était content de ne pas avoir à s'en occuper. Ce genre d'affaires vous marquait. Elles vous poussaient à contacter impulsivement tous vos proches. Elles vous rappelaient que la vie est fragile et que le monde est un lieu hostile et plein de vicissitudes.

Ces pensées tournaient dans sa tête, et elles reléguèrent au second plan le malaise qu'il éprouvait à propos de ce signalement anonyme d'un meurtre.

*

Aidan avait tant à faire. Trois de ses étudiants avaient envoyé leur dissert, il lui restait une ribambelle de tâches administratives à effectuer pour la fac, mais il n'avait pas réussi à lire une seule ligne. Il consultait les e-mails les uns après les autres, mais il ne comprenait rien à ce qu'il lisait. Son cœur battait la chamade et ses oreilles tintaient. Ce n'était pas des mots qu'il voyait, mais une porte qui s'ouvrait et se refermait lentement, encore et encore.

Ne rien savoir, c'était ça, le pire. Il ressassait la conviction que tout cela n'était qu'un étrange malentendu, ou un rêve, mais il se rappelait alors que Zoe n'était jamais ressortie de la salle de bains. Pas pendant tout le temps qu'il avait regardé. Au plus profond de son cœur, il savait qu'elle avait eu désespérément besoin d'aide et qu'elle ne l'avait peut-être jamais obtenue.

Dès son réveil, il avait consulté les infos et les réseaux sociaux, en quête de la moindre mention d'un incident. Depuis, il avait vérifié à intervalles réguliers, mais personne ne parlait d'un meurtre ou de violences à Southampton. Rien sur une jeune femme agressée. Absolument rien de pertinent.

Bien sûr, il existait un moyen de trancher, pour peu qu'il se résolve à l'employer. Il pouvait rappeler la police. Et cette fois, quand les flics lui demanderaient son nom et son adresse, il les leur donnerait.

La veille au soir, il avait failli le faire. Le policier qu'on lui avait passé était une femme. Il l'avait entendue taper tout ce qu'il lui disait, transformer ses mots en données. La femme avait tapé de plus belle quand il avait admis qu'il ne connaissait pas le numéro du téléphone à carte prépayée depuis lequel il appelait, parce que c'était un appareil de secours qu'il gardait dans son bureau, et elle avait encore accéléré sa frappe lorsqu'il avait essayé de lui dire qu'il pensait que sa petite amie avait été assassinée.

À la fin de l'appel, elle lui avait demandé son nom. Un long silence crispé s'était installé tandis qu'il hésitait à le lui donner. Puis il avait entendu une portière claquer devant chez lui.

Il avait raccroché, puis tendu l'oreille. Malgré le stress et la nausée qu'il ressentait, il avait essayé de se convaincre qu'il n'avait aucune raison d'avoir peur, mais il savait que ce n'était pas vrai. Il avait toutes les raisons de se méfier. Zoe avait été tuée devant lui. La vérité allait ouvrir ses vannes.

Il ne pouvait pas laisser cela se produire. Il avait tout à perdre. Tout.

Il avait songé à fermer la fenêtre de Skype, à faire abstraction de la scène. Mais alors, comment s'assurer que Zoe allait bien ? Ou comment savoir si la police arrivait chez elle ?

Minuit était passé, tandis qu'il consultait régulièrement l'heure affichée en bas à droite de son écran. Mais que faisait donc la police ?

À 2 h 40, toujours rien, alors il avait fini par couper la communication dans un accès de désespoir, puis il s'était couché.

Cela faisait maintenant onze heures qu'il avait vu la porte de Zoe s'ouvrir. Onze heures, et aucun signe d'elle, aucun message, aucune mention aux infos.

Il pouvait toujours rappeler la police. Il pouvait recommencer tout le processus, et dire qui il était.

Mais, chaque fois qu'il y pensait, une sueur froide lui recouvrait la peau. Savoir qu'il ne pouvait pas prendre ce risque lui causait une frustration viscérale. Il la sentait dans son ventre et dans ses reins, et rester assis en devenait insupportable.

Zoe, songeait-il en souhaitant qu'elle le contacte. *Zoe, putain, appelle-moi !*

*

En traversant les bureaux modernes et lumineux de la Criminelle, Jonah fit halte à côté de Domnall O'Malley, le seul membre de son équipe présent.

— Tu es vraiment arrivé le premier ? demanda-t-il, incrédule.

— Ah, mon Dieu, non ! répondit O'Malley en se calant au fond de son fauteuil. J'ai débarqué il y a cinq minutes. Juliette est là depuis 7 heures et quelques. En revanche, Ben sera un peu en retard, d'après ce qu'il a dit.

— Ben a dit qu'il serait *en retard* ?

— Je sais. Ça m'a étonné aussi. Il a peut-être fini par se trouver une copine et il a mal dormi.

— Mais on parle de Ben, là. Il n'a pas besoin de dormir.

— Tu as raison ! Quoi qu'il en soit, j'ai bien l'intention de me payer sa tête sans aucune pitié.

Jonah sourit et poursuivit jusqu'à son bureau, dont il laissa la porte ouverte. Il tira son téléphone de sa poche en se demandant s'il aurait un message aujourd'hui, ou si Jojo se trouvait une fois de plus dans un coin paumé sans réseau.

Leurs échanges étaient incontestablement l'un des meilleurs moments de ses journées. Sa gouaille impertinente et son humour avaient la faculté de lui laisser un sourire aux lèvres un bon bout de temps après qu'ils avaient raccroché. C'était un sentiment tellement rafraîchissant. Il avait passé tant de mois à se languir de Michelle, sa dernière petite amie en date. Il avait eu l'impression qu'elle allait lui manquer pour le restant de ses jours.

La réapparition soudaine de Jojo, son amour d'adolescence, avait changé tout ça. D'un commun accord, ils avaient décidé d'attendre que l'enquête pour homicide dans laquelle elle se trouvait impliquée soit bouclée avant de se fréquenter.

Jojo avait alors pris la décision de voyager jusqu'à ce que les travaux de rénovation de sa maison soient achevés. Étant donné que l'enquête avait également dévasté sa sphère sociale, il trouvait assez naturel qu'elle ait besoin d'un peu d'espace, mais il avait quand même ressenti un petit pincement au cœur à l'annonce de son départ.

À présent, elle était en Namibie, où elle faisait la tournée de sites d'escalade tous plus isolés les uns que les autres. Jonah aurait dû s'inquiéter de la savoir là-bas, seule en pleine nature, mais, pour une raison ou pour une autre, ce n'était pas le cas. Peut-être était-ce lié aux extraordinaires aptitudes qu'elle avait toujours démontrées, et au fait qu'elle avait survécu à une sérieuse tentative de meurtre.

Quoi qu'il en soit, aujourd'hui, il était sans nouvelles d'elle. Il reposa son téléphone et alluma son ordinateur. Quelques dossiers de chantage de plus avaient été ajoutés à la base de données, mais il n'y jeta qu'un vague coup d'œil. Pour une raison ou pour une autre, les mots tournaient en boucle dans sa tête : *S'il vous plaît, aidez-la. Elle est peut-être encore en vie.*

Hanson avait préparé du café en pilotage automatique. Elle n'en avait pas vraiment besoin ce matin. Elle savait au plus profond d'elle-même qu'elle était à deux doigts d'une avancée majeure. Depuis son réveil, avant 6 heures, les rouages de son esprit tournaient autour d'une série de versements sur différents comptes, et elle était sûre de pouvoir faire le lien avec l'affaire sur laquelle elle travaillait. Elle s'amusait beaucoup.

C'était étrange de se dire qu'elle était presque passée à côté des aspects financiers du dossier. C'était plutôt un boulot pour Ben Lightman, le plus pointilleux et le plus méticuleux de l'équipe, et certainement celui des trois qui avait la meilleure mémoire. Mais, en ce moment, il était plongé dans une autre affaire, et elle avait senti que c'était à elle de se lancer.

Elle fut surprise de ne pas le trouver à son bureau. Depuis quatre mois qu'elle avait intégré la Crim, il n'était jamais arrivé en retard, et il était difficile d'imaginer Ben victime d'un désastre imprévu. Mais, au moment où elle songeait à poser la question à O'Malley, elle le vit franchir la porte, imperturbable, comme d'habitude.

— Ben, mon pote ! s'exclama O'Malley, hilare. Qu'est-ce qui s'est passé ? Une panne d'oreiller ?

Lightman lui adressa un léger sourire en balançant ses clés de voiture sur son bureau.

— Deux ou trois choses à faire, c'est tout.

— Ahhh ! Une femme, alors ? Une qui ne t'a laissé ni dormir ni partir ?

Lightman s'esclaffa en secouant la tête, mais n'ajouta rien et s'installa dans son fauteuil.

Aidan recherchait les coordonnées de la police de Southampton sur Google, alors qu'il aurait dû être en train de préparer son tutorat. D'après ce qu'il lisait, les forces de l'ordre de Southampton dépendaient du district du Hampshire, qui avait son propre site web. Il cliqua sur le lien, même s'il ne savait pas trop pourquoi. Il doutait fort que le site détaille les affaires en cours ou publie des rapports sur les maisons dans lesquelles ils étaient intervenus pour secourir des femmes blessées.

À l'évidence, rien de tout cela n'y figurait. Une série de cartouches proposait diverses options à l'internaute, et il décida de consulter la rubrique « Aide et Conseils ». Mais il ne trouva rien de pertinent là-dedans non plus.

De retour sur la page d'accueil, son œil fut attiré par une option proposant de signaler un crime en ligne. Si la police de Southampton n'avait pas pris son coup de fil au sérieux, peut-être pouvait-il essayer en employant cette méthode ?

La première chose qu'on lui demanda, c'était le code postal de l'endroit où le crime avait eu lieu, ce qui lui donna envie de se taper la tête contre les murs. On n'avait pas prévu de case pour écrire : « Je ne connais pas le putain de code postal ! » Mais l'interface lui permit de noter « Southampton » et de poursuivre.

Une fois qu'il eut donné les détails du crime, on lui demanda de fournir une adresse e-mail ou un numéro de téléphone. Il avait le sentiment qu'à l'heure actuelle transmettre l'e-mail de Zoe n'était pas une trahison, alors c'est ce qu'il fit, en espérant qu'ils ne perdraient pas de temps à vérifier auprès d'elle avant d'agir.

Puis il envoya le formulaire, mais cela ne lui procura aucun soulagement. Il ne pouvait rien ressentir en sachant que Zoe était peut-être mourante. Peut-être même déjà morte.

Il ne pouvait se permettre de penser ça, mais ce déni le perturba encore plus. Au moins, il avait fait quelque chose, il ne l'avait pas laissée en plan.

Quand Jonah finit son rapport sur l'affaire de chantage, en milieu d'après-midi, il se surprit à repenser à la réunion du matin. Il était curieux de savoir si l'équipe de Heerden avait découvert la vérité à propos de ce signalement de meurtre si singulier.

Il trouva le dossier dans la base de données et vit qu'un des agents de Heerden avait tenté d'identifier la présumée victime. Apparemment, aucune Zoe Swardedeen ne résidait au Royaume-Uni, et, ce jour-là, on n'avait signalé aucune disparition. L'agent avait suggéré de classer le dossier sans suite.

Jonah lâcha un petit soupir d'insatisfaction en se demandant pourquoi l'agent n'avait pas essayé d'autres orthographes… et en se demandant aussi pourquoi lui-même s'en souciait autant.

S'il vous plaît, aidez-la. Elle est peut-être encore en vie…

Il se surprit à imaginer le ton désespéré de cette voix, et se dit qu'il aimerait bien écouter l'enregistrement original. Il ne durait qu'une minute.

Il était relativement aisé d'ouvrir le fichier. La voix du préposé sortit des haut-parleurs à plein volume, et Jonah le baissa à la hâte, mais il le remonta tout aussi vite quand l'appelant se mit à parler. Ce n'était qu'un murmure.

En l'écoutant, Jonah eut la chair de poule. Il avait déjà entendu ce type d'appel, en général en tant que preuve lors d'un procès. Sa volonté de ne pas faire de bruit et la peur électrique qui traversait ses propos faisaient penser à une victime de violences domestiques en train de se cacher de son conjoint.

Ça le secoua, de la part de quelqu'un qui avait apparemment vu quelque chose à travers une webcam, rien de plus.

— J'étais en ligne avec elle. Je n'ai pas pu voir ce qui s'est passé, mais j'ai tout entendu. Et quelqu'un est entré dans son appartement…

L'appel prenait fin peu après qu'on lui demandait son nom. Jonah écouta les sons étouffés avant que la communication ne coupe, puis il demeura assis devant l'écran, mais ses yeux le fixaient sans le voir.

Il n'avait toujours pas bougé lorsqu'un nouveau fichier apparut dans la base de données avec un pépiement joyeux. Il s'agissait d'un crime signalé le matin même sur la plateforme en ligne, que le bureau de la Criminelle avait estimé devoir classer dans le même dossier.

Jonah l'ouvrit aussitôt et lut le rapport, très similaire au précédent. Mais le nom de la femme était orthographié différemment : Zoe Swardadine.

Il tapa la nouvelle orthographe dans Google, et, cette fois-ci, il tomba sur une foule d'images d'une jeune femme à la peau sombre et aux cheveux bruns frisés. En cliquant sur l'une d'elles, il atterrit sur ce qui semblait être son site web. Ce n'était qu'une simple page WordPress à propos d'une artiste résidant à Southampton, qui peignait des silhouettes stylisées sur des arrière-plans menaçants. Un numéro de téléphone figurait tout en bas de la page, et Jonah se dit que Zoe faisait un peu trop confiance aux gens. Cela dit, ils ne devaient pas être si nombreux à naviguer sur son site.

Il composa le numéro sur le fixe. Au bout de huit sonneries, un répondeur automatique lui dit que la ligne était occupée, et qu'il pouvait laisser un message.

D'un ton léger, il donna le numéro du poste de police et celui de son portable, puis il raccrocha, non sans éprouver un sentiment croissant d'urgence.

Il ne lui fallut pas longtemps pour trouver le père de Zoe. Martin Swardadine était banquier d'affaires dans une société du nom de Knight and Maynooth. En haut de la page, une photo en noir et blanc de son visage, plutôt intimidante, était prise de telle sorte qu'elle exagérait son menton volontaire. On pouvait consulter sa biographie en dessous. Le dernier paragraphe expliquait que sa femme était une exceptionnelle médecin généraliste et sa fille une artiste en devenir.

Martin prit son appel en répondant d'une voix forte et pressée, comme si on l'arrachait à des tâches beaucoup plus importantes. Importantes et joyeuses : des choses qui rapportaient encore plus d'argent à beaucoup de gens riches.

— Je suis l'inspecteur Jonah Sheens. Je vous appelle du comté du Hampshire. Nous voudrions vérifier que votre fille va bien. L'un de ses amis est préoccupé.

— Vérifier que… Zoe ? dit-il d'un ton un peu moins affirmatif.

— Oui. Je voudrais savoir si vous avez été en contact avec elle aujourd'hui.

— Je… Non, pas aujourd'hui, non. Mais j'ai déjeuné avec elle le… Un peu plus tôt dans la semaine. Elle m'a probablement envoyé des textos depuis. Attendez.

Quelques bruits de frottement résonnèrent sur la ligne, tandis que Martin consultait probablement l'historique de sa messagerie.

— Elle m'a envoyé un texto hier soir.

— Merci ! À quelle heure était-ce ?

— 20 h 12, d'après ce qui est écrit.

Il marqua une légère pause, mais quelque chose avait changé dans sa voix quand il reprit la parole.

— Dois-je m'inquiéter ?

— Un de ses amis a essayé de la contacter sans y parvenir. C'est probablement sans importance. C'est souvent le cas.

Mais vous serait-il possible de joindre ses amis ? Ou peut-être sa mère ?

— D'accord. Je... Je vais me renseigner.

Jonah lui donna le numéro du standard et raccrocha. Il relut le second rapport plus attentivement. Le contact de celui qui l'avait envoyé n'y figurait pas. Chose troublante : l'e-mail indiqué était « zswardadine@soton.ac.uk ». Aucun numéro de téléphone, et l'adresse du crime ne mentionnait que Southampton.

Martin Swardadine rappela sept minutes plus tard pour lui dire que personne n'avait eu de nouvelles d'elle. Dix minutes après, Jonah avait quitté le poste et roulait vivement vers l'appartement de Zoe.

Angeline n'arrêtait pas de trembler. C'était la voiture de patrouille qui avait déclenché ça. Jusqu'à son arrivée, elle n'avait pas vraiment eu peur. Ça ressemblait plutôt à une galère, prendre son vélo et aller là-bas, avec ce vent glacial, alors qu'elle était fatiguée et en retard sur son boulot. Elle n'avait pas non plus trouvé de lampe à vélo chargée, et il avait beau être 14 h 30, l'après-midi, sombre, avait tout d'un crépuscule précoce. Elle n'avait pas décoléré du trajet.

Mais, pour une raison ou pour une autre, la voiture de patrouille avait changé tout ça. Elle s'était imaginé que le policier avec qui elle avait parlé au téléphone était une personne ordinaire, pas un agent en uniforme. Il lui avait semblé si calme. Il lui avait expliqué qu'il avait besoin d'elle pour ouvrir l'appartement de Zoe à deux agents. Qu'ils avaient simplement besoin de s'assurer qu'elle allait bien, et que lui-même arriverait peu après.

Il était si calme, en fait, qu'elle ne s'était même pas inquiétée. Mais à présent, devant cette voiture de patrouille et cette femme et cet homme en uniforme, elle était morte de trouille.

Elle leur fit signe de la tête et posa son vélo contre le mur à côté de la porte d'entrée. Elle tenta de mettre son antivol, mais ses mains tremblaient, et elle dut s'y reprendre à trois fois.

— Vous êtes Angeline ? demanda l'homme.

Il était grand, corpulent, et elle se dit que l'uniforme noir ne lui allait pas. La veste rembourrée aux poches protubérantes lui donnait l'air encore plus gros.

— Oui, répondit-elle. Vous n'êtes pas encore entrés ? ajouta-t-elle avec de la peur dans la voix.

— Non. Nous avons sonné, mais personne ne répond. Nous attendions que vous arriviez avec les clés. Si vous pouvez nous ouvrir, nous allons vérifier que Zoe va bien.

Angeline acquiesça. Un frisson la parcourut tandis qu'elle tirait un gros trousseau de clés de son sac. Elle parvint à décrocher le petit anneau que Zoe lui avait donné, avec une grosse clé de sécurité et une autre, plus petite, celle de la porte de l'appartement.

Elle les conduisit dans le hall, qui, deux bonnes années après la construction de l'immeuble, sentait encore la moquette neuve. Par inadvertance, elle laissa la porte se refermer à moitié sur l'agent et s'excusa, mais il ne semblait pas lui en tenir rigueur.

— C'est un peu mieux que les logements étudiants habituels, dit-il d'un ton léger.

Il essayait de la mettre à l'aise. Elle le voyait bien.

Elle se sentit encore plus mal. En montant l'escalier devant eux, elle ressentit un froid intense.

Au deuxième, elle leur fit franchir les portes pare-feu qui débouchaient sur le palier. Elle les avait toujours trouvées très lourdes, mais, aujourd'hui, elles semblaient n'avoir aucun poids. Cette fois-ci, elle pensa à les tenir pour laisser passer les agents.

Le couloir était désert. Les portes des appartements arboraient de grands chiffres en métal argenté. Elle s'arrêta au milieu, devant le numéro seize, les yeux posés sur son reflet dans le six.

— Est-ce que je dois… ? demanda-t-elle en désignant le battant.

La policière acquiesça, et Angeline frappa, mais ses petits coups discrets ne firent quasiment aucun bruit. L'agent ventripotent s'avança et frappa plus fort.

— Zoe ? lança-t-il en baissant la tête comme pour mieux entendre. Pourriez-vous nous ouvrir et nous laisser entrer ?

Le silence se fit, simplement perturbé par les basses très distantes provenant probablement d'un autre étage.

— OK, dit l'agent. Si vous pouviez ouvrir…

Angeline s'escrima pour glisser la clé dans la serrure et la tourner, puis elle entrouvrit et s'écarta.

— Pouvez-vous… ?

Elle était incapable d'articuler la terreur que lui inspirait l'idée d'entrer. Mais ils la comprirent très bien quand même.

— On en a pour une minute, dit l'agent en jetant un coup d'œil à sa collègue.

Ils franchirent le seuil.

Elle croisa les bras en essayant de maîtriser ses tremblements et son cœur qui battait précipitamment. Elle n'avait jamais ressenti une peur aussi aiguë. Elle avait l'impression que ça allait la tuer, et, plus elle y pensait, plus la tête lui tournait. D'ailleurs, son cœur était peut-être déjà endommagé.

À l'intérieur, le silence se prolongea pendant un moment. Puis elle entendit le cliquetis d'une porte qu'on ouvrait quelque part dans l'appartement, et, peu après, une voix grave à laquelle une autre répondait.

Ensuite, des bruits de pas, et la policière réapparut.

— Elle va bien ? demanda Angeline avant que l'agente ait le temps de dire quoi que ce soit.

— On dirait qu'elle a été victime d'une sorte d'accident, répondit-elle.

Angeline entendait en fond sonore son collègue resté à l'intérieur. Il devait parler au téléphone, ou dans un talkie.

— … ambulance et scène de crime.

Angeline sentit un froid terrible la saisir. Elle ne dit rien, mais se rua en avant, passa devant la policière qui lui intimait sèchement de s'arrêter et faillit percuter son gros collègue.

Celui-ci écoutait effectivement la réponse qui sortait de son talkie dans un bruit de friture, tandis que son imposante silhouette bloquait le passage entre la porte et le bureau.

— Je suis désolée, mais ce n'est pas une bonne idée, dit la policière en la prenant par le bras.

Angeline lui échappa et se précipita à l'intérieur, vers la chambre et le seuil de la salle de bains qui se trouvait juste à l'entrée de celle-ci.

Deux paires de mains la saisirent et elle se sentit fermement tirée en arrière.

— Allez, Angeline, dit le policier. Vous ne pouvez pas entrer. Je suis désolé.

— Je dois voir ! S'il vous plaît, laissez-moi voir.

Mais ses forces la quittaient, à tel point qu'ils durent la soutenir. Ils la ramenèrent dans le couloir, et elle se retrouva assise sur la banquette de fenêtre, tout au fond.

— On va vous apporter un peu d'eau, lui dit-il gentiment. Ou du thé. Que diriez-vous d'une tasse de thé ?

Elle acquiesça, même si elle aurait voulu lui crier dessus, lui dire que du thé n'allait pas améliorer quoi que ce soit.

— Zoe est morte, n'est-ce pas ? demanda-t-elle.

Mais aucun des deux ne répondit.

2

Mars – vingt mois plus tôt

Il était 12 h 06 quand Zoe termina de se maquiller les yeux. Quatorze minutes pour sortir et sauter dans un taxi – elles n'étaient pas en retard pour le mariage. Largement le temps.

Elle rangea les brosses, enroula son nécessaire de voyage en nylon et ouvrit l'un des tiroirs de son coffret à bijoux. Les spirales de ses boucles d'oreilles en argent assorties à son fard à paupières argenté scintillèrent quand elle les saisit.

Au rez-de-chaussée, la porte de la salle de bains s'ouvrit.

— T'en es où, Maeve ? cria-t-elle tout en fixant ses boucles d'oreilles.

— J'arrive ! répondit Maeve avec son accent d'Irlande du Nord où perçait l'engouement factice et légèrement stressé de la retardataire chronique qu'elle était.

— Tes fringues, elles sont sur toi ou pas… ?

— Quasiment !

Puis elle entendit Maeve se précipiter dans sa chambre, et elle ne put s'empêcher de rire. Maeve voulait toujours caser trop de choses dans son quotidien. Pour Zoe, un taxi retenu pour 12 h 20 signifiait qu'elle pouvait travailler une heure après le petit-déjeuner, puis en consacrer deux autres à se préparer. Pour Maeve, cela se traduisait par un long rendez-vous au café avec un ami, suivi d'un jogging, puis de vingt minutes à retourner frénétiquement sa chambre pour dénicher sa robe avant de se ruer sous la douche.

— T'as des collants, Zo ? cria-t-elle une minute après.

— Oui !

Zoe s'examina un moment dans le miroir de sa coiffeuse, puis elle ouvrit le tiroir supérieur gauche de sa grande commode en chêne.

— Quelle sorte ?

— Genre… couleur chair ?

La voix de Maeve résonna plus fort quand elle approcha du pied de l'escalier.

— Ou noirs, peut-être ? ajouta-t-elle.

— Ce sera des noirs, répondit Zoe en décidant que ce n'était pas le meilleur moment pour entamer une conversation sur l'inutilité des collants « couleur chair » quand vous êtes à moitié kényane.

Elle en tira trois paires de la commode, attrapa son sac à dos et se dirigea avec précaution vers le rez-de-chaussée. Ses Louboutin étaient probablement la chose la plus belle qu'elle eût jamais possédée, mais, nom de Dieu, elles n'étaient pas pratiques pour descendre un escalier. Ou pour marcher sur un sol inégal. Ou sur de longues distances. Zoe n'était pas certaine de pouvoir tenir toute la journée sans enfiler les chaussures plates qu'elle avait glissées dans son sac, mais elle était déterminée à tenter le coup.

Au moins Maeve était-elle habillée quand Zoe arriva en bas. Le petit haut moulant à manches longues et la jupe évasée à taille haute lui donnaient l'air d'une beauté des années 1950, même si les cheveux mouillés qui s'égouttaient sur ses épaules et le grumeau de mascara qu'elle venait de laisser tomber sur sa joue en se penchant devant le miroir ne cadraient pas très bien avec l'ensemble.

Zoe voyait bien que les gestes désordonnés de son amie allaient simplement empirer les choses. Le maquillage dans la précipitation, ça ne donnait jamais de bons résultats. Elle balança les collants sur le lit.

— Je vais t'aider, dit-elle en tendant la main vers le pinceau à mascara. Tu n'as qu'à te sécher les cheveux pendant que je fais ça. Multitâche.

— Merci ! s'exclama Maeve avec enthousiasme. J'ai aussi besoin d'eye-liner.

Zoe attendit qu'elle allume le sèche-cheveux, puis se mit au travail avec un tampon de coton et du démaquillant. L'étape du mascara se passa plutôt bien, même si Maeve clignait des yeux chaque fois que le pinceau s'approchait d'eux.

Elle jeta un coup d'œil au réveille-matin électronique sur la table de nuit avant de s'attaquer à l'eye-liner. Sept minutes. Suffisant pour faire du bon boulot. Maeve pourrait ensuite enfiler ses collants pendant qu'elle-même irait attendre le taxi devant la porte.

Elle s'attarda pensivement sur les yeux bleu pâle de Maeve en essayant de déterminer comment les mettre au mieux en valeur. Pas de trait sous les cils inférieurs, en tout cas.

— Tu pourrais arrêter de faire ça ? s'écria Maeve assez fort pour couvrir le bruit du sèche-cheveux. J'ai l'impression que tu vas te mettre à genoux et me demander en mariage.

— Et si c'était le cas ? rétorqua Zoe en souriant. Bon, il faut que tu te tiennes tranquille un instant.

Elle se mit au travail, puis saisit un filet à cheveux serti de bijoux pour dompter les boucles brunes encore humides de Maeve.

Celle-ci se regarda dans le miroir et lui sourit un peu à contrecœur.

— D'accord. C'est quand même beaucoup mieux que le barbouillage préraphaélite que j'avais prévu.

Le téléphone de Zoe vibra, et elle s'exclama « Taxi ! » avant même de le regarder.

— Merde ! Je dois encore trouver mes chaussures ! dit Maeve.

— Ta maman sait que tu jures comme ça ? lança Zoe en remettant ses talons aiguilles.

— C'est elle qui m'a tout appris ! répondit Maeve en plongeant presque entièrement dans son placard. J'en ai pour une seconde, je le jure ! ajouta-t-elle en émergeant avec plusieurs modèles dépareillés. Pars devant.

Environ onze minutes plus tard, Maeve sortit en trombe de la maison. Elle était toujours aussi belle, songea Zoe, malgré le rouge qui lui était monté aux joues et la ceinture de sa veste qui s'était détachée d'un côté et traînait sur le trottoir.

Ce ne fut pas l'arrivée la plus détendue qu'on puisse faire à un mariage. Le taxi n'avait pas pris le bon chemin, optant inexplicablement pour un trajet qui passait par le centre-ville. Elles avaient perdu quinze minutes de plus en avançant au pas devant le centre commercial, à cause de tous les clients du samedi. Maeve s'excusait en permanence, jusqu'à ce que Zoe lui réponde fermement qu'elle n'y était pour rien. Pour changer de sujet, elle lui demanda de lui raconter en détail son rendez-vous de la veille.

— Oh, ça allait, tu sais, répondit Maeve en posant les yeux sur les piétons tandis que le taxi se frayait péniblement un chemin dans les encombrements. Il était gentil, quoi. Un peu vieux jeu. Conversation agréable.

Zoe eut un rire légèrement sarcastique.

— Et comment voudrais-tu que ce soit quand tu sors avec un type de la paroisse ? Tu as quasiment la garantie de tomber sur un type vieux jeu et agréable.

— Pfff... Une bonne moitié d'entre eux ne le sont pas, tu sais ? À la paroisse, on trouve autant de crétins sexistes que de types sympas.

— Ça ressemble beaucoup à la drague non chrétienne.

— Exactement, soupira Maeve. Je ne sais pas. Je ne pense pas que je le reverrai. Il n'était pas... assez intéressant, tout simplement.

Ou, pour le dire autrement, pensa Zoe, il n'était pas Isaac. Et elle souhaita pour la énième fois que Maeve tourne la page et qu'elle trouve quelqu'un qui s'intéresse vraiment à elle.

Quelqu'un qui la valorise pour ce qu'elle était, et qui ne se contente pas de l'apprécier parce qu'elle flattait son ego.

— Tu ne peux pas forcer les choses, dit-elle d'un ton léger.

— Ah, mais je suis très bien toute seule, répliqua Maeve en balayant la remarque de la main. Je suis heureuse en ma propre compagnie, et c'est bien de s'en souvenir.

— Ouais. Au moins, toi, tu es vaguement intéressante. De temps à autre.

— Va te faire voir, lâcha Maeve avec un sourire.

Elles ne dirent plus grand-chose pendant le reste du trajet, et, tandis qu'il devenait de plus en plus évident qu'elles allaient être en retard, un silence tendu s'installa. Le taxi finit par arriver au Vignoble à 12 h 58, deux minutes avant le début officiel de la cérémonie. Il se gara un peu plus loin, derrière la Rolls-Royce argentée qui déversait un foisonnement de dentelle et de lavande sur les marches.

Malgré ses talons aiguilles, Zoe parvint à trottiner gauchement vers eux.

— Désolée, lança-t-elle à Gina avec un sourire.

Celle-ci avait abandonné sa tenue pratique habituelle pour une robe de mariée moulante avec un col haut et une traîne.

— Zoe ! s'écria-t-elle avec un rire rauque. On est sur le point de commencer !

— C'est de la faute de Maeve !

— Oui, c'est de ma faute ! Je suis tellement désolée !

Elles passèrent devant Gina et entrèrent dans un vaste jardin d'hiver où des bancs décorés de pivoines avaient été disposés. La moitié des personnes présentes se retournèrent pour les regarder, s'attendant à voir la mariée, malgré l'absence de musique pour accompagner son entrée. Zoe réprima un rire quand elle vit le regard stupéfait d'Angeline. Victor et elle se trouvaient à peu près au milieu de l'allée, avec deux places libres à côté d'eux, ce qui la soulagea.

Angeline se poussa pour les laisser s'installer.

— On pensait que vous aviez eu un accident ! murmura-t-elle assez peu discrètement. On est là depuis des lustres !

Zoe lui sourit, puis se retourna quand la musique enregistrée retentit. Il était difficile de ne pas se sentir émue en voyant Gina entrer au son des violons.

Techniquement, Gina était sa patronne, et c'était la personne la plus travailleuse que Zoe avait jamais rencontrée. Le succès de son extraordinaire petit café, où Zoe travaillait le jeudi et le dimanche, reposait tout autant sur l'amour général que suscitait sa propriétaire que sur la nourriture et les boissons qu'elle y servait. Et si Michael, le type qu'elle allait épouser, était un poil terne, c'était aussi un homme qui serait là quand elle aurait besoin de lui et qui adorait la choyer. Zoe se dit que c'était exactement ce que Gina méritait.

3

Ils se trouvaient encore à dix minutes de chez Zoe quand Jonah reçut l'appel, et, à la façon dont le sergent dit « Monsieur », l'inspecteur sut immédiatement tout ce qu'il y avait à savoir. C'était un décès à présent, et il était content que O'Malley ait pu l'accompagner en ce début d'enquête. Des trois membres de son équipe, il était le plus endurci, le plus apte à affronter la violence à laquelle ils pouvaient désormais s'attendre.

Le temps qu'il fasse venir Lightman et Hanson, les choses seraient plus faciles. Ce serait une scène de crime, la Scientifique aurait disposé des Post-it, un fléchage et des étiquettes, tout un appareillage qui stériliserait l'événement. Ça ressemblerait à des milliers de preuves, et plus vraiment à une personne qui avait souffert et qui était morte.

Il gara sa Mondeo dans Latterworth Road, une rue typique de banlieue qui débouchait sur la A35, côté nord. O'Malley et lui étaient passés devant des dizaines de maisons des années 1930 qui se ressemblaient comme des portraits-robots, toutes peintes en blanc sur la moitié supérieure, avec d'étroites fenêtres et un petit jardin rectangulaire devant leur façade. L'immeuble de Zoe était le seul à trancher dans cette uniformité. Jonah avait la sensation qu'il avait été construit par-dessus deux rangées de pavillons, et dessiné sans aucune considération pour son environnement immédiat. Il était très moderne, et sa façade anguleuse semblait presque agressive.

L'agent en uniforme qui montait la garde à côté de l'entrée les fit passer. Une femme incroyablement maigre, probablement Angeline Judd, était assise sur un rebord de fenêtre en compagnie d'une assistante sociale de la police, une tasse de café à la main et un tas de mouchoirs froissés à côté d'elle. Elle avait les larmes aux yeux et les cernes à vif.

L'assistante sociale lui fit signe de la tête, tandis qu'Angeline le regardait comme s'il était un prédateur.

— Je suis l'inspecteur principal Sheens, dit-il en arrivant devant elle. Je suis chargé d'enquêter sur ce qui est arrivé à Zoe. Je voudrais vous poser quelques questions, si cela ne vous dérange pas.

— D'accord, répondit Angeline après une brève pause. OK, d'accord.

En la voyant attifée de leggings et d'un cardigan gris bien trop large, il était difficile de ne pas remarquer à quel point elle était décharnée. Comme ses bras et ses jambes étaient quasiment squelettiques, son visage éclairé par deux grands yeux de poupée semblait disproportionné par rapport à son corps, et ses cheveux courts et duveteux n'avaient guère plus de substance.

Il se demanda si elle était malade, ce qui déclencha en lui une réaction complexe. Elle avait un aspect enfantin qui réveillait son instinct protecteur.

Il s'adressa à elle gentiment, la remercia de son aide et lui présenta ses condoléances, jusqu'à ce qu'elle soit prête à répondre à quelques questions. Mais, quand elle le fit, elle se contenta de secouer la tête à tout ce qu'il suggérait, tandis que les larmes continuaient à couler de ses yeux.

À sa connaissance, Zoe n'avait pas d'ennemis, pas de problèmes d'argent. Pas d'altercations récentes. Rien d'étrange dans son comportement.

— Elle était... si gentille, conclut-elle d'une voix pâteuse.

Elle déglutit plusieurs fois avant d'ajouter qu'elle avait connu Zoe à l'université.

— Vous êtes dans l'art, vous aussi ? demanda-t-il en souriant.

— Oh, non. Je... termine mes études de prof de danse.

Les réponses étaient à peu près toutes du même ordre, jusqu'à ce que Jonah lui dise qu'ils avaient besoin de parler au petit ami de Zoe.

— Elle... Vous voulez dire Aidan ? lança-t-elle en le fixant.

— Ce serait à vous de nous le dire, répliqua prudemment Jonah en notant le nom. Son petit ami nous a suggéré de nous assurer qu'elle allait bien, mais nous n'avons pas ses coordonnées.

— Je les ai, dit Angeline en sortant son téléphone.

Elle donna le numéro à Jonah, qui le griffonna sur son carnet.

— Je m'étais dit qu'ils s'étaient peut-être remis ensemble, ajouta-t-elle.

Mais au ton de sa voix, Jonah eut l'impression qu'elle considérait ça comme une offense personnelle.

— Ils avaient rompu ?

— Oui, un paquet de fois.

— Ils ne vivaient pas ensemble ?

— Elle habitait seule. Avant, elle avait une coloc... Mais ensuite elle est venue s'installer ici.

— Quand ça ?

— En juin, je crois.

Jonah acquiesça.

— Ça serait super si vous pouviez passer au poste, plus tard. En attendant, vous devriez probablement rentrer et prendre un peu soin de vous. Connaissez-vous quelqu'un que vous pourriez appeler... ?

Angeline hocha la tête, puis fondit à nouveau en larmes.

— Ma mère... En général... En général, c'est Zoe que j'appelais.

L'appartement de Zoe était aussi moderne et spartiate que la façade de son immeuble. Il était sobrement meublé, et des cartons de déménagement encombraient encore deux des coins du salon. La cuisine, noire et lisse, semblait avoir été utilisée. Des taches marbraient la cuisinière, des miettes de pain parsemaient le plan de travail, et deux verres avec un fond de vin traînaient sur le côté.

— Elle a peut-être reçu une visite la nuit dernière, murmura Jonah à l'intention d'O'Malley.

Un bol de croquettes et un bol d'eau étaient posés par terre, mais aucun signe du chat. Il s'était peut-être caché, par peur de la police.

À droite de la porte, un ordinateur trônait sur un bureau. Une diode orange clignotait lentement en bas de l'écran. Il était en veille. Jonah avait très envie de prendre le téléphone posé en dessous, mais il s'en abstint pour que la Scientifique puisse faire son travail.

De l'autre côté de la pièce, un canapé regardait le vide. Pas de télé. Pas de tableau. Simplement deux cartons de déménagement stockés derrière, dont l'un arborait le mot « Sculptures » inscrit au marqueur.

Le manque d'âme de tout ceci le frappa. L'austérité. Pas du tout ce à quoi on aurait pu s'attendre de la part d'une artiste. D'après Angeline, Zoe avait emménagé en juin, mais, au cours de ces cinq mois, elle n'avait rien déballé, rien décoré.

Il s'approcha de la porte du fond, qui donnait sur une chambre. D'après ce qu'avaient déclaré les agents, Zoe était dans la salle de bains. L'autre porte sur la gauche : ouverte.

Il entra sans la toucher et vit Zoe, son corps couché dans la baignoire. L'eau, étale, était opaque de sang. Seul le haut de ses bras, ses épaules et sa tête affleuraient, tandis qu'un peu plus bas, ses genoux formaient deux petites îles. Les blessures qui avaient provoqué cela étaient cachées dans le rouge profond du liquide.

Sur le côté de la vasque, une fine trace de sang noir dessinait un chemin jusqu'à un couteau à manche rouge. Un Stanley. Un couteau d'artiste.

Il jeta un bref regard sur ses cheveux frisés, qu'elle avait rassemblés en chignon au sommet de sa tête, et sur son visage d'un bronze violacé, les muscles lâches. Ses yeux étaient fermés, mais elle ne semblait pas dormir. Ses traits trahissaient l'absence caractéristique de la mort.

Il sentait la présence d'O'Malley derrière lui, attendant son tour pour examiner la scène.

Il s'écarta, désireux d'entendre son avis. Qu'il déclare que ça ressemblait à un suicide. Absolument, sans doute possible. Que les deux rapports, qui ne lui semblaient pas très fiables, étaient l'unique raison qui aurait pu l'amener à penser autre chose.

Son téléphone sonna. Il poussa un soupir en voyant l'écran.

— C'est le père de Zoe. Je vais lui parler pendant que tu jettes un œil.

Ça ne devenait jamais plus facile, le premier coup de fil à la famille. Le père de Zoe, pris de sanglots, arrivait à peine à parler, et quand il avait passé le téléphone à sa mère, elle n'avait posé qu'une seule question, encore et encore : « Pourquoi ? » Il n'avait pas de réponse, bien sûr. Il en avait rarement lors du premier coup de fil.

Il avait fait de son mieux pour les réconforter, leur disant que la mort avait été rapide et sans douleur. Il avait envisagé d'expliquer que l'eau chaude l'avait aidée à se vider de son sang plus rapidement, mais s'était dit que ce n'était peut-être pas le moment de mentionner ce genre de détails. Ils avaient déjà assez de choses à encaisser.

— S'il vous plaît, dites-moi la vérité ! s'était écriée la mère de Zoe au bout d'un moment. Ce n'est pas… Elle n'a pas fait cela elle-même, non ?

Jonah avait lâché un soupir.

— J'ai bien peur de ne pas le savoir avant d'examiner plus attentivement la scène. Nous devons reconstituer ce qui s'est passé ces derniers jours.

Il leur avait demandé s'ils désiraient venir à Southampton. Il pensait à l'identification formelle, et à toutes les choses qu'il aurait besoin de leur dire en tête à tête.

— Vous n'êtes pas obligés de vous déplacer, avait-il ajouté. On fait souvent l'identification par vidéo.

Il n'avait pas précisé que c'était pour rendre l'événement moins angoissant.

— Non, avait répondu la mère de Zoe. Nous voulons venir. Maintenant. Dès que possible.

En attendant l'arrivée de la Scientifique, Jonah fit l'effort de se pencher sur les détails pratiques de ce qui allait suivre. La journée s'annonçait longue. Mentalement, il ouvrit son agenda. Heureusement, il n'avait pas l'habitude de prévoir grand-chose le vendredi soir. En général, il essayait de passer voir sa mère le samedi, mais pour la première fois en huit ans, elle était en voyage.

Il avait été totalement surpris quand sa mère, une catholique non pratiquante, s'était vue adoptée par la communauté locale de l'Église anglicane. Les paroissiens avaient décidé qu'elle avait besoin d'aide, ce que Jonah ne pouvait nier, et ils avaient organisé un roulement d'activités et de visites qui avait drastiquement réduit le temps qu'elle passait seule avec l'alcool. Pour Jonah, ç'avait été un grand soulagement, malgré les regards légèrement accusateurs que les dames de la paroisse avaient tendance à lui jeter lorsqu'elles croisaient son chemin. Néanmoins, il attendait encore le moment où sa mère déciderait qu'elle les haïssait toutes. Celui où elle les insulterait au-delà de toute possibilité de pardon. Elle avait la manie d'éviscérer tout effort entrepris pour l'aider.

Samedi, il pourrait donc travailler, même s'il devrait peut-être annuler sa participation à l'enterrement de la vie de garçon de Roy, son copain du vélo. Il y renoncerait volontiers, au nom de la simple justice, et, même s'il finissait sa journée de travail à temps, il n'aurait probablement guère envie d'y passer. En général, les enquêtes pour meurtres et les soirées alcoolisées ne faisaient pas bon ménage.

Les membres de son équipe avaient sûrement leurs propres plans pour le week-end. Ils risquaient de les ajourner avec moins d'enthousiasme, mais il était temps d'informer Ben et Juliette de ce qui se passait.

Quand le patron appela, Hanson était plongée dans son enquête financière. Elle laissa passer quatre bonnes sonneries avant de répondre, le temps de griffonner une note précisant où elle en était.

— Patron ? lança-t-elle en essayant de masquer l'irritation qu'elle ressentait.

— Lightman est là ? Ça irait plus vite si je pouvais vous parler en même temps.

Au son de sa voix, Hanson comprit tout de suite ce qui se passait.

— Oui, il est là, répondit-elle en croisant le regard du sergent. Je transfère la communication dans une salle de réunion.

Ils s'y rendirent et écoutèrent en silence le résumé que leur fit Sheens.

— C'était une scène de suicide classique, dit Jonah. Mais on nous a dit qu'elle avait été agressée. Du coup, la première entrée sur ma liste, c'est de retrouver le petit copain. J'aurai aussi besoin d'un de vous deux sur la scène de crime, et j'ai bien peur que ça se termine tard. La Scientifique vient tout juste d'arriver, la famille est en chemin, et je vais demander une autopsie.

— Désolé, monsieur. Je ne peux pas, dit Lightman. Je dois partir à 16 heures.

Hanson le dévisagea, surprise, et faillit protester. Ce n'était pas possible. On était vendredi. La soirée pub. C'était devenu un rite. Du moins, depuis quatre mois. À part en cas de charrette totale, ils allaient à l'Anchor, le pub au bout de la rue, et y restaient jusqu'à 20 ou 21 heures. Lightman ne buvait jamais plus de deux bières, et ne parlait pas beaucoup, mais il venait toujours.

— Pas de problème, répondit Sheens. Juliette ?

— Moi, je peux.

Il leur donna l'adresse de Zoe, que Hanson nota.

Après avoir raccroché, elle se surprit à examiner Lightman. Lui-même finissait de noter quelque chose, puis il se leva, aussi impénétrable que d'habitude… Mais elle était dévorée de curiosité.

— Classique ! s'exclama-t-elle en se levant aussi. Ça m'a pris trois semaines pour débroussailler cette histoire de chantage, et, quand je commence enfin à avancer, on me met sur autre chose.

— Ah, désolé ! répondit Lightman en souriant. C'est ma faute. Je te revaudrai ça.

Puis il sortit de la salle de réunion sans rien ajouter. Hanson le suivit du regard, étrangement de mauvaise humeur. Il aurait quand même pu dire quelque chose !

Mais les explications étaient peut-être inutiles. On était vendredi soir, et Lightman ne semblait avoir aucun problème à attirer l'attention des femmes – pas une soirée au pub sans qu'on vienne l'aborder ! Et Hanson savait qu'il avait fréquenté quelqu'un dans le passé.

Très bien, pensa-t-elle. Qu'il aille donc à son rendez-vous pendant que je travaille dur.

4

Mars – vingt mois plus tôt

La fête de mariage s'était ramifiée en deux lieux distincts : une foule chaleureuse et bruyante dans le bar longiligne de l'hôtel, et quelque sept à huit tablées qui discutaient encore d'un ton léger dans la vaste salle à manger.

Zoe s'était levée pour se diriger vers le bar, mais elle avait finalement renoncé à commander un verre. Le problème avec le bar gratuit, c'est que les gens avaient tendance à beaucoup commander, et la situation s'entretenait d'elle-même, parce que la longue attente amenait les gens à commander encore plus une fois qu'ils le pouvaient. Les mains vides, elle retourna dans la salle à manger où Angeline était en pleine discussion avec Maeve.

Comme on aurait pu s'y attendre, Maeve s'était lancée dans un vibrant plaidoyer sur la pensée positive.

— Écoute, je sais que j'en parle souvent, tu vois ? Mais il ne s'agit pas juste de songer à se remonter le moral. Il s'agit de choisir d'être heureux. Tu dois te dire, dans ta tête et à voix haute, que tu as une grande valeur !

Maeve brandit sa main devant elle, la paume tournée vers son visage.

— C'est littéralement ce que je me dis en me regardant dans le miroir : « Je suis forte et je suis belle et je mérite d'être aimée ! » Et ça aide.

Zoe ne put réprimer un sourire. Maeve croyait à la positivité comme elle croyait en Dieu, et les mantras qu'elle s'adressait avec détermination soulignaient à quel point elle s'aimait et aimait tous ceux qui la méprisaient. Le problème, c'était que Maeve n'était pas naturellement patiente et positive, et, elle avait beau se le ressasser, de temps à autre son véritable moi perçait sous le vernis. Un moi qui en avait marre de tout et qui trouvait les autres peu autonomes et très irritants.

Victor, à la droite de Maeve, tripotait les pierres à message qui décoraient la table. On était censé écrire quelque chose dessus et les déposer dans un vase, mais Victor se contentait de les empiler devant lui. Il avait l'air de mauvaise humeur. Ce qui n'avait rien d'étonnant. Apparemment, il avait joué jusqu'à 4 heures du matin, et il n'était jamais très à l'aise en public, même bien reposé.

Zoe se laissa tomber sur la chaise à côté de lui en se demandant comment le tirer de ses idées noires. Elle ne pouvait pas lui proposer d'aller danser, même si le groupe au fond de la salle s'était révélé plus que potable. Victor ne dansait jamais.

Elle ressentit de l'inquiétude. Le dîner avait été ponctué de moments de tension. Le cousin de Gina, un quinquagénaire grande gueule et imbu de sa personne, avait remarqué qu'Angeline repoussait le saumon dans son assiette en murmurant « Trop rose ».

— Allez ! lui avait-il dit. Il faut manger ! Personne n'aime les maigrichonnes !

Cela avait eu un effet dévastateur sur Angeline. Subitement blême, elle s'était levée et précipitée dehors. L'air impuissant, Maeve avait jeté un regard à Zoe en secouant la tête, et celle-ci avait couru derrière son amie. Elle l'avait retrouvée dans les toilettes, en larmes, et elle avait passé vingt minutes à la convaincre de revenir. À ce moment-là, les entrées avaient déjà été débarrassées, et le bœuf Wellington qui leur avait succédé était presque froid.

Les dix minutes suivantes avaient été calmes, tandis qu'ils mangeaient, puis, alors qu'elle se dirigeait vers la mariée,

Maeve avait trébuché sur ses talons aiguilles et renversé son verre de vin rouge sur la robe tailleur ivoire d'une quadragénaire svelte. À l'évidence, c'était une bévue catastrophique, mais même après la profusion d'excuses que Maeve avait présentées, la victime s'était montrée rancunière et désagréable, refusant qu'on l'aide à nettoyer et affirmant que sa tenue était irrécupérable, et qu'on devait la lui rembourser.

— Vous avez du vin sur votre jupe. Et alors ? avait finalement répliqué Maeve d'une voix forte. Être une connasse n'y changera rien. Grandissez et acceptez que les choses ne se passent pas toujours comme vous le voulez, d'accord ?

Zoe aurait vraiment aimé lui en claquer cinq, mais à voir comment la tablée de la mariée fixait Maeve tandis qu'elle revenait vers eux, elle préféra réprimer sa joie. Elle croisa pourtant le regard de Gina et lui fit un clin d'œil.

Victor s'était bien comporté pendant le dîner, et il était même parvenu à causer amicalement politique avec un autre cousin de Gina. Il avait écouté poliment les discours, contrôlant ses humeurs, et Zoe lui en était reconnaissante.

Cependant, elle commençait à sentir une boule d'angoisse dans son ventre. Elle connaissait les signes. Il sombrait dans les idées noires, et, en général, c'était elle qui le tirait de là. Mais elle n'y parvenait pas toujours, et trouver la façon de le gérer pouvait se révéler épuisant.

Elle saisit au vol un sujet évident.

— Regarde-moi ce putain de gâteau ! s'écria-t-elle en se levant.

Victor resta assis. Elle s'approcha de la merveilleuse création rose et blanche pour la prendre en photo avec son téléphone. C'était une œuvre de Gina. Mon Dieu, qu'elle était douée !

Zoe s'attendait à ce que Victor la rejoigne, mais celui-ci ne bougea pas, et ce fut au contraire Felix qui se présenta à côté d'elle. Le renard argenté, comme l'avaient surnommé les autres serveuses. C'était un de leurs habitués, toujours élégant, et le plus bel homme de plus de cinquante ans que Zoe pouvait imaginer. Comme toutes les autres serveuses, elle avait l'habitude de flirter légèrement avec lui, et l'élégance avec laquelle il répondait toujours constituait un des moments les plus agréables de sa journée.

Quand elle le vit, encore plus charmant que d'habitude dans son costume gris pâle et sa cravate azur, elle ne put s'empêcher de sourire.

— Regardez-vous, comme vous êtes beau !

— J'allais dire la même chose, répondit-il en se penchant pour la serrer légèrement dans ses bras. Vous devriez envisager de vous habiller ainsi pour travailler, ajouta-t-il en souriant.

— Ha ! Ma tenue serait foutue en quelques minutes. Vous n'avez pas idée du nombre de taches que ces tee-shirts noirs dissimulent. Je suis contente de vous voir, dit-elle en posant la main sur son bras. Je ne vous ai pas aperçu pendant la cérémonie.

— J'étais en retard, lâcha-t-il avec le plus léger des soupirs. La locataire d'un appartement dont je suis propriétaire s'est enfermée dehors, mais ensuite, il s'est avéré qu'elle n'avait plus ses clés depuis des semaines, et qu'elle se contentait de fermer le loquet. Alors j'ai dû me déplacer pour installer une nouvelle serrure... Je songe à ajouter une liste de questions sur la capacité d'organisation des locataires, ajouta-t-il en secouant la tête. Et peut-être même un test de procrastination.

— Oh ! Je vous aiderai ! J'ai vu un documentaire sur comment repérer les gens qui sont en train de mentir.

— Vous êtes embauchée ! Si vous réussissez, je vous donne dix pour cent de ma part de gâteau de mariage.

— Hé ! J'en veux au moins la moitié !

— Bon, et que diriez-vous si je vous apportais un gin et que je vous laissais garder tout le gâteau ?

— Vous êtes sûr de pouvoir affronter le bar ? demanda Zoe en haussant un sourcil.

Felix lui passa le bras autour des épaules.

— C'est pour ça que vous êtes venue me protéger.

Subitement, Victor apparut.

— Excusez-moi, lança-t-il d'une voix grave et peu amicale. Vous avez demandé la permission de la toucher ?

Felix laissa retomber son bras en jetant un coup d'œil légèrement surpris à Victor.

— Tout va bien, Victor ! s'écria Zoe en essayant d'adopter un ton joyeux. J'allais simplement l'aider à se frayer un chemin jusqu'au bar.

Victor s'approcha un peu plus près de Felix.

— Elle n'est pas au boulot. Vous pouvez aller chercher votre verre tout seul et la laisser s'amuser.

— Victor ! s'exclama Zoe en sentant le rouge lui monter au visage.

— Tout va bien, répondit calmement Felix. Je comprends que vous ayez à cœur de protéger vos amis. C'est dans les endroits où l'alcool coule à flots que les gens sont les plus vulnérables. Il est bon de garder un œil les uns sur les autres.

Un long silence crispé s'installa, durant lequel Victor se contenta de fixer Felix. Et il était vraiment doué pour ça. Zoe l'avait déjà vu faire ciller des hommes plus jeunes et plus forts que lui. Mais Felix ne parut pas intimidé.

L'instant de malaise prit fin quand le groupe se mit à tester les micros. Felix sourit.

— Je vais aller vers le bar. Vous, la jeunesse, allez danser.

Zoe saisit le bras de Victor et sentit la tension dans ses muscles tandis qu'il regardait Felix s'éloigner. Elle essaya de rire.

— On est la jeunesse. Ça veut dire qu'on doit danser !

— Pas question ! répondit Victor, qui suivait toujours Felix des yeux.

— Franchement, ne t'inquiète pas pour lui. C'est une vieille folle qui aime flirter et il s'en voudrait s'il croyait qu'il a franchi une ligne.

— Il est gay ?

— Oui, c'est ce que pensent toutes les filles, affirma Zoe avec un peu plus de certitude qu'elle n'en ressentait.

En réalité, elle n'avait aucune idée de ce que la sexualité de Felix pouvait être, ce qui n'avait d'ailleurs pas la moindre importance. Il avait l'âge de son père, bon sang !

Un flot d'invités arriva dans la pièce, attiré par la musique. Zoe se demanda si Gina et Michael allaient ouvrir le bal, mais la musique du groupe semblait clairement destinée à faire danser les invités.

— Le bar est en train de se vider, remarqua Zoe. Va tirer Angeline de son cours sur la positivité pendant que je vais nous chercher des Jägerbombs.

Victor lui lança un regard dubitatif, mais il obtempéra quand elle l'encouragea d'un petit coup de coude.

Elle avait beau sourire en remontant la foule des invités à contresens, elle se sentait de plus en plus inquiète. Se préoccuper de lui et de sa colère, c'était un fardeau supplémentaire.

Elle atteignit le comptoir plus facilement, cette fois-ci. Elle chercha Felix des yeux, à moitié désireuse de lui en dire plus sur Victor. De s'excuser. Elle pensait qu'il comprendrait. Mais elle appréciait aussi le fait d'être cachée au milieu des invités sans avoir besoin de faire la conversation.

Le bar se vidait peu à peu, et, bientôt, il ne resta personne à part un couple sur sa gauche et un buveur solitaire à sa droite, assis sur un tabouret haut.

— Que désirez-vous ? demanda la barmaid.

Bizarrement, chaque fois que Zoe commandait des shots, c'était le même refrain. Elle commençait par un petit nombre, puis augmentait au fur et à mesure qu'elle allongeait mentalement la liste des destinataires. Les quatre Jägerbombs devinrent « en fait, plutôt huit ».

La barmaid lui adressa un sourire rayonnant, comme si c'était la plus belle commande qu'elle avait jamais entendue. Le type sur le tabouret se tourna vers elle.

— J'avoue que s'ils sont tous pour vous, je suis impressionné.

Zoe le détailla, s'arrêtant sur la veste de cuir, les cheveux sombres, les pommettes saillantes et les lèvres charnues, voire légèrement boudeuses. Son sourire était différent de tous ceux qu'elle avait vus depuis le début de la journée. Il était plus… insolent. Et, d'une étrange façon, plus intime.

— Ne me tentez pas, répondit-elle en souriant.

Ce n'était pas une décision consciente. Il était simplement difficile de ne pas lui rendre son sourire. Elle sentit les fossettes se creuser dans ses joues avant même d'avoir consciemment décidé quoi que ce soit.

— Oh… Une mauvaise journée ?

— Un mariage, lança-t-elle en secouant la tête. Bien sûr que la journée a été mauvaise.

Il gloussa

— Vous n'êtes pas une proche des mariés, alors ?

— En fait, si ! dit Zoe en regardant la barmaid verser les shots de Jägermeister. Ce n'est pas à eux que je pensais.

— Lequel des deux ?

— Lequel… ? Oh, Gina. Et vous ?

Il se pencha vers elle et regarda par-dessus son épaule avec une expression qui rayonnait de malice.

— Aucun des deux. Je suis passé boire un verre et je me suis rendu compte que le bar était gratuit pour l'occasion.

Elle ne put réprimer un rire un peu choqué.

— C'est horrible !

— Je sais. Vous pensez qu'ils peuvent se le permettre ?

— Probablement. Mais je n'irais pas jusqu'à prendre ça pour acquis. Certains d'entre nous ont une morale, vous savez ?

— Aucun de ceux qui sont assis de ce côté-ci du bar, répondit-il en levant un verre apparemment rempli de gin tonic avant de le vider cul sec.

Zoe observa sa gorge tandis qu'il buvait, laissant son regard dériver sur son cou, ses épaules et son abdomen pendant qu'il ne pouvait pas la voir. Il était plus vieux qu'elle. Certes, pas autant que Felix, mais sûrement la trentaine. Probablement un âge qu'elle aurait hésité à inclure dans une app de rencontre.

Cela dit, il était en forme. C'était évident. Elle aurait parié sans hésiter sur l'existence d'une musculature bien dessinée sous cette chemise.

Puis elle se força à détourner les yeux, parce que ce n'était vraiment pas une bonne idée de commencer à le regarder ainsi moins de cinq minutes après l'avoir rencontré.

— Ça y est ! s'exclama la barmaid.

Elle avait aligné les shots sur le bar en les posant adroitement en équilibre au dessus des verres de Red Bull. Du coup, Zoe se sentit gênée. Comment allait-elle les emporter à l'autre bout de la pièce ?

— Vous pouvez en préparer quatre autres ? demanda son voisin. Désolé. J'aimerais me joindre à vous.

La serveuse le prit bien. Zoe secoua la tête.

— Il vous en faut quatre ?

— J'en avais compté deux chacun. Personne – personne ! – ne dit non à un Jägerbomb.

Son air de faux sérieux était si comique qu'elle éclata de rire, un de ces fous rires impossibles à réprimer qui la secouait encore quand elle posa ses deux shots avant lui. Il promit qu'il la battrait lors de la prochaine tournée.

— Mais qui a dit qu'il y en aurait une ? demanda-t-elle en souriant.

— La petite voix de votre conscience. Elle murmure : « Ne laisse pas Aidan boire tout seul. Regarde ce pauvre homme. Il ne connaît personne. »

— C'est parce que vous vous êtes incrusté à la fête ! s'exclama-t-elle.

Elle était en partie scandalisée par son attitude, et en partie subjuguée par son nom. Elle avait eu une amourette au collège avec un Aidan, un garçon avec une mèche pendante qui jouait de la batterie.

— Et j'en suis ravi ! dit-il avec encore une fois ce sérieux qui la déstabilisait. Alors racontez-moi. Pourquoi ce mariage a-t-il été si difficile ? Une inimitié de longue date ? Une dispute avec un petit ami ? Un ex-petit ami ? Une petite amie, peut-être ? ajouta-t-il après une pause.

— Non, répondit-elle en essayant désespérément de dissimuler le plaisir que lui causait la question.

Il voulait savoir si elle était célibataire, et cette idée l'excitait.

— Juste les amis, et certains d'entre eux ont eu la vie dure. C'est surtout eux pour qui c'est difficile. Moi, je vais bien.

— C'est dommage, dit-il avec un regard songeur. Pas que vous alliez bien. Le reste… Vous n'allez pas pouvoir porter tout ça toute seule, ajouta-t-il en désignant la rangée de verres.

Quand Zoe posa les yeux dessus, elle se sentit de nouveau prise de fou rire.

— Je sais. Ça m'arrive tout le temps.

— Si j'étais un gentleman, je vous proposerais d'en porter une partie.

Étrangement, sa suggestion emplit Zoe d'une sorte d'angoisse. S'il rejoignait ses amis et qu'il leur parlait, il serait potentiellement intégré au groupe pour le restant de la soirée. Mais la réaction qu'aurait Victor en la voyant revenir avec un deuxième homme plus âgé ne l'enchantait pas du tout.

— Mais je ne suis pas très doué pour les trucs de gentleman, reprit Aidan avant qu'elle ait le temps de protester. Alors, je vais plutôt vous suggérer qu'on les boive, pour vous faciliter la vie.

— Et comment suis-je censée expliquer ça aux autres ? Je pars vingt minutes et je reviens les mains vides.

— Eh bien, n'y retournez pas, tout simplement, répondit-il avec un haussement d'épaules et un de ses sourires malicieux.

— Je pense que Victor va grimper aux rideaux…, se surprit-elle à dire.

Dès que ces mots eurent franchi ses lèvres, elle les regretta vivement.

— Victor… Qui n'est ni un petit ami ni un ex… dit lentement Aidan en levant son verre. Il est…

— Juste un copain, l'interrompit-elle, le rouge aux joues. Il est… stupidement protecteur, c'est tout ! s'exclama-t-elle avec un rire forcé. Tout à l'heure, il s'est énervé contre un de nos habitués, un client très gay qui m'a passé le bras autour des épaules.

— Je vois…

Zoe leva les yeux vers lui.

— Ça pourrait être marrant, dit-il avec un sourire.

5

Linda McCullough était arrivée à l'appartement peu après la Scientifique, et Jonah se sentit mieux dès son apparition. Le Hampshire avait une chance immense : une médecin légiste qui tenait à étudier en personne chaque scène de crime, et qui était de surcroît diplômée en biologie, en chimie et bien sûr en médecine légale.

En outre, travailler avec elle était agréable. Son humour noir et pince-sans-rire était inestimable, et Jonah pouvait compter sur son bon sens et son œil minutieux. Il savait pertinemment que, sans elle, de nombreuses enquêtes n'auraient jamais débouché sur un procès.

— Essaie de ne pas te mettre dans mes pattes, Sheens, dit-elle en lui désignant le petit carré de plastique où ils étaient censés patienter, juste à côté de l'entrée.

— Je ferai de mon mieux. Des nouvelles du pathologiste ?

— Il a dit vingt minutes, répondit-elle en consultant sa montre. Il devrait bientôt arriver. On va commencer par cette pièce. Je vais l'attendre pour examiner le corps.

— Les deux verres sur le comptoir, là… J'aimerais bien qu'on relève les empreintes et l'ADN, dit-il en désignant la cuisine de la tête.

— Bien sûr que t'aimerais bien.

Elle remonta son masque et se dirigea vers la cuisine.

Le téléphone de Jonah se mit à sonner, une sonnerie intrusive, presque une alarme, lui signalant que c'était un appel du commissaire divisionnaire.

— Sérieusement ! s'exclama McCullough avec un regard stupéfait. C'est ça, ta sonnerie ?

— Juste pour Wilkinson, répondit-il avant de décrocher.

Jonah sortit dans le couloir.

— Chef ?

— J'ai entendu dire que vous étiez tombé sur une nouvelle enquête pour meurtre ? demanda Wilkinson avec un intérêt poli.

— Vous avez bien entendu. Mais je ne sais pas encore s'il s'agit d'un meurtre. Ça ressemble beaucoup à un suicide, mais, apparemment, son petit ami a été témoin des faits au cours d'un appel Skype. Je suis sur la scène de crime, et le pathologiste va arriver d'un instant à l'autre... Ça ne pose pas de problème à Yvonne que j'aie repris l'affaire ?

— Aucun. Ce n'est pas son type de dossiers. Je suis content que vous vous en chargiez, moi aussi. Mais on me met une grosse pression pour boucler l'affaire de chantage.

— Compris. Je vais laisser la moitié de mon équipe dessus.

— Évidemment, dit Wilkinson avec ironie. Alors ça fait exactement une personne et demie.

— Tout à fait, monsieur, répondit Jonah en souriant, même si personne ne pouvait le voir.

— Très bien. Tenez-moi au courant.

C'était ça, l'excellent côté de Wilkinson, songea Jonah en raccrochant. Il lui faisait confiance pour prendre les bonnes décisions.

La porte de l'escalier s'ouvrit sur un trentenaire en costume-cravate. Probablement le pathologiste, mais Jonah ne le connaissait pas, celui-là. Jusqu'à présent, dans la plupart des enquêtes qu'il avait menées, il avait travaillé avec le Dr Stephen Russell, beaucoup plus âgé, et l'air moins affûté.

Jonah se demanda s'il s'agissait d'un de ses jeunes collègues qui attendait sa chance pour faire ses preuves.

Ce n'était probablement pas grave, mais Jonah sentit une pointe d'inquiétude. C'était peut-être un meurtre maquillé en suicide, et, si cette hypothèse se confirmait, ils auraient besoin de toute la rigueur possible. Et d'un pathologiste qui sache se montrer convaincant devant les tribunaux.

Ne laisse rien passer ! se dit Jonah en le saluant de la tête.

Apparemment, l'inquiétude de Jonah n'était pas fondée. L'examen calme et méthodique du Dr Peter Shaw était aussi méticuleux que possible, et il énonçait ses commentaires avec une autorité tranquille.

Une remarque en particulier éveilla l'intérêt de Jonah : l'absence de sang autour de la baignoire. Si quelqu'un l'avait agressée et maintenue dedans, on aurait pu s'attendre à trouver quelques éclaboussures de sang. Des traces de doigts sanglantes. Et probablement de l'eau teintée de rouge du bain.

— Alors, ça ressemble plutôt à un suicide, lâcha Jonah.

Il n'était pas très sûr de savoir ce qu'il en pensait.

— Oui, mais d'autres raisons pourraient être avancées, répondit le pathologiste.

Quand ce dernier se pencha et qu'il eut l'air de renifler à la hauteur de la bouche de Zoe, Jonah eut la nausée.

— Intéressant. On perçoit une odeur de produit chimique sur le visage. Je vais prélever un échantillon, dit-il en tirant un petit tube plastique avec un capuchon bleu du kit qu'il avait posé à côté de la baignoire.

— Qu'entendez-vous exactement par « chimique » ?

— Eh bien, pour l'instant, il est difficile de déterminer la substance précise, répondit l'autre en dévissant le capuchon, auquel était fixé un coton-tige. Mais c'est un arôme caractéristique. Âcre et douceâtre à la fois.

— Ce n'est pas quelque chose qu'elle aurait mangé ?

— Je ne crois pas, dit-il en appliquant le coton sur la peau de Zoe. Je pense qu'il s'agit d'un produit de la famille des chloroformes, ajouta-t-il en recommençant l'opération à l'intérieur du nez avec un autre tube de prélèvement. Ce qui expliquerait l'absence de trace de lutte, et, si c'est confirmé, exclurait l'hypothèse du suicide, conclut-il en se redressant.

— Dans combien de temps pourrons-nous le savoir ?

— En temps normal, l'échantillon reviendrait dans une semaine, mais peut-être votre médecin légiste pourrait-elle...

— Je suis sûr qu'elle pourra nous aider ! s'exclama Jonah en souriant.

McCullough n'allait probablement pas être enchantée de passer son vendredi soir au labo, mais il savait qu'elle le ferait quand même.

En arrivant, Hanson fut soulagée de constater que le pathologiste avait terminé son examen. La Scientifique était en train de préparer le transfert de Zoe.

Pas Zoe, pensa-t-elle. Le corps. Simplement le corps.

Mais, soulagement ou pas, elle voulait disposer des mêmes faits que Sheens et O'Malley, alors, pendant que McCullough montrait à l'inspecteur diverses empreintes de doigts et de pieds, Hanson prit l'appareil du photographe de la Scientifique et parcourut les clichés.

Le spectacle était perturbant, même sur ce petit écran. Les bras couverts de sang. Le rouge vif sur le blanc du carrelage. Elle voyait ce que Sheens voulait dire quand il avait parlé de l'absence d'éclaboussures. Les seules traces de sang visibles étaient celles de l'eau rouge sombre, qui semblait presque solide, et la coulure séchée que le couteau avait laissée sur le côté de la baignoire.

Elle fit défiler différentes vues de la salle de bains. Sur la quatrième, on distinguait clairement une boîte de médicaments au bord du lavabo.

Elle n'arrivait pas à lire l'étiquette, mais, sur la photo suivante, on la voyait en gros plan. Une ordonnance au nom de Zoe Swardadine, 7,5 mg de Zopiclone à prendre une fois par jour.

— Vous avez vu ça ? demanda-t-elle à Sheens en lui apportant l'appareil photo. C'est à Zoe. Pour de la Zopiclone.

— Oui ! J'allais justement me pencher dessus.

Elle ne put s'empêcher de rougir.

— C'est un somnifère. J'en prenais de temps en temps, à l'université. J'avais du mal à dormir, à l'époque.

Jonah acquiesça.

— C'est une prescription récente ?

— Elle date d'une semaine. Et elle ne devait pas prendre ça depuis très longtemps. Ça ne fonctionne plus quand on s'habitue. On m'avait dit pas plus de quatre semaines.

— Intéressant…

On ne pouvait pas tirer grand-chose de plus des photos de la salle de bains. Quelques Post-it et des fléchages où les légistes avaient trouvé des empreintes digitales, sur la poignée de la porte, sur le bord de la baignoire et sur le mur.

Elle rejoignit McCullough et Sheens, à présent accroupis près de la porte d'entrée devant d'autres empreintes. Ce dernier se redressa.

— C'est une serrure Yale ! lança-t-il à Hanson.

— Alors, soit elle n'avait mis que le loquet, soit le meurtrier avait une clé.

Agacé par le grincement des pédales de son vélo, Victor le balança dans la petite arrière-cour du café. Ça durait depuis des semaines et ça ne s'arrangeait pas. Mais il ne pensait à le faire réparer qu'au moment de s'en servir pour aller quelque part. De toute façon, c'était un tas de boue. Il hésitait perpétuellement à s'en débarrasser pour en acheter un autre.

Il entra par la porte de service et salua la petite Mieke de la tête, qui déplaçait des cartons dans le placard encombré de la remise.

— Salut, Victor. Tu pourrais me tenir ça un instant ? demanda-t-elle en lui posant une palette de boîtes de café en grains dans les bras. Il faut que je…

Il patienta pendant qu'elle faisait un peu de place.

— C'est le chaos, là-dedans ! s'exclama-t-elle d'un ton irrité. Et ce matin, je n'ai pas de temps à perdre avec ça !

— Tu as eu beaucoup de monde ? demanda Victor en raffermissant sa prise.

L'emballage plastique de la palette la rendait difficile à tenir.

— C'est pas tant le monde, c'est que j'étais toute seule. Luca ne te l'a pas dit ? Zoe n'est pas venue.

Subitement, Victor se sentit très mal à l'aise.

— Elle est malade ? demanda-t-il d'une voix rauque.

— Pas que nous sachions, répondit Mieke en le délestant finalement de sa palette pour la balancer sur une pile de cartons. Elle n'est pas là, c'est tout, et elle ne répond pas au téléphone. Je pensais que Luca allait te dire de venir plus tôt.

— Il ne m'a rien dit…

Victor s'éclaircit la voix.

— Je vais essayer d'envoyer un message à Zoe. Ça ne lui ressemble pas.

— Tu crois ? J'ai le souvenir de l'avoir vue faire ça pas mal de fois, l'année dernière, quand elle était avec ce nouveau type et qu'elle ne dormait pas beaucoup.

Mieke verrouilla le placard en grommelant. Victor voulait prendre la défense de Zoe, mais il avait détesté ça, lui aussi, à l'époque. La simple idée de la savoir avec un autre le mettait… ? En colère ? Le blessait ? Lui brisait le cœur ?

Un peu de tout ça, se dit-il en tirant son téléphone de son sac. Un peu de tout ça.

C'était un cours vraiment pénible. Aidan le savait, mais il ne parvenait pas à se concentrer dessus. À trois ou quatre reprises, il se surprit à feuilleter des livres sans savoir ce qu'il y cherchait ou ce qu'il voulait dire. En relevant la tête, il vit que ses étudiants le regardaient avec une variété d'expressions. Certains semblaient inquiets pour lui. D'autres se retenaient visiblement de rire.

— Désolé, dit-il. J'ai un gros mal de tête. Je suis ouvert à ce que quelqu'un oriente le débat dans une meilleure direction.

Ils éclatèrent de rire, puis Leena, une de ses étudiantes préférées, s'adressa à lui.

— Vous voulez du Nurofen ?

— Ça va…

Subitement, il se rendit compte qu'il ressemblait à l'une de ces personnes qu'il détestait, des gens qui se plaignent d'avoir la migraine tout en affirmant qu'ils « ne prennent pas d'antidouleurs ». Un droit qu'Aidan leur reconnaissait tout à fait, à condition qu'ils renoncent à celui de se plaindre.

— En fait, ce serait bien ! se reprit-il.

Il ne savait pas très bien pourquoi, aujourd'hui, il se souciait de ce qu'on pouvait penser de lui. Il attendit qu'elle tire les médicaments de son sac et se penche pour lui en laisser tomber deux dans la paume de la main.

Elle lui sourit quand il la remercia.

— OK ! dit-il quand elle se fut rassise. Vos idées, alors. Voyons qui est plus en forme que moi.

Mais la sonnerie de son téléphone retentit, et l'angoisse le saisit quand il le tira de sa veste tout en tâchant de ne pas faire tomber les deux cachets rouges qu'il n'avait pas encore avalés. Il ne connaissait pas le numéro qui s'affichait à l'écran.

— Désolé, je dois répondre, lança-t-il à sa classe en se dirigeant vers la porte. Allô ?

— Vous êtes bien Aidan Poole ? dit une voix masculine.

— Oui, répondit-il en refermant derrière lui, les jambes flageolantes.

— Je suis l'inspecteur Jonah Sheens. Je pense que vous avez signalé avoir été témoin de violences à l'encontre de votre petite amie, Zoe Swardadine.

Pendant un instant, il ne sut que répondre. Devait-il tout nier en bloc ? Mais ils l'avaient appelé. Ils connaissaient son identité.

— Oui… C'est vrai. Est-elle… ?

— Je suis désolé de devoir vous apprendre que Zoe est décédée dans des circonstances suspectes. Je sais que ce doit être une nouvelle éprouvante.

— Oui…, répéta-t-il comme une sorte d'écho qui lui sembla stupide. Oui, je…

Il ne voyait pas quoi dire d'autre. L'inspecteur continuait de parler. Il lui demandait de passer au poste.

— OK. J'ai cours jusqu'à… Je suppose que je pourrais passer à 18 heures, si…

Si j'arrive à affronter ça, finit-il mentalement.

— 18 heures, c'est parfait. Merci, monsieur Poole.

Il resta planté là, sans autre bruit que celui du sang qui pulsait dans son corps. Son regard se posa sur les cachets rouge bonbon de Nurofen. Il les goba avec le sentiment soudain que ça l'aiderait peut-être.

Puis il rentra dans la salle de classe et se rassit devant ses étudiants. Il avait du mal à les regarder. Il avait du mal à se concentrer sur quoi que ce soit, en fait.

— Très bien. Je vais faire ce que j'aurais dû faire depuis le début et remettre ce cours à une date où je serai en mesure de le donner.

Les étudiants rirent de nouveau.

— Je vous tiendrai au courant. Profitez de ces quarante minutes de liberté inespérées. Faites-en bon usage.

Hal et deux autres étudiants parmi les plus rétifs au travail s'éclipsèrent en quelques secondes, puis la plupart de leurs camarades les suivirent. Leena mit plus de temps à ranger sa dissertation et son livre.

— J'espère que ça va se calmer.

— Merci, répondit Aidan avec un signe de la tête.

Il n'arrivait même plus à lancer son sourire habituel à Leena. En général, ça la faisait légèrement rougir, et il trouvait toujours réconfortant d'avoir cet effet-là sur une jolie jeune fille de dix-neuf ans.

Elle sortit, le brouhaha des conversations des étudiants qui s'éloignaient dans le couloir s'estompa et la salle où avait lieu le séminaire retomba dans le silence.

Alors, il se pencha en avant jusqu'à ce que sa tête touche presque ses genoux. Puis il s'affala, son corps bascula sur le côté et glissa tandis qu'il fondait en larmes.

— Alors, c'est quoi, le plan de jeu ? demanda Hanson quand Jonah eut fini de parler avec Aidan Poole.

Ils se trouvaient tous à l'extérieur de l'appartement, en attendant que la Scientifique termine son travail.

Quand O'Malley rangea son téléphone, Jonah se demanda s'il avait vérifié quelque chose ou s'il avait simplement surfé sur internet pour tromper son ennui.

— J'aimerais que vous appeliez Angeline, l'amie de Zoe, qui avait une clé et qui nous a ouvert, dit-il à Hanson. Elle connaît peut-être d'autres personnes qui en ont une aussi. Et j'aimerais également qu'elle nous donne une liste de tous les amis proches de Zoe. Angeline est un peu fragile, alors...

— Je ferai attention.

— Et ensuite, les caméras de surveillance, si vous voulez bien.

— Pas de problème.

— Domnall, tu peux commencer à vérifier les antécédents de la famille et du petit ami ? Juliette, vous transmettrez à Domnall les infos sur les amis de Zoe que fournira Angeline, afin qu'il puisse passer les voir.

— Notre thèse, c'est que c'est le petit ami qui nous a signalé le meurtre qui en est l'auteur ? demanda O'Malley.

— 80 % des femmes ! s'exclama Hanson avec conviction en sortant son téléphone pour noter le numéro d'Angeline.

Jonah sourit. Ils avaient évoqué cette statistique la semaine précédente, lorsqu'une étude indiquant que quatre femmes assassinées sur cinq l'étaient par leur partenaire avait fait les gros titres, ce qui validait l'approche qu'ils prenaient déjà dans leurs enquêtes. On s'intéressait toujours au conjoint. Toujours.

— Mais c'est statistiquement moins probable quand il s'avère que le conjoint était chez lui en pleine session Skype avec elle, répondit O'Malley en souriant.

Jonah se rendit compte qu'à présent tout le monde estimait que l'affaire était un meurtre. Entre le coup de téléphone de Poole et l'odeur chimique, la chose semblait acquise. Mais Jonah n'était pas encore tout à fait à l'aise avec cette idée. Il détestait viscéralement tirer des conclusions hâtives.

Quand McCullough l'appela depuis le seuil de l'appartement, il la rejoignit.

— Rien d'essentiel, mais on a retrouvé la boîte dont le couteau provient. On a relevé les empreintes, ensuite j'ai regardé dedans et je suis sûre que c'est la bonne.

Il la suivit jusqu'à l'un des cartons de déménagement dont le rabat était relevé. La boîte métallique du Stanley s'y trouvait, ouverte, et l'on pouvait voir le rembourrage de mousse haute densité où se découpait la forme du couteau.

— Quand tu l'as trouvée, elle était déjà ouverte ?

— Non. Elle était fermée et rangée dans le carton de déménagement.

— Très soigneux...

— Pour un assassin, tu veux dire ? Si le meurtrier avait voulu que les gens pensent qu'elle l'avait fait elle-même, il aurait plutôt laissé la boîte bien en évidence, non ?

— Peut-être, répondit Jonah, qui refusait de se laisser embarquer dans des théories non étayées.

McCullough adorait descendre en flammes les brillantes théories des policiers un peu trop sûrs d'eux.

— Mais même pour un suicide, c'est extrêmement soigné. Alors, ça ne nous apprend pas grand-chose. C'est simplement étrange.

— Les gens sont étranges, dit McCullough. Même ceux qui ne sont pas des criminels.

*

Contacter Angeline se révéla une tâche difficile. Hanson l'appela depuis le pied de l'immeuble, où elle s'était assise sur un rebord de fenêtre avec son carnet en équilibre sur ses genoux. À l'évidence, Angeline était déjà en larmes quand elle décrocha.

— Je n'ai que quelques questions à vous poser, dit Hanson d'un ton apaisant. Mon inspecteur m'a indiqué que vous aviez une clé de l'appartement de Zoe. Y avait-il une raison particulière à cela ?

— Pour que je puisse nourrir son chat.

Angeline poussa un grand gémissement.

— Oh, mon Dieu. Que lui est-il arrivé ? Je ne l'ai pas… La police l'a peut-être laissé sortir… Il s'est peut-être fait écraser…

— Je vais m'assurer qu'il va bien, l'interrompit Hanson. Ça va aller ! Comment s'appelle-t-il ?

— Monkfish, dit Angeline d'une voix tremblante. C'est un persan.

— Ça veut dire… qu'il est blanc ? demanda Hanson, dont le savoir en matière de chats se limitait à caresser ceux que ses amis se trouvaient avoir.

— Oui. Comme… le chat de Blofeld, disait Zoe.

— Merci ! s'exclama Hanson en notant ce fait sans raison particulière. Quelqu'un d'autre avait-il une clé ?

— Non. Je ne… Oh, peut-être Felix.

— Felix ?

Hanson pensa un instant qu'elle parlait d'un autre chat.

— C'est son propriétaire.

— Ah ! Très bien. Vous avez son adresse ?

— Il habite en dessous.

— À l'étage en dessous ?

— Oui. Je ne sais pas à quel numéro, mais… si vous prenez à droite sur le palier du rez-de-chaussée, c'est la première porte à gauche.

— C'est très utile, merci, déclara Hanson avec le ton qu'elle aurait adopté pour s'adresser à une enfant. Elle avait d'autres amis proches ?

— Oui. Maeve. Elles habitaient ensemble, avant. Et Victor. Du café.

— Le café. Elle y travaillait ?

— Oui ! s'écria Angeline, et sa voix se brisa à nouveau. Elle aurait dû y aller ce matin.

— Je suis désolée.

Hanson ne trouva rien d'autre à ajouter. Elle nota à la hâte les coordonnées des deux tandis qu'Angeline peinait à conserver son calme.

— Oh, dit subitement celle-ci. Je ne suis pas sûre que ce soit le dernier numéro de Victor. Il en a changé... Et j'oublie toujours de les noter.

— Je vais essayer, ne vous inquiétez pas. Une dernière question, et nous vous laisserons en paix. Quand avez-vous vu Zoe pour la dernière fois, et comment était-elle ?

À l'évidence, ça faisait deux questions, mais Angeline ne sembla pas le remarquer.

— Hier matin. Je n'arrête pas d'y penser... Je me suis mise en colère contre elle. J'étais venue pour poser, et elle... elle m'a blessée, et, plus j'y pense, et plus je me dis que c'était ma faute... que je me suis montrée stupide.

— Comment ça ?

Pour une fois, les mots venaient naturellement à Angeline, et Hanson se demanda si elle n'était pas désireuse de faire cette petite confession.

— Elle a dit que... ce qu'elle aimait chez moi, c'étaient mes failles. Quand je posais pour ses dessins et ses tableaux. Et ça m'a fait mal. Je croyais qu'elle allait me dire que j'étais belle.

— Était-ce un comportement anormal de sa part ? De dire quelque chose d'un peu dur ?

Angeline ne répondit pas tout de suite.

— Oui. Eh bien... Je ne sais pas. Peut-être pas ces derniers temps.

— Vous trouvez qu'elle avait changé récemment ? Qu'elle s'énervait plus facilement ? Qu'elle était moins gentille ?

— Je suppose. Je ne sais pas. Elle était un peu plus renfermée, vous voyez ?

— Y avait-il une raison évidente à cela ?

Angeline marqua une nouvelle pause.

— Sa relation l'avait vraiment affectée, dit-elle d'une voix tremblante. Enfin, il était gentil, mais il lui donnait aussi mauvaise conscience.

— Était-il... violent, d'une quelconque façon ?

— Non, non ! s'écria tout de suite Angeline. Ce n'est pas ce que je veux dire. C'est simplement que... parfois, les gens ne sont pas faits les uns pour les autres.

Dans la voiture, O'Malley laissa l'inspecteur tranquille. Il avait appris depuis longtemps à ne pas l'interrompre quand il était perdu dans ses pensées. Et ça ne dérangeait pas O'Malley, qui aimait également digérer ses premières impressions en silence.

Sheens fila droit vers son bureau quand ils arrivèrent au poste. Lightman était parti, probablement pour faire ce qu'il avait prévu, et à bientôt 17 heures, un vendredi, il n'y avait plus grand monde au travail. Le genre d'ambiance paisible qui aide à se concentrer, ou à se détendre et à s'endormir.

O'Malley se connecta à la base de données, et se mit à consulter les antécédents judiciaires de tous les noms qu'ils avaient récupérés jusqu'à présent, à commencer par les parents de Zoe. Il ne trouva rien sous leur nom ni sous aucune autre variante dans l'orthographe de ce dernier, alors il passa à Aidan Poole, lequel avait également un casier vierge.

O'Malley s'enthousiasma un peu en voyant qu'Angeline Judd figurait dans la base, mais, en fin de compte, ce n'était qu'un avertissement pour possession de cannabis quand elle avait quinze ans. Elle avait été appréhendée avec un groupe d'amis, mais il n'y avait pas eu de suites. Il nota l'incident, même s'il pensait que ça n'avait aucun lien avec leur affaire.

Devant son absence de résultats, il se tourna vers Google. Angeline avait une présence minimale sur le web, en dehors des réseaux sociaux – elle semblait modérément active sur Twitter. La plupart de ses posts parlaient de se sentir triste et trahie. Les autres montraient généralement des chats. Ce n'était pas avec ça qu'on allait deviner si elle cachait des instincts meurtriers. Néanmoins, quand il cliqua sur quelques-unes de ses publications les plus macabres, qui dataient de plusieurs mois, il constata que Zoe Swardadine avait été l'une des rares personnes à lui répondre. En substance, le message était toujours le même : « Tiens le coup. Sois forte. On t'aime. Tout va bien se passer. »

Mais, au fil des mois, les réponses de Zoe s'étaient faites plus sporadiques. O'Malley pouvait difficilement lui en vouloir. Lui-même en aurait très vite eu marre de ce genre d'épanchements publics.

La présence en ligne d'Aidan Poole était bien plus importante. La première occurrence était l'organigramme de l'université de Southampton. En cliquant dessus, O'Malley tomba sur la photo d'un homme brun, prise de trois quarts, en plongée. C'était un cliché d'artiste, où Poole avait l'air beau et boudeur, à tel point qu'O'Malley ne put s'empêcher de rire. Ce que la photo ne faisait pas, c'était lui donner l'air professionnel, mais peut-être ne le désirait-il pas.

O'Malley lut la petite biographie, où il apprit qu'Aidan Poole avait obtenu son diplôme à Warwick, la même université que Hanson. Mais ils l'avaient fréquentée à quinze ans d'écart, aussi était-il peu probable que ça se révèle utile.

Comme le reste de la page ne présentait pas grand intérêt, il essaya le lien de la Royal Economic Society. Aidan avait utilisé la même photo pour son profil. Ça traduisait une certaine vanité qu'O'Malley trouva à la fois intéressante et amusante.

Il ne dénicha qu'une liste d'articles publiés, et il appela les numéros de Victor Varos et Maeve Silver. Ni l'un ni l'autre ne répondit, mais Hanson lui avait envoyé un e-mail avec les coordonnées du Café Gina, où Victor travaillait, et qui n'était pas très loin de l'appartement de Zoe. Apparemment, Victor devait être de service en ce moment.

O'Malley se leva en soupirant. Il prit son manteau, ses clés et alla frapper au bureau de Jonah avant de partir.

— Je vais voir si je retrouve un des amis. Tu veux que je passe un coup de fil à l'université pour leur apprendre la nouvelle ?

— Je viens d'essayer, répondit Jonah en secouant la tête. Je suis tombé sur une secrétaire qui m'a répété inébranlablement que le doyen était pris toute la journée.

— Je me demande ce qu'il faudrait faire pour qu'il se libère. Si tu veux, je peux appeler et lui dire qu'il s'est fait cambrioler.

Sheens éclata de rire.

— S'il ne me rappelle pas, je te mets sur le coup !

De l'extérieur, le Café Gina semblait un endroit chic. Il était bien éclairé, avec une série de lampes-ampoules stylisées accrochées à la tuyauterie apparente. Ces canalisations étaient si loin du plafond qu'il était presque sûr qu'elles avaient été ajoutées comme un élément de décoration. Sur un grand tableau d'ardoise à l'entrée, un message manuscrit à l'écriture élégante proclamait : « Le café, comme la vie, doit être savouré. » Il se dit qu'il était peut-être de la main de Zoe, vu qu'elle travaillait là.

L'intérieur était chaleureux, brillant et aussi chic que l'extérieur le laissait deviner. On avait volontairement disposé des tables disparates, dont chacune semblait avoir été sculptée dans un morceau de chêne par un artisan déterminé à vous faire savoir qu'elle était fabriquée à la main. Derrière le comptoir, un grand tableau noir répertoriait les plats et les boissons, et un café coûtait presque cinq livres !

Pour l'instant, le seul employé présent, un jeune homme trapu, avait l'air légèrement amusé.

O'Malley s'approcha avec un sourire.

— Je cherche un certain Victor.

— Oh, il est…

Le barman désigna le bout du comptoir de la main, mais, à ce moment-là, un homme de haute taille aux cheveux noirs et aux yeux très bleus entra par une porte au fond de la salle.

— Victor ! lança O'Malley. Vous avez un instant. Je suis policier.

Victor se figea, puis O'Malley sentit un mouvement derrière lui et la voix d'une jeune femme à l'accent d'Irlande du Nord brisa le silence.

— C'est à propos de Zoe ? Qu'est-ce qui s'est passé ?

O'Malley dut se tourner pour la regarder. Elle s'était plantée à deux pas. Son visage était très blanc, à part deux touches de rouge sur les joues.

— Vous êtes une de ses amies ?

— Oui. Je… On était colocataires. Je m'appelle Maeve.

O'Malley acquiesça.

— Oui. J'ai essayé de vous appeler tout à l'heure.

— Mon téléphone était…

Elle montra du doigt une table le long du mur, où un iPhone était branché à une prise par un câble d'alimentation blanc.

— Que s'est-il passé ? J'ai vu des voitures de police.

O'Malley lui fit le sourire dont il ne se servait que pour annoncer de mauvaises nouvelles, puis se tourna vers Victor.

— Disposez-vous d'une pièce où nous pourrions parler ?

Si Maeve avait l'air effrayée, pour Victor, c'était pire. Son expression était celle d'un homme dont le monde vient de s'effondrer sous ses yeux.

6

Avril – dix-neuf mois plus tôt

Depuis le mariage de Gina, Zoe ressentait périodiquement des montées d'excitation. Ça la prenait un peu au hasard, quand elle peignait, quand elle faisait du vélo, pendant un cours ou une conversation avec des amis. Réprimer un sourire était presque impossible lorsqu'elle se rappelait un des textos d'Aidan, ou son expression quand il lui avait dit au revoir, au bar, pendant les longues secondes avant qu'il se penche vers elle pour l'embrasser.

Mon Dieu, quel baiser. Électrifiant ! Il lui avait coupé les jambes. Il était tout ce qu'un baiser devrait être.

Cela faisait tellement longtemps qu'elle n'avait pas ressenti ça. Toutes les autres relations dont elle avait gardé le souvenir avaient commencé par des conversations intenses sur les aspects les plus sombres de sa vie et de celle de son partenaire. Aucune n'avait démarré par ce besoin constant de rire.

C'était particulièrement mal tombé, et elle était furieuse, mais Aidan était absent depuis une semaine et demie. Elle avait dû se satisfaire de textos et d'occasionnels chats sur Skype jusqu'à cette semaine. Mais on était enfin jeudi ; ce soir, ils allaient se retrouver et elle était tellement euphorique qu'elle avait l'impression d'avoir remporté un prix.

Aidan avait réservé une chambre d'hôtel pour éviter d'être obligé de regagner les « terres sauvages d'Alton ». L'idée de cette chambre d'hôtel avait traversé ses pensées plus d'une fois. Alors qu'en général elle n'était pas comme ça. D'habitude, elle avait besoin de temps pour apprendre à connaître quelqu'un. Pour se dire que passer la nuit ensemble, c'était l'étape suivante la plus naturelle. Mais Aidan… Avec Aidan, elle se sentait totalement différente. Elle devenait une femme impulsive, prête à tout risquer sur un coup de tête.

En passant la porte de chez elle, ce baiser lui revint à l'esprit de façon très vivace. Elle se sentit déstabilisée quand elle trouva Maeve qui faisait les cent pas dans la cuisine, livide, le visage marqué par les larmes.

— Hé ! s'écria-t-elle en balançant son sac sur l'un des sièges. Ça va ? Que se passe-t-il ?

— Je… Ces salauds de la paroisse… Ils ont répandu des mensonges sur moi, dit-elle tandis que son visage se plissait et qu'elle tournait la tête pour cacher ses larmes.

— Quoi ? s'exclama Zoe en s'approchant de son amie.

Elle hésita à la prendre dans ses bras. Habituellement, Maeve détestait ça. Quand elle était en colère, elle trouvait peut-être ça pire. Zoe décida de lui poser un bref instant la main sur l'épaule.

— Hé ! S'ils mentent, on peut agir. Ils n'ont pas le droit de faire ça.

— Ils ont déjà colporté ça partout ! s'écria Maeve en levant les yeux au ciel dans l'espoir de contenir ses larmes. L'atmosphère était… horrible, et je savais… que quelque chose se tramait. Et alors, Alison… Alison m'a appris que la femme d'Isaac avait dit quelque chose…

Zoe était trop choquée pour répondre immédiatement.

— Quoi ? Mais tu ne l'as jamais rencontrée ! Comment peut-elle se plaindre de toi ?

Maeve secoua la tête en essuyant une larme avec sa manche.

— Je ne sais pas.

— Elle a vu des textos ? demanda Zoe, le ventre serré.

Maeve avait l'habitude de déverser dans ses messages tout ce qu'elle avait sur le cœur. Elle lui en avait montré quelques-uns. Si la femme d'Isaac les avait découverts… Eh bien, aucun des deux n'aurait le beau rôle, mais, d'une manière ou d'une autre, celui qui avait trompé n'avait jamais de problèmes. C'était toujours la femme qui était condamnée, d'après l'expérience que Zoe pouvait en avoir.

Bon, ce n'avait pas été une tromperie de bout en bout. Maeve ne croyait pas aux relations sexuelles avant le mariage, et les deux n'avaient jamais dépassé le stade du baiser. Et encore, seulement en deux occasions. Par la suite, Isaac avait déclaré que ces baisers le rendait misérable.

Zoe n'était pas sûre de le croire, même si Maeve lui faisait résolument confiance. Non seulement il était marié, mais il était le pasteur de leur église. Le maître spirituel Isaac. Il n'aurait jamais dû se retrouver dans une relation avec une étudiante. Et il n'aurait certes pas dû faire durer la chose, en promettant à Maeve qu'il allait quitter sa femme et ses enfants pour elle, mais sans jamais franchir le pas.

Toute cette histoire avait rempli Zoe de frustration. Après des heures de discussion pendant lesquelles Maeve prenait sa défense, elle en était venue à conclure qu'Isaac était un connard. Et même s'il valait un peu mieux que ce que Zoe pensait et qu'il était sincère à propos de sa femme, Zoe aurait aimé que Maeve affiche une plus grande volonté. Elle était sur le point de briser une famille. Avec des enfants. Tout cela était mal.

Et puis tout s'était arrangé. Maeve avait atteint le point de rupture et elle lui avait déclaré qu'elle en avait assez. Elle avait promis à Zoe que c'était terminé. Elle était sortie avec d'autres personnes et avait abordé d'autres sujets de conversation. Elle semblait aller mieux. Alors, pourquoi tout ceci se produisait-il maintenant ? Pourquoi un aussi mauvais timing ?

— Et elle a dit quoi, la femme d'Isaac ?

Maeve secoua de nouveau la tête, puis tira deux mouchoirs en papier de leur boîte et se moucha dedans.

— Je suis désolée… Je suis tellement… pathétique…

— Ne sois pas bête ! Parfois, c'est bien de pleurer. Tu ne peux pas être positive quand la vie s'acharne sur toi !

— Mais je le suis toujours, répliqua Maeve en geignant comme une enfant. Même quand il m'a invitée à prendre un café et qu'il m'a dit qu'il ne pouvait pas s'empêcher de penser à moi, j'ai été forte. Et alors… Elle s'est mise à en parler à tout le monde, à leur dire que je suis une sorte de séductrice.

— Oh, Maeve. Il n'a pas admis que c'était de sa faute ?

Elle n'avait pas vraiment besoin de poser la question.

— Je ne sais pas. Il ne répond pas à mes coups de fil.

Zoe fit la grimace. Plus Maeve continuerait d'appeler Isaac, plus elle aurait l'air obsédée par lui.

— Écoute… S'il lui a dit que ça ne venait que de toi, et qu'il s'est couvert en te chargeant, c'est merdique de sa part. C'est compréhensible, mais c'est quand même merdique. Alors ne blâme pas toute la paroisse sauf lui.

— Ce n'est pas ce que je fais. Pas du tout. Mais ce n'est pas lui qui leur a dit. C'est elle…

Zoe sentit l'habituel pincement au cœur quand Maeve se mit à accuser la femme d'Isaac de tous les maux. Une femme qui, en fait, n'avait subi que des torts.

En levant les yeux, Zoe se rendit compte qu'il était bien plus tard qu'elle ne le croyait. Il ne lui restait plus qu'une demi-heure pour se préparer si elle voulait être ponctuelle à son rendez-vous avec Aidan. Elle devait prendre une douche et se sécher les cheveux, et c'était déjà juste sans passer du temps à discuter avec Maeve. Mais elle ne pouvait pas la laisser tomber ainsi.

— Je vais faire du thé ! déclara-t-elle d'un ton ferme. Et on va voir comment régler cette histoire de ragots.

Elle mit la bouilloire sur le feu et envoya un message à Aidan.

Légère crise ici avec Maeve. Ça te dérange qu'on décale d'une demi-heure ? Je suis vraiment désolée. Situation exceptionnelle. Je t'expliquerai. Bisous

Elle versait le lait dans le thé quand Aidan répondit.

Je suis certain que c'est une ruse pour me faire attendre, mais j'accepte. Tu en vaux la peine. Bisous. P-S : Ne gaspille pas toute ta salive. Je veux que tu me racontes tout sur tout ce qui te concerne.

Zoe sourit, plus soulagée qu'autre chose, puis entreprit de gaver Maeve de thé.

Malgré la demi-heure supplémentaire, elle arriva quelques minutes en retard. Elle voulait qu'il la trouve spectaculaire, mais d'une autre façon que le jour du mariage, alors elle avait mis une robe noire et un sweat ample dont une manche, comme elle s'en était aperçue un peu tard, était tachée, et choisi un maquillage dans les tons blanc glacé et rose qui n'était pas des plus faciles à appliquer.

Elle sortit précipitamment de chez elle cinq minutes après l'heure de son rendez-vous au Brown's, à douze minutes de vélo de là. En passant la porte, elle fit signe de la main à Maeve, qui regardait *Diamants sur canapé*, l'air beaucoup moins désespérée, puis elle grimpa sur son vélo et pédala dans la nuit tombante, vive comme le vent.

Aidan était assis à côté du comptoir, les yeux sur le menu, quand elle déboula. Il était immanquable avec ses boucles brunes retombant sur le front et ses lèvres ciselées en un sourire où perçait un léger amusement. Dieu qu'il était beau. Beau, tout simplement. Elle sentit un frisson la parcourir.

Il leva les yeux vers elle avec un sourire plein de chaleur. Dangereux.

— Ça valait vraiment le coup ! dit-il en se levant pour l'embrasser.

Ce bref contact avec les lèvres d'Aidan envoya une décharge dans un point névralgique au centre de son corps.

— Je nous ai commandé du gin. Malheureusement, j'ai choisi un lieu où l'on ne sert pas de Jägerbombs.

Elle sourit et ôta son sac pour s'asseoir.

— C'est un échec. Mais je suis sûre qu'on pourra aller ailleurs tout à l'heure.

— J'ai l'impression que c'est le genre de soirée où je tombe mystérieusement malade et où je sèche les cours le lendemain.

— Les cours ? demanda-t-elle en se penchant en avant, les coudes sur les genoux. Tu as repris la fac ?

Aidan secoua la tête.

— Pire. Je n'en suis jamais parti.

— Oh non ! s'exclama Zoe en gloussant. C'est genre... pire qu'être dans la politique. Tu es l'un d'eux !

— Très bien ! s'écria-t-il en récupérant le gin tonic de Zoe avec un de ses sourires enjôleurs. Alors ça, je le reprends.

— Non ! J'en ai besoin ! lança-t-elle en riant.

Mais il déplaça le verre.

— Je ne vais pas payer un coup à quelqu'un qui me compare à un politicien.

— Très bien, très bien. Tu n'es pas aussi maléfique qu'un politicien. À moins que tu ne sois un prof de politique, auquel cas...

— Pas vraiment. Économie. C'est autorisé ?

— Oh, vraiment intelligent, alors... Oui, c'est autorisé.

Elle reprit son verre et un ton un peu plus sérieux.

— Mais ça ne t'ennuie pas ? Je veux dire, sortir avec une étudiante ?

— Je ne suis pas ton prof, non ? Et ce n'est pas comme si tu étais une petite jeunette de dix-huit ans. Tu en as... vingt-six, tu m'as dit, c'est ça ? Tu es quasiment une vieille dame.

— D'accord. Je ne te parle plus !

— Si, tu vas me parler. Abondamment. Tu avais promis.

Le temps qu'on les installe à leur table, elle lui avait raconté toute l'histoire de Maeve et fait un rapport détaillé sur l'étrange attitude de Victor. Elle ne pouvait s'empêcher d'apprécier la façon qu'il avait de l'écouter d'un air pensif, de lui poser des questions puis de lui faire de légères suggestions. Il lui faisait sentir qu'à présent tout cela était également un problème pour lui.

Ensuite, elle lui parla de son père et de son alcoolisme, qu'il dissimulait à sa mère, et de toutes les fois où elle avait dû se porter à son secours.

— Ce n'est pas très juste qu'il se repose sur toi, non ? finit-il par demander gentiment. Tu es censée être sa fille. C'est lui qui devrait s'occuper de toi.

Zoe haussa les épaules avec un petit sourire embarrassé.

— Je n'ai pas besoin qu'on s'occupe de moi.

— On y veillera, dit-il en hochant la tête avec une expression délicieuse.

Elle lui posa aussi des questions sur sa vie, sur cette mère qui ne l'avait jamais trouvé assez bon ; les petites amies qu'il avait choisies parce qu'elles la lui rappelaient ; son décès et le deuil compliqué qui avait suivi.

— Tu penses que je suis comme elle ? demanda Zoe.

— Non ! s'écria Aidan avec une étincelle dans les yeux. Pas du tout. Je pense que j'ai réussi à surmonter ce traumatisme et à choisir quelqu'un qui sera bon pour moi.

Ç'aurait pu être embarrassant, mais ça ne l'était pas. Elle se sentait pleine de chaleur, et la tête lui tournait un peu.

Le dénouement semblait inévitable… à la suite du restaurant, la chambre d'hôtel d'Aidan. Ils s'effeuillèrent lentement, puis se fondirent l'un dans l'autre.

— Mon Dieu, tu es merveilleuse, murmura-t-il juste après.

Et, pour une raison quelconque, ils avaient tous les deux les larmes aux yeux.

7

— Je suppose que vous êtes de la police ?

Felix se tenait sur le seuil de son appartement. Hanson nota le costume gris clair et la chemise au col déboutonné. Les cheveux impeccablement coiffés et la barbe taillée. Il était habillé comme s'il venait de rentrer du bureau ou s'apprêtait à partir pour une soirée chic.

— Comment le savez-vous ? répondit Hanson avec un sourire.

— C'est simplement votre attitude... Et peut-être aussi les voitures de patrouille garées devant l'immeuble. Les fenêtres de ma cuisine donnent sur la rue.

Hanson ouvrit la bouche pour lui suggérer d'aller discuter à l'intérieur, mais il prit les devants.

— On dirait que vous avez une question délicate à me poser. Entrez, vous êtes la bienvenue. Si je dois balancer sur les voisins, autant le faire en privé.

Il s'écarta pour la laisser passer. Le plan de l'appartement était inversé par rapport à celui de Zoe. Les deux faisaient probablement la même surface, songea Hanson, mais, comme celui de Felix était meublé, il avait l'air plus petit. Un grand canapé trônait au milieu de la pièce et une énorme bibliothèque pleine d'éditions de poche bien classées, avec les grands formats rangés en dessous, courait le long d'un des murs. Quelques marines et quelques diplômes encadrés, ainsi que deux photos de plus petite taille sur une des étagères apportaient la touche finale à la décoration. En outre, Felix avait un gigantesque écran plasma à côté d'une étagère remplie de DVD.

Mais, contrairement à celui de Zoe, l'appartement de Felix était impeccable, immaculé. Le torchon pendu au bord de l'évier et la serviette accrochée à la poignée du four n'avaient pas un pli ; on avait l'impression qu'on venait de les repasser.

— Installez-vous dans le canapé, dit-il en tirant un fauteuil pour lui.

— Merci. Vous êtes le propriétaire de Zoe Swardadine, n'est-ce pas ?

Elle marqua une pause tandis que Felix se calait confortablement dans son siège. Il demeura quelques instants silencieux, comme si de rien n'était.

— Oui, finit-il par répondre. Est-ce que… Elle va bien ?

— J'ai bien peur qu'on ne l'ait retrouvée morte. Je suis désolée de devoir vous l'apprendre.

— Vous êtes… Vous êtes sérieuse ?

Quelque chose dans son regard évoquait presque celui d'une proie.

— Hier encore, j'ai parlé avec elle !

— Un de ses amis s'inquiétait, et il nous a appelés, répondit Hanson en choisissant ses mots avec soin. Quand nous sommes entrés, nous l'avons trouvée morte.

— Mon Dieu ! s'écria Felix. Mon Dieu ! répéta-t-il en se levant et en s'appuyant sur le comptoir. Est-ce que… A-t-elle fait ça elle-même ?

Hanson trouva que c'était une question étrange.

— Il est trop tôt pour pouvoir l'affirmer. Avez-vous des raisons de penser qu'elle était suicidaire ?

— Non, bien sûr que non ! J'aurais… J'aurais fait quelque chose…

Un silence s'installa. Hanson eut l'impression qu'il se replongeait dans ses souvenirs.

— Je crois que vous avez une clé de son appartement, dit-elle au bout d'un moment.

— Oui, bien sûr. Je m'en sers lorsque je dois effectuer une réparation ou faire entrer des ouvriers.

Hanson tiqua sur le ton défensif qu'il avait adopté. Il avait tourné les yeux vers la rangée de patères fixées près de la porte.

— En avez-vous besoin ? Je pourrais la retrouver. Mais je n'ai que celle...

— Je verrai ça avec l'inspecteur. Il nous sera probablement utile de l'avoir sous la main. Vous dites que vous lui avez parlé hier. Pourriez-vous nous préciser quand ?

— Le matin, répondit-il aussitôt. Juste quelques mots.

— Vous discutez souvent avec vos locataires ? demanda Hanson en souriant.

— Oh, non. Je ne loue qu'un seul appartement, et Zoe était plus une amie qu'une simple locataire. Je la connaissais du Café Gina, avant qu'elle emménage... Mon Dieu !

Subitement, ses forces parurent l'abandonner. Ses bras retombèrent sur ses flancs.

— Comment était-elle quand vous lui avez parlé ?

Felix haussa les épaules.

— Difficile à dire. Occupée, j'imagine. Elle ne semblait pas avoir autant de temps que d'habitude.

— Et vous ne l'avez pas revue après cette conversation ?

— Eh bien, je suppose que si... Je l'ai aperçue quand elle est rentrée.

— Vous l'avez aperçue... ?

— En bas, précisa-t-il en désignant du menton la fenêtre de sa cuisine.

Hanson se leva pour vérifier, se demandant si, de là, on voyait la porte d'entrée, mais, même en se plaçant tout à fait sur la droite, elle ne parvenait à distinguer que le trottoir qui se trouvait devant. Cela dit, on pouvait facilement surveiller les allées et venues.

— C'était à quelle heure ?

— Vers 20 heures, je dirais. Il faisait sombre. Je n'ai pas vérifié, mais la nuit était tombée depuis un moment.

Hanson nota l'info dans son carnet, puis le rangea dans sa poche.

— Merci. Vous nous avez été très utile. L'inspecteur voudrait que vous passiez au poste faire une déposition en bonne et due forme. Probablement aujourd'hui, mais nous vous tiendrons au courant. Vous êtes disponible ? Vous avez… un emploi ?

— Non. Non, ça va, répondit Felix après un bref silence. Je peux me libérer.

Il reconduisit Hanson jusqu'à sa porte. Elle était songeuse en partant, et, à mi-chemin de la volée de marches, elle s'arrêta pour envoyer à Sheens un texto dans lequel elle résumait brièvement l'entretien, puis elle sortit pour essayer de trouver les caméras de surveillance.

O'Malley arriva au poste avant Aidan Poole et les parents de Zoe. Il raconta à Jonah sa conversation avec Victor Varos et Maeve Silver.

— Ils baignent dans leurs émotions, dit-il. Surtout Victor. Je dirais qu'il en pinçait pour Zoe, mais que ce n'était pas réciproque. Une discussion sérieuse avec ces deux-là s'impose.

Jonah, qui était d'accord, lui demanda d'organiser la chose. Puis il se mit à relire la transcription du premier coup de fil d'Aidan en la comparant avec le rapport qu'on avait enregistré dans la base de données le matin même. Une question crevait les yeux : pourquoi Aidan avait-il appelé la police au lieu de se rendre en personne chez Zoe ? Plus de douze heures s'étaient écoulées entre ces deux événements, et, pendant tout ce temps, Aidan Poole n'avait apparemment rien appris de nouveau sur l'état de Zoe.

Plusieurs explications vinrent à l'esprit de Jonah. Tout d'abord, Aidan et Zoe s'étaient peut-être disputés à propos de quelque chose, de sorte qu'elle avait ensuite délibérément refusé de répondre à ses appels ou de le voir. D'ailleurs, cette dispute lui aurait donné une raison supplémentaire de s'inquiéter pour elle, bien sûr. Cette théorie présupposait que l'histoire selon laquelle il avait été témoin du meurtre n'était qu'un stratagème pour amener la police à passer chez elle.

Sa deuxième idée, c'était qu'Aidan savait peut-être très bien que Zoe était morte parce qu'il l'avait tuée. Pour éviter d'avoir l'air suspect en découvrant le corps, il avait peut-être signalé l'incident en espérant que la police allait se ruer sur place, puis il l'avait fait une seconde fois en constatant que rien ne s'était produit.

La troisième était beaucoup plus simple, et elle lui était venue en regardant comment Aidan avait écrit « Southampton » dans la case indiquant le lieu du crime. Aidan n'était pas allé chez elle, tout simplement parce qu'il ne savait pas où elle habitait. C'était l'option la plus basique, mais elle soulevait tout autant de questions que les autres. Si cela faisait cinq ou six mois que Zoe habitait ici, comment pouvait-il ne pas connaître son adresse ?

Aidan se présenta avant les parents de Zoe, ce qui soulagea Jonah. Il avait beaucoup de questions en attente de réponses avant de commencer à discuter avec M. et Mme Swardadine.

En personne, le Dr Aidan Poole était bien moins charmant que sur sa photo, même si Jonah était prêt à admettre que les circonstances y étaient peut-être pour quelque chose. Sa veste et son jean étaient assez soignés, mais il avait la peau luisante, et ce qui aurait pu ressembler à un hâle relativement sain présentait un aspect gras. Les yeux vitreux et striés de sang n'aidaient pas beaucoup non plus. Autant de stigmates de son deuil qui avaient transformé l'homme à l'air satisfait du portrait en une figure minable et rebutante.

— J'aurais dû donner mon nom quand j'ai appelé, dit Poole dès le début de l'enregistrement. Je suis vraiment désolé. Est-ce que… Est-ce que ce délai a fait une différence ?

Jonah releva les yeux des pages de la transcription.

— C'est difficile à dire. Peut-être.

Aidan fit la grimace et détourna les yeux en acquiesçant.

— Alors, Zoe était votre petite amie ?

Poole hocha la tête en silence.

— Racontez-moi en détail ce que vous avez vu. Aussi clairement que possible.

— Oui, répondit Poole en serrant les dents.

Jonah parvenait presque à ressentir la tension de son interlocuteur. D'une voix chargée de stress, celui-ci raconta ce qu'il avait déjà signalé, l'appel sur Skype, l'intrus qu'il n'avait jamais réussi à voir, les bruits de lutte.

Il n'avait pas l'air d'avoir répété son histoire. Souvent, il s'interrompait pour chercher ses mots. Et ces mots-là étaient justement ceux que Jonah trouvait les plus intéressants.

— Alors, vous avez prévenu la police ?

— Oui. Je n'ai pas été très efficace quand je leur ai expliqué la situation et je... je le regrette vraiment.

Il se tut, et Jonah l'étudia avec attention pour essayer de le jauger.

— Vous savez qu'à présent il s'agit d'une enquête pour meurtre, dit-il au bout d'un instant. Certaines choses deviennent moins importantes dans ces circonstances.

Aidan s'adossa, ce que Jonah interpréta comme un réflexe instinctif pour s'écarter de lui.

— J'ai besoin que vous me disiez ce que vous me cachez, poursuivit-il.

Poole secoue la tête.

— C'est... une étudiante.

Il fit une grimace.

— Je suis prof. On a gardé le secret sur notre relation parce qu'elle n'aurait jamais dû se produire. Indubitablement, l'université verrait cela d'un mauvais œil, et si quelque chose lui est arrivé, et si j'y suis mêlé...

Jonah lui lança un long regard fixe. Aidan le soutint un instant, puis détourna les yeux.

— Avez-vous des raisons de penser que quelqu'un voulait du mal à Zoe ? dit Jonah d'un ton calme.

— Non. Mais je me demandais toujours si elle avait rencontré quelqu'un, vous savez ? S'il y avait quelqu'un d'autre, et si c'était la raison pour laquelle elle n'était pas disponible plus tôt… Peut-être allait-elle m'en parler ce soir-là ? Est-ce cette personne qui l'a tuée ? Quelqu'un – s'il existe – à qui elle a donné une clé ?

— Elle n'a jamais rien dit qui puisse le suggérer ?

Poole secoua la tête.

— Cela dit, ajouta-t-il d'un ton hésitant, certains étaient… intéressés. L'un d'eux en particulier. Son ami Victor, qui travaillait dans le même café qu'elle.

— Qu'est-ce qui vous fait croire qu'il l'appréciait ?

— C'était évident, répondit Poole avec un peu plus d'assurance. Le jour où il s'est rendu compte qu'on sortait ensemble, il a essayé de s'en prendre à moi, et il a cassé mon ordinateur portable. Il aurait dû être viré sur-le-champ. Pendant des mois, il a refusé de nous voir, et, de toute évidence, il me détestait.

Jonah regarda Poole d'un air pensif.

— Vous connaissez l'adresse de Zoe ?

Il vit que sa question avait légèrement fait rougir Poole.

— Pas la nouvelle, non.

— Quand a-t-elle déménagé ?

— Je… Quatre mois environ ?

Jonah se contenta de le dévisager.

— Je sais que c'est un peu bizarre. On a fait une pause, il y a quelque temps, et elle a déménagé. Elle voulait prendre un nouveau départ. Mais par la suite, on a renoué, et on a refait ce qu'on faisait au tout début de notre relation. On se donnait rendez-vous, et on finissait toujours à mon hôtel…

Il ferma brièvement les yeux.

— Je sais qu'à l'entendre, ça peut sembler affreux… Mais ça ne l'était pas. C'était… merveilleux.

L'éclat de lumière qui perlait dans ses yeux finit par déborder, et Poole essuya ses larmes d'un geste colérique.

Jonah décida que ça suffisait pour aujourd'hui. Il demeurait convaincu que Poole lui cachait beaucoup de choses, mais il se rendait également compte que presser un témoin manifestement sous le choc aurait un effet désastreux sur l'enregistrement. Tout ce qui se dirait pouvait être mis au jour en cas de procès.

— C'est tout ce que je voulais vous demander pour l'instant. J'aurais également besoin de prélever vos empreintes. Je vais tout de suite regarder si quelqu'un peut le faire.

— Pourquoi ? demanda Poole.

Jonah vit qu'il s'était brusquement raidi.

— Vous savez que ce n'était pas moi.

— Nous en avons besoin pour les écarter. Même si vous n'êtes pas allé dans l'appartement, vous avez pu toucher des affaires de Zoe.

— Oh. Bien sûr. Désolé.

Jonah se leva.

— Je vous emmène en bas.

La chasse aux caméras de sécurité de Hanson avait produit deux résultats potentiels. Le pâté d'immeubles disposait d'une caméra à l'arrière du parking, pointée vers les grilles. Elle cadrait la route à travers le porche sous le bâtiment. L'entrée de la plupart des appartements se trouvait à côté du porche, aussi Hanson avait-elle de bonnes chances de repérer si quelqu'un était parti vers la ville ou en était revenu.

Sur un lampadaire en bas de Latterworth Road, côté ville, une seconde caméra permettait de voir si quelqu'un remontait du centre-ville. L'autre extrémité de la rue n'était malheureusement pas couverte, et les images des deux dispositifs ne leur montreraient que les gens arrivés par le sud.

Naturellement, il avait plu tout le temps qu'avait duré sa reconnaissance, et, n'ayant que sa veste et son écharpe pour se protéger, elle était trempée quand elle regagna sa voiture. Elle grimpa dedans, mit le chauffage à fond, et elle était déjà presque à moitié sèche en arrivant au poste.

Walker, l'un des agents qui couvraient l'est du Hampshire, lui sourit avec compassion quand elle entra.

— On vous a envoyée faire du porte-à-porte ?

— Presque. La chasse aux caméras de surveillance.

— Ça vaut le coup de garder un manteau et un pantalon imperméable dans son coffre. C'est moche, mais... ça vaut mieux que passer toute la journée à se les geler.

— C'est un bon conseil ! lança Hanson.

Elle ne précisa pas que, des semaines durant, elle en avait trimbalé dans son coffre, à l'intérieur du sac de voyage où se trouvait aussi son duvet. Elle avait eu besoin de ça pour savoir qu'elle pouvait échapper au petit ami violent avec lequel elle avait vécu. Quand elle s'était finalement libérée de lui et qu'elle s'était sentie suffisamment sûre d'elle pour sortir ce sac de son coffre, elle avait su qu'elle avait franchi une étape psychologique importante. Mais, d'un point de vue pratique, ce n'était pas très judicieux.

Elle alluma son ordinateur portable et passa de nouveau en revue les photos de la scène de crime. Sur l'une d'elles, prise dans la cuisine, elle remarqua les deux gamelles du chat. Elle avait oublié le chat !

Elle s'apprêtait à appeler Sheens pour l'avertir quand elle le vit sortir d'une salle d'interrogatoire en compagnie d'un brun à la mine légèrement boudeuse qui devait approcher la quarantaine. Sous son expression hagarde, il devait être beau gosse, songea-t-elle. Boudeur et artiste, tel qu'elle s'était toujours imaginé Byron.

Elle se rendit compte qu'il devait s'agir du petit ami. Celui qui avait été témoin de la mort de sa compagne en ligne. Cachée derrière son écran, elle l'observa avec attention tandis qu'il se dirigeait vers la porte, tâchant de deviner si le chagrin qu'il affichait était réel... S'il avait dit la vérité... Très difficile de trancher !

Jonah conduisit Poole vers l'ascenseur plutôt que l'escalier, dans un désir instinctif de le protéger. Le professeur semblait se déliter sous les yeux de Jonah, le regard perdu, les épaules voûtées sous le poids du désespoir.

L'air absent, il attendait que les portes de la cabine s'ouvrent, et, quand elles le firent, il sembla frappé par la foudre.

— Oh, mon Dieu, murmura-t-il.

Le couple face à lui se trouvait dans le même état. Jonah n'eut aucune peine à reconnaître Martin Swardadine ni à deviner que la belle femme noire très bien vêtue qui l'accompagnait était sa femme. Les deux posaient sur Poole un regard horrifié.

Jonah soupira. Il aurait préféré qu'ils se rencontrent plus tard. D'un autre côté, l'intensité de leurs réactions respectives était intéressante.

Jonah s'avança devant Poole et tendit la main aux époux Swardadine.

— Je suis l'inspecteur Sheens. Je suis vraiment désolé. J'étais en train de raccompagner M. Poole.

La mère de Zoe hocha brièvement la tête et coula un regard vers Aidan. Ce n'était pas un regard amical.

Jonah songea que, tout à l'heure, il devrait trouver le moyen de lui demander avec tact les raisons d'un tel coup d'œil, mais il n'eut pas besoin d'attendre. Dès qu'il les eut rejoints, la mère de Zoe l'interpella d'une voix pleine d'urgence.

— Qu'est-ce qu'il fait là ?

Le hall d'accueil n'était certainement pas le meilleur endroit pour discuter de ça, aussi choisit-il ses mots pour répondre.

— C'est M. Poole qui nous a signalé que Zoe avait été agressée.

La mère de Zoe adressa un étrange regard à son mari. Plein de colère et de chagrin.

— Allons parler à l'étage, proposa Jonah d'une voix aussi apaisante que possible.

8

Avril – dix-neuf mois plus tôt

Zoe ressentait un bien-être et une plénitude qui ne firent qu'augmenter pendant son déjeuner avec Aidan au Mercure. Ils s'étaient mis d'accord pour manger à l'hôtel, et cette décision allait immanquablement se terminer au lit. Aidan n'avait aucun cours jusqu'à 16 heures, et, quand ils attaquèrent les tagliatelles, Zoe pensait déjà à monter dans la chambre avec lui. Elle n'avait pas arrêté de rêvasser à propos de la nuit qu'ils avaient passée ensemble la semaine précédente, et les six jours où il s'était de nouveau absenté n'avaient été qu'une longue plage de frustration, sentiment qui s'était ensuite transformé en impatience. Elle voulait le retrouver dans cette chambre.

Le vin n'aidait pas. Elle ne savait pas trop ce qui l'avait poussée à demander un deuxième verre de rosé, excepté peut-être le fait que, lorsqu'elle était avec lui, elle avait tendance à faire n'importe quoi.

Ils avaient quasiment fini quand son téléphone sonna.

— Angeline, constata-t-elle en essayant de conserver son sourire.

— Tu ne vas pas répondre, quand même ? demanda-t-il en plissant légèrement les yeux.

— Je... Je ne... Pfff... Elle ne va pas très bien et je crois qu'elle ne reçoit pas le soutien dont elle aurait besoin. Elle fait des choses stupides… Elle boit, et, parfois, elle se scarifie… Enfin, ce n'est pas stupide quand on est désespérée, j'imagine.

Le téléphone sonnait toujours. Angeline ne laissait pas tomber.

— C'est toujours toi qu'elle appelle ?

— Je… je crois.

— Et tu trouves que c'est juste envers toi ?

Aidan avait posé la question de façon si douce qu'elle ne s'était pas sentie agressée. Au contraire. Elle se demanda si, effectivement, c'était juste. Mais l'image du corps malingre d'Angeline affalé comme un tas de gravats au milieu de son salon la frappa. La dernière fois que Zoe n'avait pas répondu présente, c'était ce qui s'était passé. Personne d'autre n'était là pour aider son amie.

Le téléphone finit par se taire. Zoe lui jeta un regard misérable. Voyant qu'elle n'avait pas décroché, Aidan lui pressa gentiment la main.

— Désolé. Je ne dis pas que tu ne devrais pas l'aider. Bien sûr que tu dois le faire. Mais je veux simplement m'assurer que tu ne vas pas y laisser toutes tes plumes. Peut-être que, toi aussi, tu as besoin qu'on s'occupe de toi de temps en temps.

Il lui massa les doigts avec son pouce, puis retourna sa main et le fit glisser le long de son poignet, à l'endroit où sa peau était la plus pâle et la plus sensible. Elle sentit quelque chose qui réagissait au plus profond d'elle-même, et, soudain, s'assurer qu'Angeline allait bien lui parut moins urgent.

— Demandons l'addition ! s'exclama Aidan d'un ton ardent.

Quand Zoe acquiesça, il lui adressa un sourire malicieux.

— Et je ferais mieux d'aller pisser, parce que j'ai atteint ma limite avec le vin, là.

— C'est à cause de ton grand âge, murmura Zoe.

Il se leva en riant.

Zoe donna sa carte au serveur, la tête pleine de pensées sur la chambre d'hôtel et ce baiser.

— Je peux payer ?

Le serveur parut troublé tandis qu'il cherchait le lecteur de carte. Il s'attendait manifestement à les voir rester plus longtemps, mais elle lui tendit sa Visa sans même consulter le montant et entra son code pin.

Quand Aidan revint, elle était en train de la remettre dans son sac.

— Attends, tu n'es pas autorisée à payer pour tout ça.

— Et pourquoi pas ? s'enquit Zoe en redressant le menton.

— Parce que c'était extravagant. Et j'ai bu bien plus de vin que toi. Et, la dernière fois, tu avais déjà payé ta part. Écoute, laisse-moi te rembourser la moitié, dit-il en sortant son téléphone. Si tu décides que tu m'apprécies assez pour me revoir, tu pourras m'inviter tant que tu voudras, mais je suis mal à l'aise à l'idée que tu le fasses aujourd'hui.

Zoe poussa un soupir exagéré.

— D'accord. Juste la moitié. Ça fait... environ quarante-deux.

Elle ressortit sa carte pour qu'il puisse lui faire le virement.

— Vérifie que c'est bon, dit-il en la lui rendant.

Elle leva les yeux au ciel, mais s'exécuta quand même.

— Ouais, c'est fait.

Puis elle vit le nom de l'émetteur du virement : *M. & Mme A. Poole.*

Elle mit une seconde à enregistrer l'information, et quand elle le fit, un frisson glacé lui parcourut la poitrine.

— Tu es marié, lâcha-t-elle d'une voix dure.

Elle releva les yeux et vit son expression. Il avait l'air d'un animal hypnotisé par des phares de voiture, et elle sut que c'était vrai.

— M. & Mme A. Poole.

Il regarda son téléphone.

— Oh... Le compte commun...

L'espace d'un instant, il eut l'air perdu. Aidan, le charmeur désinvolte et fascinant, subitement hébété.

Au bout d'un moment, il soupira et croisa son regard.

— Oui, je suis marié. Mais pas comme tu le penses. C'est simplement technique, parce que je ne veux pas lui nuire en divorçant quelques mois avant de percevoir l'héritage de ma mère.

Il se redressa, adoptant une posture plus ouverte. Plus honnête.

— Ce n'est pas un mariage. Ce n'est qu'une farce. Nous habitons dans la même maison, mais nous n'avons plus la moindre idée de qui est l'autre. Je pense qu'elle m'aurait déjà quitté si elle n'avait pas eu un peu pitié de moi, dans le fond.

— Nom de Dieu ! s'exclama Zoe.

Elle détourna les yeux, parce qu'elle aurait voulu le frapper. Et elle aurait aussi voulu que ce ne soit pas vrai.

— Zoe, dit-il en tendant une main qu'elle repoussa en secouant la tête. Zoe. Je n'essaie pas de te tromper. Depuis que je t'ai rencontrée, j'ai tenté de trouver le courage de te l'annoncer, mais j'avais peur que tu t'enfuies, tout ça à cause d'un mariage qui ne signifie plus rien depuis très longtemps.

— Ouais, je me serais enfuie ! s'écria-t-elle en passant devant lui. Et c'est ce que je fais à présent.

— S'il te plaît, ne fais pas ça. Nous allons le regretter tous les deux ! s'exclama-t-il d'une voix aux accents sincères.

Elle secoua la tête. Le frisson glacé se répandait de plus en plus loin dans son corps. Elle s'éloigna d'un pas déterminé.

— Tu ne t'en irais pas si tu savais à quel point Greta et moi avons été malheureux, lança-t-il en marchant derrière elle. Je sais que j'aurais dû mettre fin à cela avant d'aller voir ailleurs, mais, parfois, les gens ne sont pas ainsi. Et elle n'est pas... Elle ne mérite pas de se faire spolier de la moitié de l'argent. Elle s'est occupée de ma maman pendant toute la durée de sa maladie, tout autant que moi.

Zoe hésita en arrivant devant la porte. Elle sentait son cœur battre la chamade dans sa poitrine. Mon Dieu, qu'est-ce qu'elle désirait que ce soit vrai ! Mais et s'il ne valait pas mieux qu'Isaac, qui avait menti à Maeve pendant des mois ?

— N'essaie pas de m'appeler, dit-elle sans se retourner.

Elle parvint à ne pas pleurer avant d'avoir quitté l'hôtel. Ensuite, elle fut prise d'une crise de larmes, de celles qui vous donnent l'impression que tous vos organes vont ressortir par votre bouche. Elle avait besoin de s'en aller, mais, subitement, le monde lui semblait un espace dépourvu de sens.

9

Bien qu'elle n'eût pas fini son travail sur l'affaire de chantage, Hanson espérait à moitié que Sheens lui demanderait d'assister à l'entretien avec les parents de Zoe. Elle avait envoyé les requêtes pour obtenir les images des caméras de surveillance, et elle pensait à l'appartement ; à la fille ; au sang. Subitement, la piste de l'argent dans l'affaire de chantage lui semblait triviale.

Parler avec deux parents éplorés ne serait vraisemblablement pas très drôle, mais Hanson voulait faire partie de cette enquête. Elle avait vu le corps de Zoe, et elle ressentait – à un degré moindre, bien sûr – la perte que ses parents devaient éprouver. Elle voulait être présente afin de leur montrer qu'ils allaient tout faire pour découvrir ce qui s'était passé.

En outre, elle avait envie de voir comment l'inspecteur Sheens allait gérer ça. Il y avait toujours quelque chose à apprendre. Hanson avait beau être convaincue qu'elle était douée pour mener les entretiens, elle voyait bien qu'il y avait une différence. Sheens était exceptionnel.

Plus d'une fois, d'autres agents lui avaient demandé pourquoi Sheens faisait autant de basses besognes, et pourquoi il ratait autant de réunions et de manifestations qui auraient été propices à sa promotion. La plupart des flics voulaient grimper dans la hiérarchie, c'était naturel. Rares étaient ceux qui s'accrochaient au grade d'agent ou de subalterne, parce que le salaire augmentait fortement avec la promotion, et, pour Sheens, l'étape suivante, le poste de commissaire, s'accompagnerait d'une hausse importante de sa rémunération.

C'était difficile d'expliquer exactement pourquoi Sheens était aussi impliqué dans son rôle, particulièrement en ce qui concernait les entretiens. Elle avait toujours affirmé qu'il était bon, et c'était le cas. Mais ça n'allait pas assez loin. C'était comme si une part très importante de l'inspecteur n'existait que lorsqu'il avait un sujet à disséquer et à manipuler.

Après avoir installé les parents de Zoe dans une salle, Sheens vint demander à Hanson de le rejoindre, et il salua Lightman d'un signe de la tête, mais sans étendre l'invitation à lui.

— Génial ! lança Hanson en souriant. Je suis prête quand vous voulez. J'ai déjà envoyé les requêtes pour les images des caméras de surveillance, et je me disais juste que, demain, je devrais passer à l'appart de Zoe pour essayer de retrouver son chat.

— Et qu'est-ce que vous allez en faire ? demanda Sheens en souriant à son tour.

— Lui donner à manger ? On ne sait jamais. C'est peut-être un témoin potentiel.

Jonah était plus soulagé qu'il aurait voulu l'admettre par la présence de Hanson lors de l'entretien. Ce n'était pas simplement parce qu'elle était douée pour exprimer de la compassion sans en faire trop. C'était aussi que la présence d'une collègue empêchait Jonah de se laisser entraîner trop loin dans le chagrin de la famille. Ç'aurait pu être Lightman, O'Malley ou n'importe quel autre agent, ça n'avait pas d'importance. Il avait simplement besoin de quelqu'un qui fasse office d'ancre. De quelqu'un devant qui il soit obligé de garder son sang-froid.

— Que lui est-il arrivé ? demanda la mère de Zoe.

Suki. Non. Siku.

Siku, pensa-t-il. Il faut te le mettre dans le crâne.

Le chat de sa mère s'appelait Suki, ce qui était légèrement problématique. Il avait déjà suffisamment de mal comme ça à se rappeler le nom des gens quand il était sous pression sans que cette nouvelle source de confusion vienne s'ajouter au reste.

— Il semble qu'elle ait été agressée pendant qu'elle prenait son bain. Apparemment, elle a été droguée, peut-être avec quelque chose qui ressemble à du chloroforme, ce qui a permis à l'agresseur de lui ouvrir les veines des poignets. C'est la perte de sang qui a causé son décès.

Siku acquiesça.

— Les artères ? demanda-t-elle.

Il se rappela subitement qu'elle était généraliste. Cela rendait les choses un peu plus difficiles. Il n'allait pas être en mesure d'escamoter les détails.

— Oui, c'est ce que croit le pathologiste. L'artère radiale, de chaque côté. L'autopsie devrait le confirmer.

Il voyait qu'elle enregistrait l'information. Elle n'avait probablement pas besoin de demander combien de temps cela avait duré. Elle devait savoir qu'il y avait une fenêtre de dix à quinze minutes pendant lesquelles Zoe aurait pu reprendre conscience avant que le défaut d'irrigation dans le cerveau ne prélève son tribut. Et que l'eau chaude avait favorisé un écoulement continu du sang.

Le regard perçant de Siku se posa de nouveau sur lui.

— Qu'a-t-il employé ?

— Siku, intervint Martin d'une voix étranglée.

Jonah s'aperçut qu'il était blême. Il n'avait aucune envie d'entendre tout ceci.

— Je suis désolée, répondit-elle calmement en lui pressant la main. J'ai besoin de savoir.

Elle fixa Jonah.

— Un couteau Stanley, tiré de la trousse à outils de Zoe, dit Jonah avec autant de tact que possible.

Un bref silence s'installa. Jonah nota que Martin avait le souffle court.

— Alors, il la connaissait, poursuivit Siku d'une voix où perçait la certitude. Il savait qu'il trouverait une arme sur place.

— Il avait également accès à l'immeuble, répondit Jonah. Nous allons vérifier ça, mais nous savons que son propriétaire avait une clé et qu'Angeline en avait une autre. Y en a-t-il d'autres à votre connaissance ?

Siku jeta un coup d'œil à son mari, puis secoua la tête.

— On n'en a jamais eu. Et je ne pense pas qu'elle en aurait donné à tout le monde.

— Elle était très prudente, dit Martin. Particulièrement avec tout ce qui se passait avec Aidan.

— Comment ça ? demanda Jonah d'une voix neutre.

Martin adressa un long regard interrogatif à sa femme, qui redressa la tête.

— Il était là, reprit Martin. Vous enquêtez sur lui ?

— Nous voulons découvrir tout ce qui se passait, répondit Jonah avec précaution.

— Il n'aurait pas dû s'approcher d'elle ! s'écria Siku avec colère. Elle avait rompu.

Jonah haussa les sourcils.

— Vous n'aviez pas eu vent du fait qu'ils s'étaient remis ensemble ?

— Non, dit fermement Siku. C'était elle qui avait décidé de rompre, elle avait fini par ne plus se laisser convaincre par tous ses discours. Elle avait bloqué ses messages et elle avait déménagé pour s'éloigner de lui. C'était terrible, cette obligation de déménager. Terrible. Elle habitait dans un superbe appartement avec Maeve, à St Denys, avec une vue sur l'estuaire et beaucoup de personnalité, et non dans une banale cage à lapins. Déménager lui avait brisé le cœur, et, à l'évidence, ça n'a servi à rien, ajouta-t-elle en secouant la tête. Il a dû la retrouver.

— Apparemment, Aidan Poole n'avait pas sa nouvelle adresse, répondit Jonah en considérant que c'était le bon moment pour révéler cette information. Néanmoins, il semble qu'ils avaient renoué.

— Qui vous a dit ça ? demanda Siku d'une voix froide. Lui ?

— C'est en partie circonstanciel, répliqua gentiment Jonah. C'est Aidan Poole qui a signalé le crime. Selon ce qu'il déclare, elle a été agressée pendant qu'ils étaient en train de communiquer sur Skype. Nous sommes en train de vérifier ses dires, mais, à ce stade, il nous paraît peu probable qu'il ait pu ou voulu mentir à ce propos, particulièrement s'il était impliqué d'une manière ou d'une autre dans ce meurtre.

Un bref silence s'ensuivit.

— Mon Dieu, mais pourquoi lui aurait-elle donné ne serait-ce que l'heure ?

— Parce qu'elle avait trop bon cœur ! s'écria Martin, les yeux brillants sous le néon du plafonnier. Et peut-être qu'elle voulait être avec lui, ajouta-t-il en posant la main sur l'épaule de sa femme. Avant, tu l'aimais bien.

— C'était avant que je comprenne ce qu'il était vraiment, dit sèchement Siku.

— Alors, vous étiez opposée à leur relation ? demanda doucement Hanson, tandis que Jonah observait l'expression de Siku.

— Comment pourrait-il en être autrement ? Qui aurait envie que sa fille fréquente un homme marié qui ne veut pas quitter sa femme ?

Jonah échangea un coup d'œil avec Hanson, qui était aussi choquée que lui.

— Que dites-vous ?

Siku recula.

— Il vous avait caché cette petite perle, n'est-ce pas ?

— Nous n'étions pas au courant, c'est certain, répondit Jonah.

— C'est un menteur. C'est ce qu'il fait. Il lui a caché l'existence de sa femme, et, quand elle l'a découverte, il a prétendu qu'ils allaient divorcer. Ensuite, vu que ça n'arrivait pas, il a prétexté des contretemps. Il mentait encore et encore, il la tenait en haleine et la rendait malheureuse. Et maintenant, il l'a tuée.

Ils vont leur dire que je suis marié, pensa Aidan. Il avait rejoint la gare, mais il s'était figé devant les grilles. Il n'était arrivé jusque-là que par la force de l'habitude. Dans son esprit, il se trouvait à des centaines de kilomètres des distributeurs de billets et des grilles. Par intermittence, il était même à une année de distance de là, dans le souvenir de sa rencontre avec Zoe. Puis, l'instant d'après, il se voyait dans la salle d'interrogatoire, sachant qu'elle était morte.

Ça avait déjà dû se produire. À l'heure qu'il était, Siku et Martin avaient probablement tout révélé à la police. Ils savaient.

Mais bien sûr qu'ils savaient ! Aidan s'était raconté des bobards. Jamais il ne serait parvenu à garder le secret sur l'existence de Greta. Maeve, Angeline, Victor… Tous savaient qu'il était marié.

C'était un sacré bordel, et tout était de sa faute. Il avait laissé tout cela se produire, même si, rétrospectivement, il avait l'impression que c'était un autre qui avait pris toutes ces décisions stupides. Ça ne pouvait pas être lui.

Dès le tout premier soir, il avait eu l'impression que quelqu'un d'autre avait pris possession de son corps. Une personne plus intelligente et plus charmante. Une personne libre de flirter et de faire des promesses. Il avait regretté l'échange des numéros de téléphone dès l'instant où il avait quitté l'immeuble, et il s'était aussitôt senti obligé d'appeler Greta.

Il se demandait souvent comment les choses se seraient passées si Greta ne s'était pas absentée ce week-end-là. Pour commencer, il ne serait pas allé dans un bar après le cinéma avec ses collègues. Il serait rentré la rejoindre et il aurait dîné avec elle au lieu de s'envoyer huit verres d'affilée le ventre vide.

Et même si, pour une raison ou pour une autre, il avait fait tout cela, il serait rentré plus tard et il l'aurait vue. Il se serait rappelé toutes les choses merveilleuses qu'ils partageaient. Et il aurait donc effacé le numéro de Zoe et bloqué ses appels. Il savait qu'il l'aurait fait.

Mais, au lieu de ça, il avait appelé sa femme depuis le taxi, et perçu que ça l'irritait d'être interrompue alors qu'elle travaillait à peaufiner son réseau.

— Tout va bien ? avait-elle demandé.

Il avait compris le sous-texte. Si tout allait bien, il n'avait nul besoin de l'appeler.

— Oui, très bien. Je voulais simplement… dire bonsoir.

— Bon. Écoute, je suis au bar avec des éditeurs. On peut se parler plus tard ?

— Bien sûr, avait-il lâché dans un souffle. Mais je dormirai peut-être à l'heure où tu auras fini, s'était-il senti obligé d'ajouter avec un peu de mauvaise humeur.

— Bon, très bien. Je t'appelle demain matin si tu me manques.

Cette dernière remarque cimenta tout ce qu'il ressentait. Qu'ils se parlent ou non, elle s'en moquait. Elle avait bien plus important à faire.

Il avait raccroché et était directement allé consulter sa messagerie. En trois phrases, sa femme avait effacé tous ses regrets. Il tapa rapidement, même s'il dut revenir en arrière pour corriger quelques coquilles. Il était ivre mort, et les cahots du taxi ne facilitaient pas les choses.

C'était tellement bien de faire ta connaissance. Je suis enchanté d'avoir joué les salauds de pique-assiette ce soir. J'espère te revoir bientôt. Je t'embrasse. A.

Il se trouvait dans cet état d'effervescence caractéristique du début d'une relation, le sourire scotché aux lèvres, quand il reçut une réponse à peine deux minutes après.

Totalement d'accord. Parfois, ça fait vraiment du bien d'être un salaud. Dis-moi quand tu seras dispo pour boire un coup. Je t'embrasse.

C'est en gros à ce moment-là que la bataille avait été perdue.

Cela dit, quand Greta était rentrée de son séjour à Berlin, il s'en était énormément voulu. Elle avait posé ses bagages dans l'entrée, s'était approchée pour lui faire un long baiser langoureux et un sourire, et il s'était demandé s'il ne s'était pas construit une fausse image de sa femme. Elle était tellement plus chaleureuse que dans la représentation qu'il en avait gardée, tellement plus tendre aussi. Il l'avait embrassée sauvagement, et ça s'était terminé à l'étage, où ils avaient fait l'amour comme peu de fois auparavant.

Après, allongé à côté d'elle, il s'était dit qu'il n'était qu'un idiot, mais qu'il avait eu de la chance de s'en rendre compte. Il avait été sur le point de mettre en danger un mariage merveilleux sans aucune raison.

Puis Greta était partie prendre une douche, et le téléphone d'Aidan avait vibré. C'était un message de Zoe. Il avait déjà changé les paramètres pour que la notification n'apparaisse pas sur son écran de veille, mais il avait quand même ressenti une frayeur subite.

Ce n'était qu'un message anodin, mais, pour une raison ou pour une autre, il avait franchi sans problème toutes les strates de culpabilité pour atteindre directement les zones de gratification de son cerveau. Subitement, toute l'excitation qu'il avait ressentie depuis leur rencontre était remontée à la surface.

Salut, Aidan. Comment ça va aujourd'hui ? Je viens juste de servir un café à Judi Dench. Je ne me fous pas de toi. Judi Dench, rien que ça. FANTASTIQUE. Bises.

Il avait souri intérieurement en lui répondant qu'il ne la croyait pas, et qu'il avait besoin d'une photo pour en avoir la preuve.

C'est à ce moment-là qu'il avait laissé passer la dernière chance de s'en sortir. Plus tard, même au cours des périodes de séparation, ni l'un ni l'autre ne parviendrait à se libérer complètement de cette relation.

Tout cela l'avait amené jusqu'à ce point, et il avait l'impression d'être au bord d'un abîme. La perte d'une personne qui lui était chère allait entraîner avec elle toutes les autres bonnes choses de son existence, une par une.

Hanson n'était pas pressée de vivre les prochaines heures, même si elle s'était portée volontaire pour accompagner l'inspecteur. Elle n'avait encore jamais assisté à une autopsie, et elle se disait qu'il était fort probable qu'elle se sente très mal à un moment donné. Mais c'était quand même mieux que la perspective d'accompagner Siku et Martin Swardadine lors de l'identification du corps de leur fille.

Jonah et elle montèrent dans la Mondeo, tandis que les Swardadine partaient à la recherche d'un hôtel dans le coin, où ils pourraient attendre que le corps de Zoe soit préparé. Par la suite, il faudrait relever leurs empreintes, et vraisemblablement les interroger de nouveau. Mais pour l'instant, ils n'étaient que des parents en deuil.

Hanson suivit des yeux la BMW racée de Martin quand ils quittèrent le parking.

— Il m'a l'air assez manipulateur, cet Aidan Poole, dit-elle. Vous pensez qu'il y a du vrai dans ce qu'ils affirment ?

— Clairement, c'est un menteur, répondit l'inspecteur en démarrant. Je veux vérifier s'il était vraiment en communication Skype avec elle de chez lui et jeter un coup d'œil aux empreintes digitales. Mais je ne pense pas qu'il mente à propos du meurtre. Au téléphone… Il avait vraiment l'air terrifié. Et je ne vois pas pourquoi il mentirait. S'il l'avait tuée puis avait pris la peine de maquiller ça en suicide, pourquoi nous appeler ensuite pour nous dire qu'il s'agissait d'un meurtre ? Ç'aurait été beaucoup plus sûr de ne rien faire.

— Oui, je suppose.

Hanson se demandait quand même s'il était ridicule de suggérer que tout cela était peut-être une sorte de bluff. Les gens faisaient-ils vraiment ça ? Et Aidan Poole était-il ce type de personne ?

— Et sa femme ?

— Il faut qu'on aborde le sujet avec lui, répondit Sheens. En rentrant de la morgue, je vais lui demander de bien vouloir passer au poste.

Il jeta un coup d'œil à Hanson.

— C'est bon, dit-il. Vous n'avez pas besoin de venir.

— J'en ai envie, en fait, répondit-elle un peu maladroitement. Si ça ne vous dérange pas.

— Si ça vous est égal de gâcher votre vendredi soir, je suis toujours content quand j'ai de la compagnie.

— Il n'y a rien à gâcher. Notre soirée habituelle au pub est annulée, et je suis un cas désespéré, je n'ai rien d'autre à faire.

— Pareil ! s'exclama Jonah en secouant la tête. On a vraiment tous les deux besoin de s'acheter une vie, Juliette.

La morgue ne ressemblait pas du tout à ce qu'elle avait imaginé. Elle se demanda si toutes les émissions américaines sur les flics l'avaient influencée, parce qu'elle s'était attendue à une pièce sinistre pleine de tiroirs métalliques, éclairée par des néons tremblotants.

La réalité était tout autre : un hall rassurant donnait sur une salle semblable à celle qu'on trouve dans les cliniques privées. Par l'embrasure de la porte, on distinguait quelques marines accrochées à un mur, mais cela n'avait rien de sordide ni d'horrible.

Deux personnes les attendaient à leur arrivée, le pathologiste, le Dr Shaw, et une femme d'une quarantaine d'années qui se présenta – elle s'appelait Pauline – et expliqua qu'elle travaillait là. Hanson était interloquée. Pauline était-elle une sorte d'employée des pompes funèbres, ou juste un membre de l'équipe ? Comment pouvait-on appeler cette technicienne de la mort ? Une morticienne ? Il faudrait qu'elle demande à Sheens.

— Je suis prêt, dit Shaw.

Il avait une voix douce avec une pointe d'accent écossais, et un tic : il penchait la tête en avant pour les regarder par-dessus ses lunettes. Ça lui donnait l'air plus âgé qu'il ne l'était. La petite trentaine, songea Hanson, pas beaucoup plus vieux qu'elle. Comment s'était-il endurci au point de découper des gens au quotidien ?

Il les conduisit à l'arrière de la morgue, une zone qui commençait de plus en plus à ressembler à ce qu'elle s'était imaginé. Les tapis cédaient la place à des linos marbrés de gris, et, passé l'une des portes, ils entrèrent dans une pièce d'aspect clinique avec une table en son centre.

Le corps de Zoe, partiellement recouvert, reposait dessus. Hanson sentit une pointe d'angoisse. Allait-elle pouvoir supporter ça ? Pour elle, la victime était trop réelle, même si elle ne la connaissait pas.

Mais il y avait quelque chose d'apaisant dans la voix de Shaw quand il commença à récapituler ce qu'il avait fait jusqu'à présent.

— J'ai prélevé plusieurs échantillons autour de la bouche de la victime. Ils sont chez votre légiste, à part celui que j'ai gardé pour comparer son odeur avec celle d'autres produits chimiques en aussi petite quantité. Je suis plutôt convaincu que nous avons affaire à des traces de desflurane, une substance qui a dû lui faire perdre conscience en quelques secondes, pour peu qu'elle ait été administrée efficacement.

— Avec un tissu sur son visage, par exemple ? demanda Sheens.

— Oui.

— Et les effets auraient duré combien de temps ?

— Entre cinq et dix minutes. Et la victime a dû mettre environ dix minutes à s'évanouir en raison de la perte de sang, et, même si elle s'était réveillée à un moment donné, elle aurait été désorientée, incapable de coordonner ses mouvements et donc de s'en tirer.

Hanson fit de gros efforts pour ne pas imaginer la scène.

— Passons aux premières observations. Les entailles sur les deux avant-bras, comme le suggéraient nos premières observations, ont sectionné les artères radiales, dit-il en tournant légèrement le bras droit de Zoe. Celui-ci en a deux, et la première ressemble à une sorte de faux départ.

— Est-ce courant dans les agressions ?

— C'est plus courant dans les suicides. Mais, si l'agresseur a planifié son acte et qu'il garde son sang-froid, ça peut également arriver.

Il s'arrêta un instant sur les mains de Zoe, puis les souleva pour les examiner plus attentivement.

— Présence de contusions et traces de croûtes sur les jointures de la main gauche, dit-il tandis que Jonah s'approchait pour regarder. Et là aussi, je crois.

— Ça indique qu'elle a lutté avec son agresseur ?

Shaw prit un instant avant de répondre.

— C'est possible. Mais étant donné la netteté des entailles sur ses bras, cela me semble peu probable. Et on voit aussi quelques écorchures. Je dirais que ça s'est produit plus tôt dans la journée.

Hanson croisa le regard de l'inspecteur.

— Elle s'est battue avec quelqu'un dans la journée ? demanda-t-elle.

— Ou elle est tombée, répondit Shaw. Et son poing a heurté le sol quand elle a voulu se rattraper… Mais je vais prélever des échantillons de toute façon. Si quelqu'un l'a empoignée, on a une chance de retrouver un peu d'ADN de l'agresseur sur ses jointures ou sous ses ongles.

— Espérons-le, dit Jonah.

Quand Shaw appela l'un de ses assistants pour refermer le torse de Zoe, Hanson était en train de trembler, mais elle avait tenu le coup. Elle n'avait pas vomi quand il avait ouvert Zoe pour leur montrer que son estomac était vide, et elle n'avait pas eu l'impression qu'elle allait s'évanouir ou pleurer.

Shaw avait terminé ses observations en leur donnant une fourchette malheureusement très large quant à l'heure du décès. Comme le corps était resté immergé et qu'on ne pouvait pas estimer l'avancement de la digestion, il était simplement en mesure d'affirmer qu'elle était morte entre la fin de l'après-midi et l'aube. Néanmoins, cette plage horaire était compatible avec les déclarations d'Aidan Poole, qui déclarait avoir été témoin de son meurtre, et avec celles de Felix qui disait l'avoir aperçue à 20 h 30.

Hanson était restée scotchée sur les contusions aux poings de Zoe et sur son estomac vide. Elle était morte à la fin de la journée, et elle n'avait probablement rien avalé depuis la veille. Hanson avait de nouveau examiné son visage anguleux, ses membres et son torse svelte avec aussi peu d'émotion que possible. Puis, en sortant de la salle, elle avait ôté ses gants et consulté sur son téléphone la page web que l'inspecteur avait trouvée dans la matinée.

La Zoe qu'on découvrait sur la photo avait un visage rond. Plein de courbes. Un sourire à fossettes. Et Hanson se demanda comment elle avait pu mourir l'estomac vide en pesant à peine plus de la moitié de son poids d'autrefois.

Siku et Martin n'avaient pas l'air d'imprimer grand-chose, pensa Hanson. Pauline, l'employée de la morgue, leur expliquait le processus, et Sheens intervenait pour les rassurer, leur dire qu'ils pouvaient prendre leur temps et interrompre l'identification à tout moment. Mais leurs regards déviaient sans arrêt vers la pièce voisine, avec une expression où se mêlaient de façon si complexe la peur, l'impatience, la détermination et la tristesse qu'il était difficile de soutenir ce spectacle.

Ce fut Pauline qui les y conduisit, et Hanson était bien contente de ne pas devoir y retourner avec eux. Sheens et elle prirent place dans les fauteuils à l'accueil, et, pendant qu'il appelait Poole pour le convoquer au poste, elle ôta en silence les peluches sur son pantalon.

— Vous vous en êtes bien tirée, là-dedans, je dois avouer ! dit subitement Sheens. Lors de ma première autopsie, j'ai dû sortir pour vomir. Et, par la suite, j'ai toujours évité d'y assister jusqu'au jour où un pathologiste m'a littéralement traîné à l'intérieur.

— J'espère que ne pas vomir, c'est bon signe, répondit Hanson en faisant la grimace.

— Eh bien, ça peut vouloir dire deux choses : soit vous avez du sang-froid quand les circonstances sont difficiles, soit vous êtes une psychopathe. Mais, dans un cas comme dans l'autre, je suis sûr que vous serez un membre utile à l'équipe.

Hanson pouffa, puis réprima aussitôt son rire. Ce n'était pas très approprié alors que les parents de Zoe étaient en train d'identifier son corps dans la pièce voisine. Elle essaya de rester tranquille et d'adopter un air de circonstance, même si l'adrénaline dans son corps l'aurait plutôt poussée à faire les cent pas.

Siku fut la première à ressortir. Elle avait les larmes aux yeux, mais aussi quelque chose d'incendiaire dans l'expression.

— Qu'est-ce que vous avez entrepris pour retrouver celui qui a fait ça ? demanda-t-elle.

Sheens se leva, et Hanson l'imita aussitôt.

— Tout le nécessaire, répondit-il en hochant la tête. On cherche des témoins potentiels, on vérifie les caméras de surveillance et on enquête sur les motifs qu'on aurait eus de lui nuire. Demain, je vais faire une conférence de presse où je demanderai à quiconque a des informations de nous les communiquer.

Hanson se sentit soulagée – et ce n'était pas la première fois – que l'inspecteur soit là. Elle ne savait pas trop comment elle-même aurait répondu à cette question. En se mettant sur la défensive, probablement.

Siku hocha lentement la tête, puis prit le bras de son mari. Contrairement à elle, celui-ci semblait anéanti, tout simplement. Ce fut sa femme qui l'arracha au corps de leur fille unique et l'entraîna dans le froid de ce soir de novembre.

10

Avril – dix-neuf mois plus tôt

Zoe avait passé une heure à marcher sans but précis. Des conversations pleines de fureur et d'amertume tournaient en boucle dans sa tête. Chaque fois, elle s'imaginait en train de crier, de demander à Aidan comment il pouvait lui faire ça. Dans les meilleures versions, il admettait qu'il était un raté et elle le laissait planté là. Dans les pires, les plus faibles, il lui expliquait qu'il avait déjà quitté sa femme et qu'il l'avait fait pour elle. Qu'elle était tout ce qu'il avait toujours désiré.

Au terme de cette heure tumultueuse, elle s'était retrouvée sur le quai d'une gare. Elle savait qu'elle devait faire quelque chose de tous ces sentiments. En tirer quelque chose. Alors, elle était grimpée dans le train pour Winchester et avait tourné en rond sur le petit carré de moquette à côté de la porte jusqu'à destination. Elle était descendue, et soudain, elle s'était retrouvée dans les locaux de l'école d'art sans avoir conscience de rien excepté de sa colère. Dieu seul savait comment elle avait réussi à traverser les rues sans se faire écraser.

Le calme régnait dans le studio. Au début du trimestre estival, la plupart des étudiants faisaient du surplace. Ils buvaient des coups. Ils se détendaient. Ils procrastinaient.

Zoe posa son sac dans sa section, encombrée par ses nombreuses œuvres. Elle avait meublé tellement d'heures creuses entre ses messages à peindre des toiles… Elle essaya d'oublier à quel point elle avait envie de montrer à Aidan celle sur laquelle elle travaillait en ce moment. Elle n'avait pas besoin de son approbation.

Elle en était si contente. Quelque chose plaçait ce tableau au-dessus de toutes ses œuvres précédentes. Peut-être en raison de la pose qu'elle avait demandée à Angeline, le dos cambré, un bras au-dessus de la tête, la bouche entrouverte. Elle avait vraiment l'air d'une personne plongée dans les affres de la passion. Mais également de quelqu'un torturé par la douleur.

Elle avait choisi cette pose dans les moments qui avaient suivi un après-midi euphorique passé avec Aidan. Parmi des centaines de photographies, ç'avait été la seule qui lui parlait. Et le tableau avait pris forme si rapidement qu'il était pratiquement fini. Elle avait ajouté un ciel nuageux en arrière-plan, et des vagues qui se fracassaient sur une côte au bas de la toile.

Mais à présent, en la regardant, elle voyait qu'elle était loin d'avoir terminé. Il manquait encore des éléments très importants.

Bon, elle pouvait y remédier. Elle allait transformer cette œuvre en ce qu'elle devait être, quelque chose de réel, et non une simple fantaisie. Devant la silhouette d'Angeline, elle ressentait une pointe de culpabilité, car elle n'avait pas répondu à son coup de fil, mais ça ne l'empêcha pas de commencer à sortir ses couleurs.

Elle pressa les tubes de brun roux, de marron, de noir et de rouge vif sur une palette et, non sans un sentiment d'étrange abandon, elle entreprit de peindre deux nouveaux personnages sur la toile. Le premier était comme une ombre qui s'enroulait autour de la silhouette d'Angeline. Il l'obscurcissait aux endroits où il l'enveloppait, mais sans la masquer totalement. Il n'avait pas de forme définie, pas de réalité, mais ses doigts s'entremêlaient au travers d'Angeline à hauteur du bras, au-dessus de sa tête. C'était la cause de la pose d'Angeline ; la seconde moitié d'un rapport sexuel grotesque.

C'était un défi que d'ajouter ce personnage, mais, avec toute la douleur qu'elle ressentait, elle était certaine de ne pas faire d'erreur. C'était comme si plus rien n'avait d'importance – autant écouter la pulsion intérieure qui la poussait à agir.

Dès qu'elle eut terminé, elle s'attaqua au troisième personnage, debout à côté des deux autres, mais si près qu'il aurait pu les toucher en se penchant. Une autre femme, tout aussi nue et anguleuse qu'Angeline, mais fièrement redressée. Elle souriait, sans paraître remarquer les deux mains qui venaient d'ouvrir une plaie dans son ventre.

Avec un étrange sentiment de plaisir, Zoe rendit l'entaille sanglante et hideuse. Elle peignit une couche de gras dans les chairs déchirées, et un aperçu des entrailles, pâles et entremêlées. Ensuite, elle se servit avec prodigalité des pourpres et des écarlates pour figurer le sang aux pieds de la femme.

Quelques heures après son arrivée, elle recula pour admirer son œuvre, le souffle court et le cœur battant. Maintenant que c'était fait, quelque chose en elle se sentait infiniment mieux, même si elle venait de peindre une image de sa propre culpabilité. Une image d'elle, d'Aidan et du mal qu'ils avaient fait à sa femme.

Elle laissa son regard dériver sur la toile, désireuse de ressentir ce qu'elle avait réalisé. À présent, d'autres étudiants l'avaient rejointe dans le studio, et elle était contente qu'ils puissent l'admirer aussi. La culpabilité liée à ce qu'elle avait fait sans le savoir lui procurait une étrange satisfaction. Mais un doute rampant l'assaillit. Ce n'était pas encore tout à fait bien.

Elle inclina la tête pour examiner la seconde femme. La silhouette d'une Mme Poole imaginaire. Puis elle se pencha et gratta la peinture à moitié sèche sur ses yeux. Avant, ils étaient d'un bleu perçant. Mais elle venait de se rendre compte que ça n'allait pas du tout. Elle ne devait pas avoir d'yeux.

Quand elle eut terminé, deux taches couleur chair avaient pris la place des orbites, comme si la femme avait été délibérément aveuglée.

*

Quand Zoe rangea ses tubes de peinture, les réverbères à l'extérieur de l'immeuble étaient allumés depuis longtemps. C'était un magnifique crépuscule d'avril, et, à 19 heures, l'espace devant le bâtiment avait pris des tons bleu foncé très séduisants. Elle se demanda pourquoi elle ne ressentait rien. En général, elle était très sensible à la beauté.

Peut-être s'était-elle asséchée ? Ou peut-être était-ce simplement parce que la beauté du monde n'avait jamais aidé personne...

Puis les sentiments revinrent en elle, mais ils n'avaient rien d'apaisant. Il s'agissait plutôt de la grande responsabilité qu'elle pensait avoir envers Angeline, qui avait vraiment besoin qu'on s'occupe d'elle. L'autodestruction était dans la nature de son amie, et Zoe était la seule à pouvoir réellement intervenir.

Elle prit son téléphone en poussant un long soupir.

Quand ça décrocha, Zoe entendit de la musique en arrière-plan, puis la voix d'Angeline qui prononçait son nom en étirant la seconde syllabe, comme si elle s'en faisait toute une fête.

— Désolée d'avoir manqué ton coup de fil, dit Zoe.

Elle aurait bien voulu s'expliquer, mais elle en était incapable.

— Où es-tu ? poursuivit-elle. Tu as besoin d'aide ?

— Pourquoi n'es-tu pas... venue ?

Zoe ressentit la pointe de culpabilité familière, puis se dit qu'elle aurait bien aimé que ce soit Angeline qui s'occupe d'elle. Que ce soit elle qui la berce pendant qu'elle pleurait toutes les larmes de son corps au sujet d'Aidan.

— Je vais venir maintenant, répondit-elle avec autant de légèreté que possible. Dis-moi où tu te trouves, ma chérie. Je peux passer et m'assurer que tu vas bien.

— Je ne veux pas te dire où je suis, chantonna Angeline.

Mais, sans crier gare, elle se remit à pleurer et à dire à Zoe qu'elle était seule et effrayée.

Zoe mit un quart d'heure à lui faire avouer qu'elle se trouvait dans un bar à vin sur les quais, le Zoo, parce qu'on l'avait mise à la porte du restau où elle était allée déjeuner.

— Quel restau ?

— J'étais censée... déjeuner avec un type... mais il m'a posé un lapin.

Zoe était dubitative. Avec qui donc Angeline avait-elle rendez-vous ? Un type rencontré sur Tinder ? Dans la journée ? Il semblait beaucoup plus probable qu'elle soit allée quelque part toute seule en espérant tomber sur quelqu'un qui lui paie quelques verres.

Zoe appela un taxi. À l'évidence, Angeline était en vrac, et, si Zoe perdait du temps avec les trains et son vélo, son amie avait toutes les chances d'avoir des problèmes. Demain, décida-t-elle, elle marcherait jusqu'à la gare de Southampton pour récupérer son vélo.

Le chauffeur ne savait pas très bien où se trouvait le Zoo, mais ils finirent par le dénicher, ou du moins par tomber sur un panneau indiquant qu'il était dans le coin, mais qu'il n'était accessible qu'à pied.

— Vous pouvez m'attendre ? demanda Zoe en lui tendant un billet de dix livres. Je dois simplement récupérer une amie et la ramener chez elle.

— Je ne suis pas sûr de pouvoir stationner ici, répondit le chauffeur d'une voix dubitative. Mais je pense que je peux faire le tour du pâté de maisons si l'on me demande de bouger.

— Merci ! Je vais faire aussi vite que possible. Laissez tourner le compteur.

Le Zoo était un bar à vin sur le front de mer, à côté d'Ocean Village, une résidence d'immeubles modernes au pied desquels on trouvait une série de pubs et de restaurants qui donnaient tous sur le port de plaisance. L'établissement était décoré de guirlandes lumineuses, et du jazz passait en sourdine. Ce n'était clairement pas le genre d'endroit où l'on se bourre la gueule avant d'aller dîner.

Elle repéra Angeline dès qu'elle entra, assise sur un tabouret haut, affalée sur le comptoir. En fait, elle n'était pas seule. Un inconnu s'était installé juste à côté d'elle.

Zoe se sentit immédiatement mal à l'aise, un sentiment suffisamment fort pour oblitérer la petite boule de douleur qui la lestait. Ce n'était pas simplement qu'elle ne connaissait pas ce type. C'était son attitude, la façon possessive qu'il avait de passer son bras autour de la taille d'Angeline, de lui presser le haut de la cuisse. Et il était assez costaud, ce qui faisait paraître Angeline encore plus petite et fragile.

Il saisit un verre de cocktail plein à ras bord en murmurant quelque chose à l'oreille d'Angeline. Elle gloussa et se redressa un instant pour tremper les lèvres dans le liquide rose vif.

— Angeline ! s'écria Zoe.

Son amie sursauta, se renversant dessus une partie de la boisson. Elle tenta de s'essuyer la bouche, avec une expression coupable.

— Zoe, qu'est-ce que... tu fais là ?

Tout son corps vacillait, et elle avait manifestement du mal à fixer son regard sur Zoe.

— C'est toi qui m'as demandé de venir, répondit Zoe avec un sourire un peu jaune.

Elle s'approcha en faisant abstraction du type.

— Il est temps de rentrer, tu te souviens ?

— Pourquoi ?

— Parce qu'on a des choses à faire.

— Hé ! Je ne crois pas qu'elle ait envie de partir ! s'exclama le type avec un sourire d'autosatisfaction. Elle a son propre programme.

— Oh, vraiment ? rétorqua Zoe en haussant les sourcils. Et vous croyez qu'elle est assez sobre pour en juger par elle-même ? Parce que moi, je pense que ce n'est carrément pas le cas.

Elle jeta un coup d'œil au barman, qui vidait des égouttoirs à quelques pas de là, en se demandant jusqu'à quel point elle pourrait compter sur lui si les choses tournaient mal.

— Eh bien, ça, c'est intéressant ! Tout d'un coup, ça vous préoccupe, dit-il en s'écartant un peu d'Angeline. Ça vous inquiétait beaucoup moins, il y a quelques heures, lorsqu'elle vous a appelée.

Zoe sentit le rouge lui monter au visage. Alors comme ça, Angeline avait parlé d'elle. Celle-ci baissa la tête et tendit le bras vers son verre vide.

— Je me suis déjà excusée d'avoir manqué l'appel, répondit-elle calmement. Mais, à présent, je suis là pour elle. Comme la plupart du temps.

— Excepté quand elle a été mise à la porte d'un pub, lâcha-t-il tout aussi calmement.

Il leva son verre, à moitié plein de rouge, et soutint son regard un moment avant de le porter à ses lèvres. Dans son attitude, quelque chose ressemblait à une menace, mais Zoe n'était pas d'humeur à se faire menacer.

— Oh, et je suppose que vous êtes au courant du moindre détail. Après tout, vous venez tout juste de faire sa connaissance. Et comment vous appelez-vous, d'ailleurs ? Parce que je crois qu'aucune de nous deux ne vous connaît.

— Moi, c'est Richie. Et Angeline me connaît très bien.

Il fit un petit sourire, et, au grand dam de Zoe, Angeline se pencha et posa la tête sur son épaule.

Zoe prit son amie par la main.

— Rentrons à la maison. Je te ferai du thé et on pourra se blottir sur le canapé.

De toute évidence, Richie ne trouvait pas ça très engageant, mais Angeline, qui aimait par-dessus tout qu'on s'occupe d'elle, lui sourit.

— Ça me plaît, dit-elle en se redressant.

Puis elle sauta de son tabouret en tenant toujours Zoe par la main.

— Tu ne vas pas finir ton verre ? demanda Richie d'un ton mécontent.

— Je crois qu'elle a assez bu, répondit Zoe avec un sourire froid.

— Très bien ! s'exclama-t-il en haussant les épaules. On se revoit bientôt, Angeline.

— Allez, viens ! dit Zoe.

Elle glissa le bras sous les aisselles de son amie. Heureusement qu'elle ne pesait pas lourd.

— Salut, Richie ! s'écria Angeline.

— Je passerai te voir ! répondit-il.

Zoe sentit quelque chose de froid lui traverser les entrailles. Elle espérait vraiment qu'Angeline n'avait pas été stupide au point de lui donner son adresse.

11

La fin de tout commença à ce moment-là.

Aidan, debout devant le train qu'il avait prévu de prendre, s'apprêtait à annoncer à Greta qu'il allait rentrer tard. Après avoir répété une douzaine d'excuses différentes, il se rendit compte que ça pouvait s'éterniser. Et qu'il faudrait bien qu'il avoue une partie de la vérité.

Tandis que le téléphone sonnait, il s'imaginait que Greta, assise à la table de la cuisine, allait lui répondre avec brusquerie, puis l'écouter tenter de s'expliquer dans un silence glacial. Mais, quand sa voix résonna dans l'écouteur, elle était claire et chaleureuse.

— Hé ! s'exclama-t-elle en allongeant la syllabe d'un ton plein d'humour. Comment ça va ?

Toutes les excuses qu'il avait préparées s'effondrèrent. Il s'était attendu à de la froideur et à des soupçons. Mais ce rire léger le déstabilisa. Une fois de plus, il se dit qu'il avait mal jugé sa femme et qu'il se reconstruisait une mauvaise image d'elle chaque fois qu'il s'en éloignait.

Dans de tels moments, il ne pouvait jamais se résoudre à faire voler en éclat sa bonne humeur. Il lui avait déjà fait assez de mal comme ça au cours des dix-huit derniers mois.

— Ça va plutôt mal, répondit-il avec autant de légèreté que possible après un laps de temps un poil trop long. Je vais rentrer tard. Malheureusement, je dois passer au poste de police. Hier, j'ai assisté à une agression en ville, et la police veut que je fasse une déposition. C'est extrêmement casse-couilles.

*

Tout en roulant vers le poste, Jonah appela McCullough dans l'espoir qu'elle aurait le résultat de l'analyse des empreintes digitales. Mais celle-ci ricana en baissant le volume de la pièce de Rachmaninov qu'on entendait à l'arrière-plan.

— Des analyses un vendredi après-midi ? Il faudrait avoir de la chance. Ils sont tous partis au pub à 16 heures. Ils ont fait celles de Zoe avant de partir, mais tout le reste attendra lundi. En revanche, je peux te lire mon rapport sur les empreintes que nous avons trouvées, si tu veux.

— C'est toujours mieux que rien, répondit Jonah en soupirant.

Il entendit un bruit de feuilles de papier, puis elle reprit la parole.

— Dans l'appartement, nous avons quatre jeux d'empreintes appartenant probablement à des sujets mâles. Je ne peux pas affirmer à 100 % qu'il s'agit d'hommes, parce que, dans deux des cas, leur taille pourrait correspondre à celles de femmes inhabituellement grandes, ce qu'on ne peut exclure.

— OK. Elles étaient où ?

— Celles de l'homme numéro un, les plus nettes, sont sur la porte d'entrée, à l'intérieur et à l'extérieur, ainsi que sur l'un des deux verres que nous avons trouvés et sur un interrupteur. Rien sur la porte de la salle de bains… Celles de l'homme numéro deux sont moins distinctes. On les a relevées un peu partout dans l'appartement, y compris dans la salle de bains. Parfois, elles se chevauchaient, ce qui semblerait indiquer qu'il s'agit d'un visiteur qui venait fréquemment, mais qui n'était vraisemblablement pas là le soir du crime.

— Merci, dit Jonah. Et les deux autres ?

— Le troisième homme est intéressant. Ses empreintes n'apparaissent que sur le verrou de la porte de la salle de bains. On n'en a trouvé nulle part ailleurs. Elles sont très distinctes, et aucune ne se chevauche.

— Très intéressant, en effet. Si le meurtrier a verrouillé cette porte puis l'a déverrouillée, ça produirait ce genre de résultat, non ?

— Oui, mais j'ajouterais quand même que, si les résidents n'avaient pas l'habitude de verrouiller cette porte, ces empreintes pourraient bien ne pas être si récentes que ça. Celles de Zoe en sont pratiquement absentes, par exemple.

— D'accord. Et le quatrième homme ?

— Principalement sur la porte d'entrée et sur une ampoule. Ça pourrait être un ouvrier.

— OK. Et celles des femmes ?

— Il y en a trois, dit McCullough en tournant une page. Zoe, plus deux autres qu'on retrouve un peu partout, particulièrement dans la cuisine.

Jonah réfléchit un instant.

— Pas d'autres empreintes de femme dans la chambre ?

— Pas de complètes. On a retrouvé des empreintes partielles essentiellement recouvertes par d'autres… Je dirais qu'elles appartiennent probablement à des locataires précédentes.

— Merci beaucoup, c'est super !

— J'ai aussi jeté un coup d'œil aux échantillons prélevés autour de sa bouche, poursuivit McCullough en grommelant.

Jonah sourit. Il savait qu'elle le ferait aujourd'hui.

— Et ?

— C'est bien de la desflurane. Shaw avait tapé dans le mille.

Jonah hocha la tête. C'était une satisfaction que de l'entendre, notamment parce que l'odeur que Shaw avait remarquée n'aurait perduré qu'un temps assez court. Si Jonah n'avait pas donné suite au rapport et essayé de trouver Zoe, plusieurs jours auraient pu se passer avant qu'on la découvre, et l'odeur aurait totalement disparu. En outre, si personne n'avait fait le lien entre ce rapport et la découverte du cadavre, la thèse du suicide aurait été adoptée.

— C'est vraiment super ! s'exclama-t-il chaleureusement. Le suicide est donc écarté.

— On dirait.

— Merci, Linda. Tu vas rentrer chez toi, à présent ?

— C'est une requête subtilement codée pour que je traîne dans le coin en cas de besoin ? demanda-t-elle sèchement.

Jonah s'esclaffa.

— Non, pour une fois, c'était juste une tentative de bavardage anodin. J'ai encore un entretien, mais je pense que je n'aurai rien à te demander jusqu'au retour des analyses de sang et des empreintes.

— Eh bien, ça, c'est une surprise ! Je vais partir avant que quelque chose ne se produise, alors. Amuse-toi bien.

Quand il eut raccroché, Hanson se tourna vers lui.

— Ce troisième homme est intéressant, je pense. J'aimerais bien savoir à qui appartiennent ces empreintes.

— Moi aussi. Mais tout porte à croire que nous devrons patienter jusqu'à lundi pour résoudre ce petit mystère, en supposant que, d'ici là, on parvienne à savoir qui c'est. Mais être en mesure d'affirmer qu'il s'agit bien d'un meurtre est un premier pas important.

Hanson se tut un instant.

— Je me pose des questions sur son père, reprit-elle. Il n'a pratiquement pas prononcé un mot, et il avait l'air tellement hagard. Je ne peux pas m'empêcher de me demander si c'est de la culpabilité.

— Oui, je me le suis demandé aussi. Mais les interroger sur leurs alibis n'aurait pas été correct aujourd'hui. Je ferai ça demain, dit-il en soupirant. Il y a quelques années, j'ai travaillé sur une affaire où un père avait assassiné sa fille dans un accès de rage. Il avait l'air… dévasté.

— Les gens peuvent être tellement tordus, murmura Hanson. J'imagine que je m'en suis plutôt bien tirée avec un père qui trompait ma mère.

Jonah pensa au sien, violent et abusif.

— J'imagine que oui, dit-il avec un sourire ténu.

— Alors ! lança Sheens après avoir accueilli Aidan Poole avec un formalisme délibérément exagéré. Au cours de notre dernier entretien, vous avez omis de mentionner que votre relation avec Zoe Swardadine n'était pas tout à fait légitime.

— Oui, répondit Aidan à voix basse.

Il avait l'air de s'être légèrement remis depuis qu'il avait quitté le poste. Moins hébété que tout à l'heure, pensa Hanson. Même si sa situation avait empiré.

— Pourquoi avez-vous jugé bon de dissimuler que vous avez une épouse avec qui vous vivez à Alton ?

— Je suis désolé, souffla-t-il avec un regard suppliant. Je sais que j'aurais dû en parler, mais j'avais tellement peur que ça remonte jusqu'à Greta. Ce n'était même pas... Écoutez, si j'avais été plus rationnel, je me serais rendu compte que ça ne faisait aucune différence. Mais je suppose que je craignais que vous demandiez à la rencontrer. Et... maintenant que Zoe est partie, l'idée de perdre aussi Greta m'était juste...

— Si Zoe était une personne importante pour vous, vous voulez sûrement nous aider à trouver qui a fait ça, répondit Jonah.

— Oui, s'écria Aidan en se redressant un peu. Oui, bien sûr. J'ai simplement pensé... Je suppose que je me suis dit que mon mariage n'avait rien à voir avec tout ça.

— Vous ne croyez pas que c'est pertinent ? insista Jonah en consultant les notes manuscrites de leur premier entretien, qu'il n'avait pas encore reportées dans la base de données. Quand vous avez mentionné son ami Victor, vous avez déclaré qu'il était en colère. Vous ne pensez pas que le fait que vous soyez marié a pu augmenter son ressentiment ?

La question sembla mettre Aidan mal à l'aise.

— Je n'y ai pas pensé en ces termes, non.

— Que faisait votre femme hier soir ?

À l'évidence, le changement de sujet prit Aidan de court.

— Quoi ? Greta ?

— C'est à vous de me dire si elle s'appelle ainsi. Je n'en ai pas beaucoup entendu parler jusqu'à présent, alors on n'en est pas encore à s'appeler par nos prénoms.

La réponse de Sheens était pleine d'ironie, et Hanson éprouva un peu de compassion pour Aidan Poole. Apparemment, la soirée ne s'annonçait pas très agréable pour lui.

— Elle s'appelle Greta, répondit Aidan au bout d'un bref instant. Et elle a quarante ans. Cela fait dix-huit ans que nous sommes mariés.

— Et hier soir ? J'imagine qu'elle n'était pas à la maison pendant que vous essayiez de faire un Skype avec votre maîtresse, ou bien avez-vous attendu qu'elle aille se coucher ?

Aidan secoua la tête. Hanson remarqua qu'il serrait les dents pour tenter de se maîtriser. Avec la plupart des gens, Sheens savait appuyer là où ça fait mal.

— Elle assistait à un dîner de remise de prix, finit-il par dire. Elle écrit des chroniques scientifiques pour de nombreux journaux de premier plan. Elle était là pour remettre un prix.

— Et ça se passait où ?

Tout en posant la question, Sheens consultait son carnet. Étonnamment, il parvenait à rendre intimidant le simple fait de noter quelque chose.

— À Londres. Dans un hôtel.

— Si vous ne pouvez pas être plus précis, le nom de l'organisateur de l'événement serait utile.

— Oh oui… L'Association de la presse, je pense…

— À quelle heure est-elle rentrée ?

— Une heure… Une heure trente.

— Et vous êtes sûr qu'elle se trouvait là-bas à l'heure où Zoe a été assassinée ?

— Oui. Nom de Dieu, pourquoi voudriez-vous que Greta ait quelque chose à voir avec ça ? Elle n'a jamais entendu parler de Zoe.

— Elle n'était pas au courant de votre liaison ?

— Non. Vous croyez vraiment qu'elle voudrait toujours être avec moi si elle savait que je baisais avec une étudiante de vingt-sept ans ?

Aidan s'étrangla d'émotion, et détourna subitement les yeux en déglutissant à plusieurs reprises.

— Alors, vous faisiez attention, intervint Hanson en se penchant vers lui.

Elle voulait apparaître comme la plus compréhensive des deux.

— Oui… J'ai vraiment été une merde hypocrite, dit-il avec un geste résigné. J'avais réglé mon téléphone de telle sorte qu'il n'affiche pas de notification quand Zoe m'envoyait des messages, et tous ses e-mails étaient automatiquement redirigés vers un dossier de travail. Et j'effaçais toujours tout, sans exception. C'est comme ça, quand on a une liaison. On apprend à mentir en permanence.

— Et depuis hier soir ? demanda Hanson. Vous avez effacé votre historique Skype ?

Aidan cligna des yeux.

— Oh… Non. C'est l'unique fois où je ne l'ai pas fait. J'en avais besoin.

— Parce que c'est votre alibi ? lança Sheens avec ironie.

— Non ! répondit Aidan, à l'évidence frustré. C'était pour me prouver à moi-même que… que ça s'était vraiment produit.

— On aimerait que vous nous montriez cette conversation, dit Sheens.

— Vous avez l'appli sur votre téléphone ? ajouta Hanson.

— Oui. Je peux vous la montrer tout de suite.

Il pianota un instant sur son smartphone, puis afficha une conversation avec une Zoe Swardadine dont la photo était clairement celle de la femme qu'ils avaient vue dans la baignoire et à la morgue.

Hanson jeta un coup d'œil à Sheens pour lui demander la permission, puis prit le téléphone et cliqua sur le profil de Zoe. Son identifiant était simplement constitué de son prénom accolé à son nom. Hanson le nota, tandis que Jonah décrivait ce qui se passait afin que ça figure sur l'enregistrement, puis elle vérifia l'heure de l'appel, qui avait commencé à 22 h 52 la veille et qui s'était prolongé pendant trois heures et quarante-neuf minutes.

— Alors vous avez raccroché à 2 h 41 ? demanda-t-elle en lui rendant son téléphone.

— Oui. Quand Greta est arrivée.

— Elle était ivre ?

— Très, comme d'habitude après ces manifestations liées à la presse. Et ça m'a beaucoup soulagé, parce que, dès qu'elle s'est couchée, elle a sombré dans la minute et elle n'a pas remarqué que je me suis relevé plusieurs fois. Je n'arrivais pas à fermer l'œil, précisa-t-il en secouant la tête. J'essayais de me convaincre que j'avais mal interprété ce que j'avais vu, mais je savais.

Sheens acquiesça, puis se pencha vers lui.

— Je pense que nous pouvons en rester là pour aujourd'hui. Nous aurons peut-être besoin de vous convoquer à nouveau ce week-end, en fonction de l'évolution des événements.

— Très bien, dit Aidan en se levant. Tenez-moi au courant. Je tiens vraiment à aider, même si je me suis montré stupide au sujet de ma liaison.

Ils le reconduisirent jusqu'à la sortie. Les bureaux étaient déserts, à présent. O'Malley et Lightman étaient partis bien avant leur retour de la morgue.

Dès que la porte se referma derrière Poole, Hanson se tourna vers Sheens.

— Je vais vérifier que c'est bien le compte Skype de Zoe.

— Oui, mais je suis certain que ce sera le cas.

— Vous ne croyez pas qu'il soit coupable ?

— Oh, je pense qu'il est coupable de tout un tas de trucs, répondit Sheens en souriant. Et tout ça va lui retomber dessus. Mais je ne crois pas que le meurtre d'une jeune femme en fasse partie.

— Alors, on va travailler à partir du postulat qu'il a vraiment été témoin du meurtre de Zoe ? demanda-t-elle un peu sèchement.

Sheens secoua la tête en souriant.

— On va travailler en ne postulant rien du tout, comme vous le savez bien. Et on va enquêter sur lui aussi méticuleusement que sur quiconque. Mais, si je devais faire une prédiction, je dirais que, dès qu'il arrêtera de s'agiter pour essayer de se protéger, Aidan Poole va nous aider à résoudre cette affaire. Parce que je suis certain à 99 % que Zoe connaissait son assassin, et je parierais qu'Aidan Poole le connaissait aussi.

Hanson éteignit son ordinateur et s'étira. Il était 20 heures, et elle se demanda si elle devait se trouver autre chose à faire ou si c'était bon pour aujourd'hui. Avec l'annulation de leur soirée au pub, elle était désœuvrée. Elle songea qu'elle aurait dû se sentir satisfaite, plutôt que légèrement paumée.

Bon, elle avait du temps libre, alors autant en faire quelque chose. Elle sortit son téléphone et se mit à réfléchir : qui parmi les nombreux amis qu'elle n'avait pas vus depuis longtemps pouvait-elle contacter ? Elle n'avait toujours pas tranché quand un message de Ben Lightman s'afficha.

Je me suis libéré. On peut encore se retrouver au pub ?

Hanson se sentit momentanément irritée. Son rendez-vous s'était-il mal passé ? O'Malley et elle-même n'étaient-ils qu'une roue de secours, ou bien s'attendait-il à ce qu'ils s'assoient pour écouter ses mésaventures ?

Néanmoins, elle avait du mal à se l'imaginer sombrant dans le pathos, alors elle répondit qu'elle était toujours dans le coin, mais qu'O'Malley était déjà parti.

OK. On se voit dans vingt minutes ?

*

Hanson s'était installée à une table près de la fenêtre, au bar du Marriot. C'était elle qui avait choisi l'endroit. L'absence d'O'Malley leur permettait d'aller dans un lieu avec une carte des vins plutôt que dans ce qu'elle aurait généralement eu tendance à appeler un « pub de vieux ». Et, parfois, une carte des vins, c'était ce dont on avait besoin le vendredi soir.

Bien sûr, elle ne s'était pas changée. Elle se demanda si Lightman serait habillé de façon un peu plus informelle. Ou serait sur son trente et un.

Elle sortit son iPad et se mit à parcourir les transcriptions des entretiens avec Aidan Poole, en comparant ses deux témoignages entre eux et avec les déclarations des parents de Zoe. Elle prenait des notes au fur et à mesure, mais elle avait du mal à se concentrer totalement.

Elle ne savait pas trop comment allait se passer ce verre en tête à tête avec Lightman, et ça la rendait un peu nerveuse. De fait, elle se surprit à surveiller l'entrée à intervalles réguliers.

Il finit par apparaître, et elle constata avec soulagement que lui non plus ne s'était pas changé. Elle leva la main, et il lui adressa un sourire quand il la vit.

— Tu dois en avoir assez fait pour un vendredi ?

Elle lui sourit en retour.

— C'est comme ça qu'ils t'appâtent, non ? Ils te font croire que tu auras tes soirées, mais ils attisent tellement ta curiosité que tu ne peux pas t'empêcher de continuer à bosser sur l'affaire.

— Est-ce qu'un verre pourrait attiser ta curiosité ? répliqua-t-il en jetant un coup d'œil au bar.

— J'imagine que oui. Un gin, pour moi.

— Accompagné de… ?

— De tonic, si c'est vraiment nécessaire.

Le barman n'était pas très rapide, aussi Hanson finit-elle de lire la transcription de l'entretien d'O'Malley avec Victor et

Maeve pendant que Lightman commandait, puis elle éteignit l'iPad et le fourra dans son sac à dos avec son carnet.

— Voilà ! s'exclama Lightman en posant deux verres à cocktail sur la table.

— Merci !

Elle but deux bonnes gorgées de gin, puis reprit la parole d'un ton désinvolte.

— J'ai été surprise que tu puisses venir. Tu avais l'air... occupé.

— Oui, répondit-il, l'air légèrement mal à l'aise. J'ai pas mal de pain sur la planche, mais...

Hanson eut subitement la sensation d'être en train d'interroger un suspect réticent et elle détourna le regard.

— Désolée ! Je ne voulais pas être indiscrète.

— Ce n'est pas le cas... J'ai dû passer voir mon père. Il ne va pas bien.

Hanson ne s'attendait pas à ce genre de nouvelle. C'était si différent d'un coup de gueule à propos d'un rendez-vous galant qui aurait mal tourné qu'elle sentit un silence gêné s'installer.

— Je suis désolée, répéta-t-elle en lui posant brièvement la main sur le bras. C'est... arrivé subitement ?

Lightman secoua la tête.

— Non, pas exactement. Nous avons pensé qu'il allait mieux, mais maintenant c'est revenu.

— Ouais... C'est merdique, ça... Ton pauvre papa.

— Comme tu dis... Quoi qu'il en soit, que penses-tu de l'affaire Swardadine ? Tu paries sur quelqu'un ?

Elle ne put s'empêcher de ressentir une pointe de déception. Elle pensait qu'il allait s'ouvrir à elle. Mais, apparemment, ce n'était pas ainsi que Lightman fonctionnait.

Elle se mit à parler du dossier, d'une voix suffisamment basse pour qu'aucun des clients du bar ne puisse l'entendre. Au bout d'une minute à peine, elle était prise par son sujet. Elle mit Lightman au courant de la liaison d'Aidan Poole et précisa que, lors de son premier entretien, celui-ci avait soigneusement caché qu'il était marié, même si l'information allait de toute évidence filtrer.

— Ce qui m'incite à penser que la dissimulation est une habitude bien enracinée chez Poole, ajouta-t-elle. J'ai eu l'occasion de constater personnellement que ce type de personnes s'accommodent très bien du mensonge. Instinctivement, ils cachent tout ce qu'ils peuvent.

Il la dévisagea, un très léger sourire aux lèvres.

— Ton ex était ce genre de type ? Un baratineur ?

Hanson acquiesça, l'air ironique. Elle ne lui avait jamais raconté toute l'histoire avec Damian, évoquant simplement le harcèlement, mais Lightman était assez intelligent pour comprendre qu'elle subissait des violences.

— Carrément, répondit-elle. Il cachait les textos qu'il échangeait avec des filles, des tentatives pour renouer avec d'anciennes petites amies, des rendez-vous... des reçus des trucs qu'il avait payés des sommes folles... Damian disait toujours qu'il les avait « depuis des lustres ». Ou que sa maman les lui avait offerts pour son anniversaire, alors qu'il aurait pu me rembourser les milliers de livres qu'il me devait. Quoi qu'il en soit, que Poole soit atteint de narcissisme ou non, ces deux-là ont des points communs.

— Je suis d'accord... Tu as lu le rapport d'O'Malley sur sa conversation avec Victor Varos ? Ça m'a fait penser à ce roman de Brontë, *Villette*. Celui dans lequel l'héroïne est mordue d'un jeune homme qui ne se rend pas du tout compte qu'il lui fait du mal en tombant amoureux d'une autre.

— Attends ! Tu lis des livres ?

— Oh ! Tais-toi, lâcha Lightman d'un ton amical.

— Moi, je ne l'ai pas lu, de toute façon, admit Hanson en souriant. Et alors, elle le tue ? Dans le bouquin ?

— Non ! s'exclama Lightman en riant. Elle finit par tomber amoureuse de quelqu'un d'autre.

— Ça n'a pas vraiment de rapport, alors.

— Hé ! On n'en est qu'au tout début de l'affaire. Et l'inspecteur dit toujours...

— « N'écartez aucune idée, même si c'est une piste indirecte », compléta Hanson en secouant la tête. Mais je ne suis pas sûre que c'était ce qu'il voulait dire, Ben.

Lightman sourit et finit son verre.

— Il m'en faudrait un autre. Peut-être même trois ou quatre de plus.

— Je te suis. Mais la prochaine tournée est pour moi. Et après, je vais vraiment avoir envie d'une bonne grosse pizza, je te préviens.

— Je suis sûr qu'on devrait pouvoir caser ça dans l'emploi du temps.

Ensuite, ils descendirent plutôt rapidement la pente de l'ivresse. Quand il avait bu, Lightman devenait étonnamment facétieux.

— C'est vrai ! s'exclama-t-il quand Hanson suggéra en plaisantant qu'il avait des TOC.

Puis il éparpilla aux quatre coins de la table tout ce qui se trouvait dessus.

Hanson éclata de rire.

— Quoi ?

— Ce n'est pas tant le bordel que ça ! s'exclama-t-elle. Deux verres au bord du plateau et un menu en équilibre sur la tranche.

— Tu veux voir du bordel ?

Il se leva, se dirigea vers une table de six personnes qui venait tout juste de se libérer, et commença à empiler la douzaine de verres qui se trouvaient encore dessus. Les huit clients du bar le regardaient, perplexes.

— Qu'est-ce que tu fais ? demanda Hanson, qui, à ce stade, ne pouvait plus s'arrêter de rire.

— Je fais du bordel, répondit-il en revenant à leur table avec deux colonnes instables de verres. Regarde. Du bordel. Tu vois ? Quelques verres de plus. Et ça ne me dérange pas du tout.

— D'accord ! D'accord ! dit Hanson une fois qu'elle eut réussi à calmer son fou rire. Tu n'as pas de TOC. Tu es juste… un idiot. OK ?

Lightman lui adressa un sourire triomphant en s'asseyant devant sa muraille de verres vides.

— C'est beaucoup mieux.

Hanson secoua la tête, et il la regarda avec une étrange expression.

— Il faudra probablement qu'on aille bosser demain, dit-il en soupirant.

— Oui. Mais on a encore le temps de dessoûler.

Il posa les yeux sur les verres.

— Je ne devrais pas... te faire boire jusqu'à pas d'heure. Mais merci de me remonter le moral.

— À ta disposition, dit-elle en se levant.

Subitement, elle sentit que tout avait changé autour d'elle. Elle se retrouvait à s'occuper de Lightman, et, non sans perplexité, elle se demandait pourquoi.

12

Avril – Dix-neuf mois plus tôt

Zoe avait ramené Angeline chez elle, loin de Richie et des projets que cette dernière avait faits avec lui dans le bar. Elle lui avait préparé du thé, puis caressé les cheveux jusqu'à ce qu'elle s'endorme devant une rediffusion du *Fugitif*. Elle n'avait pas mentionné Aidan. Elle s'était dit que ce ne serait pas sympa à un moment où Angeline était en galère, mais, la vérité, c'était que l'idée lui faisait trop mal. Avouer à Angeline qu'Aidan avait menti, ça voudrait dire que les choses étaient vraiment finies, et cette idée la faisait souffrir.

Elle passa les quatre heures qui suivirent à essayer de déterminer si Aidan avait dit la vérité. Sur Facebook et sur le site de son université, ses pages ne mentionnaient pas une épouse avec qui il vivrait encore. Elle ne trouva pas de photos récentes, seulement quelques-unes de leur couple datant de deux ans plus tôt. Cette absence lui apporta une lueur d'espoir, jusqu'à ce qu'elle se dise qu'il commettait peut-être des adultères en série et qu'il était doué pour effacer ses traces.

Après le crépuscule, certains des mots qu'il avait prononcés lui revinrent à l'esprit. Elle se rappela comment il avait défendu sa femme, en affirmant qu'elle ne méritait pas qu'on lui vole son argent. Il ne l'accusait pas. Contrairement à Isaac avec Maeve, il n'avait pas fait passer sa femme pour une salope horrible et manipulatrice.

À force de se remémorer la scène, une chose lui apparut clairement. Ça sonnait vrai. Et le regard qui accompagnait ses propos aussi.

Sa colère se dissipa, et il ne demeura que l'envie d'entendre que tout allait bien, qu'elle n'était pas obligée de se séparer de lui. Elle enfila un pull et regagna le rez-de-chaussée. Devant la porte, en entendant Maeve qui se déplaçait dans la cuisine, elle eut subitement peur que celle-ci la voie et l'entraîne dans une conversation, alors elle attrapa son manteau et s'enfuit de la maison.

Mais elle n'était toujours sûre de rien. Elle se surprit à reprendre le chemin de l'hôtel d'Aidan, si lentement que le trajet dura quarante minutes. Le temps qu'elle arrive, le froid lui avait engourdi les mains.

Elle entra dans le hall aux tons crème et bordeaux, puis prit son téléphone. Elle avait tant de choses à lui dire, mais ses forces l'avaient abandonnée.

Il décrocha après une seule sonnerie, et elle sentit la peur dans sa voix quand il prononça son nom.

— Je suis dans le hall, dit-elle.

Puis elle se laissa lourdement tomber dans l'un des fauteuils.

Moins d'une minute plus tard, il sortait de l'un des ascenseurs, se précipitait vers elle, et tandis qu'elle se levait, lui caressait la joue de la main. C'était profondément rassurant. Pas seulement le contact, mais le fait qu'il soit content d'être vu avec elle. Il n'essayait pas de la dissimuler. Comme si tout cela était légitime. Honnête. Moral.

— Je suis désolé, dit-il d'une voix brisée. Je suis tellement désolé.

— Ce n'est pas grave.

Et elle le suivit dans l'ascenseur en lui donnant la main.

— En économie ? demanda Maeve avec un ton légèrement désapprobateur. Oh la la ! Si tu sors avec un prof, tu pourrais au moins en choisir un qui te donne des notes.

— Ouais, je sais. C'est vraiment pas de chance, répondit Zoe avec un petit rire.

— Il pourrait peut-être changer de matière, suggéra Maeve, assise en tailleur sur le canapé rouge qu'elles partageaient avec le reste de la maison.

Zoe, dans la cuisine, rangeait ses courses dans ses deux placards et le frigo. Elle n'était pas très efficace. Elle se focalisait trop sur la conversation, déchirée entre l'envie de parler d'Aidan et la réticence à devoir répondre aux questions.

En réalité, elle avait peur que Maeve la désapprouve, qu'elle lui répète toutes les choses qu'elle-même lui avait dites à propos d'Isaac, qu'elle lui fasse sentir que tout ça n'était pas bien. Ce serait mieux passé si une partie de Zoe ne pensait pas exactement la même chose.

La veille, elle en avait longuement discuté avec Aidan. Tout ce qu'il avait dit était raisonnable. Il était persuasif. Rassurant. Il avait parlé de la froideur qui s'était installée entre sa femme et lui, en soulignant que c'était très triste, et qu'elle n'y était pour rien. Aidan lui avait adressé un regard clair, ouvert et honnête. Quand il avait croisé le sien, elle avait senti qu'elle voyait le fond de son âme.

S'il avait brossé un portrait horrible de Greta, Zoe aurait peut-être rompu. Elle n'était plus assez jeune et naïve pour tomber dans ce piège, et elle ne comptait pas devenir une de ces femmes qui blâment leurs rivales. Surtout quand ladite rivale avait tous les droits sur son amant. Même si leur mariage n'était plus qu'un faux-semblant, chaque baiser et chaque caresse entre Aidan et Zoe était un méfait envers Greta. Elle avait le droit de savoir.

Néanmoins, Aidan lui avait dit qu'il était sûr que Greta l'avait trompé par le passé, et cela avait aidé Zoe à se sentir mieux.

— Pendant sept mois, elle avait à peine l'air de me remarquer, avait-il lâché avec un sourire amer. Elle ne semblait avoir de l'énergie que lorsqu'elle partait pour l'une de ses réunions, et elle faisait… elle faisait tellement d'efforts pour soigner son apparence. Ce qui n'arrivait jamais à la maison.

— Tu lui en as parlé entre quatre yeux ?

— Je me sentais… déchiré, avait-il répondu pensivement. J'étais dévasté, mais je voulais presque que ça continue et qu'on s'affronte, pour que les choses puissent se terminer sans que ce soit ma faute.

Cela avait été difficile de ne pas avoir de la peine pour lui. Zoe ne parvenait même pas à imaginer ce que pouvait être une relation dans laquelle vous n'aimiez plus votre conjoint, mais sans avoir le cœur assez dur pour le quitter.

— Alors, s'il a quarante ans, il a déjà été marié ? demanda Maeve. Il a des enfants ?

— Trente-neuf ans, répondit Zoe avec une terrible pointe d'angoisse au ventre. Et pas d'enfants.

Elle prit une boîte de conserve et se tourna vers le placard.

— Il a presque une ex-femme, aussi.

— Presque une ex ? s'exclama Maeve d'une voix qui claqua comme un fouet. Qu'est-ce que ça veut dire ?

— Qu'il n'a pas encore réussi à divorcer, répliqua Zoe, toujours le dos tourné.

L'idée de ranger le placard, généralement pénible, lui semblait subitement attirante. Elle avait besoin de s'occuper les mains.

— Le divorce est en cours ?

Zoe se mit à sortir les conserves et à les empiler sur le comptoir.

— C'est pour bientôt. Dans deux mois, une fois que l'héritage de sa maman aura atterri sur leur compte. Il ne veut pas la léser en lançant les choses immédiatement.

Le silence s'installa, uniquement ponctué par le son métallique des conserves qu'elle posait sur le comptoir.

— Et tu y crois ? finit par demander Maeve.

Zoe laissa échapper un soupir, puis se tourna vers son amie. Elle n'aimait pas l'expression qu'elle voyait dans ses yeux pâles. La préoccupation et la légère satisfaction qu'elle croyait y discerner.

Elle lisait beaucoup de choses dans ce regard. Maeve exultait à cause de ce renversement de situation, et elle se sentait peut-être un peu supérieure maintenant qu'elle avait dit à Isaac qu'elle ne le reverrait jamais. Zoe trouvait ça particulièrement injuste. Contrairement à Aidan, Isaac était heureux en ménage avant l'arrivée de Maeve.

— Je le crois, oui, dit-elle enfin. Je pense que c'est un homme honnête. Il ne me raconte pas que sa femme est horrible. Il avoue que bien des choses sont de sa faute, et la disparition de leur amour le rend infiniment triste. Il affirme qu'ils le savent tous les deux.

— Alors, il lui en a parlé ?

Nouveau silence. Cette fois-ci parce que Zoe repensait pour la cinquantième fois à ce qu'Aidan lui avait dit. Certes, elle avait l'impression que sa femme et lui étaient convenus que ça ne marchait plus entre eux, mais, lorsqu'elle tenta de se rappeler précisément le moment où il l'avait dit, elle ne trouva rien.

— Je ne sais pas jusqu'à quel point... Pour autant que je le sache, il est assez clair que c'est terminé. Mais... Je comprends comment on peut en arriver à un point où personne ne parvient à mettre le sujet sur la table.

Maeve la dévisagea pendant quelques instants, puis soupira en détournant les yeux.

— On peut voir ça comme ça... Mais on peut aussi considérer que c'est une situation où il a décidé que c'était terminé alors qu'elle pense encore que tout va bien.

— Je suis sûre que ce n'est pas le cas, rétorqua fermement Zoe. Et elle l'a trompé, quelque temps auparavant, sans qu'il lui en fasse le reproche.

— D'accord, dit Maeve en prenant sa tasse de thé avec une expression pensive, les yeux dans le vague. Alors... elle n'a jamais entendu parler de toi, c'est ça ?

Zoe sentit comme un coup dans le ventre. En partie parce qu'elle devait admettre la vérité, en partie parce qu'elle savait que Maeve allait lui faire la leçon. Maeve, qui demandait toujours des conseils et ne les suivait jamais, et qui reviendrait la fois suivante avec la même question, coincée dans la même boucle, perpétuellement. Maeve, qui prenait toujours la mauvaise décision. Maeve, qui avait couru après un homme marié pendant plus d'un an.

— Non, admit Zoe. Non, elle n'a pas entendu parler de moi. Mais ça va changer.

Maeve acquiesça très lentement, puis la fixa droit dans les yeux. Cette fois-ci, on lisait dans son regard moins de jugement et plus de compassion.

— Fais attention, Zoe. Surtout, fais attention.

13

Hanson se préparait du porridge en jetant un coup d'œil à l'extérieur. Le temps était gris et morne, mais sec, du moins pour l'instant. Elle passa ses options en revue et opta pour la course à pied. Deux mois auparavant, elle avait investi dans un sac à dos de sport très léger qui lui donnait la possibilité, quelques matins par semaine, d'aller travailler en courant. Comme elle avait laissé une serviette et un nécessaire de toilette au bureau, il lui suffisait de fourrer son costume et sa chemise dans le sac et de se changer en arrivant.

Elle faisait de son mieux pour ne pas repenser à la soirée de la veille et à sa fin abrupte. Depuis son réveil, elle se répétait à quel point elle était contente de ne pas avoir la gueule de bois, mais, à présent, elle se concentrait sur la journée à venir.

Elle alla chercher sa tenue de sport et entreprit de l'enfiler tout en remuant de temps à autre son porridge. Elle avait toujours aimé courir. Elle n'avait jamais été particulièrement rapide, mais le sentiment d'échapper à tout et à tous l'attirait chaque fois. Elle aimait aussi la façon dont son esprit dérivait, dont il prenait des décisions et trouvait des solutions pendant ses joggings. En fait, l'unique période où courir lui avait posé problème, c'était pendant sa relation avec Damian. Laisser son esprit dériver était alors terrible. L'exercice ouvrait les vannes de sa négativité, et elle s'arrêtait avant même de s'en rendre compte, les jambes lourdes, le cerveau en boucle.

Quand elle avait fini par rompre, cela n'avait pas cessé. Il continuait de la harceler par textos. Autant de preuves du narcissisme qui avait fait de lui le tyran hideux qu'il était devenu.

Mais, depuis quatre mois qu'elle avait coupé toute communication, elle avait recommencé à courir et à adorer ça. Elle adorait même s'y préparer, s'assurer de la longueur du trajet, et, avant comme après, elle mangeait et buvait les aliments recommandés.

Elle plaça la plus grande partie du porridge dans un Tupperware qu'elle fourra au fond de son sac. Debout devant la cuisinière, elle mangea le peu qui restait – elle n'aurait guère pu en avaler davantage avant d'aller courir –, puis elle mit la casserole à tremper dans l'évier.

Elle enfilait son sac à dos, prête à partir, quand son téléphone vibra. Elle grommela et le tira de la petite poche supérieure du sac en essayant de ne pas emmêler les fils de ses écouteurs.

C'était Angeline, qui lui disait qu'elle avait déconné et qui lui demandait de rappeler.

Hanson ôta ses écouteurs en soupirant et pressa le bouton d'appel.

La conférence de presse avait entraîné beaucoup plus de questions que Jonah ne l'aurait voulu. En ce qui le concernait, il aurait simplement souhaité lancer un appel à témoins. Cette étape-là s'était bien passée, et il avait demandé que quiconque ayant vu Zoe le jeudi ou plus tôt dans la semaine se mette en contact avec eux.

Le problème, c'était que de nombreuses histoires avaient déjà commencé à circuler dans les médias, et Jonah avait dû répondre à des questions sur l'éventualité d'une agression raciste, sur l'heure de la découverte du corps et sur l'éventuelle garde à vue d'un suspect.

Répondre à des questions de façon ouverte quand on voulait garder certaines informations secrètes n'était pas chose facile. L'heure de la découverte du corps, par exemple, et la façon dont ils avaient été prévenus. Jonah leur avait répondu qu'un ami s'était inquiété de ne pas la voir, et que personne n'était en garde à vue. Quant aux motivations racistes, il pouvait simplement dire que rien ne les suggérait jusqu'à présent, mais qu'ils se pencheraient bien évidemment dessus si elles apparaissaient au cours de l'enquête. À la fin de la conférence de presse, il était harassé, mais il se dit qu'il s'en était bien sorti.

Quand il arriva dans les bureaux de la Crim, Hanson était clairement en train de l'attendre, prête à démarrer au quart de tour, ce qui lui mit un peu plus la pression. Dès qu'il entra, elle se leva, les cheveux mouillés et les joues rouges comme si elle sortait d'une salle de sport. Jonah eut un peu honte. Il avait sauté du lit à peine à temps pour la conférence de presse.

— Bonjour, patron, dit-elle en lui emboîtant le pas.

— Que se passe-t-il ?

— Angeline a appelé. Elle était en pleine autoflagellation, parce que, la semaine dernière, elle avait perdu ses clés, dont la clé de l'appart de Zoe. Elle déclare qu'elle ne voulait pas l'admettre au début, mais qu'elle sait qu'il faut que nous le sachions.

— Perdu comment ? demanda Jonah en ouvrant la porte de son bureau.

— Elle pense qu'elle les a oubliées dans un pub, et qu'elle ne s'en est pas aperçue parce que Maeve l'a laissée dormir sur son canapé. Elles ont été remises à la police trois jours plus tard, et l'agence de location les lui a renvoyées.

Jonah tira une viennoiserie de son sac et se mit à croquer dedans à grandes bouchées, non sans se dire que ça ne devait pas être un spectacle très séduisant.

— On sait avec qui elle était, dans ce pub ?

— Des types de sa classe, apparemment, mais elle avait envoyé un message à Maeve Silver et à Zoe pour leur dire qu'elle avait trop bu et qu'elle paniquait.

— Et Maeve lui a répondu de passer ?

Hanson acquiesça.

— Mais on n'est pas certain qu'elle les a oubliées au pub ? demanda-t-il après un instant.

— Non. Elle pourrait très bien les avoir apportées chez Maeve, puis s'être endormie. Maeve aurait alors pu en faire un double.

— Ou envoyer quelqu'un les récupérer au pub.

— Ouais !

— Vous pouvez vérifier son histoire ?

— J'ai laissé un message à l'agence de location. Je me suis dit qu'Angeline avait pu inventer tout ça, dit-elle avec un léger sourire. C'est un moyen facile de détourner l'attention, elle ne serait plus la seule à avoir une clé.

— Ça m'a aussi traversé l'esprit, répondit Jonah en buvant une grande gorgée de café. Vous avez les horaires auxquels tous ces gens intéressants doivent passer nous voir ?

— Je vous les ai envoyés par e-mail. Le premier, c'est le propriétaire.

— Bien. Et Ben a dit qu'il allait bientôt arriver. Je vais peut-être lui demander d'assister à l'entretien, s'excusa Jonah. Ça ne vous ennuierait pas de prendre quelques flyers d'appel à témoins et d'aller voir les voisins de Zoe ?

Hanson soupira. Vers la fin de son jogging, la pluie s'était mise à tomber, et sa voiture bien chauffée n'était pas au bureau.

— Vous ne savez pas à qui je pourrais emprunter un K-Way ?

— Felix Solomon, lança le propriétaire tiré à quatre épingles en tendant la main.

C'était un geste étrange, songea Jonah. En général, les témoins, comme les suspects, se montraient nerveux. Ils se présentaient rarement avec calme. Felix donnait l'impression d'être un consultant en visite dans une entreprise, pas un suspect potentiel.

Quand il la lui serra, sa poignée de main fut brève et chaleureuse.

— Inspecteur Sheens. Je suis content que vous soyez passé pour échanger quelques mots. Quelle salle est disponible, Ben ? demanda-t-il à Lightman, qui avait accompagné Felix jusqu'à son bureau.

— La trois. Et le café arrive.

Jonah laissa son sergent ouvrir la marche, et Felix lui emboîter le pas. Ce dernier se déplaçait avec une belle assurance. Ce n'était pas tant qu'il roulait des mécaniques, mais plutôt qu'il semblait totalement indifférent à tout ce qu'il voyait.

Difficile d'interpréter cela. Jonah avait déjà vu des assassins pleins de confiance en eux, convaincus qu'ils étaient au-dessus de tout soupçon, mais, en général, leur sentiment d'autosatisfaction les trahissait. Il repensa brièvement à certains des banquiers qu'il avait interrogés, plutôt calmes en général, et se demanda si, dans sa vie professionnelle, M. Solomon subissait une grosse pression.

Celui-ci garda une expression neutre quand l'enregistrement débuta et hocha la tête avec équanimité lorsque Jonah lui demanda s'il était le propriétaire de Zoe.

— Oui. Zoe a emménagé il y a cinq mois. En juin.

— Et comment a-t-elle trouvé l'appartement ?

— Elle me connaissait. J'étais client du café.

— Vous étiez amis, alors ?

— Oui, je le dirais. Ça arrive quand vous êtes un habitué. Gina et moi, la patronne du café, vous savez, on est devenus très proches il y a quelques années. Et pas mal de personnes de l'équipe viennent s'asseoir pour discuter un instant avec moi pendant leur pause.

— Et pourquoi fréquentez-vous cet endroit ?

— Pour travailler, principalement.

— Qu'est-ce que vous faites ?

— Oh, je suis retraité. Mais je voudrais écrire un essai, même si je reconnais que c'est un peu bête, étant donné que je n'ai jamais rien écrit jusque-là. Alors, je prends mon ordinateur et mon carnet, et j'y passe quelques heures par jour, en buvant plus de café que raisonnable pour progresser.

— Vous vous êtes installé ici à la retraite ?

— Oui, mais je n'étais pas très loin, à Brighton, dit-il en souriant. Au début, j'ai emménagé à Woolston dans une maison trop grande pour moi, et j'ai de nouveau bougé deux ans plus tard. C'était plus intelligent de vivre plus modestement et d'investir dans un second appartement qui génère un revenu.

— Et comment l'idée de cette location est-elle venue sur la table ?

— Zoe cherchait un appartement, et elle savait que j'avais eu des problèmes avec ma locataire. Heureusement, elle m'a posé la question. Ça m'a motivé à mettre la mauvaise payeuse à la porte et à le louer à Zoe.

Jonah fronça légèrement les sourcils.

— Vous avez mis à la porte l'ancienne locataire pour elle ? C'est se donner bien du mal pour une personne que vous connaissiez à peine, non ?

— Pas lorsque votre locataire est vraiment pénible, et quand votre amie vous raconte qu'elle est harcelée par son ex-petit ami.

— Vous connaissez l'identité de cet ex ? intervint Lightman.

— Aidan Poole, répondit Felix. Un professeur d'université, marié, malheureusement.

— C'est Zoe qui vous a dit ça ? demanda Jonah.

— Oui. Elle se confiait, parfois, quand elle traversait des périodes difficiles… Je suppose que vous enquêtez sur lui, alors je n'ai probablement pas grand-chose à ajouter. Mais je pense que son cas mérite un examen attentif. Ce qu'elle a pu me dire à propos de son comportement…

— Vous parlez de son comportement en général, ou simplement pendant la période où ils étaient séparés ? demanda Lightman.

Jonah appréciait toujours la précision dont faisait preuve son sergent, son besoin d'exprimer clairement les choses.

— Les deux, en fait. Mais quand elle a rompu, il l'a harcelée pour qu'ils se remettent ensemble. Pour elle, c'était horrible. Zoe était une proie facile, parce qu'elle était gentille et qu'elle voyait toujours le meilleur côté des gens.

— A-t-elle jamais signalé ce comportement ? lança Jonah, qui connaissait déjà la réponse.

— Non. Et vous le savez, j'en suis sûr, répliqua Felix avec un sourire ironique. Je le lui ai suggéré, mais elle éprouvait encore des sentiments pour lui. Raison pour laquelle les Aidan Poole finissent toujours par gagner.

— Alors, elle cherchait un appartement, et vous l'avez aidée. On peut présumer qu'elle ne voulait pas donner sa nouvelle adresse à Aidan.

— Absolument. Elle m'a dit qu'elle en avait parlé de façon très ferme à ses amis. Son ancienne colocataire, Maeve, était un peu molle au sujet d'Aidan. Après leur première rupture, Maeve avait laissé Aidan entrer chez elles, et ça lui avait donné l'occasion de convaincre Zoe de renouer. Et la deuxième fois, elle lui avait donné les nouveaux horaires de Zoe au café, alors il lui était retombé dessus et ç'avait été encore la même histoire.

Jonah consulta ses notes.

— Vous parlez de Maeve Silver.

— Oui, c'est ça.

— A-t-elle donné des raisons qui expliqueraient cela ?

— Elle a dit qu'elle voulait que leur couple fonctionne. Qu'elle pensait qu'ils allaient bien ensemble et qu'il suffisait de trouver un moyen ! s'écria Felix avec un soupir d'exaspération. Des conneries romantiques. Celle-là, c'est le rêve de tout harceleur.

— Vous pensez qu'Aidan la manipulait ?

— Dans une certaine mesure, oui. Mais, d'un autre côté, je pense que Maeve se fabriquait ces histoires-là toute seule. Elle aimait bien Aidan, et elle aimait la dynamique de leur groupe.

Jonah le dévisagea pensivement. La réponse de Felix comme son analyse de l'amie de Zoe étaient réfléchies et convaincantes.

— Mais Maeve n'avait pas accès au nouvel appartement, non ? Elle n'avait pas de clé ?

— Non, je suis sûr qu'elle n'en avait pas. C'était l'une des choses que Zoe anticipait avec impatience en déménageant. Elle ne voulait plus jamais rentrer chez elle et trouver Aidan assis dans son salon. Je ne suis même pas certain que Maeve avait sa nouvelle adresse.

Jonah nota ostensiblement ces remarques dans son carnet, puis changea de ton quand il releva la tête.

— Mais vous en aviez une, vous.

— Oui. J'avais le jeu de clés du propriétaire.

— Et vous vous en serviez, en général ?

— Seulement pour faire entrer un plombier ou quand Zoe avait oublié les siennes à l'intérieur, répondit Felix, peu préoccupé de rebondir sur les propos de Jonah.

— Pouvez-vous nous dire ce que vous avez fait pendant la soirée de jeudi ? demanda-t-il alors en espérant que le changement de braquet déstabiliserait un peu Felix.

Celui-ci hocha la tête en souriant très légèrement.

— Avec plaisir, même si mes réponses ne seront pas très faciles à corroborer. Je suis resté la plupart du temps chez moi, à faire le ménage et à regarder des documentaires.

— Quels documentaires ? demanda Lightman.

— Oh… En ce moment, je regarde *Africa*. Et j'ai également vu celui sur les jumeaux Kray. Ensuite, j'ai…

Il gloussa.

— J'ai regardé une horrible émission de téléréalité sur un flic qui fait la circulation. *La Vraie Police de la route*, ou quelque chose dans le genre. C'est nul, mais c'est de la télé hautement addictive.

— Ça s'est terminé tard ? lança Lightman.

Jonah ajoutait mentalement les heures en se demandant si Felix avait pu rester devant sa télé jusqu'à 23 heures, le moment où Aidan avait vu quelqu'un entrer dans l'appartement de Zoe et l'agresser. Même si c'était le cas, ce n'était pas un alibi, Félix avait un simple étage à monter pour aller chez Zoe.

— Oui, probablement après minuit.

— Et depuis quelle heure ? demanda Lightman avec sa froideur coutumière.

— Je dirais que j'ai commencé à faire le ménage vers 19 heures, alors j'ai dû allumer vers 21 heures.

— Un gros ménage, donc, dit Jonah.

Felix sourit.

— Je sais. Je suis un peu obsédé par la propreté. J'ai étendu le linge, j'ai passé la serpillière et l'aspirateur aussi.

Jonah n'en était pas sûr, mais il avait l'impression qu'il y avait un peu de baratin dans tout ça. C'était assez difficile à déterminer, avec l'assurance dont faisait preuve Felix Solomon. Il décida de ne pas insister. Il valait mieux le prendre au dépourvu, plus tard, en revenant sur le sujet.

— Et avant 19 heures ?

Jonah était conscient que si on ne tenait pas compte des déclarations d'Aidan, la plage horaire pendant laquelle Zoe avait pu être tuée commençait en fin d'après-midi.

— Ah, ça, je peux le justifier. Mon amie Esther est passée prendre le thé à partir de 16 heures. Elle est partie vers 17 heures. J'ai son numéro sur mon téléphone si besoin est.

Lightman hocha la tête et nota le numéro que Felix lui dicta. Jonah réfléchit un instant, il s'imagina l'appartement austère de Felix et ce que ça impliquait en termes de solitude…

— C'est une vieille amie ? demanda-t-il. Une autre habituée du café ?

— Elle a également un appartement dans l'immeuble, qu'elle loue via Airbnb. Cela fait quelques mois que je la connais, et on se croise de temps à autre. C'est une personne très dévouée, et je pense qu'elle s'est aperçue que, parfois, je me sentais un peu seul.

— Vous n'avez aucune famille ?

— Non. Malheureusement, non.

Felix avait répondu avec affabilité, mais, d'une certaine façon, il semblait vouloir clore le débat. Jonah décida que, pour l'instant, il valait mieux faire semblant d'accepter les limites que Felix posait.

— Vous avez déclaré à mon agent que vous aviez vu Zoe arriver chez elle. Pouvez-vous préciser à quelle heure ?

— C'était pendant que je faisais le ménage. J'aimerais pouvoir être plus précis, mais je dirais 20 heures, 20 h 30. À coup sûr avant que je commence à regarder la télé, à 21 heures, dit-il en haussant les épaules.

Il laissa son regard dériver vers Lightman, puis se tourna de nouveau vers Jonah.

— Écoutez, reprit-il d'un ton plus grave. J'aimerais vous confier quelque chose qui pourrait se révéler pertinent ou pas, mais que je creuserais, si j'étais vous.

— Allez-y ! lui lança Jonah.

— Le voisin de palier de Zoe a été condamné pour pédophilie, dit-il en fixant très calmement l'inspecteur.

Un bref silence s'installa.

— Vous avez des détails ?

— Piers Lough, porte 15. Il a emménagé l'année dernière et on dirait qu'il travaille beaucoup chez lui.

— Comment avez-vous eu vent de cette information ? Pour autant que je sache, seuls les parents de jeunes enfants peuvent déposer une requête pour consulter le registre des délinquants sexuels.

— D'autres résidents de l'immeuble ont des enfants. Et les messages passent. Je ne prétends pas que la pédophilie puisse entraîner le meurtre d'une jeune femme, mais ça indique quand même qu'il a des problèmes. Et quelqu'un qui pouvait entendre Zoe aller et venir dans son appartement était en fort bonne position pour lui voler ses clés.

— Eh bien, nous allons certainement nous pencher là-dessus ! Je crois qu'on a fait le tour, si ce n'est la clé de l'appartement de Zoe. Pourriez-vous me la remettre ?

— Oh, dit Felix en portant la main à sa poche avant d'interrompre son geste. Je ne l'ai pas apportée. Je suis vraiment désolé. Je n'ai pas réfléchi… Je peux aller vous la chercher, si vous voulez.

— Ça nous aiderait. Nous avons besoin de sécuriser la scène de crime.

— Naturellement ! s'écria Felix en se levant.

À midi, Hanson avait déjà rendu visite à quatre voisins, sans rien trouver d'intéressant. Elle avait profité d'une brève accalmie entre deux averses pour s'attaquer aux sept maisons du pâté où se trouvait l'immeuble. Dans trois d'entre elles, personne n'avait répondu. Chaque fois, elle avait glissé un flyer dans la boîte aux lettres avant de passer à la suivante. Les quatre autres avaient expliqué que, le jeudi, ils n'étaient pas là, ou qu'ils avaient tiré les rideaux. Aucun n'avait rien vu. C'était le problème avec les enquêtes fin novembre. Personne ne traînait sur le balcon ou dans le jardin pour boire une bière, fumer une cigarette ou bavarder.

La pluie reprenant, elle se dirigea vers l'entrée de l'immeuble de Zoe, où elle entra grâce au jeu de clés d'Angeline. Elle monta à l'étage et alla frapper au numéro 17, la première porte à gauche de celle de Zoe. Elle fut contente d'entendre des pas, et elle sourit à la femme qui lui ouvrit. Mais, à sa grande déception, ses occupants étaient rentrés le vendredi soir après une semaine d'absence.

Hanson alla toquer au 15 en soupirant. Elle coula un regard vers le 16 qui brillait sur la porte de Zoe, et les images de la salle de bains lui revinrent un bref moment à l'esprit.

L'appartement numéro 15 était occupé par un jeune homme à l'expression un peu hagarde. Il soupira quand elle sollicita son aide, mais il la fit quand même entrer dans son salon – une copie conforme de celui de Zoe – et lui proposa une tasse de thé.

— C'est bon, je vous remercie, répondit-elle avec un sourire tandis qu'il se dirigeait vers la cuisine.

Il valait mieux refuser les marques d'hospitalité. Elles compliquaient les choses en cas de départ précipité.

— Je veux simplement vous demander si vous avez vu ou entendu quelque chose d'étrange jeudi soir.

— Jeudi ? lança-t-il d'un air distrait, comme s'il ne se rappelait plus ce qu'il était venu faire dans la cuisine. Hmm... Quel genre de choses ? Un cambriolage ?

Hanson fut étonnée. La plupart des voisins savaient de quoi il retournait dès qu'elle avait dit qu'elle était de la police. Ignorait-il donc que sa voisine avait été assassinée ?

— Non. J'ai bien peur que ce ne soit un meurtre.

Subitement, il la fixa.

— Quoi ?

— La jeune femme qui vivait au 16, malheureusement.

— Oh, mon Dieu !

Il s'adossa au comptoir en jetant des coups d'œil à droite et à gauche. Il essayait de se rappeler quelque chose, pensa Hanson.

— Zoe. La peintre.

— Oui, admit-elle en détournant les yeux.

Sur le bureau contre la fenêtre, un ordinateur portable ouvert entre deux énormes enceintes suggérait qu'à son arrivée il devait être en train de travailler. Le téléphone de Hanson vibra. Un message de Sheens.

Tuyau de Felix Solomon à propos du résident du 15. Piers Lough. Délinquant sexuel, apparemment. On vérifie, mais je vous suggère d'attendre avant de l'interroger.

— Qu'est-ce qui s'est passé ? demanda le jeune homme.

Hanson fit de son mieux pour lui sourire, même si son cœur battait deux fois plus vite.

— Pardon ? Oh ! On enquête, répondit-elle en ayant conscience de la tension dans sa voix. On aurait tendance à penser que la mort est suspecte, alors on voudrait vraiment savoir si vous avez vu ou entendu quoi que ce soit.

Elle se demanda si elle devait répondre au texto de Sheens, ou plutôt faire semblant de devoir partir. Mais ça lui parut ridicule. Il était peut-être une sorte de délinquant sexuel, mais ça ne signifiait pas qu'elle devait avoir peur de se trouver dans la même pièce que lui.

— Bon sang ! s'exclama-t-il. C'est vraiment horrible. J'étais… J'étais ici. Jeudi soir.

Hanson sortit son carnet.

— C'est bon à savoir, dit-elle en s'enjoignant de faire son boulot correctement et de cesser d'être pathétique. Avez-vous vu Zoe entrer ou sortir de son appartement ce soir-là ?

— Non, je n'étais pas… Je n'ai pas arrêté de bosser. Je suis censé transcrire un tas de fichiers audio qui sont arrivés en retard, et, depuis mercredi, j'ai à peine mis le nez dehors. Désolé ! répondit-il en faisant un geste en direction de son ordinateur.

— Pas de problème.

— Oh ! Attendez ! s'écria-t-il avant de jeter à nouveau des coups d'œil à droite et à gauche. En fait, je pense que je l'ai entendue. Ça devait être jeudi. J'essayais de travailler et quelqu'un parlait vraiment fort, et ça couvrait le son de mes enregistrements au point de m'obliger à revenir en arrière. Ça me rendait dingue, et j'ai même envisagé d'aller voir qui c'était et de l'engueuler, mais, à ce moment-là, ça s'est calmé.

— C'est très utile, ça ! dit Hanson en griffonnant dans son carnet.

Elle se demandait si ce n'était pas une stratégie pour détourner l'attention de son passé criminel.

— Vous savez quelle heure il était ?

— Ahh…, lâcha-t-il d'un ton pensif. Vers 21 heures, je dirais. Peut-être un peu plus tard. Pas vraiment tard parce que je me souviens d'avoir pensé que ce n'était pas le genre d'heure où on appelle la police pour se plaindre… Je sais que ça semble un peu exagéré, gloussa-t-il, mais tout ça m'a vraiment stressé.

Hanson afficha ce qu'elle espérait être une expression de compassion tout en l'examinant attentivement. Que signifiait cette fine pellicule de sueur sur son visage ? La nervosité de ses gestes quand il se tripotait les cheveux ?

— Vous pourriez me donner plus de détails ? C'était une dispute ?

— Oui, je crois. Mais j'entendais surtout une voix. Je ne distinguais pas les mots, mais ça couvrait les enregistrements.

— Une voix masculine ?

— Oui, absolument.

— Et vous dites qu'elle s'est tue brusquement ? À quelle heure environ ?

— Eh bien, pas très longtemps après... À 21 h 27 ! s'exclama-t-il avec un sourire triomphant. C'était à 21 h 27. Je m'étais dit que s'il ne fermait pas sa gueule à la demie, j'irais tambouriner à sa porte.

— Et vous pensez que ça venait de l'appartement d'à côté ?

— Oh, eh bien, je n'en suis pas certain, répondit-il avec un regard inquiet. Désolé, je ne voulais pas faire croire que... Franchement, ç'aurait pu être au-dessus ou en dessous. J'avais mon casque sur la tête. Mais c'est forcément l'un des trois. Les autres, je ne les entends jamais. En général, l'immeuble est plutôt silencieux. Il est assez bien isolé.

Hanson acquiesça, un peu plus convaincue par les doutes du témoin qu'elle ne l'avait été par ses certitudes. Il avait peut-être vraiment entendu quelque chose. Mais ça n'avait peut-être rien à voir avec la mort de Zoe.

Elle songea qu'une engueulade expliquerait les éraflures sur la main de Zoe. Les choses avaient pu s'envenimer, et Zoe avait dû finir par frapper son agresseur. Il restait peut-être un peu d'ADN du meurtrier sur ses jointures ?

Elle décida qu'elle vérifierait son histoire pour déterminer d'où venaient les bruits de dispute. Il suffisait d'aller frapper au-dessus et en dessous.

— Vous m'avez été très utile, monsieur...

Elle se rendit compte qu'elle ne lui avait pas demandé son nom, qu'elle ne connaissait que par le message de l'inspecteur.

— Comment vous appelez-vous ?

— Oh ! Désolé ! Piers. Piers Lough.

Elle l'inscrivit comme si elle venait de l'apprendre, prit son numéro de téléphone ainsi que son courriel. Puis elle le remercia et partit. Dès qu'elle se retrouva dans le couloir et que la porte se referma derrière elle, elle se sentit profondément soulagée.

Lightman s'installa à son bureau, content de s'attaquer immédiatement à une liste de tâches pour lesquelles il était doué. Depuis la veille, pas mal de choses étaient en suspens, et, même si bosser un samedi n'était pas exactement la routine, cela lui donnait quand même une sensation de normalité.

Il décida de commencer par les alibis avant de passer aux délinquants sexuels. Quand la hiérarchie des priorités n'était pas claire, sa méthode, c'était de s'en tenir à l'ordre alphabétique.

Appeler les Swardadine pour leur demander s'ils pouvaient justifier de leurs déplacements le soir de la mort de leur fille n'était pas une chose aisée, mais Siku sembla du moins apprécier sa méticulosité.

— À partir du moment où vous êtes aussi rigoureux dans tous les domaines… Vous n'avez rien appris de nouveau sur ce que faisait Aidan ? demanda-t-elle après une pause.

— On vérifie ce qu'il nous a dit en suivant la piste du numérique, répondit aussitôt Lightman en se réjouissant d'avoir lu les notes de l'inspecteur, la veille.

Il ne précisa pas que ladite piste semblait innocenter Aidan. C'était plutôt à Sheens de révéler ce genre de choses.

— On prend ça très au sérieux, étant donné sa relation avec Zoe, ajouta-t-il.

— Bien, répondit Siku.

Elle expliqua alors qu'elle avait fait un remplacement dans le centre de chirurgie de Highfield à West Hampstead, l'une des cliniques où elle en faisait régulièrement le soir et le week-end.

— Merci. Et votre mari ?

— Martin s'est rendu à un dîner, je pense.

Lightman entendit une série de sons étouffés, puis Siku qui interpellait son mari.

— Martin ! Martin ! Tu étais à un dîner avec des clients, jeudi ?

— Fuller et Michael, entendit distinctement Lightman.

Ça serait facile à vérifier auprès de l'entreprise de Martin, même s'il doutait fort de pouvoir obtenir une réponse un samedi.

Il les remercia de nouveau avant de raccrocher, puis dénicha le numéro des bureaux administratifs du centre de chirurgie de Highfield. Contrairement à la plupart des établissements, il était ouvert le samedi. Il parvint à parler au directeur de la clinique, qui lui confirma que Siku Swardadine y était restée de 18 heures à 3 heures du matin.

Bon, la mère était écartée de la liste des suspects, songea-t-il. Comme on pouvait s'y attendre, personne ne répondit au bureau de Martin, aussi nota-t-il de les rappeler dans la journée, puis le lundi en cas d'insuccès.

Le dîner de presse de Greta se révéla facile à trouver sur Google. Le numéro de téléphone de l'organisatrice, Penny Dawson, était indiqué sur le site. Elle décrocha au bout de quelques sonneries.

— Je suis le sergent Ben Lightman de la police du Hampshire. J'ai quelques vérifications un peu ennuyeuses à faire. Je dois établir que Greta Poole était bien l'une des personnes qui ont remis des récompenses au dîner de jeudi.

— Bien, dit Penny, à l'évidence désarçonnée. Je… Qui ça, dites-vous ?

— Le sergent Lightman, du commissariat du Hampshire. Si vous préférez regarder mon numéro sur le site et me rappeler, pas de problème. J'y figure.

— Ça va. C'est simplement que je ne m'attendais pas à recevoir un coup de fil. Ouais. Greta a présenté le prix de l'article scientifique, qu'elle avait remporté l'année dernière.

— La présentation avait lieu après le dîner ?

— Ouais. Les invités ont pris place à 19 h 45, et la cérémonie a commencé à 21 heures. Greta est passée en… cinquième position, je crois ? Désolée…, dit-elle en changeant subitement de ton. Pourquoi me demandez-vous tout ça ?

— Je suis simplement en train de reconstituer les emplois du temps avant une petite altercation qui s'est produite un peu plus tard dans la soirée. Il est très probable que Mme Poole n'ait rien eu à voir avec ça, mais nous devons vérifier.

— Oh, d'accord. Eh bien, je ne crois pas qu'elle ait pu avoir une altercation par la suite, elle est restée au dîner jusque très tard. Elle nous a même aidés à mettre au lit certains des délégués.

— Ah ? C'est utile, ça, dit chaleureusement Lightman. Merci ! Savez-vous vers quelle heure ?

— Ça devait être… un peu avant une heure. Je n'avais pas bu, soit dit en passant, si c'est utile.

— C'est super, merci.

Greta Poole était donc également à Londres ce soir-là. Le troisième alibi sur sa liste concernait Felix Solomon, même s'il se rapportait à une heure moins tardive que celle du meurtre de Zoe. Techniquement, effectuer ces vérifications ressemblait à cocher des cases dans un formulaire, mais celle-ci lui donnerait l'occasion de parler à l'amie d'un suspect.

Il appela Esther au numéro que Felix lui avait fourni. Au début, elle répondit avec un peu d'inquiétude dans la voix, mais elle se réchauffa rapidement quand elle sut qu'il voulait lui parler de Felix.

— Oh, vous ne pensez tout de même pas que Felix a fait quelque chose ? C'est un homme tellement bon.

Elle avait une voix chaude et vivante, avec un accent que Lightman supposait tchèque.

— J'ai pris le thé avec lui, puis je suis rentrée chez moi en voiture. J'ai dû le quitter vers 17 heures, peut-être ? Je me suis dit qu'il ne fallait pas que je tarde afin de préparer le dîner, parce que je vis à Winchester, à présent.

— Et comment vous a-t-il paru ?

Esther soupira.

— Comme il lui arrive d'être, parfois. Un peu en quête de réconfort.

— De réconfort ?

Lightman songea à l'homme qu'ils venaient de voir, et qui n'avait pas du tout l'air d'avoir besoin d'aide.

— Il est atteint de troubles du stress post-traumatique. Parfois, c'est assez dur, et il a besoin de compagnie. Quand c'est trop difficile, il appelle, simplement pour entendre une voix. Je réponds quand je peux, mais j'ai une famille, vous savez ?

— Je suis désolé d'apprendre ça. Vous savez de quand ça date ? Les troubles ?

— Il ne me l'a jamais dit, et je ne voulais pas être indiscrète.

— Eh bien, c'est très utile. Merci.

Lightman coupa la communication et tapa ses notes avec soin en se disant que Sheens serait content de découvrir cette facette inattendue du propriétaire de Zoe. Mais ce ne serait peut-être pas une surprise pour l'inspecteur.

Après le départ de Felix, Jonah était resté un bon moment à réfléchir à tout ce que celui-ci lui avait dit. Il n'arrivait pas vraiment à mettre le doigt sur ce qui le chiffonnait chez cet homme-là. Quelque chose à voir avec son calme et sa façon de parler. Comme s'il savait tout ce que Jonah allait lui demander avant même qu'il ne pose la question.

Il se rendit compte que Hanson n'aurait probablement toujours pas quitté la scène de crime quand Felix arriverait chez lui. Il l'appela sur son mobile.

— Comment ça se passe ?

— Bien, répondit-elle. Même si j'étais déjà dans l'appartement 15 quand vous m'avez envoyé ce texto.

— Ah ? Désolé. Tout va bien ?

— Je crois. Il a l'air nerveux, mais c'est compréhensible quand on a un casier. Il a aussi raconté qu'il avait entendu un homme crier, et qu'il pensait que ça pouvait venir de l'appartement de Zoe, ce que le voisin du dessus a confirmé. Il n'a donc pas inventé ça. Bien sûr, ç'aurait pu être lui qui criait, mais, dans ce cas, ç'aurait été bizarre d'attirer l'attention là-dessus.

— À quelle heure ? demanda Jonah en se redressant.

— Vers 21 heures. C'était fini à la demie. Un moment avant l'heure probable du décès, mais c'est intéressant.

— Ça l'est effectivement ! admit Jonah en repensant aux deux verres de vin sur le comptoir de Zoe. Si celle-ci s'était disputée avec quelqu'un, il y avait de fortes chances que ce soit avec le tueur. Et si elle avait bu un verre avec lui, l'ADN du meurtrier était peut-être encore sur son verre.

— Vous êtes toujours dans l'immeuble ?

— Je partais.

— Vous pourriez rester dans le coin un moment ? Jusqu'au retour de Felix Solomon ? J'aimerais que quelqu'un l'ait à l'œil, d'autant qu'il a encore la clé de Zoe. Il a affirmé qu'il ne l'avait pas rapportée, mais je le soupçonne fortement d'avoir menti.

— Bien sûr, répondit-elle avec un enthousiasme qui sonnait faux. Qu'est-ce qu'il a raconté, à part les histoires de délinquants sexuels ?

— Son alibi n'était pas très solide... Il est étrangement sûr de lui, et, à l'évidence, intelligent aussi. La combinaison des deux fait grimper sa cote en tant que suspect.

— OK. Je reste là.

Pour s'occuper, Hanson fit les cent pas dans Latterworth Road, du côté de l'immeuble qui tournait le dos à la ville, en gardant à l'œil la porte d'entrée. La rue, large et tranquille, lui permettrait de repérer facilement Felix. Ensuite, il faudrait qu'elle le suive à l'intérieur aussi discrètement que possible, car elle ne pouvait se cacher nulle part devant le bâtiment.

Elle songea de nouveau à Piers Lough... Qu'avait-il fait pour se retrouver dans le fichier des délinquants sexuels ? Zoe l'avait-elle su, ou bien lui faisait-elle confiance, comme à un voisin amical ? L'idée lui donnait la chair de poule. Néanmoins, celui qui avait une clé de l'appartement, c'était Felix Solomon, pas Piers Lough.

Elle fit demi-tour en haut de la rue et, voyant Felix qui approchait à pied, sortit son téléphone et fit semblant d'appeler quelqu'un, mais il n'eut pas l'air de la remarquer.

Elle patienta… Dès qu'il pénétra dans l'immeuble, elle se dirigea d'un pas vif vers l'entrée, mais n'eut pas le temps de l'atteindre avant que le battant se referme. Elle vérifia qu'il n'était plus dans le vestibule avant de se servir des clés.

Le claquement d'une porte pare-feu résonna dans les étages. Elle se précipita vers l'escalier aussi silencieusement que possible et monta les marches deux par deux, puis, arrivée au premier, elle jeta un coup d'œil à travers l'oculus de la porte palière. Aucun signe de Felix. C'était fermé chez lui aussi.

Elle hésita, puis monta au second, en prenant toujours soin de ne pas faire de bruit. Sur ce palier-ci, la porte était également close, et on ne voyait personne devant le numéro 17. Mais, en se plaquant contre le battant, elle parvint à élargir son champ de vision jusqu'au seuil de l'appartement de Zoe et même un peu au-delà.

Felix Solomon se tenait là, pétrifié, une clé à la main. Elle sortit son téléphone dans l'idée de le prendre en photo, mais il tourna subitement la tête et croisa son regard.

Ignorant les battements précipités de son cœur, elle réagit immédiatement et s'engagea dans le couloir en souriant.

— Oh, salut !

Il remit sa clé dans sa poche d'un geste brusque et se retourna, le visage fermé. Mais aussitôt, son sourire et son assurance réapparurent.

— Bonjour ! Vous me cherchiez ?

— Non, non ! répondit Hanson.

Pour une raison ou pour une autre, elle avait l'impression que c'était à elle de s'expliquer.

— Je suis simplement… J'essaie de retrouver le chat de Zoe.

— Oh ! s'écria-t-il, l'air subitement soucieux. Il a disparu ?

— On ne l'a pas encore vu. Mais il doit se cacher quelque part dans l'appartement.

— J'espère ! Il est tellement beau. Blanc comme neige, un vrai séducteur. Elle lui manque probablement beaucoup.

À présent, Hanson s'était approchée de lui, et le couloir était suffisamment éclairé pour qu'elle distingue les larmes qui perlaient à ses yeux.

— Elle doit vous manquer, à vous aussi.

— Oui. Elle me manque. Et je veux que vous attrapiez celui qui a fait ça.

— Et vous, que faisiez-vous ici ? demanda-t-elle gentiment.

Felix jeta un coup d'œil à la porte.

— J'essayais de rassembler le courage d'entrer. Et avant que vous ne disiez quoi que ce soit, je sais que c'est une scène de crime. Je comptais ne toucher à rien, et, de toute façon, vous avez déjà fait vos relevés d'empreintes. Je voulais juste voir l'appartement vide et me rendre… Eh bien, me rendre compte que c'est réel.

Hanson le dévisagea un instant.

— Il vaudrait mieux que je prenne cette clé, s'il vous plaît.

Felix lui adressa un regard très froid, malgré les larmes.

— C'est… mon appartement, vous savez ?

Hanson se contenta de tendre la main et de patienter. Felix soutint son regard pendant quelques secondes, puis détourna les yeux. Avec un soupir de frustration, il tira la clé de sa poche et la pressa dans la paume de Hanson.

— Faites bien votre boulot. Et veillez à ce que votre patron fasse également bien le sien… Je voudrais que vous bossiez mieux que vous ne l'avez jamais fait, ajouta-t-il comme Hanson acquiesçait de la tête. Zoe le mérite.

14

Juin – dix-sept mois plus tôt

— Tu ne voudrais pas me faire les yeux ? demanda Angeline depuis le seuil de la chambre. Si tu as le temps ?

Zoe lui sourit dans le miroir. Elle humecta le minuscule pinceau dont elle se servait pour appliquer du mascara doré sur ses paupières.

— Bien sûr que j'ai le temps. Donne-moi cinq minutes.

Elle se pencha pour se peindre une petite fleur au bord de l'œil gauche, puis, à l'aide d'une pince à épiler, saisit une paillette de strass et la plaça pile au centre des pétales.

Elle adorait cet éclat. La façon dont cela détournait l'attention de tout le reste, ses dents très légèrement de travers, son visage rond et ce nez qu'elle avait toujours trouvé hideux. À la place, les gens regardaient ses yeux. Ce qu'elle avait de plus important.

— Ta tenue est magnifique ! lança-t-elle à Angeline.

Celle-ci, rayonnante, écarta un pan de sa robe de velours gris clair. Il n'y avait pas beaucoup de tissu en trop, malgré la frêle constitution de son amie.

— C'est l'une de celles de la bourse aux vêtements, l'année dernière. Quinze livres.

— Oh, mon Dieu ! s'exclama Zoe en ajoutant un reflet de bronze à la base de sa paupière. Comment tu fais ? Au bout de deux jours, je suis juste revenue avec des soins pour la peau hors de prix qu'une femme horriblement belle m'a quasiment forcée à acheter.

— J'irai avec toi cette année, si tu veux.

— Absolument ! dit Zoe en se levant. Bon. À ton tour.

Angeline s'installa devant la coiffeuse tandis que Zoe ouvrait l'un des tiroirs.

— Tu as envie de quoi ? Peut-être des tons argentés, pour aller avec ta robe.

Elle jeta un coup d'œil au visage et à la silhouette d'Angeline.

— Avec un peu de bleu, je dirais.

— Fais comme tu veux ! répondit Angeline en haussant les épaules.

Zoe sourit, heureuse de constater qu'entre elles les choses semblaient être revenues à la normale. Pendant la plus grande partie du mois précédent, son amie avait refusé de la voir, parce que le sermon sur l'alcool et les dangers des rencontres avec de parfaits inconnus l'avait blessée. Angeline lui avait crié qu'elle n'était pas sa mère et elle était partie, en larmes.

Sur le moment, Zoe avait craint que cela n'incite Angeline à faire une bêtise, à appeler Richie, ou un autre type bizarre avec de sales idées dans la tête. Elle avait essayé de la contacter, mais Angeline ne prenait pas ses appels et ne lisait même pas ses textos.

Maeve et Victor avaient dû veiller sur elle, ce qui avait angoissé Zoe pendant quelques semaines. Mais, en fin de compte, Angeline avait capitulé, appelant pour demander, avec une toute petite voix, si elle pouvait venir et faire la connaissance d'Aidan elle aussi.

À présent, son amie avait des cernes sombres. Zoe se demanda si elle avait assez dormi au cours du dernier mois et si elle avait beaucoup bu. Quoi qu'il en soit, le maquillage pourrait au moins masquer certains de ces effets secondaires.

Zoe sortit sa boîte de couleurs métalliques, celle qu'elle avait commandée en ligne chez un spécialiste qui fournissait généralement des danseurs burlesques et des artistes de cirque. La vue de ces tons brillants, or, argent, rose vif, bleu ou vert amena un sourire à ses lèvres.

— Ceux-là, dit-elle en prenant un argent, un bleu très pâle et un autre, couleur ciel nocturne. Mais on va commencer par l'eye-liner.

Le crayon et le liner étaient déjà sortis. Zoe ne se maquillait jamais sans eux. C'était le liner noir qui rendait stupéfiants ses yeux pourtant ordinaires, et, les rares fois où elle rencontrait des amis sans l'avoir appliqué, ils lui demandaient si elle se sentait bien. Alors, elle soupirait, puis rentrait chez elle pour en mettre, car elle ne voulait pas dissiper l'illusion que ces grands yeux dont tout le monde parlait tant étaient naturels.

Ceux d'Angeline étaient énormes, mais simplement parce qu'elle se nourrissait à peine. Ils lui mangeaient le visage, lui donnant l'air d'une poupée de porcelaine, ou – comme Zoe l'avait dit à Aidan – de Bambi, selon qu'elle fût maquillée ou pas.

— Lève la tête, dit Zoe en se penchant pour appliquer l'eye-liner.

Angeline ferma les yeux en souriant.

— C'est tellement agréable d'être maquillée par quelqu'un d'autre. On a l'impression d'être prise en main. C'est comme quand ma maman recherchait des lentes dans mes cheveux.

Zoe gloussa.

— Tu as besoin que je le fasse aussi ?

— J'espère que non.

— Tu dors là, ce soir ? demanda Zoe tout en poursuivant son travail. Tu peux te mettre dans mon lit, si tu veux.

— Oh… Non, je ne pense pas, répondit Angeline en fronçant les sourcils. Je vais rentrer… Il faudrait que je fasse une lessive, dit-elle après une pause. Et que… je travaille.

— Bien sûr ! dit Zoe, incapable de réprimer la boule d'angoisse dans son ventre.

Il n'était pas difficile de voir qu'Angeline mentait. Et l'idée qu'elle avait une nouvelle liaison lui donnait la chair de poule.

Zoe n'aimait pas la façon dont Maeve regardait Aidan. Elle le jaugeait d'un air froid, analytique. À plusieurs reprises, Zoe se surprit à serrer sous la table la main de son petit ami, tout en commandant un verre derrière l'autre.

Elle ne comprenait pas bien pourquoi Aidan semblait aussi imperturbable. Zoe avait la sensation d'avoir fait quelque chose de mal. Elle n'aurait pas dû inviter ses deux amies en même temps, et, maintenant, elle était obligée de faire des compliments à Angeline tout en débattant avec Maeve. Elle n'aurait pas dû non plus réserver une table dans un restaurant à la mode. Il était bondé, et le personnel semblait souhaiter qu'ils se dépêchent de finir leurs assiettes et qu'ils s'en aillent.

Ils auraient eu besoin de calme. Il fallait que Maeve ait l'occasion de parler avec Aidan et de le comprendre, et qu'Angeline se détende et arrête de sursauter. Peut-être même qu'elle mange quelque chose. Quant à Zoe, elle éprouvait en permanence la sensation d'être coupée en deux.

Mais Aidan s'en accommodait très bien, sans rien sembler remarquer. Il essuya prestement le contenu du verre d'Angeline quand elle le renversa, et ne dit rien à propos du vin rouge qui avait éclaboussé la manche de sa coûteuse chemise. Il sourit en acquiesçant tandis que Maeve discutait à peu près tout ce qu'il disait, et la traitait en interlocutrice de bonne foi sans se mettre en colère.

Pour Zoe, c'était merveilleux. De temps à autre, il lui passait le bras autour des épaules, et il l'attirait fréquemment dans la conversation en s'adressant à elle, mais sans lui mettre la pression. Elle se sentait au centre de tout, malgré les brumes de son inquiétude.

Elle se sentait aussi incroyablement fière de lui. Fière qu'il lui appartienne, dans un sens. L'idée recelait son propre désarroi, parce que Aidan ne lui appartenait pas vraiment. Pas encore. Il était toujours à Greta, et tous deux semblaient profiter d'un dernier tour de piste. Les papiers du divorce et de la vente de maison n'arriveraient que bien trop tôt.

— C'était super bon ! s'exclama Aidan après le plat principal.

Angeline avait poussé la plus grande partie du sien dans l'assiette de Maeve, puis dans celle d'Aidan, mais elle en avait quand même avalé quelques bouchées.

— Quelqu'un veut boire quelque chose ? demanda celui-ci. Je vais au bar. Zoe n'a pas le droit. Sinon, elle reviendra avec des Jägerbombs.

Elle lui adressa un regard reconnaissant. Ça faisait déjà un moment qu'elle avait fini son quatrième verre de rioja, et plus elle attendait pour le remplir, plus elle se sentait nerveuse. Elle ne voulait pas réfléchir trop longtemps à toute cette dynamique complexe. Elle désirait se plonger dans ce halo chaleureux où tout le monde a l'air d'un ami.

— Un autre gin tonic, Maeve ? lança-t-il en se glissant le long de la table.

— Merci, répondit celle-ci avec l'esquisse d'un sourire. Attends ! En fait, je vais t'accompagner pour t'aider à les porter.

Aidan accepta, et Zoe se sentit déstabilisée, comme si Maeve avait, d'une façon ou d'une autre, pris sa place.

En revanche, Angeline avait l'air contente qu'Aidan ait bougé. Elle vint se coller contre Zoe, lui passa le bras autour de la taille et posa la tête sur son épaule.

— Il est sympa, dit-elle d'une voix posée. Je l'aime bien. Et tu es heureuse avec lui, non ?

Zoe déposa un baiser sur le haut de son crâne. Elle éprouvait un flot soudain de gratitude envers la minuscule Angeline, fragile comme une porcelaine.

— Oui, je le suis, dit-elle sans même ressentir une pointe d'angoisse quand elle songea à Greta. J'espère simplement qu'il bouclera bientôt son divorce.

— Il va le faire, répondit Angeline avec confiance. Tu es merveilleuse. Il va vouloir passer le restant de ses jours avec toi.

Zoe rit, et son regard dériva vers les lumières du bar.

— Je pense que tu n'es pas impartiale, ma chérie. Mais j'espère que c'est vrai. Et toi, ça va ? ajouta-t-elle en lui pressant le bras.

Elle sentit Angeline acquiescer contre son épaule, un hochement de tête ensommeillé, suivi d'un soupir. Cela rappela à Zoe l'épagneul de ses parents quand il se lovait contre elle, et elle sourit. Son inquiétude commençait à s'estomper, même si elle se demandait ce que Maeve pouvait bien être en train de raconter à Aidan. Ses mèches châtain clair se mêlaient aux boucles sombres d'Aidan lorsqu'elle se penchait pour lui parler. Deux chevelures qui semblaient avoir envie de fusionner.

Puis Aidan se retourna et la chercha des yeux. Quand il la vit, son visage s'éclaira, et Zoe ne se sentit plus tellement inquiète de ce que Maeve avait à dire. Tout allait bien. Tout allait bien avec ces deux-là.

Ce n'est que beaucoup plus tard dans la soirée qu'elle parvint à parler en tête à tête avec Maeve, pendant qu'Aidan était sorti chercher un taxi, ce qui, selon lui, valait mieux qu'en appeler un.

Maeve but une grande gorgée de gin, puis posa la main sur l'avant-bras de son amie.

— D'accord. Aidan n'est pas un horrible salaud qui trompe sa femme, dit-elle avec un rictus qui se transforma en sourire. C'est un type bien qui s'est retrouvé dans une situation difficile. Et vous formez un couple magnifique.

Zoe eut subitement envie de pleurer. C'était probablement dû au soulagement autant qu'à l'alcool, mais elle éprouva un énorme élan d'affection pour son énervante colocataire.

À présent, tout serait plus simple. Maeve aimait bien Aidan. Elle l'appréciait. Alors qu'est-ce que ça pouvait faire si elle n'écoutait jamais un mot de ce qu'on lui disait ?

— Je suis tellement contente que tu le penses aussi, dit Zoe en entremêlant ses doigts à ceux de Maeve.

— Ah ! Doucement ! s'exclama Maeve avec un éclat de rire en retirant sa main.

Elle se pencha et prit Zoe dans ses bras.

— Est-ce que tu pourrais juste… en parler à Victor, aussi ?

Le plaisir de Zoe s'estompa légèrement. Elle s'écarta.

— Oui, bien sûr, répondit-elle, même si l'idée la terrifiait un peu.

— À part lui, tout le monde est au courant, non ?

— Je sais.

— Mais tout va bien se passer, ajouta Maeve. Aidan a tellement de charme, il gagnera Victor à sa cause.

Zoe entendit Aidan qui l'appelait depuis la porte. Elle se retourna et vit qu'il l'invitait à le rejoindre d'un geste triomphal parce qu'il avait réussi à trouver un taxi, à l'ancienne.

— Même s'il a un côté luddite ! s'exclama Maeve.

Zoe attrapa son sac et son manteau et dit au revoir à la hâte.

— Je te vois demain ! lança-t-elle à Angeline, assise dans un fauteuil, les jambes repliées.

À présent, avec son optimisme retrouvé, Zoe trouvait ridicule de s'inquiéter d'un quelconque imbécile qu'Angeline avait rencontré sur Tinder et dont elle avait probablement marre maintenant.

Elle savait que ses deux amies la suivaient des yeux quand elle s'approcha d'Aidan et l'embrassa avec légèreté sur les lèvres. Il lui adressa un sourire très juvénile et l'enlaça un bref instant.

— Rentrons à la maison, dit-il en laissant ses mains glisser sur le dos de Zoe.

Quand il se tourna et l'entraîna dehors en la tenant toujours par la taille, elle sentit que désormais tout allait bien se passer.

15

Lightman toqua à la porte du bureau de Jonah avec un stylo.

— Monsieur ?

— Oui, répondit Jonah en cessant de fixer un point dans le vide. Qu'est-ce que vous avez trouvé ?

— Les alibis de Siku Swardadine, Greta Poole et celui du début de soirée pour Felix Solomon sont vérifiés. Esther, l'amie de ce dernier, a mentionné qu'il souffre d'un trouble de stress post-traumatique, ce que j'ai trouvé intéressant. Apparemment, il est sujet à des coups de déprime, et il a tendance à l'appeler quand il panique.

— Hmm. Il n'est peut-être pas aussi serein qu'il en a l'air. Je me demande s'il avait aussi pris l'habitude de se confier à Zoe quand ça n'allait pas. Lors de son premier entretien avec Juliette, il a mentionné un coup de fil à Zoe, et il semble qu'ils discutaient souvent ensemble.

— Il en est peut-être venu à dépendre d'elle.

— Exactement. Quand ses autres amis arriveront, nous verrons ce qu'ils ont à dire sur cette question.

— J'ai aussi fait des recherches sur Piers Lough, et Felix Solomon a tort. Il y a bien un Piers Lough dans la base de données, mais ce n'est pas le même. L'homme qui a été condamné pour pédophilie a vingt et un ans de plus que le nôtre. Il y a quelques mois, il a changé d'adresse sans en avertir les autorités, et celles-ci avaient donc répertorié cette adresse comme étant potentiellement la sienne. Mais le voisin de Zoe habite là depuis un an et demi, et, pendant les fêtes de Noël, il a participé à un spectacle. J'ai vérifié sur les photos, les deux hommes ne se ressemblent pas du tout.

— OK ! s'exclama Jonah en riant. Une rumeur sans fondement, alors.

— Oui. Mais je me suis demandé comment Felix Solomon avait eu vent de la chose. Je ne vois pas comment des rumeurs auraient pu circuler alors que la police elle-même n'était pas certaine qu'il s'agissait bien du même homme. Ils n'ont certainement pas signalé le fait aux jeunes familles du quartier, étant donné qu'ils n'en étaient pas sûrs.

Jonah absorba l'info.

— Vous avez tout à fait raison. Comment a-t-il mis la main là-dessus ?

— Si je devais deviner, je dirais que c'est le genre d'individu qui tape sur Google le nom de tous ses voisins. On trouve des articles en ligne qui mentionnent l'autre Piers Lough. Il a dû voir le nom de son voisin sur des lettres, par exemple, et il en a tiré une conclusion hâtive.

Jonah réfléchit un moment.

— Le retraité fouineur… Ou, peut-être, quelqu'un qui cherche désespérément à nous envoyer dans la mauvaise direction.

— Ouais. C'est une autre explication possible.

Le téléphone de Jonah sonna. Hanson, probablement avec des nouvelles fraîches. Il hocha la tête pour signifier à Lightman qu'il pouvait s'en aller, puis il décrocha.

— Avant tout, j'ai des infos pour vous. Le Piers Lough qui réside dans l'immeuble n'est pas un délinquant sexuel. Ni le bon âge ni le bon morphotype.

— Oh ! très bien, merci ! répondit-elle sans savoir si elle était soulagée ou désappointée.

— Vous avez vu Felix ?

— Oui. En rentrant, il est directement monté à l'appartement de Zoe. Quand je suis arrivée sur le palier, il se tenait devant la porte, la clé à la main. Il n'est pas passé par son propre appartement, alors il devait l'avoir sur lui. Tout comme vous le pensiez.

— Et qu'est-ce qu'il a dit pour se justifier ?

— Qu'il voulait entrer pour s'assurer que tout ça était réel.

— Mais ça ne vous a pas convaincue.

— Non. Et ce n'est pas une certitude, mais je me demande s'il n'essaie pas de résoudre ce crime tout seul.

Jonah s'esclaffa.

— J'imagine qu'il n'est pas le premier à se prendre pour Hercule Poirot.

— Non, mais je me demande s'il n'aurait pas une raison particulière de montrer un tel intérêt, dit-elle d'une voix teintée d'hésitation.

— Un intérêt pour Zoe ?

— Non, pour l'enquête de police. Je sais que ça paraît bizarre, mais, à plusieurs reprises, quand il parlait, il me faisait penser à vous. Vous êtes sûr que ce n'est pas un ancien flic ?

Quand O'Malley déboula dans les bureaux de la Crim à 13 h 15, Lightman l'accueillit avec un haussement de sourcils.

— Tu sais qu'on est samedi ? Bosser sur l'affaire de chantage, ça te donne le droit de passer tes week-ends chez toi.

— C'est tout à fait vrai, acquiesça O'Malley. Mais si je ne mets pas le nez dans cette enquête pour homicide, je ne pourrai pas t'expliquer comment tu dois faire ton boulot. Ce serait beaucoup moins drôle ! s'exclama-t-il en s'asseyant en face de Lightman. Alors, vas-y. Balance-moi le résumé.

Lightman s'exécuta, lui racontant brièvement où ils en étaient.

— Les suspects les plus vraisemblables sont donc trois amis, dont l'une avait des clés et le propriétaire, résuma à son tour O'Malley quand Lightman eut fini. Et un père qu'on peut ou non écarter parce qu'il était à Londres, et un petit ami qui se trouvait presque assurément chez lui, à Alton, en communication par Skype avec Zoe.

— C'est à peu près ça. Et les images des caméras de surveillance à l'arrière de l'immeuble et plus loin dans la rue sont arrivées. Alors, si tu as envie de regarder ça pendant des heures…

— Balance, répondit O'Malley. Et donne-moi aussi les photos des amis et de la famille que tu as, pendant que tu y es. Je n'en ai rencontré que deux.

Jonah était bien obligé de se trouver bête. Il ne lui avait guère fallu plus d'une minute pour mettre la main sur le dossier policier de Felix Solomon. L'intuition de Hanson s'était révélée absolument exacte. Il avait été inspecteur, lui aussi, mais à Brighton. Il avait donc dépendu de la police de l'East Sussex plutôt que de celle du Hampshire. Il avait certainement participé à des formations en même temps que Jonah, même si celui-ci ne s'en souvenait pas.

Felix avait pris sa retraite assez tôt, à l'âge de cinquante-trois ans. Malheureusement, Jonah n'avait pas d'accès direct à ses rapports psychologiques, mais les remarques de son amie Esther sur le trouble de stress post-traumatique étaient fondées. Felix avait quitté la police après trois mois de comportement erratique et une thérapie, à la suite d'un incident particulièrement horrible où une famille était impliquée.

Le fait qu'il ait été inspecteur expliquait beaucoup de choses, et notamment la confiance qu'il affichait dans la salle d'interrogatoire, ou pourquoi il semblait toujours savoir ce que Jonah allait faire. Ça éclairait aussi sous un nouveau jour d'autres facettes de l'enquête, mais l'implication ou non de Felix dans la mort de Zoe demeurait une question assez trouble.

S'il désirait entrer dans l'appartement, c'était peut-être pour enquêter lui-même. La facilité avec laquelle Jonah parvenait à s'imaginer dans les chaussures de Felix était déprimante :

à la retraite, hors circuit, mais déterminé à trouver qui avait tué son amie. Cela dit, dans la même veine, si pour une raison ou pour une autre Felix avait décidé de tuer Zoe, il était possible qu'il ait eu envie de jeter un coup d'œil à la scène de crime. Il voulait peut-être même altérer quelque chose pour incriminer quelqu'un.

Ensuite, il y avait le tuyau à propos de Piers Lough. Soudain, il devenait beaucoup plus probable que Felix ait appris ce qu'il savait par l'intermédiaire de sources qu'il n'aurait pas dû consulter. Au choix, un ancien collègue prêt à courir un risque pour lui, ou Felix lui-même, s'il avait gardé un accès à la base de données de Brighton. Et cette idée mettait Jonah mal à l'aise.

Tout en ruminant ces informations, il envoya un e-mail au superintendant Wilkinson pour lui demander les rapports psychologiques et les dossiers de l'affaire qui avait mis Solomon sur la touche. Il n'aurait sûrement pas de réponse avant lundi, mais c'était une nouvelle case de cochée sur sa liste. Puis il décida de trouver O'Malley.

Il n'alla pas bien loin.

— Avez-vous une minute, monsieur ? lança Lightman quand il passa devant lui.

Il tourna l'écran vers Jonah, de sorte qu'ils puissent tous deux le voir.

— Ça, c'est la caméra en bas de Latterworth Road. C'est le carrefour qu'on traverse quand on arrive chez Zoe en venant de la ville.

— OK, dit Jonah.

— On regarde à partir de 22 h 49, c'est-à-dire quelques minutes avant l'heure probable du meurtre.

L'image en noir et blanc du carrefour s'anima quand Lightman pressa le bouton Play. Un joggeur apparut à l'écran, un homme à l'aspect puissant. Jonah observa sa carrure et son visage en essayant de les comparer à ceux des suspects qu'il avait déjà rencontrés, mais aucun ne cadrait. L'homme était trop grand par rapport à Aidan Poole ou à Victor Varos.

— Continuez de regarder, ajouta Lightman quand l'homme sortit du cadre.

Juste après 22 h 50, un homme en survêtement et casquette apparut à son tour. Il avançait d'une démarche saccadée, ployant sous le poids d'un grand sac de sport. On ne voyait rien de son visage, et, pour une raison ou pour une autre, en le regardant, Jonah eut l'impression que l'homme le savait. Quelques pas plus loin, il rabattit un peu la visière de sa casquette, et Lightman mit le film sur pause.

Jonah sentit un frisson lui remonter l'échine. Tout dans cette silhouette semblait contre-nature. Le visage masqué, la conscience de la présence de la caméra, la démarche pressée. Et l'homme se dirigeait vers l'appartement de Zoe dix minutes à peine avant que quelqu'un entre chez elle pour la tuer.

— On le revoit plus tard ?

— Pas sur cette caméra, répondit Lightman en mettant le film en avance rapide.

À 23 heures, un couple passa à l'écran, avec la démarche comique des images en accéléré, pour rejoindre la ville. Lightman remit le défilement à vitesse normale au moment où ils sortaient du cadre. Seules deux autres silhouettes passèrent devant la caméra en allant dans le même sens : une femme mal fagotée en manteau de fourrure et un homme qui promenait son chien.

— Plus personne de 23 h 13 à 23 h 30, puis une jeune fille à vélo et un autre homme âgé. J'ai continué à regarder jusqu'à minuit, et on ne le voit jamais revenir.

— Vérifiez sur l'autre caméra, celle du parking de l'immeuble. Regardez s'il apparaît derrière le bâtiment.

— Très bien.

— Si on a le sentiment qu'il est entré dans l'immeuble, il faudra remonter sa piste pour savoir d'où il venait. Ce qui implique quelques heures de visionnage en plus, grommela Jonah.

Et une attente plus longue pour avoir des réponses, pensa-t-il avec frustration.

— Vous êtes convaincu que c'est un homme ?

Jonah hésita.

— C'est assez difficile à dire avec sa visière, mais la démarche est masculine. Cela dit, je pense qu'il savait qu'il était observé, ça peut donc aussi être une mise en scène. Pour la taille, il est à l'évidence plus grand qu'Angeline Judd, mais est-ce qu'on connaît la taille de Maeve Silver ?

— Pas très grande ! intervint O'Malley. Peut-être deux à trois centimètres de moins que moi.

— Ça pourrait être elle, alors.

Lightman remit la vidéo en arrière, l'air pensif.

— Si cette personne est celle qui est entrée dans l'appartement de Zoe, j'essaierai d'obtenir une estimation de sa taille.

Jonah le laissa se pencher là-dessus et décida de lancer une autre piste.

— Dis-moi, Domnall, tu sais que tu es censé bosser sur l'affaire du chantage...

— Ah, oui, je sais, dit O'Malley en ôtant ses mains du clavier. Mais je suis juste venu donner un coup de main à Ben.

Jonah s'esclaffa.

— Je n'allais pas te dire de t'y remettre. Je voulais plutôt savoir si tu aurais envie d'enquêter sur un incident en lien avec le dossier.

O'Malley lui jeta un regard malicieux.

— Cet incident ne serait-il pas lié à ton affaire de meurtre, par hasard ?

— C'est possible.

Jonah posa une fesse sur le bureau qui faisait face à celui d'O'Malley.

— En fait, le proprio de Zoe était un ancien flic, inspecteur à Brighton. C'est Juliette qui s'en est rendu compte. Moi, ça m'avait totalement échappé.

— Felix Solomon ? demanda Lightman par-dessus l'épaule d'O'Malley. Oh ! Bon, ça paraît sensé.

— Oui et non, répondit Jonah. Si c'est un ancien flic, ce qui me préoccupe, c'est la source de ses informations.

— Ah, maintenant, je vois le lien avec le chantage ! s'exclama O'Malley en souriant. Tu veux que je découvre s'il ne récupère pas des infos qu'il n'est pas supposé connaître à travers un petit piratage bien pensé.

— Oui. Et jette aussi un œil sur la base de données de Brighton…

O'Malley éclata de rire.

— Bon Dieu, tu ne m'avais pas dit que tu voulais que ce soit moi le pirate !

— J'espère que ce ne sera pas nécessaire. Et, si ça l'est, ce n'est pas une pratique que je suggère, bien sûr…

— Je vais me débrouiller… Je crois que je vais avoir besoin de quelqu'un qui maîtrise un peu mieux la technique, ajouta O'Malley au bout d'un instant. Mais je vais me débrouiller avec ça aussi.

Quand Maeve Silver se présenta au poste, Lightman avait déjà confirmé que la silhouette à la casquette était passée devant l'autre caméra, dans le parking de l'immeuble. Elle était du bon côté de la chaussée pour entrer chez Zoe, aussi était-il fort possible qu'elle l'ait fait.

Lightman avait également passé un peu de temps à chercher des points de référence pour la taille de l'individu. C'était difficile, mais l'assortiment de tous ceux qui étaient passés devant cette caméra permettait d'établir des comparaisons.

— Je dirais 1,72 mètre en fourchette basse. Et maximum 1,88 mètre.

— Ça n'écarte personne à part Angeline, murmura Jonah. Je vais voir si j'arrive à tirer les vers du nez à Maeve Silver sur ce point.

Peu après, Maeve se présenta à l'accueil, où Jonah vint la chercher pour la conduire à l'étage. Elle semblait avoir vraiment du mal à tenir le coup. Ses yeux brillaient exagérément, et chaque fois que Jonah lui parlait, elle acquiesçait avec un enthousiasme un peu excessif en disant « bien sûr ! bien sûr ! »

et en se glissant une mèche rebelle derrière l'oreille, mais ses boucles retombaient aussitôt.

Il remarqua le crucifix en sautoir sous son tee-shirt bleu clair. Vu son âge, moins de trente ans, cela voulait probablement dire qu'elle était chrétienne pratiquante.

Jonah la fit passer dans la salle d'interrogatoire, et remarqua que son visage s'éclaira quand Lightman s'assit en face d'elle, une réaction habituelle chez la plupart des femmes et chez bon nombre d'hommes aussi. Il lança l'enregistrement et commença en douceur.

— Une mort comme celle-ci, ça peut provoquer un grand choc. Nous comprenons qu'il soit difficile pour vous d'en parler. Mais pourriez-vous nous dire quand vous avez vu Zoe pour la dernière fois ?

Maeve hocha la tête et croisa les mains sur ses genoux avant de répondre.

— On était tous ensemble mercredi soir. On s'est retrouvés pour dîner chez La Mejican. Vous connaissez ? On était ensemble, Angeline, Victor, Zoe et moi. Je ne l'ai... pas revue après.

— Alors, vous n'avez eu aucun contact avec elle le jeudi ?

— Non, répondit Maeve en secouant la tête. Ce n'est pas inhabituel. Il se passe souvent plusieurs jours entre deux coups de fil, si on est toutes les deux très occupées.

— Et vous n'avez aucune idée de ses déplacements ce jour-là ? insista Jonah.

— Non, j'ai bien peur que non. Je sais qu'Angeline devait passer la voir, mais...

Elle haussa les épaules, renifla et s'essuya les yeux du dos de la main.

— J'ai pensé à y aller, hier, parce que je passais devant à vélo, mais il y avait des policiers partout. Je me suis dit que c'était dans l'appartement de quelqu'un d'autre. C'est ce que je voulais croire, vous savez ? Mais quand j'ai essayé de l'appeler, rien.

Elle eut un rire bref, teinté de larmes.

— Je tentais de me convaincre que ce n'était qu'une coïncidence, vous savez… Mais je suis allée voir Victor, qui m'a dit qu'elle ne s'était pas présentée au boulot, et là, j'ai su. J'ai su que quelque chose d'horrible s'était produit.

Toute tremblante, Maeve sortit un mouchoir de sa poche et se moucha. Elle avait l'air aussi dévastée qu'Angeline, mais désireuse de ne pas se laisser aller à ce sentiment.

— Désolée. Je suis désolée, dit-elle avec un sourire baigné de larmes. Vous avez des questions à poser.

— C'est vrai, répondit Jonah aussi gentiment que possible. Ce n'est pas un moment facile. Nous pouvons vous donner une minute, si vous voulez.

— Non. Ça va. Continuez.

Lightman se leva sans faire de bruit, remplit un verre d'eau à la fontaine au fond de la pièce et le lui tendit en silence.

— Merci ! murmura Maeve, de nouveau souriante.

— Êtes-vous allée du côté de chez Zoe jeudi soir ? demanda Jonah en la fixant pour détecter un éventuel changement d'expression.

Maeve suivait des yeux Lightman, qui était en train de se rasseoir, mais, à part ça, aucune autre réaction visible. Aucun signe de stress.

— Non. J'avais un dîner entre femmes.

Jonah lui jeta un coup d'œil interrogateur.

— C'est un truc de la paroisse. Toutes les filles se retrouvent pour dîner ensemble. On alterne. Les filles une semaine, les garçons la suivante. Vous savez, quoi…

— C'était à quelle heure ?

— Euuuh… Vers 19 heures ? Je suis arrivée un peu en retard, pour être honnête, confia-t-elle en adressant un sourire d'autodérision à Lightman avant de relever les yeux vers Jonah. Je pense que ça a duré jusqu'à, genre… 21 h 30 ? Quelque chose comme ça. Et ensuite, je suis rentrée à la maison.

— Et la veille, le mercredi, comment était Zoe ?

— Elle avait l'air bien. Enfin, elle n'était plus tout à fait elle-même depuis sa dernière rupture avec Aidan. Ça l'avait assez déglinguée.

— Vous pensez que sa santé mentale en avait souffert ?

— Ouais, sans aucun doute. Je pense qu'elle était déjà un peu fragile avant. Et subitement, elle s'est mise à perdre du poids, et son délire avec le maquillage des yeux, qui n'était qu'un truc occasionnel quand elle sortait, est devenu permanent.

— Pardon ? dit Jonah. Le maquillage des yeux ?

— Oh, eh bien… Elle adorait les maquillages très élaborés, des dessins et des couleurs incroyables, des arabesques noir et or, des strass collés dessus. C'était plutôt des tableaux. Elle faisait de l'art sur son visage, quoi.

Jonah acquiesça lentement.

— Et vous pensez que cette évolution était due à… un complexe ? À cause d'Aidan ?

— Je ne sais pas. C'est juste une théorie, répondit Maeve, l'air gêné. C'est simplement que son maquillage m'a toujours semblé une façon de… de détourner l'attention, j'imagine. Il était voyant, les gens faisaient toujours des remarques dessus. Alors, je crois que c'était facile de se cacher derrière, non ? Et quand il est apparu qu'Aidan était peut-être plus proche de sa femme que Zoe ne l'avait cru, elle est devenue un peu obsessionnelle. Il fallait qu'elle soit toujours parfaite, et pas simplement quand elle allait le voir.

— Avait-elle d'autres problèmes avec Aidan ? À propos de sa fidélité ?

— Je ne crois pas.

En répondant, Maeve avait légèrement rosi, ce que Jonah trouva intéressant.

— Être marié, c'était déjà bien assez.

— Il n'a jamais… essayé de flirter avec vous ?

— Ah, non ! Bien sûr que non !

Cette fois-ci, elle avait franchement rougi, et baissé les yeux sur ses mains.

— Il voulait que je sois dans son camp, c'est tout. Et Angeline m'a dit que Zoe et Aidan s'étaient remis ensemble, ajouta-t-elle rapidement en relevant les yeux vers Jonah. Vous croyez que c'était récent ? Je ne m'en étais pas rendu compte.

— Apparemment, c'était assez récent, oui.

— Mon Dieu ! s'exclama Maeve en triturant un autre mouchoir avant de s'essuyer les yeux avec. J'avais l'impression qu'elle dissimulait quelque chose. C'est horrible qu'elle ne nous ait rien dit, non ? Même à moi, la seule personne qui ne lui avait pas conseillé de le larguer.

— Mais d'après vous, y avait-il quelque chose de malsain dans leur relation ?

— Non, répondit Maeve en secouant la tête. Enfin, ce que je veux dire, c'est que tromper, ce n'est jamais bien, mais, si on fait abstraction du fait qu'il a longtemps caché à Zoe qu'il n'avait pas entamé de procédure de divorce, il la traitait très bien. Il avait plein de beaux gestes pour elle, et il lui faisait sentir qu'on s'occupait d'elle, expliqua Maeve en jetant un coup d'œil à Lightman, presque un appel. Zoe était toujours en train d'aider tout le monde, et c'était bien de voir qu'elle obtenait quelque chose en retour, pour une fois, vous savez. Ils avaient toujours l'air de s'amuser. Il était très différent de tous ces connards en manque d'affection avec qui elle était sortie par le passé.

Jonah sourit malgré lui en entendant sa remarque. Chrétienne ou pas, Maeve n'hésitait manifestement pas à juger les gens durement.

— Et quand ils ont rompu ? demanda-t-il. Quelque chose vous donne-t-il à penser qu'il la harcelait ?

— Ah, je ne pense pas que c'était du harcèlement, dit Maeve en rougissant de nouveau. Il me faisait de la peine, en fait. Il voulait s'expliquer et faire les choses bien. Puis elle a déménagé. Je crois que lorsqu'elle s'est dit que c'était terminé, elle était dévastée, et elle ne voulait plus rien voir qui lui rappelle Aidan. Ni la maison, ni lui, ni aucun d'entre nous pendant un petit moment.

Elle tripotait son mouchoir tout en parlant.

— Pourquoi ont-ils rompu ? demanda Jonah.

— Eh bien, la première fois, c'était parce que Aidan était parti en vacances avec sa femme, et Victor l'a appris…

— Victor l'a appris ?

— Il l'a vu sur Facebook. Aidan avait caché certains posts à Zoe, mais Victor pouvait les voir. Je pense qu'Aidan avait dû oublier qu'il l'avait ajouté en ami, ou qu'il ne s'était pas aperçu qu'il s'agissait de lui. Sur ce réseau, il porte un surnom bizarre de joueur.

— Vous croyez qu'il avait intérêt à ce qu'ils se séparent ? demanda calmement Jonah.

— Ah, vous voulez dire… Est-ce qu'il était amoureux d'elle ?

Maeve soupira.

— Oui, il l'était. Et j'imagine qu'il désirait aussi ce qu'il y a de mieux pour elle. Mais il est non violent, vous savez. Il a son caractère, mais c'est… un feu de paille. Une petite colère, et c'est fini.

— Zoe ne s'intéressait pas du tout à lui ? Il ne s'est jamais rien passé entre eux ?

— Non, dit doucement Maeve. Et rien ne se passera jamais entre eux, à présent. Pauvre Victor.

Hanson balança son sac sur la chaise et ôta la veste de Sheens, qui était toute mouillée. Heureusement qu'elle était trop grande pour elle. Grâce à cela, ses cuisses étaient sèches, même si le bas de ses jambes était trempé.

— Ça y est, dit-elle à O'Malley. Je n'y retourne plus. Ben et toi, vous pourrez faire ce que vous voudrez pendant que je boirai un thé devant le radiateur.

— Je ne suis même pas censé être au boulot aujourd'hui ! répliqua O'Malley.

— Alors, qu'est-ce que tu fais ici ? le relança Hanson avec un sourire.

— Je suis une victime.

— Ils sont dans la salle d'interrogatoire avec Maeve Silver ? demanda-t-elle en désignant la porte du menton.

— Oui, notre amie chrétienne.

— Elle est chrétienne ?

— Très chrétienne, je dirais. Elle arbore un crucifix et l'air de quelqu'un qui lutte en permanence contre la terrible tentation de ne pas être gentil.

— Ah, ce genre de personne..., souffla Hanson en s'asseyant aussi près du radiateur que possible tout en restant à proximité de son ordinateur.

Un instant plus tard, Sheens et Lightman sortirent de la salle d'interrogatoire en compagnie d'une fille aux cheveux bouclés qui devait être Maeve. Elle avait l'air d'avoir pleuré peu de temps auparavant, mais, là, elle souriait et riait à quelque chose que Ben venait de dire.

Hanson ne put s'empêcher de lever les yeux au ciel. Pourquoi toutes les femmes faisaient-elles donc la queue en attendant qu'il tombe amoureux d'elles ? Un beau visage, ce n'était pas tout, quand même !

Sheens les laissa à leurs échanges et s'approcha de son bureau.

— Vous aviez parfaitement raison pour Felix Solomon, dit-il d'une voix posée. Il était inspecteur à Brighton. Il a pris sa retraite anticipée à cause d'un trouble de stress post-traumatique. J'ai demandé les détails.

— Oh, super ! s'écria Hanson en essayant de ne pas avoir l'air trop ravie.

— J'ai demandé à O'Malley de vérifier s'il n'a pas accès à des données qu'il ne devrait pas pouvoir voir.

— Alors, c'est de ta faute, Juliette ! s'écria ce dernier.

— Une autre chose m'a traversé l'esprit à propos de Solomon, dit Hanson. S'il a pris l'habitude de se servir de son jeu de clés à l'insu de ses locataires, c'est peut-être la raison qui a poussé le précédent à partir. Je pourrais lui demander des détails.

— Ce n'est pas une mauvaise idée... Victor Varos va bientôt arriver, dit Jonah en regardant l'horloge murale.

— Avez-vous besoin d'une charmante agente pour vous assister ? demanda Hanson.

Sheens lui sourit.

— Allez, venez.

— Merci, patron ! lança Hanson en ouvrant la base de données pour récupérer le numéro de Felix Solomon.

Elle s'obligea à ne pas ressentir trop de joie à l'idée d'être de nouveau choisie. Elle savait que ce n'était pas une question de talent. L'inspecteur choisissait son assistant en fonction de ce qui servait le mieux sa stratégie. Peu importait à quel point vous aviez été bon la fois précédente, ou si vous aviez l'impression que votre tour était venu. S'il prenait quelqu'un d'autre, il prenait quelqu'un d'autre. Mais, comme le disait un de ses anciens professeurs d'anglais, il n'était pas à la tête d'une démocratie.

— Je suis suspect ? demanda Victor quand Jonah tendit la main vers le magnétophone.

— Pour l'instant, personne n'est suspect à nos yeux, dit Jonah d'un ton apaisant. Nous n'enregistrons les entretiens avec les relations de la victime qu'au cas où quelque chose de crucial nous échapperait sur le moment. Quand on a des bandes et des transcriptions, on peut revenir sur les déclarations et être précis. Ce n'est rien de plus.

Victor lui adressa un regard irrité. Le jeune Brésilien était doué pour exprimer l'irritation. Il avait un regard intense et pénétrant qui s'accordait bien avec son humeur noire. Il avait aussi l'air fort. L'absence totale de graisse faisait saillir les muscles et les veines de ses bras.

Finalement, devant l'expression bonhomme de Jonah, Victor hocha la tête et l'inspecteur lança l'enregistrement.

— J'aimerais savoir quand vous avez vu Zoe pour la dernière fois ?

— Mercredi. Mercredi soir.

— Pouvez-vous nous raconter dans quelles circonstances ?

Victor haussa les épaules.

— On est allés dîner chez La Mejican. Tous les quatre. Angeline, Maeve, Zoe et moi.

— Vous sortiez souvent tous ensemble ? demanda Hanson.

— Oui. On était amis.

— Et comment Zoe avait-elle l'air d'aller ?

Cette fois-ci, c'était Jonah qui avait posé la question.

— Comme d'habitude.

— Elle n'était pas malheureuse ? insista-t-il. Ou bien avait-elle l'air de dissimuler quelque chose ?

Victor marqua une pause. Il semblait se trouver forcé à dire ce qu'il n'avait pas envie de dire.

— Elle a écourté les débats, à la fin. Elle a dit qu'elle était fatiguée, mais je l'ai vue lire un texto, et ensuite elle est partie. J'ai pensé qu'il s'agissait peut-être d'un homme. Je ne savais pas qu'elle s'était remise avec Aidan Poole. Je comprends mieux, maintenant.

— Vous pensez qu'elle est partie le retrouver ?

— Oui. Et je pense que ce salaud l'a tuée.

— Mais, tout ça, c'était la veille, non ? dit Jonah.

— Je ne parle pas de ce moment-là, rétorqua Victor d'un ton dénigrant. Je veux dire qu'il était de retour dans sa vie, qu'il la manipulait et qu'il a fini par la tuer.

— C'est Aidan Poole qui a sonné l'alarme.

— Il l'a tuée, et il a eu des remords, répondit Victor, les yeux pleins de rage. Normal. Elle était ce qu'on peut trouver de mieux dans une vie, et il ne la méritait pas.

Jonah réfléchit avec soin à ce qu'il allait dire.

— Vous avez l'air très enclin à penser qu'Aidan Poole est coupable. Mais que ressentiez-vous envers Zoe, personnellement ?

— C'était mon amie, répondit sèchement Victor.

— Et comment avez-vous réagi quand vous avez découvert qu'ils étaient ensemble ?

Victor tourna la tête, vif comme un chat, et coula un regard vers Hanson avant de revenir sur Jonah.

— Quelqu'un vous a raconté que j'avais cassé son ordinateur, hein ? Ce n'était pas exprès. J'ai renversé sa tasse de café dessus parce que j'étais en colère.

— En colère parce qu'il sortait avec la femme que vous désiriez ? demanda Hanson en se penchant vers lui.

— Non ! répondit Victor d'un ton agressif. Il a été… Il a été impoli avec moi.

Hanson fit un petit sourire.

— Allez, Victor. J'ai travaillé dans des bars. Les clients sont impolis tous les jours. C'est le métier. Il devait y avoir autre chose, non ?

Victor lui jeta un regard de mépris qui surprit Jonah. Un suspect potentiel qui se montrait aussi agressif avec un agent, c'était inhabituel.

Mais, comme Jonah le constata avec plaisir, Hanson ne lâchait pas l'affaire.

— Vous aviez toujours apprécié Zoe, non ? Vous détestiez Aidan parce qu'il vous barrait la route. À quel moment cette haine a-t-elle basculé vers Zoe ?

Victor secoua la tête.

— Je ne haïssais pas Zoe. À aucun moment. Pas une seule minute, dit-il en jetant un regard dur et rageur à Hanson. Elle était victime d'un manipulateur.

Soudain, il se tourna vers Jonah.

— Qui vous a raconté ça ? La tasse de café ? C'est Maeve, c'est ça ? Bien sûr que c'est elle, putain ! s'exclama-t-il en plantant son index sur la table. Maeve dirait n'importe quoi pour donner le beau rôle à Aidan, même si ça devait foutre en l'air tous les habitants de la planète. Elle est obsédée par ce type.

— Qu'est-ce qui vous fait dire ça ? demanda Jonah d'un ton posé.

Victor en était arrivé à cette conclusion alors qu'en réalité Maeve avait pris sa défense… C'était plus qu'intéressant.

— Son comportement l'année dernière, rétorqua Victor. Elle n'arrêtait pas de faire des petites messes basses avec Aidan à propos de Zoe, apparemment. Et elle insistait auprès de Zoe pour qu'elle reste avec lui, ou qu'ils se remettent ensemble. Tout le temps.

Victor avait l'air dégoûté.

— Mais pour quelle raison aurait-elle voulu qu'ils restent ensemble ? demanda Hanson.

— Parce que, comme ça, elle pouvait continuer à le voir, répondit-il comme si c'était une évidence.

Le rictus qu'il adressa à Hanson avait quelque chose de personnel.

— Et Maeve a des problèmes, aussi. Elle refuse d'avoir des rapports sexuels avant le mariage, mais elle aimait bien se rincer l'œil quand ces deux-là s'embrassaient. On aurait dit que ça l'excitait.

Jonah prit quelques secondes pour réfléchir à ce qu'il venait d'entendre et le noter. Il était difficile de rebondir. Il se demanda s'il pouvait croire ça de Maeve Silver.

— Pensez-vous que Maeve aurait pu vouloir nuire à Zoe ?

— Je n'en sais rien, répondit Victor en détournant brusquement les yeux avec un haussement d'épaules.

À présent qu'il n'était plus directement sous pression, sa colère semblait s'évanouir rapidement.

— J'imagine que non, poursuivit-il. Mais si elle savait qu'Aidan était coupable, je pense qu'elle ferait tout pour le couvrir.

Après le départ de Victor, Jonah passa plusieurs minutes dans son bureau à déterminer ce qu'il pensait des accusations portées par le Brésilien. D'un côté, ça ressemblait à du dénigrement un peu puéril, malgré quelques remarques assez dures. De l'autre, ça collait avec la gêne de Maeve quand il lui avait demandé si Aidan l'avait draguée.

Il n'était pas très préoccupé par l'hypothèse selon laquelle Maeve couvrait Aidan. Trop d'indices suggéraient qu'Aidan Poole était chez lui au moment des faits. Ils n'avaient pas encore regardé toutes les images des caméras de surveillance, mais Jonah doutait fort qu'on le voie apparaître dessus et il doutait davantage encore qu'il puisse être l'homme à la casquette. S'il avait été près de chez Zoe, ça n'aurait eu aucun sens d'appeler la police et d'attirer l'attention.

En revanche, il demeurait possible qu'Aidan ait envoyé Maeve faire quelque chose pendant qu'il restait à distance. Ou bien qu'elle ait agi d'elle-même. Quand Zoe et Aidan avaient rompu, Maeve s'était peut-être dit que c'était son tour. Il était même possible qu'Aidan l'ait encouragée. Et, dans ce cas, découvrir par la suite que Zoe avait renoué avec lui avait pu la pousser à la violence.

Par ailleurs, comment faire abstraction de l'obsession de Victor pour Zoe ? Jonah n'était pas sûr que la personnalité volatile de Victor cadre bien avec un crime minutieusement prémédité, mais il était possible que, sur le long terme, une colère sourde débouche sur un plan établi de sang-froid plutôt que sur une rage incendiaire.

Il n'avait pas avancé non plus sur le détail des mouvements de Zoe le jeudi du crime. Angeline l'avait vue le matin, et Felix lui avait parlé au téléphone, mais, à part ça, ils n'avaient rien de concret. Rien jusqu'à ce que Felix la voie rentrer chez elle à 20 h 30, ce qui, si c'était vrai, signifiait qu'elle était sortie de chez elle plus tôt dans la journée.

Victor avait suggéré que Zoe avait peut-être rendez-vous avec quelqu'un la nuit précédente, mais qu'elle n'avait pas révélé son identité. Un fait qu'aucun autre témoin n'avait mentionné dans sa déclaration. Si elle était sortie, c'était peut-être pour retrouver cette personne.

Cela faisait quelques minutes que Jonah était plongé dans ses pensées quand Lightman frappa à sa porte.

— J'ai d'autres mouvements sur les images des caméras. Je pense que c'est intéressant.

Jonah le suivit et tira une chaise pour s'asseoir devant l'écran de Lightman, qui cliqua pour afficher l'un des extraits qu'il avait sauvegardés. Jonah savait que l'image, une vue prise à travers une arche, devait être celle de la caméra du parking.

— Ça, dit Lightman, c'est 17 h 20 le jeudi. La caméra est située plus bas dans Hill Lane, donc plus près du centre-ville.

Il cliqua sur Play. Une voiture passa sur la route en direction de la ville, suivie peu après par une femme d'allure punk en veste de cuir et lunettes. Puis une autre silhouette allant dans la même direction apparut. Elle passa devant les arches en hâtant le pas, les mains dans les poches.

Lightman cliqua sur Pause juste avant qu'elle sorte du cadre. Sur l'image fixe, il était clair, à ses cheveux relevés en chignon, comme ils l'étaient à sa mort, que la silhouette était celle de Zoe.

Jonah sentit un frisson dans son dos. C'était toujours déstabilisant de regarder les morts à l'écran.

— Et on l'a repérée à son retour aussi, précisa Lightman.

Il afficha un autre clip qui provenait de la caméra à côté de l'immeuble. L'horloge digitale indiquait 20 h 31. Plus de trois heures après son départ, et presque exactement à l'heure à laquelle Felix avait déclaré l'avoir vue rentrer.

Au bout d'un moment, Zoe reparut dans le cadre. Elle marchait plus lentement, cette fois, et elle portait sa main droite à sa poche, où se trouvait vraisemblablement sa clé. Mais elle ralentit et s'arrêta avant d'atteindre la porte. D'après son attitude, il était évident qu'elle parlait à quelqu'un hors du champ, probablement debout à côté de l'entrée, et qui l'avait attendue là.

— On voit son interlocuteur ?

— Malheureusement, non.

Le dialogue se poursuivait pendant quelques minutes, puis Zoe s'avançait à moitié, hésitait, et sortait de l'image en se dirigeant vers l'entrée. Ensuite, on ne la revoyait plus.

— L'appartement de Felix Solomon, dit pensivement Jonah. De quel côté se trouve-t-il ?

— Juliette a noté qu'il était sur la droite de l'immeuble. Il donne sur la rue.

— Alors, il ne pouvait sûrement pas voir si quelqu'un attendait à côté de la porte. Il déclare n'avoir vu que Zoe.

L'heure colle aussi. Même si ça pourrait être lui, celui qui l'attendait.

Jonah regarda le clip une deuxième fois en étudiant l'attitude de Zoe. Les pas hésitants. La distance avec celui ou celle qui l'attendait. La façon qu'elle avait de se tenir sur ses talons, de s'agiter de droite et de gauche.

— C'est moi, ou elle a l'air d'avoir peur ? demanda-t-il.

16

Septembre – quatorze mois plus tôt

Un quart d'heure avant l'ouverture de l'exposition de la Saint-Michel, Zoe se rendit compte qu'elle était vraiment ivre. Commencer l'apéro dès 17 heures n'avait pas été une bonne idée, d'autant qu'elle n'avait quasiment rien avalé à midi. Elle avait besoin d'un verre d'eau, mais on ne trouvait que du prosecco sur la table près de l'entrée. Et il était pour les invités, de toute façon.

Elle se dirigea vers les toilettes en titubant légèrement, et essaya de sourire à sa tutrice quand elle passa devant elle. Dieu merci, Annette, occupée à régler un problème avec une des structures exposées, ne lui adressa qu'un vague sourire en retour.

Dans les toilettes, elle s'appuya lourdement contre la vasque, les mains à plat sur le comptoir de marbre humide. Elle inspira plusieurs fois, puis ouvrit le robinet et but à longs traits. Elle était en train de mouiller sa robe moulante blanche et les drapés de son unique manche, mais, pour l'instant, elle n'avait pas l'énergie de s'en soucier.

Au bout de quelques minutes, elle eut l'impression qu'elle avait suffisamment dilué l'alcool dans son organisme, même si ses effets allaient encore tarder un peu avant de se faire sentir. Elle se redressa, et fut obligée de faire un effort de concentration pour fixer son reflet, qui montrait une version imparfaite d'elle-même. Sa robe était couverte de taches d'humidité grisâtres, et une partie du maquillage blanc et violet autour de son œil gauche avait coulé et séché sur sa joue. Ça devait faire un bon moment.

D'un geste vif, elle tira une serviette en papier du distributeur, l'humecta, essuya le maquillage du mieux possible et sortit de son sac l'eye-liner marron foncé et le mascara violet à paillettes. Elle pouvait au moins limiter les dégâts.

Tu n'aurais pas dû te saouler, se dit-elle. Pourquoi tu t'es saoulée ?

Mais elle savait pourquoi. Elle était tellement plus mince qu'avant ; et elle n'avait rien dans le ventre pour l'aider à combattre les effets de l'alcool.

Être plus mince, c'était une bonne chose, bien sûr. Un choix conscient. Rien à voir avec Angeline et son contrôle obsessionnel de ce qu'elle mangeait. Zoe avait simplement décidé qu'elle avait besoin de se sentir mieux, un mois après avoir découvert que, techniquement, Aidan était toujours marié.

C'était arrivé le jour où Aidan avait mentionné en passant à quel point la beauté de Greta l'avait renversé quand il l'avait vue pour la première fois. Zoe, en plein milieu d'un nouveau dîner hors de prix, avait eu envie de vomir.

Après, elle avait ramené Aidan chez elle, comme d'habitude, mais elle n'avait pas réussi à fermer l'œil. À 1 h 15, elle s'était glissée au rez-de-chaussée avec son téléphone en prenant soin de ne faire grincer aucune des lattes du palier du premier. Maeve n'avait pas le sommeil très lourd.

Pour la première fois, elle avait fait une recherche en ligne sur Greta Poole, et elle s'était détestée à moitié pour cela. La série de clichés professionnels qu'elle avait tout de suite trouvée sur Google Images l'avait horrifiée. Mais il n'était guère surprenant que la femme d'Aidan – son ex-femme, pratiquement – soit belle. Lui-même était séduisant ; logique que sa femme le soit. Quand Zoe s'imaginait Greta en créature mal fagotée, ce n'était qu'un vœu pieux. Comme lorsqu'elle se disait qu'il n'aimait plus sa femme parce qu'il s'était aperçu qu'il pouvait trouver mieux. Mais cette illusion avait été tellement réconfortante.

Le pire, dans le fait de regarder ces photos les unes après les autres, ce n'était pas tant le sentiment d'infériorité que ça démontrait, mais plutôt sa mesquinerie. Zoe n'avait jamais été jalouse des autres femmes. D'un autre côté, elle n'avait jamais entretenu de relation avec un homme qui tentait encore de s'extirper de son mariage.

Elle ne s'était jamais particulièrement intéressée non plus aux régimes, mais, tandis qu'elle était assise dans cette pièce sombre simplement éclairée par l'écran de son téléphone, un interrupteur avait basculé dans sa tête. À partir de ce moment-là, il était devenu facile de dire non. De prendre la nourriture dans le frigo, puis de l'y remettre, intacte. C'était presque devenu satisfaisant.

À présent, cinq mois plus tard, elle avait quasiment perdu treize kilos. Son visage, autrefois rond, n'était plus qu'angles et surfaces planes, et elle avait dû remplacer la plupart de ses vêtements par d'autres plus petits. Plus moulants. Comme la robe asymétrique qu'elle portait ce soir, et qui la serrait.

Malgré sa nouvelle minceur et l'admiration qu'elle semblait susciter de toutes parts, elle éprouvait toujours ce sentiment d'infériorité. Son reflet avait beau être glamour, elle ne s'en portait pas mieux. Elle se demanda jusqu'à quel point elle devait maigrir. Combien de kilos devrait-elle perdre pour ne plus se sentir menacée par cette très belle femme ? La femme qui cohabitait toujours avec lui, même s'ils faisaient chambre à part.

Elle souhaitait qu'Aidan déménage au plus tôt. Qu'il arrête d'attendre les papiers du divorce. À la vérité, elle souhaitait qu'il s'installe avec elle. C'était ce qu'il désirait aussi. Il l'avait dit. Mais il n'avait pas de projet concret.

Toute seule dans ces toilettes, les paumes humides et le maquillage mal foutu, Zoe eut la sensation qu'il s'en moquait, en fait. Ce soir, c'était tellement important, et il n'était pas là. Elle voulait vraiment, vraiment qu'il soit là pour elle, et il avait fait passer son boulot en priorité.

Quand il lui avait dit qu'il ne pouvait pas quitter la conférence, elle avait failli lui demander si elle était réellement la femme de ses rêves, ou une simple rustine dont son ego avait besoin pour affronter le divorce. Mais alors, il lui avait déclaré qu'il comptait l'emmener en voyage pour son anniversaire, dans un endroit chaud, reculé et merveilleux, et elle s'était sentie coupable d'avoir eu ces mauvaises pensées. Il faisait tant de choses pour elle. Bien sûr qu'il l'aimait.

Pourtant, il avait été difficile de voir son tableau primé accroché au mur en sachant qu'il ne serait pas là pour le regarder avec elle ou pour l'entendre en parler. Tous les autres seraient présents. Angeline, Victor et Maeve. Et même Gina, son adorable patronne.

Zoe cessa d'essayer de rafistoler son maquillage et se lava les mains. Elle s'enjoignit d'être reconnaissante envers ses amis, et ressortit avec un sourire très déterminé sur le visage.

Zoe était presque sobre à l'heure où elle rentra avec Maeve. En même temps que la sobriété, une profonde fatigue l'avait gagnée, et elle avait persuadé Maeve de partir tôt.

Dans le taxi, elle avait consulté son téléphone toutes les deux minutes en se demandant si elle pouvait tenter un coup de fil à Aidan. Mais il n'était que 21 heures. Il devait encore être à son dîner. Elle ne supportait pas d'endosser le rôle de la fille en manque d'affection qui l'interrompait pendant ses heures de travail, aussi finit-elle par remettre le téléphone dans son sac.

La soirée aurait dû être merveilleuse, mais elle se sentait étrangement à plat. Pourtant, elle avait été merveilleuse, même si Victor, comme on pouvait s'y attendre, avait fait sa crise, et si Felix avait l'air malade. Zoe avait été stupéfaite de le voir tout pâle et tout tremblant ; stupéfaite en partie parce que ça lui donnait l'air bien plus âgé.

Le reste de la soirée s'était réduit à une série de conversations laudatives qui la faisaient rougir et sourire tandis qu'elle acceptait les compliments. Elle aimait ça. Bien sûr qu'elle aimait ça ! Mais elle fut quand même très contente de se retrouver devant chez elle en sortant du taxi.

Elle ouvrit pendant que Maeve fouillait furieusement dans son sac surdimensionné à la recherche de ses clés. Comme Zoe consultait encore une fois son téléphone en entrant dans le salon, elle ne remarqua pas immédiatement l'incroyable composition posée sur la table de la cuisine.

Des fleurs, des fleurs par dizaines. Elles étaient serrées dans une boîte avec d'extravagants dressages de cellophane, de rubans et de papier. Elles étaient blanches ou roses, comme un gigantesque bouquet de mariage. Des lys si grands qu'ils avaient l'air de plantes carnivores, de lourdes pivoines entre lesquelles saillaient des iris pointus au milieu de gerbes de feuilles et de branches dorées.

— Ah, s'écria Maeve dans son dos avant d'éternuer deux fois. Désolée ! Elles sont arrivées après ton départ. Je me suis dit que ce serait bien de te faire la surprise. Il faudra peut-être que tu les mettes dans ta chambre. Mon nez ne les supporte pas.

Zoe s'approcha, débarrassée de tous ses doutes. Le sourire lui vint spontanément aux lèvres quand elle prit l'enveloppe dorée qui accompagnait le bouquet. À l'intérieur, une carte proclamait « Félicitations » en lettres dorées au-dessus d'une étiquette imprimée sur laquelle on pouvait lire :

À la femme la plus talentueuse que j'aie jamais rencontrée. Je suis tellement fier que tu sois à moi, et j'ai hâte de fêter ça avec toi. Ton Aidan. Bises.

Elle tendit la carte à Maeve, qui la lut en haussant les sourcils.

— Il est bien, ton mec, hein ?

— Oui, dit Zoe avec un sourire niais. Il est pas mal.

17

En ce samedi après-midi pluvieux, le poste de police était désert, mais toute l'équipe de la Criminelle était au travail. Après avoir visionné les images des caméras de surveillance où apparaissait le suspect à la casquette et celles où Zoe discutait avec une personne qu'on ne voyait pas, Hanson avait annoncé d'un ton décidé qu'elle voulait vérifier sur les autres caméras si on n'apercevait pas cette dernière.

— Elle parlait à quelqu'un dont elle avait peur peu avant que plusieurs voisins n'entendent des cris dans son appartement, avait-elle dit à Jonah. Il est hautement probable que ce soit la même personne, discrètement de retour avec une casquette. Ils se disputent, et il revient plus tard pour la tuer. Si on peut le repérer sur l'autre caméra quand il va chez Zoe pour la première fois, on devrait pouvoir l'identifier.

— C'est une bonne théorie, dit Jonah.

Il n'ajouta pas que le suspect pouvait être arrivé de l'autre côté : il n'y avait qu'une chance sur deux qu'il soit venu de la ville et qu'il soit passé devant la caméra dont ils avaient les images.

Il se mit à songer au desflurane. Était-il vraiment possible que quelqu'un s'en soit procuré entre la dispute et 23 heures, quand Zoe avait été tuée ? C'était une fenêtre de quatre-vingt-dix minutes, un laps de temps étrangement court pour mettre la main sur une substance peu commune. Cela dit, la dispute avait peut-être simplement servi de déclencheur à un plan mûrement réfléchi. La goutte d'eau qui avait poussé l'assassin à agir.

O'Malley avait fait une pause dans ses tentatives de piratage de la base de données de la police et regardait à présent les images de la première caméra, mais beaucoup plus tôt dans l'après-midi, au moment où Zoe sortait de chez elle. Il devait déterminer où elle allait et si elle avait l'air d'avoir parlé à quelqu'un. C'était frustrant de ne pas encore avoir accès aux images des autres caméras – ce qui durerait sans doute jusqu'à lundi, d'ailleurs, quand les équipes du renseignement seraient de retour.

Cette mystérieuse sortie de Zoe préoccupait Jonah. À ce stade, ils auraient déjà dû connaître tous ses déplacements. Elle s'était absentée pendant plus de trois heures, et elle était rentrée à 20 h 30, l'air effrayé. La sortie semblait donc significative. Jonah avait consulté les transcriptions qu'ils avaient en main pour l'instant, et, jusqu'à présent, personne hormis Felix n'avait admis l'avoir vue ce soir-là. Personne n'avait déclaré avoir connaissance du moindre projet de Zoe pour la soirée.

Alors, ils se retrouvaient devant un trio de mystères : trois heures de trou dans l'emploi du temps, un inconnu qui l'attend devant chez elle et un inconnu (mais très probablement le même) impliqué dans une dispute avec elle environ deux heures avant le meurtre.

Avec tout cela en tête, il envoya Lightman accomplir deux missions. La première consistait à essayer de s'entretenir de nouveau avec Angeline Judd. Jonah savait parfaitement qu'ils ne lui avaient pas parlé depuis la veille. Elle était peut-être encore trop accablée pour se rappeler si elle avait vu Zoe plus tard dans la journée de jeudi, ou alors elle avait menti.

La seconde était de trouver la position de toutes les autres caméras de surveillance sur le trajet de la ville et de tenter de forcer la main aux propriétaires pour qu'ils lui donnent directement accès à leurs enregistrements. Si personne ne voulait ou ne pouvait révéler quels avaient été les derniers déplacements de Zoe, il faudrait bien recourir à d'autres méthodes.

*

Lightman trouva l'appartement d'Angeline beaucoup plus conforme à celui d'une étudiante que celui de Zoe. Il était situé dans un grand immeuble des années 1970, probablement construit pour loger les étudiants en licence, et on y accédait par un escalier en diagonale extrêmement long qui montait jusqu'en haut d'un de ses côtés, ponctué de petits paliers carrés à chaque étage.

Il avait beau l'avoir prévenue, il dut patienter une bonne minute avant qu'elle ouvre. Elle était en pyjama, un petit short aux bords en dentelle et un haut à bretelles, et avait l'air endormie. Rien d'illogique, étant donné les circonstances, pensa Lightman.

— Qui est-ce ? demanda-t-elle.

Étrange question à poser à quelqu'un en face de vous.

— Je suis le sergent Lightman. Je vous ai appelée tout à l'heure.

— Oh ! Oui. OK.

Elle fit demi-tour, et il la suivit à l'intérieur en essayant de garder une certaine distance. Étant donné sa tenue, il trouvait inapproprié d'entrer.

L'endroit était mieux rangé qu'il ne l'aurait cru, même si un verre, un mug et une assiette traînaient à côté du lit et si une bouteille de vodka qui semblait ouverte depuis peu dépassait d'un sac plastique sur la table. Il était également un peu plus grand qu'il ne l'aurait pensé depuis le couloir, avec une kitchenette, un séjour et un lit. L'un des tiroirs de la cuisine était ouvert, comme si elle ne s'était pas résolue à le fermer. La porte de la salle de bains attenante était presque close.

Glissant la main derrière le battant, elle en tira un peignoir crème accroché à une patère et l'enfila, mais, quand ses mains voulurent attraper la ceinture, elles ne trouvèrent que le vide, aussi le laissa-t-elle ouvert.

— Je n'ai que quelques questions à vous poser, dit doucement Lightman.

D'un pas lent, Angeline alla s'asseoir au bord du lit, et il s'installa sur le canapé.

— Nous avons essayé d'en savoir plus sur votre trousseau de clés disparu, mais, malheureusement, personne ne se rappelle qui l'a rapporté.

— Je ne le sais pas non plus, répondit Angeline d'un ton vague et plat. Je l'ai perdu.

Lightman la regarda un peu plus attentivement. Était-elle ivre, ou avait-elle une gueule de bois carabinée ?

— Vous pourriez peut-être nous fournir quelques informations sur la nuit où Zoe a été tuée. Vous l'aviez vue le matin même, non ?

— Oui, je vous l'ai dit, répondit Angeline en jetant des coups d'œil de droite à gauche comme si quelqu'un d'autre était là.

— A-t-elle mentionné des projets pour la journée ? insista-t-il. Quelque chose qu'elle comptait faire plus tard ?

— Non. Cela dit, elle allait parfois prendre des cours de tango argentin le jeudi.

— Vers quelle heure ?

— 20 heures et quelques, dit-elle en haussant les épaules. D'habitude, ça se prolongeait assez tard.

Lightman songea que les horaires ne collaient pas du tout. Ce soir-là, il était peu probable que Zoe se soit rendue à son cours, étant donné que la dispute avait duré jusqu'à 21 h 30.

— Et cette semaine, quelque chose vous a paru bizarre ? tenta-t-il. Des engueulades entre Zoe et ses amis ?

Subitement, Angeline parut blessée et en colère. Elle se mit à secouer la tête.

— Pourquoi me faites-vous toujours culpabiliser ? J'ai déjà dit que j'étais désolée… de m'être énervée. Quand elle m'a lancé qu'elle n'aimait me peindre que parce que j'étais brisée. Comment vous sentiriez-vous si on vous disait ça ?

— Je crois que vous avez confié cela à une de mes collègues, mais pas à moi, répondit gentiment Lightman. Je suis désolé de remettre ça sur le tapis.

Il estima que tout ça n'allait les conduire nulle part. Il valait mieux attendre qu'elle soit sobre. Il se leva, et ce n'est qu'en se redressant qu'il remarqua, glissée sur le bras d'un fauteuil, une paire de pantalons de la marine militaire.

— Vous avez un petit ami ? demanda-t-il.

— Non.

Cette fois-ci, le ton était direct et péremptoire, et non pas mélodramatique.

Lightman jeta un coup d'œil aux chaussures, dont les languettes étaient relevées et qui, étrangement, n'avaient pas de lacets.

— Alors, à qui sont-elles ? demanda-t-il en les montrant.

Angeline se leva en titubant et se pencha pour regarder.

— Aucune idée, répondit-elle en secouant la tête.

Quand il lui tourna le dos pour s'en aller, il l'entendit murmurer dans sa barbe, et il distingua les mots « pas de lacets » au milieu d'autres sons indistincts.

Il s'avança vers la porte et, pris d'une impulsion soudaine, il pivota vers le tiroir de la cuisine. À l'intérieur, il trouva un plateau à couverts avec des fourchettes, des cuillères à dessert et à café bien rangées, et de chaque côté, des ustensiles de cuisine et d'autres pour le service. Mais, dans tout ça, pas un seul couteau.

Il dit au revoir et téléphona à l'inspecteur dès qu'il se trouva dans l'escalier. Il n'était pas sûr que ce soit pertinent dans le cadre de l'enquête, mais quelqu'un était venu chez Angeline pour ôter tous les objets potentiellement dangereux – pour elle ou pour quelqu'un d'autre.

Hanson et O'Malley résumèrent à Jonah le contenu des images qu'ils avaient visionnées. Ils n'avaient pas beaucoup avancé avec les suspects, mais ils étaient parvenus à retracer les déplacements de Zoe quand elle était partie en ville en descendant Hill Lane, à partir des images d'une seule caméra dans un supermarché qu'ils avaient réussi à obtenir des patrons de l'établissement. Elles ne donnaient pas beaucoup plus d'informations sur sa destination finale, mais Zoe se dépêchait, là aussi.

Jonah se demanda si ça valait le coup d'appeler Wilkinson pour accélérer le processus de collecte des images de surveillance. Quand l'enquête était importante, user de son influence était acceptable, mais il ne fallait pas jouer ce genre de carte trop souvent, et le divisionnaire pourrait demander si l'information était cruciale au point qu'il doive intervenir. En général, ce n'était le cas que lorsqu'une vie était en jeu. Or, rien en particulier n'incitait à penser que le tueur allait frapper de nouveau.

— Tu as fait des progrès sur la façon dont Felix Solomon s'y est pris pour pirater notre système ? demanda-t-il à O'Malley en mettant de côté le cours de ses pensées.

— En fait, beaucoup, oui, étonnamment ! s'exclama O'Malley en réduisant la fenêtre de l'application vidéo avant d'afficher une base de données d'aspect vétuste, pleine de boutons et de scripts de terminal, sur un fond d'écran vert terne.

On avait l'impression qu'elle n'avait pas été mise à jour depuis les années 1990, et il aurait deviné sans avoir besoin qu'on le lui souffle que c'était celle de la police.

— J'ai bénéficié d'une formation en ligne de la part d'un certain Ziggy, un jeune homme récemment mis à la porte d'un cours en sciences de l'informatique, et je suis à présent devant les identifiants de l'ensemble de l'East Sussex. Une page que, cela va sans dire, je ne devrais pas pouvoir consulter.

— Mon Dieu, murmura Jonah. Alors, qu'est-ce que ça nous apprend ?

— Qu'il y a littéralement des centaines de logins de groupe pour des affaires particulières qui n'ont jamais été classées, répondit-il en faisant défiler une liste à droite de l'écran. Et je parie que les références comme « Enquête sur la corruption interne dans l'équipe dirigeante » doivent donner des autorisations d'accès plutôt étendues. Ensuite, je compte filtrer celles qui étaient ouvertes avant le départ à la retraite de Solomon. Mais si ta question, c'est de savoir s'il a fourré son nez où il n'aurait pas dû, sache que c'est très possible. Tout ça est accessible à distance, et pas besoin d'être un génie pour essayer quelques anciens logins et voir si ça fonctionne.

— Merci, dit Jonah.

Il ne savait pas trop si le comportement de Felix l'inquiétait, ou s'il estimait qu'il aurait fait exactement la même chose à sa place.

— Et essaie de recruter ce jeune homme, qu'il travaille pour nous. L'alternative est trop horrible pour qu'on la formule.

Vers 15 h 30, Lightman avait envoyé la localisation de trois autres caméras placées entre l'immeuble de Zoe et la ville. Une chez Barclays, une autre chez un bookmaker et la troisième à côté du conseil municipal. Une zone à l'ouest du carrefour de Latterworth Road n'était pas couverte, mais, avec ces trois-là, ils avaient de bonnes chances de voir d'où était venue leur mystérieuse silhouette à casquette.

Jonah décida qu'il était temps de contacter Wilkinson. En pesant le pour et le contre, il opta pour un texto plutôt qu'un coup de fil. Ce serait peut-être plus long, mais, de toute façon, il était peu probable qu'ils obtiennent d'autres images avant ce soir. Le lendemain semblait bien plus plausible. Jonah inclut les coordonnées des caméras dans son message, s'excusa pour le dérangement et retint son souffle en cliquant sur Envoyer.

Dix minutes plus tard, la réponse arriva. Wilkinson se trouvait dans un coin quasiment sans réseau, mais il rentrait chez lui avant 17 heures, et il s'en occuperait à ce moment-là.

Jonah soupira. Ça voulait dire qu'ils auraient les images, mais pas avant demain. En général, le divisionnaire obtenait ce qu'il voulait, notamment parce qu'il était très connu à Southampton.

Mais, dès lors, Jonah n'avait plus rien à faire. Les images seraient là dans vingt-quatre heures et les résultats de l'analyse médico-légale le lendemain. Ils se retrouvaient donc au chômage technique, à moins de continuer à faire des entretiens. Cela dit, il sentait que ces derniers se passeraient mieux s'il avait davantage d'informations, même si le délai était extrêmement frustrant.

Il était temps de laisser tomber le boulot et de faire un peu d'exercice. Il jeta un coup d'œil par la fenêtre à la pluie qui tombait, avec un léger sentiment de révolte. Il n'allait pas manquer une occasion de faire une sortie à vélo pour une simple question de météo.

En prenant son téléphone pour partir, il s'aperçut qu'il avait reçu quelques e-mails personnels. En les ouvrant, il se rendit compte qu'il avait totalement oublié l'enterrement de vie de garçon de Roy Upson, prévu pour le soir même.

Il était très tenté de prétendre qu'il avait du travail. Mais il s'aperçut qu'ils étaient inscrits à une dégustation de whisky et que chacun s'était vu adjoindre un binôme. Il aurait dû annuler bien plus tôt.

Et il devait y aller. Il le savait bien. Ces derniers temps, il n'avait pas trop fréquenté les membres de son club de cyclisme, entre les coups de bourre au boulot et son vélo toujours pas réparé. Il n'avait pas trop vu non plus Stephen et Andrew, les seuls copains d'enfance qu'il avait encore. Il était triste d'admettre que Roy, un grand gosse de quarante ans avec qui il faisait du vélo une semaine sur deux, était aujourd'hui un de ses plus proches amis.

Il allait y aller. Il n'était pas obligé de rester tard, ni de boire autant que les autres. Il pouvait simplement siffler quelques tonics puis prendre congé dès que les autres seraient trop éméchés pour s'en rendre compte. Néanmoins, difficile de savoir s'il valait mieux passer le reste de la soirée à la maison à ruminer l'affaire que sortir et se préparer une gueule de bois pour le lendemain.

C'était étrange, mais la journée avait tout simplement continué de s'écouler. À plusieurs reprises, Aidan avait éprouvé la sensation que quelque chose allait se produire ; quelque chose qui allait tout stopper. Une sorte d'accident qui les frapperait, lui ou Greta. Une crise cardiaque (lui) ou une épiphanie dévastatrice en apprenant la mort de Zoe aux infos (elle). Il n'avait pas prévu qu'il continuerait de vivre dans un état de peur permanente.

Mais, d'une manière ou d'une autre, une tentative infructueuse de jogging matinal s'était transformée en courses de Noël avec Greta – une tâche dont elle se chargeait toujours, heureusement. Il s'était contenté de la suivre et de porter les paquets. Plus tard, il avait bu du thé en l'écoutant lui raconter que, la veille, elle avait repeint la salle de bains du rez-de-chaussée, que la peinture était encore humide et qu'il ne fallait pas l'utiliser. Et il avait accueilli avec un sourire crispé le rappel du satané dîner auquel ils étaient censés se rendre le soir même.

Il lui avait demandé s'il pouvait prendre sa douche avant elle, davantage parce qu'il voulait échapper à sa conversation joyeuse que parce qu'il avait hâte de se préparer. Au moins, une fois habillé, il pourrait se servir un verre.

Il fallait également qu'il gère les messages de Maeve. Ils avaient commencé à arriver la veille, quelques heures après qu'on retrouve Zoe, et ils continuaient sans répit. Maeve était dévastée. Elle avait besoin de le voir. Comment s'en sortait-il ? La police lui posait plein de questions. C'était sans fin, même quand il lui disait le plus gentiment possible qu'il avait besoin d'espace pour faire son deuil.

Il craignait que Greta ne voie ces textos presque autant qu'elle ne découvre ceux qu'il avait envoyés à Zoe. Ils donnaient l'impression qu'il s'était aussi passé quelque chose entre Maeve et lui.

Devant le bar, il tira son téléphone de sa poche avec un geste résigné et lui répondit qu'il la verrait le lendemain. Il espérait que ça la calmerait.

Ses mains tremblaient quand il rangea son téléphone et prit son verre. Ce n'était pas uniquement de peur. Il était dans une colère noire aussi. Tellement en colère qu'il ne pouvait rester en place, ni assis ni debout.

Il descendit vite et férocement le premier whisky, au moins un double, assurément, et il eut aussitôt envie d'en boire un autre. Il se dit qu'il prendrait son temps cette fois-ci, mais, quand Greta émergea vingt-cinq minutes plus tard, il en était au quatrième et la tête lui tournait un peu.

Son verre était à mi-chemin de ses lèvres quand elle entra, et il resta figé dans cette position pendant un moment. Tout en elle était éblouissant, de sa robe dos-nu rouge vif à son nouveau collier qui traçait une ligne d'or verticale sur sa poitrine. De ses jambes élancées à son rouge à lèvres parfaitement appliqué. Elle avait fait à ses cheveux son tour de magie habituel, qui lui donnait l'air d'une elfe ou d'une créature enchantée.

Aidan ressentit tout à la fois du désir et une immense tristesse monter en lui. Il reposa son verre d'un geste gauche et se leva.

— Tu es absolument torride, Greta. Comment ai-je mis le grappin sur une personne aussi incroyablement belle ?

— Je n'en ai pas la moindre idée, répondit-elle, rayonnante, avant d'éclater de rire.

Il s'approcha.

— Tu sais, tu es très beau, toi aussi, ajouta-t-elle en tirant sur sa chemise Ted Baker.

Il lui passa les bras dans le dos et l'attira contre lui pour un baiser très long et très sexy.

— On a combien de temps ? demanda-t-il quand leurs lèvres se séparèrent.

— Environ cinq minutes.

Mais il voyait le même désir en elle.

— On devrait peut-être y aller, suggéra-t-elle. Michael déteste quand on est en retard…

— Qu'il aille se faire foutre.

Soudain, Aidan se souvint que Michael avait flirté avec Greta la dernière fois qu'ils étaient sortis ensemble. Ça le mit en colère.

— C'est quoi le plus important ? s'exclama-t-il. Nous, ou ce salaud ?

— Eh bien, c'est un homme qui a beaucoup de succès, susurra-t-elle.

Aidan fit glisser sa main sur la cuisse de Greta, puis remonta lentement.

— Mais est-ce qu'il peut faire ça ? demanda-t-il.

— Non, murmura Greta, le souffle court. Non, il ne peut pas.

Les résolutions de sobriété de Jonah se révélèrent désespérément optimistes. Non seulement il était difficile de ne pas boire pendant une dégustation de whisky suivie d'un dîner, mais Jonah était en la matière son propre pire ennemi.

Quand il arriva un peu un retard et dit bonjour à tout le monde, il se rappela qu'en fait il aimait bien ces gars. Ils étaient drôles sans tomber dans le potache et Jonah avait l'impression de leur être redevable, du simple fait qu'ils l'aient invité. Ça lui donnait envie d'être généreux, et il paya une tournée générale de whisky supplémentaire pendant la dégustation. Puis une bouteille de champagne et deux bouteilles de vin pendant le dîner.

Au moment où ils arrivèrent au Jean-Pierre, un bar à vin, il faisait des zigzags, et tout lui paraissait drôle. Il se sentait léger et spirituel, une version de lui plus sûre d'elle-même. Cela ne le surprit pas quand ils lui dirent qu'une femme n'arrêtait pas de le regarder. Le spectacle valait le coup d'œil, en ce moment. Il n'avait même pas besoin de se lever et de flirter avec elle pour aller vérifier.

Il se redressa, titubant, pour commander la tournée suivante en se disant qu'il pouvait quand même aller voir à quoi ressemblait cette femme. Il supposa que ce devait être la brune. Elle était debout en compagnie de deux hommes qui, selon Jonah, avaient l'air d'être en couple. Pour l'instant, elle lui tournait le dos, mais, tandis qu'il approchait, elle jeta un coup d'œil dans sa direction.

Jonah s'arrêta net.

— Michelle.

Il aurait dû regarder avant. Il aurait eu le temps de se préparer, il aurait eu quelque chose à répondre. Mais, quand son ex-fiancée se tourna vers lui en lançant : « Je me disais bien que c'était toi », il resta coi. Complètement coi.

Michelle inclina la tête, l'air aussi gênée que lui. Mais contente, aussi. Comme si le fait qu'il soit là avait autant de signification pour elle que pour lui.

— C'est un enterrement de vie de garçon ?

Jonah se retourna vers sa tablée et trouva les ressources pour parler.

— Ouais. Tu te souviens de Roy ?

— Oh, je… Oui ! s'écria-t-elle en se penchant pour les observer. Il avait une petite amie hollandaise, c'est ça ?

— Oui. Le mariage est pour le 15.

— Félicite-le de ma part.

Jonah acquiesça. Il acquiesça devant la femme qu'il avait été incapable d'oublier pendant les six mois qui avaient suivi leur rupture, jusqu'à ce que Jojo revienne dans sa vie. Il avait été tellement heureux de réussir à s'endurcir contre Michelle.

— Et toi ? demanda-t-il. Qu'est-ce que tu deviens ?

— C'est une fête de fiançailles. Ils n'avaient plus de bulles, alors on est venus se réapprovisionner.

Elle fit un signe de tête en direction de ses amis. Jonah se rendit compte qu'il avait été impoli et leur tendit la main. Il eut la sensation qu'ils se méfiaient de lui, et songea que Michelle avait dû leur dire qui il était. Ils reprirent leur conversation aussitôt après, et Jonah en fut soulagé.

— Comment tu vas ? demanda-t-il alors d'une voix plus basse.

— Ça va, répondit Michelle avec un drôle de petit sourire. J'ai laissé tomber l'enseignement.

— Ah bon ?
— C'est énervant, mais tu avais raison ! s'exclama-t-elle en gloussant. Je commençais à tous les détester.
— Je n'avais pas raison, répondit Jonah avec un subit accès de honte. Tout ce que je t'ai dit était faux. J'étais un connard.
— Eh bien, les connards ont parfois raison, lâcha-t-elle en haussant les épaules. Ça me soulage énormément d'avoir des conversations d'adulte au boulot.
— J'ai ça, moi. Mais je pense que c'est un peu surévalué.
Michelle éclata de rire.
— Tu me manques, s'entendit-il ajouter.
— J'aurais cru que tu serais content de me voir partir, répondit-elle en fixant son visage. Je ne faisais que te rendre malheureux.
— Non. Je me rendais malheureux à moi-même... Tu vois, j'ai besoin de toi. Je n'arrive même plus à gérer ma grammaire.
Michelle s'esclaffa à nouveau, un rire plus franc, plus libre. Elle se glissa une mèche derrière l'oreille.
— Tu veux qu'on sorte d'ici ?
— Oui, répondit Jonah en essayant de ne pas sourire trop béatement. Je veux bien.

Hanson n'avait pas prévu de travailler aussi tard. À 16 heures, elle avait décidé de jeter un bref coup d'œil à la silhouette à casquette. Une vérification rapide. C'était tout.

Ce bref coup d'œil l'avait conduite à penser qu'elle pourrait peut-être identifier le suspect si elle nettoyait suffisamment la photo, et elle venait de passer deux bonnes heures à bidouiller avec l'outil d'optimisation des images dont l'équipe du renseignement se serait sûrement servie bien mieux qu'elle. Le résultat n'était pas spectaculaire, mais elle avait un cliché sur lequel on voyait le bas du visage. Ensuite, elle avait cherché sur le web des photos de tous leurs suspects et les avait placées en regard, pour voir si l'une d'elles correspondait.

Elle avait dû se résoudre à admettre qu'on ne pouvait rien affirmer, et elle avait éteint son ordinateur d'un geste exaspéré. Ce n'est qu'à ce moment-là qu'elle s'était rappelé qu'elle devait prendre le bus pour rentrer, ce qui signifiait qu'elle aurait à poireauter sous la pluie jusqu'à ce qu'il arrive. Elle avait enfilé sa tenue de sport, qui avait séché pendant six heures sur le radiateur des toilettes du poste.

À la faveur d'une éclaircie, elle mit sa playlist eighties, glissa son iPhone dans la manche de sa veste de sport, puis sortit et partit en courant par le parking des visiteurs.

Elle en avait traversé environ la moitié quand l'une des voitures garées devant elle démarra brusquement, tandis que le faisceau de ses phares découpait l'obscurité. Hanson sauta en arrière… et se moqua d'elle-même, puis fit un signe de tête au conducteur invisible en passant devant son pare-brise et reprit sa course vers l'issue qui donnait sur la route principale.

La voiture sortit du parking et se mit à la suivre. À la lumière de ses phares, Hanson voyait qu'elle se trouvait juste derrière elle. Elle tourna la tête, puis changea de trajectoire pour rejoindre des places de parking désertes qui bordaient l'allée centrale, afin de lui laisser amplement la place de passer.

Mais la voiture continuait de la suivre à une allure d'escargot. Un véhicule était garé devant elle, aussi dut-elle regagner l'allée centrale, mais, malgré tout l'espace disponible, le conducteur ne faisait aucun effort pour la dépasser.

Elle commença à éprouver un léger sentiment de malaise. Les images du corps de Zoe lui revinrent à l'esprit, et elle obliqua brusquement sur la gauche puis coupa à travers la pelouse en direction de Southern Road, où des véhicules circulaient dans les deux sens. Elle trouva un trou de souris pour traverser l'artère, puis sprinta jusqu'au Novotel au coin de la rue et entra dans le parking de la concession automobile. Une fois là, elle ralentit, sachant que, pour y pénétrer en voiture, on était obligé de faire le tour du pâté de maisons, par Harbour Parade. Le temps que quelqu'un ait une chance d'y arriver, elle aurait traversé et rejoint l'arrêt de bus à côté du TGI Fridays où Sheens allait manger des hamburgers.

Le bus arriva en même temps qu'elle, et, lorsqu'elle monta dedans, elle se sentit ridicule. Personne ne la suivait. Elle se faisait des films.

Elle descendit à trois kilomètres de chez elle. Il lui restait deux cités à traverser. Dans le bus, elle s'était refroidie, et elle fut contente de se remettre à courir.

L'obscurité était percée de lumières de Noël. C'était l'un des aspects touchants de la vie dans un des quartiers les moins onéreux de Southampton. Tout le monde semblait vouloir éclairer sa maison plus brillamment et pendant plus longtemps.

Elle aimait sprinter sur le dernier tronçon du trajet, et elle se lança quand il ne lui restait plus que quatre cents mètres à parcourir. Elle entama un compte à rebours dans sa tête, en sachant qu'à partir de l'endroit où elle se trouvait elle pouvait démarrer à soixante.

Quarante secondes ! Allez !

La musique qui jouait dans les écouteurs de son iPhone ne l'aidait pas. C'était un rythme plutôt lent, plus adapté à l'endurance qu'au sprint. Elle soufflait violemment, et elle avait l'impression que ses jambes étaient pilotées par quelqu'un d'autre. Mais elle poursuivit. Trente secondes. Vingt.

À dix-huit, elle s'arrêta. Pas à cause de la douleur physique, mais parce qu'elle distinguait quelqu'un à côté de sa porte d'entrée, juste au bord du cône de lumière projeté par la lampe du porche.

Elle repensa à la voiture dans le parking du poste de police, puis, sans savoir pourquoi, à Zoe, quand elle s'était arrêtée pour parler avec quelqu'un devant chez elle.

Hanson ôta ses écouteurs et, reculant de quelques pas, se glissa dans l'allée de la maison la plus proche, où elle se dissimula derrière les conifères qui bordaient le jardin. Elle espérait que les voisins n'étaient pas à leurs fenêtres.

D'où elle se trouvait, elle ne distinguait pas sa propre allée, mais elle voyait très bien tout le bas de la rue. Elle saurait si la personne qui l'attendait s'en allait.

C'est peut-être Sheens, songea-t-elle. Ou Ben.

Elle sortit le téléphone de sa poche et l'alluma en coupant le son. Lightman ou Sheens n'auraient pas manqué de lui envoyer un texto avant de passer. Mais aucune notification ne s'affichait sur son écran d'accueil, et elle ne trouva rien quand elle consulta ses messages.

Elle releva les yeux. Une silhouette émergea de son allée et tourna la tête dans sa direction. Hanson s'enfonça plus profondément dans l'ombre, mais les branches lui masquaient la vue. Elle attendit un bref instant avant de risquer un nouveau coup d'œil. La silhouette avait fait demi-tour et s'éloignait d'un pas tranquille vers la ville.

Hanson l'étudia avec attention, essayant de déterminer si c'était quelqu'un qu'elle connaissait. De toute évidence, il s'agissait d'un homme. Les cheveux courts, la forme du dos sous la veste noire. La démarche.

En le suivant ainsi des yeux, elle se convainquit également que ce n'était pas un ami. Elle soupçonnait que cette personne n'aurait pas dû savoir où elle habitait, et qu'il s'agissait de quelqu'un en lien avec l'affaire.

Elle tira sa clé de sa poche et, en ouvrant, fut heureuse de constater qu'elle n'avait pas oublié de verrouiller avant de partir. Elle referma et plaqua son dos contre le battant, puis, peu après, les bras un peu tremblants, elle alla préparer son sac de voyage.

18

Septembre – quatorze mois plus tôt

Septembre n'était pas censé ressembler à ça. Les ciels bleu profond et la chaleur moite donnaient à Zoe l'impression qu'Aidan avait décidé de l'emmener avec lui à Kyoto. Tout en se promenant dans Winchester, une musique sensuelle dans les écouteurs, elle rêvassait, s'imaginait quitter la conférence en sa compagnie et aller en montagne pour échapper à la canicule. Puis elle visualisa un baiser moite, torride. Ses mains sur elle... Soudain, elle se réveilla devant un passage piéton et rougit en se demandant si quelqu'un avait pu deviner ses pensées.

Elle tenta de se reconcentrer sur son travail, qui avançait si bien qu'elle ne voulait pas perdre son élan. Elle avait à cœur de terminer sa nouvelle pièce le jour même, peu importait le temps nécessaire. Après, elle la prendrait en photo pour l'envoyer à Aidan afin qu'il voie cette œuvre dans laquelle elle les avait capturés tous les deux.

Quand elle entra dans la fraîcheur des locaux de l'école d'art, elle eut l'impression de se glisser dans de l'eau. Elle ramena ses cheveux vers le haut pour dégager sa nuque et frissonna quand un courant d'air froid sorti d'un bloc de climatisation balaya sa peau humide.

Elle monta au premier en tirant ses écouteurs de sa poche, prête à se retirer du monde, puis enroula le câble autour des doigts de sa main droite en appréciant la sensation de pression autour de ses phalanges.

Quand elle entra, l'atmosphère était un peu étrange. Mitz et Sinead se tenaient à côté de la porte et, à la façon dont ils se turent immédiatement, elle se dit qu'ils parlaient probablement d'elle.

Caz, l'une des filles les plus discrètes, qui lui apportait parfois un café, se leva et se dirigea vers elle avec un sourire de défi, ou presque.

— J'aime bien ton œuvre, dit-elle.

— Oh…, répondit Zoe sans trop savoir comment réagir. Merci.

Caz lui emboîta le pas tandis qu'elle se rendait jusqu'à son coin de l'atelier.

— On trouve quelque chose de vraiment grandiose dans la destruction, non ? lança Caz.

C'est alors que Zoe fut confrontée à la réalité de ce dont parlait Caz. *Descent*, son dernier tableau, quasiment terminé, avait été transpercé de rouge vif. La silhouette masculine angélique à l'arrière-plan qui baignait dans sa propre lumière était intacte. Mais, sur la pâle figure au centre, s'étalait le mot « Catin ».

Elle avait encore une grosse boule au ventre quand elle se jeta sur le canapé en arrivant chez elle. Bien sûr, dès que Zoe lui avait signalé cet acte de vandalisme, Annette, sa tutrice, s'était montrée géniale. Elle avait mis en branle l'équipe de sécurité en lui donnant pour mission de trouver le coupable. Elle avait également infligé à l'ensemble des étudiants une conférence pleine de menaces à propos de l'intégrité de l'art et leur avait demandé de venir la trouver s'ils savaient quelque chose avant que les caméras de surveillance du campus ne dévoilent les faits.

Néanmoins, personne n'avait avoué ou révélé quoi que ce soit et Annette avait beau affirmer que les dégâts seraient facilement réparables, Zoe avait l'impression que sa toile était foutue. Elle n'était même pas sûre qu'elle parviendrait à retravailler dessus, ni à passer du temps dans cet atelier d'art sans craindre d'être observée.

Elle aurait préféré que Maeve soit à la maison ce soir. Son amie aurait pris tout ça avec tant de positivité et de franchise que Zoe aurait été forcée de se sentir mieux, et ce sentiment aurait pu se prolonger jusqu'à ce qu'elle se mette au lit. Mais, entre Maeve, partie à sa réunion évangélique, et Aidan, en déplacement à l'autre bout du monde, elle se sentait seule et vulnérable.

Zoe n'avait toujours pas bougé du canapé quand quelqu'un frappa à sa porte. Elle sentit un brusque élan d'affection pour Maeve, qui avait dû rentrer tôt et avait sûrement oublié ses clés. Mais, en ouvrant, elle tomba face à Victor, une expression de fureur sur le visage.

Malgré l'envie pressante de lui refermer la porte au nez, elle l'invita à entrer. À l'évidence, quelque chose le travaillait, et Zoe se dit que penser aux soucis de quelqu'un d'autre l'aiderait peut-être à oublier les siens.

— Je suis désolé, lança-t-il dès qu'il s'assit sur le canapé.

Il s'excusait souvent quand il souhaitait parler de quelque chose. Zoe lui sourit en secouant la tête.

— Pas besoin de t'excuser. Tout le monde a besoin de parler de temps à autre. Est-ce que je fais chauffer la bouilloire ?

— Ça va. Je... Je ne suis pas en colère. Enfin, je veux dire, c'est dur. Mais pas tant pour moi que pour...

Il poussa un étrange petit soupir.

— Il y a quelque chose que tu devrais voir, reprit-il.

Il tira son téléphone de sa poche puis la laissa patienter dans un état d'angoisse croissant tandis qu'il téléchargeait quelque chose.

— Voilà, dit-il au bout d'une minute en lui tendant l'appareil.

Zoe le prit sans trop savoir ce qu'elle allait voir, même si quelque chose lui disait sourdement que ça concernait Aidan.

En posant l'œil sur l'écran, elle se rendit vaguement compte qu'il s'agissait d'une photo Facebook. Difficile d'enregistrer tous les détails quand Aidan et sa femme étaient au centre du cliché avec un panorama en arrière-plan. De toute évidence, il s'agissait d'un selfie pris par Greta, laquelle avait l'air en pleine forme, heureuse et extrêmement belle. Ils étaient enlacés et souriants.

— Elle a été prise cet après-midi, dit calmement Victor.

Zoe vit qu'il avait raison. La photo datait d'aujourd'hui, et la géolocalisation indiquait qu'elle avait été prise à Kyoto. L'endroit où la conférence était censée se dérouler. Elle s'aperçut que la vue lui était familière. Il lui avait envoyé la même un peu plus tôt, sauf que, sur la sienne, Greta n'était nulle part. Aidan non plus. Simplement la vue et les mots : « Tu me manques. »

Elle fut traversée par une montée d'adrénaline qui rendit la scène irréelle. En faisant défiler la page sans but précis, elle se rendit compte que c'était celle d'Aidan. Il était tagué sur la photo. Greta aussi.

— Il n'a pas dû s'apercevoir qu'elle l'avait tagué, dit Victor.

— Mais… pourquoi est-ce que ça n'est pas apparu sur ma page Facebook ? demanda-t-elle, le regard vide. Je suis amie avec lui, et tout ça devrait apparaître directement.

— J'imagine qu'il a paramétré son compte pour que tu ne voies pas la plupart de ses posts, juste au cas où. Mais il a oublié de me bloquer, moi.

Zoe avait besoin de s'écarter. Elle ne supportait pas le mélange de triomphe et de compassion qui brillait dans les yeux de Victor. Elle avait l'impression d'être sur le point de vomir, mais elle ne pouvait s'empêcher de fixer la photo et de scroller de bas en haut pour voir si la date changeait. Pour vérifier si ce n'était pas un souvenir d'une année précédente, même si elle savait pertinemment que ce n'était pas vrai.

Elle prit son propre téléphone et ouvrit WhatsApp, puis sa dernière conversation avec Aidan, où se trouvait la photo avec le panorama désert, et elle eut l'impression de brûler de l'intérieur. Il avait écrit un nouveau message, avec un joyeux : « La vallée de Saga vue du dessus ! »

Sous son premier texto, où elle disait que la vue était magnifique et qu'il lui manquait aussi, Zoe commença à taper un autre message.

Je te quitte. Je le fais sur WhatsApp, parce que tu ne mérites rien de mieux. Tu es un putain de menteur. Tu m'as fait croire que, maintenant, tout était réglé, mais tu es en vacances avec ta femme. Tu n'as jamais rompu avec elle, je le sais maintenant. J'en ai fini avec toi.

Elle envoya le texto, puis reprit le téléphone de Victor pour s'envoyer la photo d'Aidan et de Greta par Messenger.

— Qu'est-ce que tu fais ? demanda Victor.

— Je me sépare de lui, et je m'assure d'avoir des preuves pour éviter de me faire baratiner. Merci ! conclut-elle en lui rendant son téléphone.

Victor hocha la tête.

— Je suis tellement désolé. Tu veux que je te prépare un thé ?

Zoe essaya de lui sourire.

— C'est censé être ma réplique, ça. Mais ne te donne pas cette peine. Écoute, j'ai... j'ai besoin de rester seule un moment. OK ? Je te préviendrai quand je me sentirai capable de revoir du monde.

Victor acquiesça, mais il avait l'air déçu et contrarié

— Je crois que c'est toujours mieux quand on a de la compagnie...

— Pas encore, répondit-elle fermement. Mais merci.

Il la prit dans ses bras avant de partir, mais elle ne pouvait pas s'y détendre tant elle était en colère, blessée et irritée par tout le monde, y compris Victor.

— À bientôt, souffla-t-elle.

Après, elle fut incapable de s'asseoir. Pas jusqu'au moment où Aidan l'appela, vingt minutes plus tard.

— Qu'est-ce qui ne va pas chez toi ? demanda-t-il.

La colère dans sa voix était horrible. Pas simplement blessante, mais un peu effrayante.

Zoe raccrocha sans rien dire, puis lui envoya la photo de lui et de Greta. Ensuite, elle bloqua ses messages pour ne plus avoir à écouter de mensonges.

19

Jonah se réveilla à 6 heures avec un violent mal de tête, et il sentit aussitôt le poids de l'anxiété lui plomber les épaules. Ça lui arrivait souvent quand il avait la gueule de bois. Il avait tendance à éprouver des regrets et des craintes à propos de tout ce qu'il avait fait, et liait inconsciemment le fait d'avoir bu avec toutes les autres décisions qu'il avait prises.

Être dans une chambre d'hôtel n'aidait pas. Quand il se redressa et jeta un coup d'œil à Michelle, qui dormait encore profondément, les cheveux étalés sur le visage, il eut la sensation de se trouver dans un univers parallèle où ils n'avaient pas rompu. Où l'année dernière n'avait jamais existé.

Il avait besoin d'eau, de paracétamol et de son propre lit. Jusqu'à ce qu'il ait dormi dedans, il serait incapable de réfléchir rationnellement à tout ça. Après quelques heures de sommeil, il pourrait décider s'il avait tout foutu en l'air ou s'il avait récupéré quelque chose qu'il croyait avoir perdu.

Michelle ne remua pas pendant qu'il rassemblait ses vêtements et s'habillait. Elle n'eut aucune réaction quand il sortit la boîte de paracétamol qu'il avait dans la poche et en tira quatre cachets, dont deux qu'il posa à côté d'elle sur la table de nuit avant d'aller remplir un verre d'eau à la bouteille du minibar et de l'y placer aussi. Elle murmura vaguement quand il se pencha sur elle pour lui dire qu'il valait mieux qu'il rentre. Il hésita avant de partir, préoccupé à l'idée qu'elle puisse croire qu'il s'était servi d'elle, d'une façon ou d'une autre.

Mais ça ne servirait à rien de parler dans l'état où il se trouvait. Il allait dire des choses stupides, et il leur ferait du mal à tous les deux. Il se glissa dehors en silence, et grimaça en entendant le bruit que la porte fit en se fermant.

Hanson ouvrit les yeux à 7 heures, lorsqu'un de ses voisins alluma la télé pour regarder un talk-show matinal et monta le volume à tel point qu'on l'entendait de l'autre côté de la rue. Elle passa quelques minutes à fixer le plafond blanc, déprimée de se réveiller une nouvelle fois dans une chambre d'hôtel minable. Maintenant qu'elle avait quitté Damian, elle pensait avoir définitivement tourné cette page-là, et elle était très abattue de ce retour à la case départ.

Le jour s'était levé et, maintenant qu'elle baignait dans les sons d'un hôtel qui se réveille, l'épisode de la veille semblait beaucoup moins menaçant. Elle se demanda si elle avait surréagi et gaspillé 61 livres qu'elle aurait avantageusement pu dépenser autrement.

Elle avait prévu d'appeler Sheens pour lui en parler, mais, à présent, ça paraissait trop gênant. Qu'avait-elle vraiment vu, en fait ? Quelqu'un qui l'attendait devant chez elle, qui essayait de sonner, et qui s'en allait devant l'absence de réponse. C'était ça, les faits, quand on faisait abstraction du sentiment de menace.

Elle pourrait peut-être mentionner l'incident en passant, quand Sheens ferait son briefing, se dit-elle en se levant paresseusement, les muscles tendus et endoloris. Mais, le temps de prendre une douche et de s'habiller, Sheens leur avait envoyé un texto pour les avertir que les images des caméras de surveillance n'étaient toujours pas arrivées et que les analyses des légistes ne seraient disponibles qu'à partir de lundi. Il leur suggérait donc de profiter de leur week-end en attendant qu'il y ait du travail.

Elle essaya de voir cela comme une bonne chose. Ça lui donnait l'occasion de rendre visite à sa mère et de se décharger sur elle de tous ses soucis professionnels. Ce serait bien. Réconfortant, aussi. Même s'il lui serait impossible de mentionner la silhouette devant sa porte.

Peu après, Lightman lui envoya un texto pour s'assurer qu'elle avait bien reçu celui de Sheens et lui demander comment elle allait. Elle eut très envie de se montrer franche et de lui raconter ce qui s'était passé. Il lui donnerait son avis, et lui dirait probablement que ce n'était rien, ce qui pourrait la rassurer.

Mais Ben avait montré qu'il ne voulait pas partager de choses personnelles avec elle, et c'était gênant de lui confier un sentiment qui ne se résumait en fait qu'à une bonne trouille. Alors, elle lui répondit qu'elle allait bien et qu'elle était enchantée d'avoir une journée libre, puis elle prépara ses affaires pour aller voir sa mère à Birmingham.

En sortant de chez elle, Maeve avait dix bonnes minutes de retard. Elle avait coupé court à tout ce qui n'était pas essentiel, mais ça ne semblait pas faire une grande différence. Au lieu d'être perpétuellement à la bourre dans un emploi du temps surchargé et frénétique, elle semblait à présent perdre son temps à fixer le vide, tellement plongée dans des pensées horribles qu'elle se sentait désorientée quand elle refaisait surface. Et elle vivait ses retards comme autant d'échecs, convaincue que les gens la jugeaient. Même maintenant, alors qu'elle venait de perdre sa meilleure amie.

Son vélo était attaché devant la maison, à l'endroit où elle avait pris l'habitude de le laisser. Sur le côté, une venelle menait à une arrière-cour où il aurait été bien plus à l'abri, mais elle n'avait apparemment jamais le temps de le pousser jusque-là.

Elle prit ses clés et remarqua qu'un flyer détrempé était fixé au cadre. Elle l'arracha, mais une grande partie du papier mouillé resta sur le vélo.

En le dépliant, elle constata qu'en réalité ce n'était pas un flyer, mais une note manuscrite. La pluie n'avait pas effacé le marqueur, et elle n'eut aucun mal à la lire.

Ferme ta petite gueule de salope.

Elle fixa ces mots en sentant son cœur lui remonter dans la gorge, anéantie.

Elle se tourna et jeta un regard frénétique sur la route en direction du centre-ville quand un coup violent l'atteignit à l'épaule.

Déséquilibrée, elle tenta d'agripper son vélo, mais elle parvint juste à s'égratigner la main et chuta lourdement sur le genou et le coude. Le sentiment subit d'impuissance qui l'envahit était horrible. Elle vacilla en essayant de se relever, comme si elle baignait dans une sorte de rêve où elle était incapable de bouger normalement.

Elle parvint à se mettre à quatre pattes, grimaçant de douleur quand ses mains et ses genoux prirent appui sur le trottoir mouillé, et redressa la tête. Une silhouette en survêtement disparut en courant à l'angle de la rue.

Après avoir vérifié où en était l'affaire et dit à son équipe de prendre la journée, Jonah avait dormi presque jusqu'à midi. Il se réveilla avec un sentiment de culpabilité à cause du temps qu'il avait pris pour lui. Il s'attendait à voir un message de Michelle, mais il n'avait rien reçu.

Il décida qu'il valait mieux que ce soit lui qui établisse le contact, étant donné qu'il était parti pendant qu'elle dormait. Il lui demanda si elle avait envie qu'ils se retrouvent plus tard, ou bien à Londres.

Le temps qu'il sorte de sa douche, la réponse, douloureusement brève, était arrivée.

Déjà chez moi. Je te passe un coup de fil dans la semaine, peut-être ?

C'était tout. Aucune manifestation de plaisir à la suite de ce qui s'était produit, pas de regrets non plus. Rien qui lui indique qu'elle ressentait quelque chose, ou qui prenne acte que, pour lui, ça avait absolument tout remis sur le tapis.

Jonah reposa son téléphone, engloutit un café, puis enfila sa tenue de cycliste encore mouillée de la veille par endroits. Le mal de tête n'avait pas totalement disparu, et, dehors, on avait l'impression qu'il avait encore plu, mais tout valait mieux que rester assis à penser à Michelle, à Jojo, et à ce qui tournait ou ne tournait pas rond chez lui.

La sortie à vélo permit à Jonah de s'éclaircir les idées. Michelle passa au second plan et ses pensées se tournèrent vers Zoe Swardadine et son potentiel assassin. Il sprinta sur la route de Godshill en retournant tous les faits dans sa tête. Les trois heures manquantes. La silhouette à la casquette. Les gestes nerveux et craintifs de Zoe quand elle parlait à quelqu'un à l'entrée de son immeuble – quelqu'un qui pouvait être n'importe lequel des suspects à part Aidan Poole, qui ne savait pas où elle habitait.

Après, il se dit que Zoe avait changé au cours des derniers mois de sa vie. Il songea à ce que Maeve avait déclaré à propos de sa perte de poids et de son maquillage. Il n'y avait aucune trace de maquillage quand on l'avait trouvée dans la baignoire, même si ce n'était pas nécessairement surprenant. Jonah se rappela les images de Zoe sur les vidéos des caméras de surveillance : il était plutôt sûr qu'elle n'avait rien d'élaboré sur le visage. Ça se serait vu, même sur un film en noir et blanc.

Est-ce que ça signifiait qu'elle n'avait prévu de voir personne quand elle était sortie de chez elle ? Elle n'avait reçu aucun message susceptible de déclencher ce départ soudain. Ils le savaient d'après ses relevés téléphoniques. Peut-être essayait-elle vraiment de suivre quelqu'un. Peut-être devraient-ils distribuer quelques photos de la femme avec les lunettes, au cas où ce serait elle que Zoe aurait tenté de suivre.

L'autre chose que l'absence de maquillage pouvait indiquer, c'était l'état de déprime total de Zoe. Elle avait peut-être atteint un point où son aspect ne l'intéressait même plus.

Le plus étrange, quand on se penchait sur la dernière journée de Zoe, c'était que ses actes ne lui correspondaient pas du tout. Tout le monde avait décrit une amie d'une patience à toute épreuve et prompte à apporter son soutien. Même dans la description qu'en donnait Maeve, sa dépression ne semblait pas l'avoir empêchée d'éprouver de l'intérêt pour les sentiments des autres et pour sa propre apparence. Pourtant, elle avait traité son amie d'incapable et elle s'était engueulée avec quelqu'un dans la soirée.

Il se demanda si la clé du mystère ne se trouvait pas dans leur sortie du mercredi. L'une de ses amitiés avait peut-être atteint son point de rupture, ce qui aurait poussé Zoe à en vouloir à tout son entourage. Ce point de rupture avait peut-être été tout aussi violent pour l'ami en question, qui avait alors décidé de la tuer. Ou alors c'était l'humeur massacrante de Zoe le lendemain qui l'avait poussé à faire quelque chose qui aurait entraîné son meurtre.

Arrivé au point le plus éloigné de sa balade, il consulta son téléphone. Un message de Michelle l'attendait.

Désolée d'avoir été un peu brève tout à l'heure. Juste une grosse gueule de bois, et je me sens un peu bête. Je serais contente qu'on se parle dans la semaine. Bises.

Jonah poussa un soupir en le lisant. On ne pouvait pas dire que son texto débordait de positivité, mais il n'avait plus autant l'impression de l'avoir définitivement perdue.

Il ne pouvait pas en vouloir à Michelle d'hésiter. Ce matin même, tandis qu'elle dormait à poings fermés, il balançait entre l'envie désespérée que ça fonctionne entre eux, la colère contre lui-même et le désir d'avoir des nouvelles de Jojo. C'était tout sauf simple, et, pour être honnête, il ne savait pas trop ce qu'il aurait dit si l'une et l'autre s'étaient revues.

Le lundi matin, Jonah était en route vers le poste quand il reçut un coup de fil d'un numéro inconnu.

— Salut, lança une voix féminine. Je… C'est Maeve Silver, poursuivit-elle, hésitante. Je voulais simplement vous parler de quelque chose qui est arrivé hier.

Il écouta Maeve lui raconter l'histoire du mot sur son vélo et de la violente bourrade qui l'avait jetée les quatre fers en l'air sur le trottoir.

— Vous n'avez aucune idée de qui c'était ? Pas d'impression quant à son âge ? Son sexe ?

— Non, répondit misérablement Maeve. C'était… C'était une personne en survêtement. En train de faire du jogging. Je pense qu'elle faisait semblant de courir.

— De quelle couleur était le survêtement ?

— Euh… Sombre. Peut-être noir.

Jonah songea à leur silhouette à casquette. Il s'agissait peut-être du même individu. Mais il était également possible que la note n'ait rien à voir avec le joggeur, et que Maeve ait été bousculée par un type de mauvaise humeur.

Tout ceci en supposant que l'incident se soit vraiment produit, bien sûr.

— Vous avez encore le papier ?

— Oui. Il est mouillé mais…

— Pouvez-vous l'apporter au poste ? Nous prendrons officiellement votre déposition, si ça ne vous dérange pas. De toute façon, j'ai bon espoir que l'assassin de Zoe soit bientôt attrapé. Nous allons très bientôt récupérer les informations des légistes.

— Bon ! Ça me soulage !

Il raccrocha en se demandant si elle le pensait vraiment.

L'optimisme de Jonah en prit un petit coup quand il ouvrit ses e-mails. Les légistes n'avaient encore rien envoyé, mais Wilkinson, si. Le divisionnaire avait transmis les requêtes pour les images des caméras de surveillance, mais il voulait aussi un rapport sur l'affaire de chantage dès le lendemain. Il rappelait gentiment à Jonah qu'il avait accepté d'affecter la moitié de ses effectifs à cette enquête. C'était une affaire médiatique, poursuivait Wilkinson, aussi ne devaient-ils pas la mettre de côté, pour importante que soit l'enquête pour homicide.

Jonah appela O'Malley et lui demanda de passer dès que possible.

— Aujourd'hui, je veux que tu bosses à plein temps sur l'affaire de chantage.

O'Malley accepta sans discuter. Il arriva quinze minutes plus tard, l'air d'avoir sauté dans ses vêtements, et se plongea aussitôt dans les fichiers du dossier chantage.

Dix minutes après, Linda McCullough appela Jonah.

— On a les comparaisons des empreintes, dit-elle. Tu veux un résumé ?

— Bien sûr, répondit-il en rafraîchissant sa boîte mail.

Elle venait de lui en transférer un.

— L'homme qui était sur les verres, la porte et l'interrupteur, c'est Victor Varos.

Alors, Victor aurait très bien pu se trouver chez Zoe ce soir-là, songea Jonah avec satisfaction. Soit en train de s'engueuler avec elle, soit en train de la tuer, et possiblement les deux.

— Tu crois que les empreintes étaient récentes ?

— Oui, elles n'étaient pas trop recouvertes. Le deuxième homme, plus présent dans l'ensemble de l'appartement, mais plus recouvert, c'est Felix Solomon, son proprio.

— OK. On pouvait s'y attendre.

— Le troisième homme, qui n'apparaît que sur le verrou de la porte de la salle de bains, c'est Aidan Poole. Son petit ami, non ?

Jonah aspira un grand coup.

— Aidan Poole ?

— Oui.

— Aucun doute possible ?

— Aucun. Les empreintes sont claires et récentes.

Jonah la remercia, et déclara qu'il lirait le reste plus tard. Il raccrocha, scandalisé. Outré qu'Aidan ait menti aussi effrontément dans la salle d'interrogatoire en prétendant qu'il ne savait pas où elle vivait. Que, depuis le début, il ait tout fait pour suggérer qu'il ne connaissait absolument pas son adresse.

Soupirant de dégoût, Jonah ouvrit la porte pour appeler Lightman et Hanson.

— Préparez-vous, tous les deux. On va arrêter Aidan Poole.

20

Octobre – treize mois plus tôt

Au boulot, Zoe n'en mettait pas une dans le mille. À deux reprises déjà, elle avait mal préparé une commande – elle avait confondu le lait de vache avec le lait de soja puis servi un café au lieu d'un déca. Mieke l'avait vraiment soutenue quand elle lui avait parlé de la rupture, mais, ça, c'était deux services auparavant, et Zoe voyait qu'à présent sa collègue commençait à perdre patience.

Aujourd'hui, ce n'était pas précisément la rupture qui l'affectait. La douleur demeurait à l'arrière-plan, et elle avait envie de pleurer chaque fois qu'elle y pensait, mais elle parvenait à mieux la gérer, désormais, et à penser à autre chose. À faire la connaissance d'autres hommes.

Le problème du jour, c'était qu'Angeline était venue et qu'elle était accompagnée. En entrant avec Richie, elle avait adressé à Zoe un sourire de défi, voire de triomphe. Zoe ne pouvait s'empêcher de repenser à la manière dont Angeline se collait à lui dans le bar à vin près des quais.

Que faisait-elle donc avec ce type ? Zoe ne comprenait pas. Il était tellement… ignoble ! Chaque fois qu'il ouvrait la bouche, il beuglait, et il semblait se prendre pour un dur. Zoe détestait la façon qu'il avait de regarder Angeline comme sa chose.

Elle se rendit compte que le client suivant attendait sa boisson, et elle se retourna vers lui avec un sourire d'excuse avant de s'apercevoir qu'il s'agissait de Felix.

— Oh, salut, dit-elle en se sentant mieux malgré tout. Comment ça va ? Ça faisait longtemps !

— Ça va très bien, répondit-il avec un sourire. Et encore mieux en vous voyant, bien sûr. J'ai eu un rhume et je me suis dit qu'il valait mieux ne pas le transmettre à d'autres.

— Très civil de votre part. J'espère quand même que je vous ai manqué.

— Pendant chaque seconde.

Elle sourit tout en nettoyant le fouet du mousseur à lait.

— Et vous, comment vont les choses ? Aidan va bien ?

Zoe tressaillit. Elle essaya de sourire.

— Oh, on n'est plus ensemble.

Felix sembla véritablement surpris.

— Oh, je suis désolé. J'ai mis les pieds dans le plat. Vous gérez ?

— Très bien... En fin de compte, il n'était pas si séparé que ça de sa femme, ajouta-t-elle par-dessus le bruit du jet de vapeur.

— Ah... C'est moche.

Zoe acquiesça, puis elle haussa les épaules et versa la mousse de lait dans le café de Felix.

— Ouais. Les gens sont moches, parfois.

— Je ne l'ai jamais aimé, de toute façon ! s'exclama Felix en faisant un clin d'œil. Vous méritez quelqu'un de beaucoup moins boudeur.

Zoe éclata de rire, même si elle n'en avait pas vraiment envie.

— En tout cas, il boude, en ce moment. Il essaie tout le temps de me faire parvenir des messages par l'intermédiaire de mes amis, et il débarque partout où je vais. J'ai dû modifier mes horaires de travail pour l'éviter.

— Chez vous aussi ?

— Parfois.

Un bref silence s'installa.

— Ce n'est pas correct, dit Felix. Si ce comportement perdure, vous devez aller voir la police. C'est du harcèlement.

— Ce n'est pas vraiment...

— Zoe, j'ai été flic, nom de Dieu. Vous pouvez me croire.

Elle haussa de nouveau les épaules.

— Deuxièmement, si vous voulez déménager, je peux vous aider. J'ai une locataire que je dois mettre à la porte parce qu'elle ne paie pas son loyer. En prenant sa place, vous me rendriez service.

Zoe posa les yeux sur son visage bienveillant et sourit.

— Merci. C'est vraiment très gentil de votre part. Je pense que... Je pense que déménager maintenant, ce serait un peu trop. Mais, vous savez, si l'appartement est encore libre dans quelques semaines et que je n'arrive pas à m'en dépêtrer...

— Vous m'en parlez quand vous voulez, répondit fermement Felix. Je ne suis pas dans l'urgence pour le relouer. Et personne ne devrait se sentir en danger chez soi, ajouta-t-il avec un regard appuyé.

Zoe termina son service à 18 heures, puis elle aida Mieke à fermer et rentra à vélo par Hill Lane. En arrivant, elle scruta la rue devant chez elle, pour voir si Aidan était là. Apparemment, ce n'était pas le cas. Elle ne savait pas trop si elle se sentait soulagée ou non. C'était tellement difficile de ne pas se languir de lui et d'essayer de l'éloigner tout à la fois.

En repensant à Angeline et à Richie, elle se demanda si ce dernier avait harcelé son amie jusqu'à ce qu'elle cède. Mais alors, pourquoi Angeline n'avait-elle rien dit ? Probablement parce qu'elle avait honte de lui.

Cela dit, c'était à Angeline de décider avec qui elle voulait traîner, pensa-t-elle en rangeant son vélo contre la barrière. Zoe n'était pas sa nounou.

Cesse de t'inquiéter pour tout le monde. Ces personnes sont adultes et elles peuvent très bien se débrouiller sans toi.

C'était une chose qu'Aidan lui avait dite à de nombreuses reprises, et elle détestait le fait qu'en ce moment même c'était sa voix qu'elle entendait dans sa tête.

Elle espérait que Maeve serait dans sa chambre. Elle avait besoin de calme et de tranquillité.

Dans le vestibule, tout avait l'air normal, aucun manteau supplémentaire n'était pendu à la patère. Monkfish ne daigna même pas la saluer et se contenta comme d'habitude de se frotter contre ses jambes, puis détala vers la cuisine. Ce n'est qu'en entrant dans le salon qu'elle vit Aidan installé dans son fauteuil à elle, et Maeve lovée dans le canapé en face de lui.

Quand il l'aperçut, il bondit, le visage rayonnant d'une joie horrible qui se transforma vite en expression de doute.

Elle secoua calmement la tête.

— Qu'est-ce que tu fais là ? demanda-t-elle avec autant de froideur que possible.

— Désolée, Zo, intervint Maeve en s'étirant.

Elle avait le visage rose vif, et Zoe se demanda dans quoi elle avait mis les pieds exactement.

Maeve se dépêcha de sortir. Zoe savait qu'elle aurait dû faire la même chose.

— S'il te plaît, souffla Aidan.

Il la regardait avec une telle expression de douceur et de tristesse que la détermination de Zoe s'effrita. Malgré elle, elle avait envie d'entendre ce qu'il avait à dire.

Mais elle n'allait quand même pas s'asseoir. Pas encore. Elle fit face en le toisant et haussa les épaules.

— Qu'est-ce que tu tiens tant à me dire ?

— Je sais exactement pourquoi tu as fait ce que tu as fait, répondit-il en la regardant droit dans les yeux.

Elle ne put s'empêcher de remarquer ses cernes, et se demanda s'il avait dormi aussi peu qu'elle. Et elle ne put s'empêcher non plus de remarquer une fois encore à quel point il était beau.

Elle essaya de détourner les yeux, mais c'était difficile – particulièrement lorsqu'il reprit la parole.

— Je sais exactement pourquoi. Parce que tout ça ressemblait à un paquet de mensonges. Et j'ai effectivement menti, en partie. Du moins par omission. Mais il faut que je te raconte toute l'histoire, parce qu'elle n'est pas aussi simple qu'elle en a l'air. Est-ce que tu veux bien m'écouter ?

— À condition que tu commences par me dire ce que tu faisais ici avec Maeve, répliqua-t-elle en se croisant les bras.

— Avec Maeve ?

Il était décontenancé.

— Je t'attendais. Elle m'a fait entrer. Je pense qu'elle a eu pitié de moi et... Écoute, ne lui fais pas de reproches. Je lui ai tout expliqué et elle s'est rendu compte qu'on devait se parler. Ce que nous sommes en train de faire.

Il la dévisagea, comme pris d'un accès d'anxiété.

— Laisse-moi te préparer une tasse de thé, ajouta-t-il.

Il passa dans la kitchenette et alluma la bouilloire, puis ouvrit et referma le placard avant de récupérer son mug à pois bleus dans l'évier. Il se mit à le laver, et, comme le moindre commentaire aurait paru stupide, Zoe s'assit dans son fauteuil et tenta de convoquer toutes ses défenses. Elle visualisa la photo de Greta et lui. Elle se raccrocha au dégoût qu'elle avait ressenti en la découvrant.

Elle faisait de son mieux pour repousser aussi loin que possible la part d'elle-même qui voulait qu'il existe une explication raisonnable à tout ça. Elle secoua violemment la tête, comme pour chasser ces pensées. Il n'y en avait aucune. Elle savait ce qu'elle avait vu.

Aidan apporta le thé, tenant le mug d'une main par l'anse et en le stabilisant de l'autre. Elle constata avec satisfaction qu'il tremblait en le posant sur la table. Mais c'était tellement bizarre de le revoir moins d'un mois après, et ici, où ils avaient passé tant de temps ensemble. Elle avait l'impression que ce n'était pas réel.

— Commençons par ce que je ne t'ai pas dit. Je ne t'ai pas dit que Greta ne veut pas que ses parents apprennent qu'on se sépare. Je sais que ça ressemble à une excuse pour garder le secret sur notre rupture, mais je n'y crois pas. Elle a toujours accepté l'idée. Elle sait que c'est fini entre nous.

— Ce n'est pas fini, répondit froidement Zoe.

Elle ne touchait pas à son mug, qui fumait légèrement. En rentrant, elle rêvait de boire quelque chose, mais, là, c'était comme s'il lui avait préparé une tasse d'oubli délibéré. Elle préférait mourir de soif plutôt que boire.

— Greta et moi, c'est fini, affirma-t-il. Mais je comprends parfaitement pourquoi tu as pu penser le contraire. Sur la photo, on avait l'air d'un couple en vacances. Et je ne t'avais pas dit qu'elle allait m'accompagner. Elle a acheté les billets quelques mois avant, et nous avons essayé de nous les faire rembourser. On n'a pas pu, mais on a pris des chambres séparées et on a tous les deux pensé que ça irait.

— Eh bien, ça n'allait pas du tout, putain ! Pas du tout ! Tu es parti. En vacances. Avec ta femme. Rien ne va, là-dedans. Et ce que vous décidez tous les deux pendant vos petites conversations au coin du feu ne signifie absolument rien.

— Je sais, répondit-il avec une sorte de désespoir. Je le sais bien. Ça n'allait pas, et c'est pour ça que je ne t'en ai pas parlé. Je savais que ça te mettrait en colère, mais je trouvais que c'était gentil de faire ça pour elle alors que j'étais en train de tout briser.

— Pourquoi tu avais besoin d'être gentil si elle était d'accord ? Tu te sentais soulagé, pas vrai ?

— Nom de Dieu ! explosa Aidan.

Soudain, il s'approcha si près qu'elle se sentit mal à l'aise. Effrayée, même. Elle recula au moment où il faisait brutalement claquer l'autre mug sur la table.

— Tu es naïve à ce point, vraiment ?

Elle le dévisagea, son cœur battant à tout rompre. Que faisait-il là ? Pourquoi Maeve l'avait-elle laissé entrer ? Il ne devrait pas se trouver ici, et encore moins lui jeter ce regard plein d'une colère froide.

Mais cette colère sembla se dissiper tout aussi subitement.

— Je suis désolé. Je suis un imbécile. Je… je suis vraiment désolé, souffla-t-il en se frottant le visage. Bien sûr, tu ne sais pas ce qu'on éprouve quand on divorce. Ça te brise le cœur, même quand tu as envie de le faire. C'est difficile de dire au revoir à dix-huit ans de vie commune. Tu es quelqu'un d'empathique, Zoe, tu peux comprendre ça. On a pleuré toutes les larmes de notre corps, et Greta a probablement eu beaucoup de moments de doute, où elle se demandait si tout briser était la chose à faire. Certaines fois, j'étais présent, et j'ai dû me montrer ferme. Je me suis senti comme une merde, mais j'étais obligé de le faire, pour toi et pour moi. Et maintenant…

Soudain, les larmes lui vinrent aux yeux. Sa voix, rauque et teintée de colère, se brisa.

— Maintenant, je l'ai fait, mais j'ai merdé, et je t'ai perdue. Toutes les choses difficiles que j'ai dû accomplir pour enfin être avec toi n'ont servi à rien, à cause d'une seule putain de photo !

Zoe se regarda les mains. Elle bougea un doigt à la fois, déchirée entre la compassion et le refus de céder. C'était horrible de le voir fondre en larmes. Il n'était jamais émotif s'il pouvait l'éviter. Il était plutôt du genre à s'abriter derrière le sarcasme.

Mais il venait de lui signifier qu'elle était la personne devant qui il pouvait se montrer vulnérable. Et garder ses distances avec lui alors qu'il sanglotait était trop dur pour elle. Le souvenir de la rage et de la peur qu'elle avait éprouvées s'effaça en un instant.

Elle l'enlaça et attira sa tête dans le creux de son épaule, près de son oreille.

— Ne pleure pas, murmura-t-elle. Ça va aller. Je ne suis… Je ne suis pas perdue. Non. Si tu es honnête avec moi, on parviendra à faire fonctionner les choses. On y parviendra, je te le promets.

Ce fut tellement bon quand il se tourna et l'attira contre lui pour un baiser humide et salé qu'elle n'eut même pas l'impression de faire quelque chose de stupide. Même lorsqu'en rouvrant les yeux elle vit Maeve, debout sur le seuil avec une expression bizarre, qui les regardait intensément.

21

Sans qu'on eût besoin de le lui dire, Aidan sut que c'était la police qui appelait. Il aurait dû se dépêcher d'aller décrocher, mais cette réalité ne le frappa qu'au moment où Greta soulevait le combiné.

Elle venait de passer une grosse heure à tailler les arbres aux papillons dans le jardin. Aujourd'hui, ils « télétravaillaient » tous les deux, mais Greta avait souvent tendance à prendre la présence de son mari comme excuse pour s'attaquer à des tâches ménagères et non à son véritable travail. En général, Aidan se joignait à elle, ou bien passait le temps en lisant un quotidien. Mais aujourd'hui, il l'observait par la fenêtre de la cuisine sans accorder un regard au journal étalé devant lui sur la table.

— Mon Dieu, qu'il fait froid ! dit-elle en refermant derrière elle. Je vais m'arrêter là.

Aidan lui sourit.

— Tu en as déjà fait beaucoup. Tu veux un café ?

Et la sonnerie du téléphone avait interrompu leur conversation, tandis qu'elle ôtait ses gants pour décrocher. Aidan, focalisé sur les réactions de Greta, était pétrifié, les yeux écarquillés comme un animal piégé.

— Allô ?

Il adorait la façon qu'elle avait de répondre au téléphone. L'intonation joyeuse, où son accent hongrois perçait plus qu'à aucun moment. Son cœur se brisa quand il l'entendit prononcer ce mot. Il savait ce qui allait se produire. Il savait ce que signifiait la voix à l'autre bout du fil.

Greta posa les yeux sur lui.

— Oui, il est là. Pourquoi voulez-vous lui parler ?

Aidan vit le visage de Greta se figer lentement.

— OK. Nous y serons, dit-elle au bout de quelques secondes.

Elle raccrocha et se tourna vers lui avec une expression confuse, presque enfantine, très différente de la colère à laquelle il s'était préparé.

— C'était qui ?

— La police. Ils viennent ici… Pourquoi viennent-ils ici ?

Il voyait qu'elle avait peur de ce qu'il allait répondre. Ce serait, du moins pour un instant, un sentiment qu'ils partageraient.

Alors même que la découverte de son secret était inéluctable, il sentit que tout son corps résistait. Une toute petite partie de son esprit se demandait encore comment il pourrait dissimuler la situation. Peut-être pouvait-il aller les accueillir dehors, et dire à Greta qu'ils avaient besoin de son témoignage ?

Mais, en réalité, il savait. Il savait que tout allait sortir. L'unique arme dont il disposait encore, c'était d'être celui qui lui avouerait. Comme ça, il pourrait au moins essayer de donner en partie son point de vue. Si tant est que ce fût possible.

— Viens, prends une chaise. Je vais t'expliquer.

Il attendit qu'elle s'installe en face de lui.

— Il faut que je te dise quelque chose…

C'était plus facile quand il ne la regardait pas.

— OK…, répondit-elle avec une légèreté factice qui le fit se sentir encore plus mal.

— Tu auras toutes les raisons de me haïr. Et je veux que tu saches que je l'accepte. J'ai… j'ai fait quelque chose de tellement stupide…

Sa voix tremblait et, nouvelle humiliation, il était au bord des larmes. Il ne fallait pas qu'il pleure. Ce n'était pas juste de pleurer au moment où elle allait entendre ça.

— J'ai eu une aventure. Avec une étudiante à l'université.

Un silence s'installa. Il entendait la respiration de Greta.

— C'est quoi ce bordel, Aidan ?

Il ne put s'empêcher de la regarder. Elle avait les yeux qui brillaient, mais sa peau était pâle, comme s'il avait pompé toute vie en elle.

— Je sais. Il n'y a… Je ne peux rien avancer pour me justifier. C'était une chose terrible, et j'ai tant de fois essayé de m'en empêcher. Je savais que c'était mal. Mais ça ne se passait pas à la maison et, d'une façon ou d'une autre, je me suis persuadé que cela n'avait rien à voir avec nous, que cela ne nous affectait pas…

— Que cela ne nous affectait pas ? Tu fourrais ta bite dans quelqu'un d'autre, et ça ne nous affectait pas ?

C'était encore plus douloureux qu'il ne l'avait cru. Il eut une réaction de défense.

— S'il te plaît, ne dis pas ça comme ça. Ce n'est pas… ce n'est pas nécessaire. C'est fini.

— C'est fini ? Ta liaison ? s'écria-t-elle en le transperçant du regard. Parce qu'elle t'a largué ? Parce que tu as fini par te sentir coupable ?

— Parce qu'elle est morte.

Les mots lui serraient la gorge.

— Parce que quelqu'un l'a tuée. Et ça aurait dû se terminer avant, de toute façon. On s'est séparés plusieurs fois…

— Oh mon Dieu !

Greta se leva et s'écarta de lui, puis le dévisagea en portant la main à sa bouche.

— Quelqu'un l'a tuée, répéta-t-elle comme pour s'en convaincre. Quoi ? C'est vraiment arrivé ? Ou c'est encore du baratin ?

— Non. J'aimerais bien… C'était aux infos. C'est vraiment arrivé, et c'est horrible. Un putain de gâchis. Je suis désolé. Je suis vraiment désolé, Greta. J'ai tout foutu en l'air.

Elle se tourna vers lui.

— Ils pensent que tu l'as tuée ?

— Je n'en sais rien.

L'espace d'un instant, il eut envie de rire. Une petite bulle d'hystérie qui enfla avant d'éclater et de disparaître.

Elle le dévisageait, absolument immobile.

— Tu l'as assassinée ? murmura-t-elle.

Il fut vraiment choqué. De toutes les questions qu'il avait anticipées, celle-ci ne lui avait jamais traversé l'esprit.

— Greta, pour l'amour de Dieu ! Bien sûr que non ! Tu sais bien que je ne l'ai pas fait ! Je ne suis même pas capable…

— Et comment le saurais-je ? rétorqua-t-elle. Comment je suis censée le savoir ? Je croyais que tu ne me ferais jamais de mal. J'aurais… j'aurais parié tout ce que j'avais que tu ne me ferais jamais ça. Pas toi. Je disais aux gens…

Elle se détourna, la voix brisée.

— Je leur disais que je n'avais aucun souci à me faire de ce côté-là. Pas avec Aidan. La personne la plus loyale que je connaisse.

— Je suis tellement désolé.

C'était horrible. C'était pire que ce qu'il avait cru. Elle souffrait et il ne pouvait rien faire pour la soulager.

— Moi non plus, je n'aurais jamais cru ça de moi, dit-il en se levant à moitié pour aller vers elle.

Mais elle s'écarta une nouvelle fois.

— Quel âge avait-elle ?

— Vingt-six.

— Putain !

Greta donna un coup de pied dans le bas du frigo. Puis un deuxième.

— Tu es pathétique ! Un cliché ambulant !

— Je sais, lâcha-t-il d'un ton désespéré en se redressant complètement. Je sais.

— Pourquoi ? demanda-t-elle en se jetant sur lui. Pourquoi tu as fait ça ? Qu'est-ce qui allait mal au point que tu aies besoin de ça ?

Aidan ouvrit la bouche, mais il était perdu.

— Je… je ne le sais même pas. Je n'en sais rien, Greta.

— Oh, vas-y ! Tu devais être plutôt malheureux pour aller te taper une étudiante. C'est quoi le problème ? Je suis trop grisonnante ? J'ai trop de cellulite ?

— Non, dit-il en faisant un pas vers elle. Greta, je t'aime. J'ai toujours vu une belle femme en toi. Tu es la personne la plus extraordinaire…

La fin de sa phrase se noya dans l'émotion, mais il essaya de nouveau.

— J'ai… j'ai tenté de réfléchir à ça. De réfléchir à ce qui ne va pas chez moi. La seule chose…

Il déglutit.

— La seule chose que j'ai ressentie, c'est peut-être que tu ne t'occupais pas assez de moi. Quand les choses se passaient mal. Quand je souffrais, que j'étais blessé… ou tout simplement lorsque j'avais échoué. Je sais que c'est pathétique. Je le sais. Mais l'unique chose qui me vient à l'esprit, c'est que Zoe montrait de la compassion envers moi, d'une façon que nous avons peut-être oublié de pratiquer ensemble.

Greta arrêta de faire les cent pas et le toisa.

— Alors, comme ça, je ne m'occupe pas de toi ? Et toutes ces années à tes côtés ? Quand je t'ai soutenu pendant la maladie de ta mère, et que je l'ai soutenue elle aussi. Bien sûr, je m'occupais d'elle, mais je faisais ça pour toi, Aidan ! Je suis ta femme, et j'étais… C'est des conneries, tout ça !

Elle se détourna et partit vers le vestibule.

— Tu vas où ? demanda-t-il en courant derrière elle.

— Je vais te chercher une valise. Je veux que tu sortes de chez moi. J'espère que les flics vont t'embarquer.

— S'il te plaît, non !

Il se précipita et la saisit par le bras au moment où elle s'engageait dans l'escalier.

— Ne me touche pas ! s'écria-t-elle.

C'était si proche d'un hurlement qu'il vacilla.

— S'il te plaît, Greta. Ne me mets pas à la porte. Je les suivrai. Si je dois partir avec eux pour les convaincre que je n'ai pas fait ça, j'irai, et ensuite je trouverai un endroit où loger. Je te laisserai un peu d'espace. Je sais que je l'ai mérité. Mais, s'il te plaît, ne jette pas tout aux orties.

Elle rit jaune et se pencha au-dessus de la rambarde.

— C'est toi qui as tout jeté aux orties, cracha-t-elle. Je suis juste celle qui doit en assumer les conséquences.

Aidan posa la main sur le mur pour tenter de garder un semblant d'équilibre. Il avait l'impression qu'un gouffre s'ouvrait sous ses pieds. Qu'il allait l'engloutir. Il avait du mal à respirer. Elle ne savait même pas ce qu'il avait fait de pire. Il ne fallait pas qu'elle l'apprenne. Jamais, au grand jamais.

Quand ils arrivèrent, la maison semblait calme. C'était une grande demeure carrée d'aspect luxueux, même pour une rue pleine de maisons cossues.

Jonah n'était jamais passé dans Chilworth Drive. Le genre d'endroit où l'on avait l'impression que le crime n'avait pas cours. La réalité, bien sûr, était tout autre. Jonah n'était peut-être jamais venu dans cette rue-ci, mais il avait enquêté sur des crimes aussi violents que mesquins dans des rues tout à fait similaires.

Il descendit de la Mondeo avant Hanson et Lightman. Un sergent et un agent en uniforme sortirent de la voiture de patrouille venue en renfort. Jonah les connaissait vaguement, mais il ne se souvenait pas de leurs noms. Ils ne travaillaient ensemble que dans ce type de situation.

Il adressa un signe de la tête au sergent, puis se dirigea vers la porte d'entrée. Un instant s'écoula avant qu'elle ne s'ouvre brutalement.

La femme d'Aidan, grande et élancée, le regardait avec des éclairs dans les yeux.

— Il est là. Vous pouvez l'embarquer. J'ai fait sa valise, et, si vous voulez me poser des questions, ce sera avec plaisir.

Elle s'écarta, et Jonah se sentit indubitablement gêné en entrant. Aidan Poole se tenait au pied de l'escalier, son visage l'expression même du malheur. Jonah se demanda jusqu'à quel point c'était feint.

Il avança pour laisser entrer les autres agents.

— Aidan Poole, je vous arrête pour présomption d'assassinat sur la personne de Zoe Swardadine.

Quand ils firent monter Aidan à l'arrière de la voiture, trois badauds étaient déjà plantés sur le trottoir d'en face. Un type entre deux âges qui promenait son chien, un marcheur et une femme en chaussons qui les regardait bouche bée. Jonah n'aurait aimé être à la place ni d'Aidan ni de sa femme.

Il se reprit et commença à expliquer calmement à celle-ci la procédure, même s'il avait l'impression qu'elle ne l'entendait pas. Elle se balançait sur ses pieds, debout devant sa porte. Elle ne semblait savoir que faire de ses bras, qu'elle croisait et décroisait en permanence.

En fin de compte, Lightman suggéra d'entrer pour boire une tasse de thé. Jonah avait hâte de commencer l'interrogatoire d'Aidan, mais il se sentit obligé de la soutenir un peu. Après tout, elle venait d'apprendre deux choses vraiment terribles sur son mari.

Il laissa Lightman la conduire dans le salon tandis que Hanson et lui-même demeuraient dans l'entrée. Quelque chose dans l'attitude du sergent semblait apaiser Greta. Elle s'assit et lui demanda ce qui allait se passer, et ce qu'elle pouvait faire.

Lightman lui expliqua qu'elle avait droit à un conseil juridique, et qu'elle devrait peut-être appeler quelqu'un.

— Pourriez-vous rester un moment ? demanda-t-elle.

Jonah croisa le regard de Hanson. Elle leva les yeux au ciel, et il essaya de ne pas rire.

— La magie de Ben, murmura-t-il.

Lightman ressortit une minute plus tard, après avoir promis de rester à la disposition de Greta si elle avait besoin de quoi que ce soit.

— Dix livres qu'elle rappelle sous vingt-quatre heures avec un problème quelconque, dit Hanson quand ils remontèrent dans la voiture.

— Je ne prends pas ce pari, répondit Jonah.

Lightman se contenta de hocher légèrement la tête en souriant.

— Monsieur Poole, commença Jonah. Je vous interroge à présent en tant que suspect du meurtre de Zoe Swardadine, et je tiens à ce que vous le compreniez bien. C'est important, étant donné que vous avez décidé de vous passer d'avocat.

Le visage d'Aidan était pâle, mais déterminé.

— Oui. Je le comprends. Je n'ai pas besoin d'avocat parce que je n'ai absolument rien à voir avec la mort de Zoe.

— Alors, pourquoi nous avez-vous menti ? demanda Jonah.

— À propos de quoi ?

Quelque chose dans l'expression d'Aidan révéla à Jonah que ce dernier savait qu'il avait menti. Il le savait pertinemment.

— Quand vous avez affirmé ne pas connaître son adresse.

Aidan regarda Hanson, puis de nouveau Jonah.

— Quoi ? Je ne savais pas où elle habitait ! C'est quoi ce délire ?

— C'était une ruse plutôt complexe, intervint Hanson. Éviter délibérément de fournir une adresse chaque fois que vous avez parlé à la police, et attendre qu'elle apparaisse naturellement.

Aidan avait l'air stupéfait.

— Je ne la connaissais pas, dit-il au bout d'un moment. Vraiment, je ne la connaissais pas.

— Ça a toujours été un peu difficile à avaler, remarqua Jonah. L'idée que vous ne sachiez pas où habitait votre petite amie.

— Je vous l'ai dit ! Elle avait gardé ses distances après notre dernière séparation. C'est peut-être parce que je m'étais comporté comme un imbécile auparavant, ou parce qu'elle n'était pas certaine d'avoir pris la bonne décision en acceptant de me revoir. Je n'en sais rien. Mais elle ne me l'a pas donnée, et elle a demandé à tout le monde de ne pas le faire.

— Alors, comment se fait-il qu'on ait retrouvé vos empreintes dans sa salle de bains ?

Le silence se fit. Aidan avait l'expression de quelqu'un qui vient de se faire tirer dessus.

— Quoi ? C'est impossible !

— Parce que vous avez été très soigneux ? demanda Jonah.

— Ou parce que vous portiez des gants ce jour-là ? ajouta Hanson. Peut-être que vous y êtes allé une autre fois, que vous auriez oubliée, et que vous y avez passé un peu de temps ?

Aidan secoua la tête, d'abord lentement, puis de plus en plus vite.

— Je n'y suis pas allé. Je n'ai jamais mis les pieds là-bas. Pas une seule fois. Je ne sais toujours pas où c'est.

— Vous avez peut-être oublié que vous aviez verrouillé la porte de la salle de bains quand vous l'avez tuée ? reprit Jonah. Était-ce un de ces gestes instinctifs qu'on fait sans réfléchir ? Parce que vous ne vouliez pas vous faire prendre pour le meurtre de votre petite amie ?

— Je ne l'ai pas tuée, dit Aidan d'un ton suppliant. Je ne l'ai pas touchée. Je vous ai appelés parce que quelqu'un d'autre l'a tuée et que j'ai tout entendu !

Il fixa un point entre eux.

— Je vous ai montré l'appel sur Skype, non ? Écoutez, si j'avais son adresse, je l'aurais dit quand je vous ai appelés.

— Peut-être aviez-vous d'autres raisons de ne pas nous donner son adresse. Peut-être vouliez-vous gagner un peu de temps pour vous éclipser, afin de semer le doute sur l'heure de sa mort. Pour que la fenêtre inclue l'heure à laquelle vous l'avez appelée, en plus de celle où vous l'avez tuée.

— Non ! répondit-il d'un ton plus agressif. C'est des conneries. Je ne savais pas où elle habitait.

— Et pourtant, vous y êtes allé, dit Jonah sans bouger d'un pouce. Non seulement dans son appartement, mais dans la salle de bains où elle est morte.

— Oh, mon Dieu, mais arrêtez de dire ça ! s'exclama Aidan en se frottant les yeux avec la paume de ses mains, les doigts repliés. Je n'y suis jamais allé. Je n'y comprends rien !

— Que s'est-il passé ? Une dispute ? Elle a rompu ? Ça semblait définitif, cette fois-ci ?

Il marqua une pause.

— Ou alors, elle a menacé de tout révéler à votre femme ? reprit-il. D'en informer l'université ? Elle voulait vous faire perdre votre poste ?

— Fermez-la ! dit sèchement Aidan.

L'espace d'un instant, il regarda Jonah avec une haine comme il n'en avait jamais vue. Puis il inspira profondément.

— Vous pouvez répéter ça aussi longtemps que vous voudrez, ce n'est pas arrivé. Ce n'est jamais arrivé.

Après un nouveau silence, Hanson reprit la parole.

— Nous sommes peut-être injustes, dit-elle doucement. Vous vous êtes peut-être convaincu que ce que vous dites est vrai. Tout est allé de travers, vous étiez désespéré, et, par la suite, vous vous êtes persuadé que rien n'était arrivé. Vous avez commencé à croire que vous aviez vraiment vu ce que vous dites avoir vu.

— Mon Dieu ! Qu'est-ce qui ne va pas chez vous ? Je n'ai jamais mis les pieds là-bas. Je ne lui ai jamais fait le moindre mal. Je ne suis pas fou, putain !

Subitement, il se leva, l'air extrêmement dur et déterminé.

— C'est bon. Je veux un avocat, maintenant.

Hanson alla trouver son patron peu de temps après qu'on avait emmené Aidan Poole passer son coup de téléphone. Jonah avait roulé en boule un morceau de Patafix. Il la lançait en l'air, la rattrapait, la roulait en une sphère encore un peu plus ronde et recommençait.

— Qu'est-ce que vous en pensez ?

— Je pense qu'il ment, répondit Jonah. Je pense qu'il ment depuis le début. Mais le plus intéressant, c'est qu'il croyait qu'on allait l'interroger à propos d'autre chose.

— C'est ce que je me suis dit aussi… Qu'est-ce qui nous échappe ?

— Et avons-nous raison de penser qu'il ment à propos de l'appartement ? dit doucement Jonah.

Hanson se frotta la nuque pendant un moment.

— Et s'il mentait dans un sens, mais pas dans l'autre ? Si c'était vrai qu'il ne connaissait pas l'adresse ?

Jonah la regarda d'un air pensif.

— Vous croyez qu'il l'a suivie chez elle, mais qu'il n'a jamais retenu à quelle adresse ? Ou qu'il ne l'a pas notée ?

— Peut-être… Ou alors, quelqu'un d'autre aurait pu l'y emmener… Il était peut-être nerveux à l'idée que cette personne nous en ait parlé.

Jonah acquiesça, tout en se demandant s'ils ne compliquaient pas trop les choses. Ces deux théories lui semblaient tirées par les cheveux.

— C'est possible, finit-il par dire. Mais j'ai la sensation que quelque chose d'autre le préoccupait.

L'expression de Hanson l'amusa.

— Je sais, je sombre dans les suppositions. Et vous n'êtes pas obligée d'être d'accord. Mais deux ou trois choses me viennent à l'esprit. La première, c'est que Zoe n'était pas chez elle de 17 heures à 20 h 30, ce soir-là. Si elle était rentrée en début de soirée, pourquoi Aidan Poole aurait-il dû attendre jusqu'à 23 heures pour l'appeler ?

Hanson s'arrêta pour y réfléchir.

— Vous pensez qu'elle avait prévu que quelqu'un d'autre passe la voir. La personne qui l'attendait.

— C'est possible. Puis elle s'est disputée avec quelqu'un.

— Mais ça, c'était plusieurs heures avant l'appel Skype, alors il reste un gros trou dans son emploi du temps. On sait que l'appel a eu lieu à 23 heures. En revanche… on ne sait pas vraiment si cet appel prouve quoi que ce soit, non ? S'il l'a tuée, il aurait pu être dans son appartement, la contacter depuis son smartphone et répondre lui-même à l'appel. On peut avoir la localisation de son mobile ?

— Oui et non, répondit Jonah. On peut simplement connaître l'antenne la plus proche, mais ça pourrait au moins nous dire s'il était près de l'appartement ou chez lui.

— Ce qui nous aiderait beaucoup. Vous voulez que je dépose une requête ?

— Oui. J'aimerais bien pouvoir l'écarter de la liste des suspects.

Quand Hanson soupira, il s'excusa.

— Désolé. Je ne suis pas en train de dire que vous avez tort, c'est simplement que... si je devais mettre le doigt sur la petite parcelle de vérité dans tout ce qu'Aidan Poole nous a raconté, je dirais que c'est son témoignage sur le meurtre.

Hanson haussa les épaules, l'air légèrement frustrée.

— Bon, il faut bien commencer quelque part, lança-t-elle en se dirigeant vers la porte. Monsieur ! l'apostropha-t-elle en se retournant. Dans son témoignage, Poole, raconte qu'il ne l'a jamais vue, non ? Il ne l'a jamais vue apparaître à l'écran.

— Non. Il ne l'a pas vue.

— Alors, si vous étiez l'assassin de Zoe et que vous saviez qu'Aidan allait lui parler. Disons que vous l'avez tuée plus tôt dans l'après-midi, mais que vous voulez un alibi.

— Vous pouvez faire une mise en scène dans la salle de bains, concéda lentement Jonah.

— Vous pourriez même enregistrer la scène et la diffuser quand il appelle, renchérit Hanson.

— Mais comment sauriez-vous que Poole allait appeler à cette heure-là ? Et, plus significatif encore, comme prendre l'appel Skype, à moins d'être sur place ? Si quelqu'un était resté assis à attendre l'appel pour décrocher, il aurait mis en place un alibi extrêmement complexe portant sur un horaire où il se trouvait effectivement dans l'appartement, ce qui n'a aucun sens.

— Aucun, c'est vrai, dit-elle. Sauf si vous êtes deux...

Hanson retourna à son bureau en se demandant s'ils n'avaient pas tout considéré de travers. Bien sûr, il était possible de maquiller l'heure de la mort quand votre unique témoin vous voyait à travers un écran dont le champ était limité. Les légistes avaient situé le décès entre la fin de l'après-midi et le petit matin. Zoe pouvait être morte depuis des heures.

Elle savait que Sheens n'avait pas adhéré à sa théorie. Elle l'avait vu à son expression et à ses réponses prudentes. Mais c'était son boulot, songea-t-elle. Il était censé garder l'esprit ouvert. C'était à son équipe de travailler sur les différentes théories, pour invraisemblables qu'elles soient, au cas où l'une d'elles se révélerait la bonne.

Curieuse de découvrir s'il existait des précédents sur des dossiers avec des binômes de meurtriers, elle tapa « couples d'assassins » sur Google, et venait tout juste de presser Entrée quand Walker sortit de la cuisine. Il répondit par un sourire au coup d'œil qu'elle lui adressa et approcha, sa tasse de café à la main.

— Alors, vous êtes moins trempée que l'autre jour ?

— Oui, Dieu merci, répondit-elle. Hé, est-ce que vous avez en tête des couples célèbres qui auraient assassiné des gens ? Ensemble, vous voyez ?

— Bien sûr ! Bonnie et Clyde, les Homolka, Faye et Ray Copeland... les Birnie...

— Waouh ! s'exclama-t-elle en prenant un stylo. Ça en fait plein. Ça m'aide, mais c'est aussi... préoccupant.

Walker s'esclaffa.

— J'ai écrit un article de psychologie criminelle sur les tueurs en groupe. Il y avait beaucoup de couples dedans.

— Vous avez fait de la psychologie criminelle ? Où ça ?

— À Winchester.

— Oh ! Le régional de l'étape.

— Et vous ?

— Moi, j'ai simplement étudié la psychologie. C'était super, et ça m'a énormément servi. Mais, parfois, j'ai envie d'y retourner et de me spécialiser dans la branche criminelle. Je n'arrête pas de me dire que ça pourrait m'aider.

— Eh bien, personnellement, je trouve que c'est utile, répondit Walker en portant sa tasse à ses lèvres d'un air songeur. Ce que je veux dire, c'est que, dès que je suis dans une pièce avec un assassin, je sais qu'il est coupable.

— Vraiment ? s'exclama Hanson avant de se rendre compte qu'il plaisantait. Ah, ouais, d'accord ! Ce n'est peut-être pas essentiel.

— Désolé ! lança Walker en rigolant. Vous avez raison d'y songer. Je pense que tout peut être utile, et si votre style, c'est d'entrer dans la tête de vos suspects, c'est encore mieux.

Hanson lui sourit et se remit au boulot avec cette idée-là en tête. C'était probablement son style. Dès qu'elle n'était pas occupée à rechercher des faits, elle se mettait généralement à penser aux raisons pour lesquelles les gens avaient agi de telle ou telle façon.

Peut-être était-ce ainsi qu'elle devait réfléchir à l'affaire de Zoe. Pour quel motif un couple aurait-il décidé de la tuer ensemble ? Et pourquoi vouloir maquiller l'heure de la mort, si son hypothèse était correcte ? L'un d'eux devait avoir un alibi pour 23 heures, sinon, quel intérêt ? Mais il fallait aussi qu'il ait pu commettre le meurtre plus tôt, et que son complice ait été disponible à 23 heures pour lui fournir cet alibi.

Maeve avait été occupée jusqu'à un peu avant 22 heures – Hanson s'en souvenait –, puis elle s'était libérée. Elle avait aussi laissé entrer Aidan chez Zoe à plusieurs reprises... Hanson décida d'étudier son cas d'un peu plus près. Elle ouvrit le fichier de la transcription de l'interrogatoire et se mit à lire. Elle commençait à trouver son rythme lorsque le téléphone sonna.

Elle soupira... C'était un appel transféré par le standard, un citoyen avec des informations sur la mort de Zoe. Elle avait espéré que quiconque en détenait téléphonerait pendant le week-end.

Le standardiste lui dit que le témoin semblait crédible.

— Vous devriez l'entendre ! ajouta-t-il.

— OK, passez-le-moi.

Un déclic résonna dans l'écouteur, suivi de la voix d'un jeune homme.

— Je pense que j'ai vu la fille, celle qui était aux infos ce matin. C'est difficile d'en être sûr, mais elle lui ressemblait beaucoup.

— OK, merci. Pouvez-vous me dire quand et où ?

— C'était jeudi soir. Dans mon bar.

— Qui se trouve où ? demanda Hanson en songeant que ce jeune homme était sur le point de bousiller l'ensemble de sa théorie.

S'il avait vu Zoe tard dans la soirée, elle ne pouvait pas avoir été tuée par la personne qui criait à 21 heures. Elle cala le combiné pour pouvoir prendre des notes.

— C'est le Bridge, dans North Road, près du campus de l'université.

Hanson griffonna l'info.

— Très bien. Et quand l'avez-vous vue ?

— Assez tard, 22 heures, peut-être. Elle était venue retrouver un type qui l'attendait, pour s'occuper de lui.

Hanson ressentit l'étrange coup au moral qui l'empoignait chaque fois qu'une de ses théories préférées se révélait fausse. Si le jeune homme disait vrai, Zoe était morte à 23 heures ou plus tard.

— Était-il ivre ?

— Complètement torché. Quand elle est entrée, il a failli tomber de son tabouret au bar, et elle l'a emmené dehors.

Le peu que Hanson savait de Zoe cadrait avec cette histoire : elle était du genre à venir chercher un ami qui avait trop bu. Ou qui faisait semblant d'avoir trop bu.

— Pourriez-vous décrire cet homme ?

— Eh bien… Il était vieux. Bien plus vieux qu'elle. Je ne sais pas… Je me suis dit que c'était dommage. À l'évidence, elle méritait mieux qu'un vieux pochetron.

Le pouls de Hanson accéléra un peu.

— Quand vous dites qu'il était vieux… Il avait les cheveux blancs ?

Il soupira.

— Je pense qu'ils étaient… gris ? Je ne suis pas sûr.

— Pilosité faciale ?

— Oui… Une barbe et une moustache, ou alors une barbe de trois jours assez fournie.

Hanson notait tout sur son carnet.

— Comment était-il habillé ?

— Très bien. Une chemise et un pantalon de très bonne qualité.

Ça ressemblait indéniablement à Felix Solomon.

— Vous les avez revus une fois qu'ils sont sortis ?

— Oh, oui. J'avais envie d'une clope, alors j'ai emporté ma bière et je me suis assis à une table en terrasse. Le type était affligé, et elle le tenait dans ses bras, vous savez, pour le consoler. Ensuite, il a vomi dans un pot de fleurs, puis elle a appelé un taxi et ils sont partis.

— Vers quelle heure ?

Elle l'entendit inspirer pensivement.

— Je ne sais pas. Probablement 22 h 45.

Hanson frissonna. Quinze minutes avant l'appel Skype présumé d'Aidan, Zoe était partie d'un pub en taxi avec quelqu'un qui ressemblait à Felix Solomon.

— Est-ce que vous savez pourquoi l'homme était affligé ?

L'informateur se tut un instant.

— Je ne sais pas. Je suis sûr qu'à un moment il a dit quelque chose à propos… d'être inutile, d'être du gâchis d'espace, et elle a répondu que ce n'était pas le cas. Mais, à part ça, je ne sais pas trop.

— OK, merci. Pouvez-vous me donner votre nom et votre numéro de téléphone ?

Elle repensa aux empreintes d'Aidan sur le verrou. Peut-être n'avaient-ils pas dû s'y mettre à deux pour assassiner Zoe. Peut-être qu'une seule personne avait suffi. Un homme qui avait mené des enquêtes, et qui savait parfaitement comment manipuler une scène de crime. Un ancien inspecteur de police.

22

Mai – six mois plus tôt

C'était un mardi comme un autre. Un mardi pendant lequel Greta et lui s'étaient mutuellement résumé les événements de la journée, avaient compati et ri, puis s'étaient mis à parler de leur entourage en savourant des tagliatelles aux fruits de mer accompagnées de vin blanc et en buvant un peu plus que l'un ou l'autre ne l'avait escompté. Une soirée si ordinaire.

Mais c'était également le genre de soirée qui lui donnait l'impression que sa deuxième vie n'était qu'un rêve. Il était tellement habitué à celle-ci, dans cette maison, avec cette femme. L'idée que tout cela puisse s'achever, qu'ils partent chacun de leur côté et qu'ils ne se voient plus que deux à trois fois par an pour déjeuner lui semblait irréelle.

Ils en avaient fini avec la perte de libido de leur ami Anthony, mais la conversation se poursuivit tandis qu'ils remplissaient le lave-vaisselle et qu'ils se rinçaient les mains. Il l'écoutait toujours quand il consulta son téléphone.

Deux messages étaient arrivés, et ils provenaient quasiment à coup sûr de Zoe. Un petit « 2 » rouge s'affichait dans le coin supérieur gauche de l'application, mais rien sur son écran d'accueil. Il n'avait désactivé les notifications que de deux contacts. Zoe, pour que Greta ne voie pas ses messages, et Maeve, au bénéfice de tout le monde, y compris du sien.

Pour bizarre qu'il trouve l'idée de penser à Zoe dans un tel moment, cela n'était rien en comparaison des regrets et de la honte qu'il éprouvait en pensant à sa colocataire.

Il n'avait jamais voulu qu'il se passe quelque chose avec Maeve. Certes, il avait bien aimé la gagner à sa cause, ainsi que la façon dont son regard se verrouillait sur lui dès qu'il entrait dans une pièce où elle se trouvait. Et il avait toujours su que Maeve s'impliquait dans la relation qu'il entretenait avec Zoe pour elle-même tout autant que pour son amie. Mais des limites très strictes avaient été tracées.

Malheureusement, quand Zoe avait rompu, les choses avaient commencé à aller de travers. Il était devenu dépendant de ses conversations avec Maeve parce que, d'une certaine façon, elles le rapprochaient de Zoe. Elles lui fournissaient un moyen d'accès potentiel. Et, en fin de compte, c'était Maeve qui l'avait introduit dans l'appartement et qui lui avait permis de convaincre Zoe.

Le problème s'était posé le soir où il avait rencontré Maeve dans un bar. Il avait bu, il était dévasté, mais, un peu plus tard, la confusion l'avait gagné. Deux semaines s'étaient écoulées depuis la dernière fois qu'il avait parlé à Zoe, et il était désespéré. Sa fierté en avait peut-être aussi pris un coup.

Il se rappelait encore cette soirée avec un luxe de détails horrible. Comment il avait commencé à se focaliser sur Maeve, à lui dire à quel point elle était merveilleuse, à se donner du mal pour la faire rire. Pour la faire rougir de plaisir.

Tout cela avait tourné la tête de Maeve. Il avait vaincu sa détermination initiale, mais elle ne s'était pas totalement abandonnée à lui. Elle avait gardé la table entre eux et résisté à ses tentatives de lui prendre la main.

Alors, il avait fait une chose horrible, impardonnable. Il s'était penché vers elle et lui avait dit qu'il était fou d'elle. Depuis la première fois qu'il l'avait vue. Qu'il se demandait vraiment s'il était avec la bonne personne.

C'était profondément stupide. Le seul aspect positif, c'était que, comme Maeve ne croyait pas aux rapports sexuels avant le mariage, ils n'avaient jamais dépassé le stade du baiser. Quand bien même, le lendemain, devoir faire marche arrière avait été une expérience douloureuse.

Finalement, ça s'était arrangé. Il lui avait expliqué qu'il avait projeté sur elle ce qu'il ressentait pour Zoe, et Maeve avait admis qu'elle avait fait de même. C'était Isaac qu'elle désirait, un autre homme marié. Aidan n'avait été qu'un succédané, l'espace d'un instant. C'était tout.

Mais, de temps en temps, elle lui envoyait encore quelques lignes. Parfois, elle mentionnait Zoe, et parfois non. Quoi qu'il en soit, tous ses messages semblaient toujours avoir un but caché, et Aidan ne croyait pas vraiment à leur nonchalance apparente.

— Mais il suffirait qu'il lui en parle ! était en train de dire Greta. Ce n'est pourtant pas difficile ! C'est sa femme !

Elle avait affirmé la même chose la dernière fois qu'ils avaient parlé d'Anthony, et elle s'était énervée quand il avait émis une objection. Elle n'avait jamais compris que la vérité puisse se retrouver enchevêtrée quelque part en vous. Il doutait même qu'elle eût jamais ressenti cela, un désir urgent de tout avouer bridé par un rideau de fer. Parler, ce n'est pas si simple. Pas quand tout votre corps se ligue contre vous.

Mais pour une Greta, bien sûr, il suffisait d'ouvrir la bouche. De dire tout ce que vous pensiez. Ça sortait parce que c'était ainsi que vous étiez faite.

Ce soir-là, il éprouvait une tendresse teintée de nostalgie pour cette férocité. De l'affection pour tout ce qui la concernait.

— Je sais, concéda-t-il doucement en souriant. Tu veux un whisky ?

— Oui, répondit-elle en prenant un chiffon pour essuyer la cuisinière. Je vais faire du café, aussi.

Il passa dans le salon pendant qu'elle s'activait et ouvrit les messages avec un petit pincement dans la poitrine, comme chaque fois que Zoe lui envoyait quelque chose

– c'était l'unique pont entre les deux vies parallèles qu'il menait.

Une photo était en pièce jointe. Quand il l'ouvrit, il vit que c'était la chambre de Zoe, mais qu'elle avait changé. À présent, un très grand lit avec une tête de lit en velours, moderne d'aspect, occupait presque toute la place.

Elle avait ajouté un message.

Regarde ce que j'ai trouvé en déstockage !! Plus de mal de dos et de froid aux pieds pour toi ! Bisous.

Il soupira. Elle n'était pas censée dépenser de l'argent pour lui. Ça n'était pas censé fonctionner ainsi. C'était à lui de lui faire des cadeaux. De la gâter. La voir casser sa tirelire dans un lit simplement pour lui faire plaisir le rendait malheureux, notamment parce qu'il se servait souvent de la taille du lit comme d'une excuse pour ne pas rester.

Mais, tout ça, c'était de sa propre faute. Il avait furieusement râlé devant elle à propos de la difficulté de vivre avec Greta, et répété à quel point il désirait partir. À l'époque, c'était vrai. Greta essayait de lui dire comment gérer sa carrière. Maintenant qu'ils s'entendaient mieux, ça n'avait plus l'air aussi juste.

Il sortit deux verres et le whisky, puis servit une dose modérée à Greta et une plus généreuse pour lui. Il prit une bonne gorgée, qu'il faillit aussitôt recracher. Greta avait encore poussé les bouteilles trop loin sur le côté, et elles avaient fini contre le radiateur. Le whisky était chaud et désagréable.

Il sentit sa bonne humeur tourner presque dans l'instant. Il le lui avait dit tant de fois ! Tant de fois ! C'était une des choses qui avaient fini par enfoncer un coin dans leur relation, cet apparent manque de détermination à ajuster son comportement quand c'était important.

— Il reste des glaçons dans le congélateur ? lui demanda-t-il lorsqu'elle se présenta avec deux tasses de café.

— Je ne sais pas, répondit-elle en s'installant sur le canapé.

Il ressentit de l'irritation en retournant dans la cuisine. À cause de Greta. C'était elle qui aurait dû retourner chercher ces satanés glaçons.

Il ouvrit les trois premiers tiroirs du congélateur, puis les referma en les claquant avec un nouveau grognement d'irritation. Il allait devoir passer dans le garage.

— Je vais regarder dans l'autre congélo ! lança-t-il en espérant qu'elle s'excuserait.

Ou du moins qu'elle le plaindrait.

— OK, se contenta-t-elle de dire.

Il ronchonna en remettant ses chaussures et sortit par l'arrière de la maison. Le temps était exécrable, et le congélateur tout au bout du jardin, dans le garage.

Il attrapa un sac de glaçons et referma la porte. C'est alors qu'il se souvint de son téléphone. Posé à côté des verres, sur la table.

Avait-il laissé les messages de Zoe affichés à l'écran ? Celui où il était absolument évident qu'il était amoureux d'une autre femme ?

Il se précipita à l'intérieur, balança ses chaussures dans l'entrée et fonça droit vers le salon, où Greta était tranquillement assise sur le canapé, exactement comme il l'avait laissée, ses jambes repliées sous elle, la télécommande à la main.

Il sentit ses muscles s'affaisser de soulagement. Elle n'avait pas espionné son téléphone. Bien sûr que non. Ce n'était pas le genre de choses que Greta faisait. Elle était ouverte et honnête, alors elle supposait que lui l'était aussi.

— Tu veux regarder un autre épisode de cette série avec James machin-truc ? L'acteur irlandais ? demanda-t-elle.

— Oui, répondit Aidan encore tremblant de sa poussée d'adrénaline.

Il s'assit amicalement à côté d'elle tandis qu'elle passait les publicités en avance rapide, et laissa son téléphone où il était, sur le buffet.

Zoe eut peur en constatant à quel point elle était en colère. À quel point il devenait difficile de ravaler sa frustration devant tout ce qui n'allait pas, et la vitesse à laquelle elle pouvait passer de la joie à une rage profonde et inextinguible.

Elle avait éprouvé tant d'espoir en envoyant la photo de son magnifique nouveau lit à Aidan. Au bout de plusieurs semaines de recherche, elle avait fini par décider que la tête de lit en velours et le matelas à mémoire de forme dernier cri constituaient le comble du confort. Et, en plus, le lit rendait bien. C'était le genre de meubles qu'Aidan semblait apprécier.

Mais il n'avait même pas répondu. Il avait dû jeter un bref coup d'œil à son message et, au lieu de partager son enthousiasme, il n'avait rien dit du tout, ce qui avait cassé le moral de Zoe. Ensuite, ça avait empiré : c'était Felix, et non Aidan, qui lui avait envoyé un texto.

Elle était déçue, même si c'était injuste envers lui, et encore plus injuste de se sentir harcelée parce qu'il mentionnait encore son appartement. Il voulait vraiment qu'elle y emménage, et il remettait le sujet sur le tapis au moins une fois par mois. Il essayait de l'aider, elle le savait, mais aussi de s'aider lui. Sa locataire avait deux mois de retard.

Elle lui répondit rapidement et le remercia en précisant que, pour l'instant, elle aimait habiter avec Maeve, puis lui demanda comment il allait, ce qui se révéla une erreur. Il lui envoya trois interminables textos où il se plaignait d'un agent littéraire qui avait promis de lire quelques chapitres de son essai, et qui, des mois plus tard, avait subitement déclaré que ce n'était pas le genre de choses qu'il cherchait en ce moment.

Le temps qu'elle lui réponde et qu'elle se prépare une tasse de thé, Aidan aurait réagi, elle en était sûre. Mais rien. Elle tenta de se concentrer sur un film, puis sur son travail, mais elle avait l'impression d'être coincée, coincée dans l'attente qu'il se manifeste. Ils avaient leur rendez-vous Skype habituel, à 23 heures. Elle pourrait au moins lui parler à ce moment-là.

Sauf qu'à l'heure dite Aidan ne se connecta pas. Son icône n'était pas visible, et il n'avait rien envoyé sur Messenger non plus. Tandis que le temps passait, elle fixait l'écran en souhaitant presque qu'il ne la contacte pas du tout, pour pouvoir lui tomber dessus comme un missile. C'était si dur que ça d'envoyer un texto ? De lui dire qu'il avait du retard ?

Rien de tout ça n'était bon pour elle. Elle le savait. Ces derniers mois, elle avait changé de tant de façons. Fut un temps… c'était elle l'indépendante. C'était elle qui avait des choses à faire, qui avait besoin d'être sollicitée. Elle était souvent en retard, et l'enthousiasme d'Aidan amenait un sourire à ses lèvres.

Elle ne savait pas trop quand tout avait basculé. Quelques mois plus tôt, si elle était honnête avec elle-même. Néanmoins, il y avait eu ces semaines en octobre, après l'exposition, quand ils étaient en contact permanent. Quand il lui faisait sentir qu'il ne pouvait pas se passer d'elle.

Sept mois plus tard, elle en était réduite à une rage aussi larmoyante qu'impuissante. C'était la troisième fois qu'il était en retard cette semaine. Et elle ne lui en avait jamais fait le reproche. Elle s'était juré, il y a bien longtemps, qu'elle ne serait jamais ce genre de petite amie, de celles qui harcèlent et qui rudoient leur partenaire jusqu'à ce qu'il s'en aille. Elle avait toujours préféré la légèreté de la nonchalance, et faire semblant d'être débordée aussi.

Mais rien de tout ça ne suffisait. Ce soir, elle s'en rendait compte. Quand il finit par se connecter et qu'il commença à taper son message, elle sut que, quelle que soit son excuse, elle ne suffirait pas. Elle ne pouvait se contenter de l'accepter et de poursuivre la conversation. Pas après avoir passé trois heures malade de trouille à l'idée qu'il avait sérieusement discuté de leur couple avec Greta, et qu'ils avaient décidé de faire une nouvelle tentative.

Son message s'afficha, encore plus débonnaire que le précédent.

Désolé, ma chérie. On s'est mis à parler finances et c'est devenu compliqué. Je ne me suis pas rendu compte qu'on avait discuté SI LONGTEMPS… Comment vas-tu ? Bises.

Elle fixa le message pendant plusieurs minutes. Assez longtemps pour qu'il lui en envoie un autre.

Tu m'as vraiment manqué, aujourd'hui ! C'est génial, le nouveau lit. Tellement attentionné. Tu veux que j'appelle maintenant ? Bises.

Bien sûr qu'elle voulait qu'il appelle. Elle voulait voir son visage, et se rappeler à quel point elle l'aimait. Mais c'était pour ça qu'elle ne devait pas le faire. Il parvenait toujours à faire fondre sa colère.

Je préfère qu'on s'écrive.

Elle envoya ça, puis rédigea un message plus long, qu'il attendit sans essayer de discuter.

Aidan, rien de tout cela n'est bon pour moi. Ces attentes interminables. Je comprends que tu aies des problèmes avec l'argent, mais Greta et toi pourrez les régler une fois que tu auras déménagé. Je n'en peux plus de poireauter en attendant que ça arrive. Jusqu'à ce que vous soyez effectivement séparés, je ne devrais même pas te considérer comme célibataire. Au cours des sept derniers mois, dans l'absolu, tu es resté marié et je suis celle qui en a souffert. J'ai dû me contenter des miettes de ton temps, et accepter ton souci constant des sentiments de Greta. Même si ce dernier trait fait de toi une personne merveilleuse, il te rend aussi facilement influençable. J'ai si peur que tu changes d'avis à chaque seconde, et chaque nouveau retard me donne l'impression que tu es en train de le faire. C'est une torture, et il faut que ça cesse. Il faut que tu la quittes. Ni dans un mois ni dans quelques semaines. Maintenant. Ce week-end. Ou nous ne pourrons pas rester ensemble. Je n'en peux plus. Je suis désolée.

Il y eut une pause, pendant laquelle elle sentit son cœur battre plus fort, puis il se mit à taper une série de courts messages.

Je suis désolé. Tu as parfaitement raison.

Je ne m'étais pas rendu compte que tu ressentais ça, mais j'aurais dû le deviner. J'ai été nul.

As-tu le temps de me retrouver pour déjeuner demain ? Voyons-nous en tête à tête pour régler tout ça.

Je t'aime, et je ne voudrais jamais te faire du mal. Bises.

Zoe expira lentement. Il ne s'était pas sauvé en courant. C'était une bonne chose. Elle lui avait mis la pression et ça avait fonctionné. Tout allait bien.

Ce serait bien. Je t'aime aussi. Bises.

Tandis qu'il continuait d'écrire, elle relut ses textos en se demandant si elle devait lui demander quelques éclaircissements. Voulait-il dire qu'il allait quitter Greta maintenant ? Dans un ou deux jours ? Elle aurait préféré qu'il le précise.

Son dernier message arriva, et elle eut les larmes aux yeux en le lisant.

Ne t'inquiète de rien, ma chérie. Je vais tout arranger. Bises.

Bien qu'elle fût un peu en avance au déjeuner, Aidan n'arriva que quelques minutes après elle. Zoe lui sourit quand il entra, profondément soulagée de le voir, mais il la salua avec une sorte de solennité qui lui fit peur.

Il l'embrassa, ce qui aurait dû être rassurant, mais ses lèvres se posèrent sur son front plutôt que sur ses lèvres. Elle sentit ses jambes commencer à trembler, et elle s'assit avec la sensation que rien de tout ça n'était réel.

— Écoute. J'ai été… égoïste, dit-il en tirant sa chaise.

Une ride, peut-être de colère, se creusa sur son front.

— Pire qu'égoïste. J'ai été un idiot. Je n'ai pas vu ce que j'avais sous le nez, et, finalement, j'ai blessé deux personnes qui ne le méritaient pas.

— Ce n'est pas grave, dit aussitôt Zoe en tâchant subitement de mettre ses craintes de côté. J'étais simplement irritée.

Elle tentait de ramener la situation à la normale.

— Si, c'est grave, répondit calmement Aidan. Rien de tout ça n'est correct. Je n'aurais jamais dû m'engager dans une relation avec toi. Je croyais que je savais ce que je faisais, mais ce n'était pas le cas.

Zoe crut qu'elle allait vomir. Qu'avait-elle donc fait ? Ce n'était pas ça ce qu'elle voulait.

— Après ce que tu m'as dit, j'ai beaucoup réfléchi. J'ai songé à ce que rompre avec Greta signifiait, dans tous les sens du terme.

Il laissa échapper un long soupir.

— Du coup, je me suis rendu compte que ce n'est pas ce que j'ai envie de faire. D'une certaine façon, au fond de moi, je me soucie assez d'elle pour vouloir faire en sorte que notre mariage fonctionne. La nuit dernière, je l'ai réveillée, je lui ai dit ce que je ressentais, et elle a admis qu'elle ressentait la même chose.

Tous les cauchemars que Zoe avait eus au cours des sept derniers mois devenaient réalité. Il lui déclarait qu'il aimait Greta plus qu'elle. Il lui disait que c'était fini.

— Ne fais pas ça, s'écria-t-elle tandis que des larmes chaudes et humiliantes perlaient à ses yeux. Ce n'est pas ce que tu penses. On s'aime…

— C'est vrai, répondit Aidan en lui caressant la joue.

Elle le laissa faire.

— Et c'est la véritable tragédie dans cette histoire. J'aime deux femmes merveilleuses, et je dois choisir. Je dois te laisser faire ta vie avec quelqu'un d'autre, quelqu'un qui pourra te donner tout son cœur et pas simplement la moitié.

— Alors, je n'ai pas mon mot à dire ? Aucun choix ? C'est comme ça, vous avez décidé entre vous qu'elle reste et que je dégage ?

— Je suis désolé.

Zoe se leva, une mauvaise colère se mêlait à présent à ses larmes.

— Va te faire foutre, Aidan. Maudit soit le jour où je t'ai rencontré. Tu as tout gâché. Tu m'as brisée, juste pour faire… une expérience, pour voir si tu préférais vraiment ton putain de mariage.

— Zoe, arrête, dit-il.

Il était livide. Elle vit qu'elle lui avait fait mal.

— Je t'aime et je veux que tu sois heureuse, ajouta-t-il. Laisse-moi t'aider. Laisse-moi m'occuper de toi, comme un ami. Tu as besoin d'un ami.

— Je ne veux rien avoir à faire avec toi !

Ça, finalement, c'était la vérité toute crue. Elle prit son manteau et poussa la chaise sous la table en espérant qu'elle lui taperait dans les jambes et qu'elle lui ferait mal.

— Je ne veux plus jamais voir ton visage !

À peine sortie du restaurant, elle prit son téléphone et bloqua tout moyen de communication avec Aidan. Mais ça ne suffisait pas. Elle avait besoin de l'écarter totalement de sa vie. Irrévocablement.

Elle fit une recherche sur son nom dans ses e-mails et effaça tous les messages qu'ils avaient échangés. Elle effaça aussi leurs conversations Skype – des milliers de messages –, puis elle ouvrit le dossier photo pour effacer toutes celles où il apparaissait.

Ensuite, elle envoya un texto à Maeve pour lui intimer l'ordre d'ignorer Aidan s'il la contactait. Elle expliqua que tout était fini. Qu'il n'avait pas le droit d'entrer chez elle et qu'il n'avait pas davantage le droit de savoir où elle se trouvait. Cela dit, au fond de son cœur, elle savait que Maeve ne respecterait pas cette dernière consigne.

Alors, elle envoya un texto à Felix pour lui annoncer que, finalement, son appartement l'intéressait.

23

O'Malley avait passé la matinée à se sentir comme un gosse qui n'a pas le droit d'entrer dans une confiserie. Ce n'était pas tant de travailler sur l'affaire de chantage qui l'embêtait, que de constater que le rythme de l'enquête sur Zoe Swardadine s'accélérait, de même que les fréquentes conversations entre Hanson, Lightman et Sheens à propos des développements les plus récents.

Néanmoins, à l'heure du déjeuner, il avait l'impression d'avoir fait de réels progrès. Il lui était subitement venu à l'esprit que toutes les informations servant de moyen de pression venaient d'événements qui s'étaient produits au domicile des victimes. Des relations extraconjugales. Des activités illégales gérées depuis le bureau d'une maison. La question, c'était de savoir comment les maîtres chanteurs avaient accédé à ces informations.

Le souvenir des identifiants de Felix Solomon lui amena une réponse potentielle, et il envoya un message sur WhatsApp à son nouveau copain Ziggy. L'ex-étudiant en informatique lui répondit dans les instants qui suivirent.

O'Malley lui expliqua qu'il pensait que cette affaire de chantage pourrait bien être liée à un piratage, mais il ajouta que tout ne passait pas par l'électronique.

Tu serais capable d'espionner des gens ? Chez eux ?

La réponse de Ziggy fut prompte et enthousiaste.

Oui, bien sûr ! Il suffit de pirater leur webcam.

O'Malley lui demanda alors si ça limitait la liste des suspects à des gens à l'aise avec la technique.

Non, on peut payer des gens sur le dark web pour le faire. Ça ne coûte que quelques centaines de livres pour une adresse ou un compte donné. On peut aussi acheter des listes pour beaucoup moins cher. Un type qui aime regarder les jeunes filles, par exemple, peut acheter un accès à tout un tas de caméras appartenant à des adolescentes.

Mon Dieu, pensa O'Malley. C'était horrible. Il en fit part à Ziggy, puis lui demanda si l'on avait besoin d'accéder aux ordinateurs pour cela.

Non, c'est fait à distance. C'est pour ça que je mets du scotch noir sur ma webcam. Vous devriez y penser aussi. On ne sait jamais, quelqu'un en pince peut-être pour les flics entre deux âges...

O'Malley ne put s'empêcher de rire.

Je vais garder ça en tête. Merci !

Le premier message de Jojo depuis plusieurs jours arriva alors que Jonah était perdu dans ses pensées sur Aidan Poole. Il avait laissé à Lightman le soin de prendre la nouvelle déposition de Maeve Silver et d'enregistrer le flyer comme preuve. Il avait besoin de réfléchir.

Il se sentit coupable en voyant son nom s'afficher sur l'écran de son téléphone et se demanda s'il était possible de vouloir à la fois que Michelle et Jojo lui écrivent. C'était peut-être ainsi qu'Aidan Poole avait fini.

Le message était joyeux, et plus long que d'habitude.

Salut, l'inspecteur ! Comment vont les enquêtes ? J'étais hors réseau pendant un moment, mais ça valait le coup. Il y a des endroits fantastiques dans le coin. J'ai trouvé une cascade de neuf mètres de haut avec si peu de débit qu'elle troublait à peine la surface du bassin en contrebas, et à l'eau si claire qu'on voyait les rochers au fond. Aujourd'hui, j'ai été réveillée par un oryx. Tu devrais chercher ça sur Google. Je ne me souviens pas de m'être jamais sentie aussi proche de toutes les choses sauvages. Sauf peut-être quand j'avais cinq ans et que je me suis perdue pendant une sortie scolaire à l'étang. Je devrais avoir du réseau pendant un moment, maintenant. Bises.

Il le lut trois fois, et n'eut pas la moindre idée de quoi répondre. Que pouvait-il dire qui ne soit pas fourbe ? Mais quel intérêt y avait-il à lui parler de Michelle alors qu'elle était en train d'essayer de vivre sa vie dans le vaste monde ?

Il y songeait encore quand Hanson vint frapper à sa porte.

— Monsieur, un témoin m'a passé un coup de fil intéressant.

Jonah sursauta, l'air coupable, et reposa le téléphone sur son bureau.

— Balancez !

— C'est un type qui est plutôt sûr d'avoir vu Zoe s'occuper d'un homme beaucoup plus âgé, bien habillé et ivre, dans un pub, jeudi soir entre 22 heures et 22 h 30. Il pense que l'homme avait les cheveux gris, une courte barbe et une moustache.

— Ça grimpe assez haut dans la liste des choses intéressantes, ça ! Et que leur est-il arrivé ensuite ?

— Ils ont pris un taxi, qu'elle avait appelé.

— Vous avez le nom du pub ? demanda-t-il en prenant ses clés.

Comme chaque fois qu'il sortait du poste, Jonah sentit son moral remonter un peu. L'avocat d'Aidan Poole devait arriver d'un moment à l'autre, et une pluie sale tombait obstinément, mais ce n'était pas grave. Pas plus que le fait qu'il avait prêté son imperméable à Hanson. Quitter son bureau lui donnait toujours la pêche.

Il ne parvint à trouver une place pour se garer qu'à environ quatre cents mètres du pub, mais il avait raisonnablement bien évalué le temps qu'il mettrait à sprinter jusqu'à la porte. Quand il entra, il était mouillé, mais pas trempé. Il faisait chaud dans le pub, lequel était plutôt du genre gastronomique que point d'eau pour vieux habitués : de grands radiateurs de cuivre à l'ancienne contribuaient au design du lieu.

Une fille se tenait derrière le bar, le visage rond et un peu rougeaud, vêtue d'une veste grise. Il lui sourit en approchant.

— Vous êtes Amy ? Je suis de la police. Tanya m'a dit que je pouvais échanger quelques mots avec vous.

— Ouais, elle m'en a parlé, répondit-elle en jetant un coup d'œil aux trois tables occupées avant d'acquiescer. On peut faire ça ici ? Tanya est à la cave.

— Bien sûr ! dit-il en tirant l'un des tabourets du bar.

Ils étaient capitonnés de velours bleu, ce qui, de l'avis de Jonah, était une erreur. Quand les tabourets de bar étaient confortables, les buveurs solitaires restaient plus longtemps et tombaient plus bas encore. C'était bon pour le business, mais généralement mauvais pour le maintien de l'ordre.

— Tanya m'a dit que vous teniez le bar, jeudi ?

— Ouais, répondit Amy en prenant un chiffon pour essuyer le comptoir. De 18 heures jusqu'à la fermeture.

— Je me demandais si vous vous rappeliez avoir vu une jeune femme, dit-il en ouvrant le dossier qu'il avait apporté.

Il sortit une photo de Zoe d'une pochette plastique et la plaça devant Amy, qui s'arrêta de nettoyer son bar pour l'examiner.

Elle pinça les lèvres en la regardant.

— Je ne la reconnais pas, je ne crois pas. Enfin, elle aurait pu être là, mais je ne me souviens pas qu'elle ait commandé quelque chose.

— D'après ce que je sais, elle serait venue pour aider un de ses amis qui était ivre. Peut-être vous souvenez-vous d'un homme ? Bien plus vieux qu'elle ? Assez saoul pour tomber de son tabouret ?

Amy semblait hésiter.

— Eh bien, il y avait beaucoup de monde, alors je ne l'ai peut-être pas remarqué... Plusieurs types passaient des commandes. Mais... Il est venu tout seul ?

— C'est ce qu'on pense.

Amy secoua lentement la tête.

— Je ne me souviens pas d'un client bourré à ce point. On voit parfois des types qui ne viennent que pour se prendre une cuite en solitaire, mais ça n'arrive pas si souvent. Nos clients, ce sont plutôt des groupes ou des personnes qui désirent manger.

Jonah passa à la pochette plastique suivante, dont il tira une série de photos d'hommes parmi lesquelles se trouvait celle de leur suspect. Il reprit celle de Zoe et les posa devant Amy.

— Un de ceux-là ?

Amy les examina avec attention. Voyant son regard passer de l'une à l'autre, il essaya de ne pas être trop déçu. À l'évidence, aucune ne lui sautait aux yeux. Elle ne marqua pas de temps d'arrêt devant celle de Felix.

Devant la dernière, un jeune homme glabre aux cheveux sombres qui n'était qu'un acteur du fichier, elle hésita.

— Lui, peut-être... Mais je ne suis pas vraiment sûre.

— Très bien, dit Jonah en rangeant les clichés. Vous nous avez beaucoup aidés, merci ! J'ai laissé un message à Tanya où je demandais que l'autre membre de l'équipe m'appelle quand il aurait un moment. Et si vous vous souvenez de quelque chose, passez-moi un coup de fil.

Il lui donna sa carte, puis s'en alla avec un peu de regret. Il pleuvait toujours, et l'air charriait une odeur salée, comme si les nuages avaient prélevé un bout de mer qu'ils déversaient à présent sur leur tête. Il trottina jusqu'à sa voiture et redémarra.

Il était pensif. Certes, la mémoire n'était pas une chose parfaite, mais il s'attendait à ce qu'Amy se souvienne de Zoe et Felix – ce n'était que l'avant-veille –, particulièrement si Felix était ivre et s'était ridiculisé. Le bar n'était pas assez grand pour qu'elle ne soit jamais passée à côté d'eux, et, si la salle était comble, elle aurait sûrement repéré quelqu'un qui occupait le même tabouret pendant des heures.

Cela le fit douter du récit de leur témoin. Il n'était pas rare de s'apercevoir que quelqu'un avait inventé une histoire. Mais il était étrange que Hanson ait trouvé l'appel crédible. En général, elle était assez bonne juge du caractère des gens.

L'équipe du pôle cyber devait en avoir fini avec le téléphone de Zoe. Consulter son journal d'appels ne serait pas une perte de temps. Et l'appareil recélait peut-être d'autres indices. Quelque chose qui permette de confirmer ou d'infirmer la culpabilité d'Aidan Poole.

O'Malley était en train de noter les informations de Ziggy à l'appui de sa théorie sur l'affaire de chantage. Il avait parfaitement réussi à faire abstraction de ses collègues et de leur enquête, à tel point que ce ne fut que lorsque Hanson cria quelque chose à Lightman sur des webcams que le lien lui vint à l'esprit.

Il reprit son téléphone et renvoya un message WhatsApp à Ziggy.

Tous ces trucs dont on a parlé, on peut les faire via Skype ? L'espionnage ?

Après un court instant, Ziggy répondit.

Oui. C'est l'un des moyens les plus courants, parce que Skype est facile à pirater et qu'il a déjà l'autorisation d'accès à la webcam.

O'Malley était déjà parti vers le bureau de Sheens quand il se rappela que l'inspecteur n'était toujours pas rentré. Il s'exhorta à être patient et retourna à son ordinateur pour ajouter le nouveau fichier au dossier Zoe Swardadine.

Sur le chemin du retour, Jonah passa un coup de fil au pôle cyber. À sa grande satisfaction, le rapport sur le téléphone de Zoe était arrivé. Il aurait dû leur parvenir avec celui des empreintes digitales, mais, apparemment, il était resté coincé dans la boîte mail de quelqu'un.

En arrivant, il monta les marches quatre à quatre et prit à peine le temps de saluer son équipe de la tête en allant vers son bureau. Le rapport s'y trouvait bien, à présent.

Il commença par afficher la liste des appels de Zoe et vit qu'elle n'en avait passé aucun le jeudi soir, ni local ni d'aucune autre sorte. Le dernier sur la liste avait été passé juste après 17 heures, au numéro de Felix. L'horaire concordait avec ce que celui-ci leur avait déclaré, mais Jonah le nota quand même avec curiosité. Felix, quant à lui, avait appelé à trois reprises, pendant quelques secondes chaque fois. Pourquoi ? Ce n'était certainement pas à cause de la qualité du signal, dans un appartement où elle recevait souvent des coups de fil.

En parcourant le fichier, il vit un appel du père de Zoe, peu après 22 heures le mercredi, qui avait duré quatorze minutes, ce qui semblait plus naturel.

En dessous, il vit une entrée à destination de B-Cab, à 22 h 45.

Il soupira en tapant le numéro sur Google, qui confirma qu'il s'agissait de celui d'une compagnie locale de taxis. Tout semblait indiquer que leur témoin avait bien vu Zoe, mais pas le bon jour. C'était frustrant, mais, à présent, Jonah pouvait au moins appeler la compagnie pour essayer d'obtenir une description plus précise, et également aller montrer ses photos à l'équipe qui tenait le Bridge le mercredi soir. Il restait un espoir d'identifier Felix Solomon, s'il s'agissait bien de lui.

En poursuivant ses recherches dans le téléphone de Zoe, il trouva des appels sporadiques avec Felix, dans les deux sens. Il en trouva aussi à destination de Maeve, Angeline et Victor, et plusieurs autres à ses parents.

Il fit une pause après être remonté de trois semaines, et ce n'est qu'à ce moment-là qu'il comprit ce qui manquait. Il n'y avait aucun appel d'Aidan. Elle n'avait donc pas enregistré son numéro ? Aucun de ses contacts n'avait un nom susceptible de lui correspondre.

Il regarda le numéro d'Aidan dans la base de données, et le tapa dans le moteur de recherche du dossier. Des résultats sortirent au nom d'Aidan, mais aucun de récent. Les derniers appels et messages dataient du mois de mai.

Non sans éprouver une sensation de gêne, il ouvrit les fichiers liés à son compte Skype. Il trouva rapidement le compte d'Aidan. Mais, là aussi, aucune communication entre eux au cours des six derniers mois. Rien depuis le 20 mai.

Il le parcourut, puis, décidément mal à l'aise, se leva pour rejoindre les membres de son équipe, tous plongés dans leurs ordinateurs.

— Quelqu'un a-t-il vérifié si l'identifiant Skype qu'Aidan a appelé était effectivement celui de Zoe ? demanda-t-il.

— Ouais, dit Hanson. J'ai mis ça dans ses notes d'interrogatoire. C'est bien le sien.

— Il n'apparaît pas dans l'historique de ses appels.

Hanson lui lança un coup d'œil interloqué, et O'Malley inspira comme s'il allait intervenir, mais elle reprit la parole.

— Je ne pense pas qu'on puisse modifier ça sur Skype, alors je suis assez certaine qu'il l'a appelée. Quelqu'un les aurait effacés ? L'assassin ? Quand il s'est rendu compte qu'il avait été vu ?

— Je ne sais pas, répondit Jonah. C'est... étrange. Sur le téléphone de Zoe, on n'a pas trouvé non plus d'appels avec Aidan, dans un sens ou dans l'autre, au cours des six derniers mois. S'ils étaient de nouveau ensemble et qu'Aidan la contactait par Skype, ils communiquaient probablement aussi par téléphone.

— Je voulais justement t'en parler, dit O'Malley. Je me suis penché sur le piratage des webcams dans le cadre de l'affaire de chantage, et Ziggy m'a appris qu'on peut pirater le compte Skype de quelqu'un de sorte que sa caméra se mette en route à volonté. J'ai vérifié, et on peut observer tout ce que les gens font sans qu'ils le sachent ou qu'ils aient besoin de répondre à un appel ou quoi que ce soit. Ça n'allume même pas la petite LED de la webcam.

Jonah le dévisagea.

— Eh bien, ça explique beaucoup de choses, dit-il au bout d'un moment.

Dès l'instant où Jonah entra dans la salle d'interrogatoire, il sut que l'avocat d'Aidan l'avait briefé. Ce dernier était bouche cousue, au point que c'en devenait comique.

Jonah rappela les endroits où l'on avait trouvé les empreintes d'Aidan à l'intention de l'avocat, et donna à Aidan une nouvelle occasion d'expliquer leur présence, tandis que celui-ci fixait la table avec un air rebelle. Ce fut l'avocat, un homme entre deux âges qui ressemblait davantage à un universitaire qu'Aidan, qui parla en son nom.

— Mon client a déjà expliqué qu'il ne sait absolument pas comment cela a pu se produire. Il ne connaissait pas l'adresse de l'appartement, et il ne s'y est jamais rendu.

— Merci. Nous allons mettre de côté ce sujet pour l'instant. C'est autre chose qui nous intéresse.

Jonah remarqua le rapide coup d'œil qu'Aidan lui jetait. Il sourit intérieurement en soulevant une feuille pour la parcourir, laissant un silence s'installer. Il sentait l'anxiété d'Aidan Poole grandir au fur et à mesure.

— Alors, finit-il par lâcher. Vous avez affirmé à plusieurs reprises que vous entreteniez une relation avec Zoe Swardadine au moment de sa mort. Nous avons récemment découvert que ce n'était pas vrai.

Aidan détourna la tête en soufflant. Son avocat lui jeta un regard en biais presque comique. À l'évidence, Aidan n'avait pas été tout à fait honnête avec lui.

— Vous avez rompu avec Zoe en mai. Si vous ne connaissiez pas son adresse, c'est parce qu'elle avait déménagé pour s'éloigner de vous. Vous ne lui aviez pas parlé depuis des mois.

Aidan s'agita. Son avocat se pencha vers lui pour lui murmurer quelque chose, mais Dieu seul savait ce qu'il pouvait lui conseiller alors qu'il venait de se faire prendre la main dans le sac.

— Nous avons parlé cette nuit-là, dit Aidan.

— Oh, c'était un nouveau développement ? demanda Jonah. Elle avait subitement décidé de vous parler de nouveau ?

Aidan marqua une pause.

— Oui, répondit-il enfin.

— Et pourtant, votre prétendu appel Skype n'apparaît pas dans l'historique de son compte. Aucune communication entre vous deux ne figure dans celui de son téléphone. Pas depuis le mois de mai, quand vous avez rompu.

Un long silence s'ensuivit, puis Aidan laissa échapper quelque chose qui ressemblait à un sanglot.

— Je suis désolé. Je suis tellement désolé !

Quarante minutes plus tard, Aidan était libéré en attente d'un complément d'enquête. Ils l'avaient informé du fait qu'ils comptaient engager des poursuites pour piratage de webcam, mais qu'ils devaient d'abord évaluer si l'inculpation était vraisemblable et si Aidan avait diffusé les images qu'il avait enregistrées. Entre-temps, le pôle cyber avait été chargé de récupérer son ordinateur de bureau et son portable.

Il était peu probable qu'ils l'arrêtent pour voyeurisme jusqu'à ce que la question de l'identité du meurtrier de Zoe reçoive une réponse claire. Cela dit, si Jonah se montrait honnête avec lui-même, cette réponse, il l'avait déjà. Les défenses d'Aidan avaient été complètement enfoncées. Il avait débité un torrent d'explications sur les avantages de sa rupture avec Zoe, et affirmé qu'il voulait que son mariage fonctionne. Il avait cru que Zoe et lui pouvaient rester amis, et, quand elle avait coupé toute communication, ça l'avait rendu dingue.

— Je n'avais pas l'intention de… vous savez. D'être un voyeur. Ce n'est pas comme ça que ça a commencé. J'avais vraiment peur qu'elle se fasse du mal, et que personne ne me dise rien. J'étais devant un mur de silence. Maeve elle-même ne me disait plus rien à la fin.

Jonah l'écoutait, lèvres closes, conscient que Hanson faisait la même chose et réagissait avec le même dégoût.

— Alors, j'ai trouvé un moyen pour voir ce qu'elle faisait. Je savais que c'était mal. Je le savais. Mais j'en étais arrivé à un point où plus rien n'avait d'importance. Je pensais que la regarder ferait disparaître tout le reste. J'ai fouillé jusqu'à trouver un site où les gens pouvaient faire ça pour moi, et j'ai payé trois cents livres pour avoir accès à sa caméra.

— Mais ça ne suffisait pas, hein ? demanda Hanson. La surveiller ?

— C'est devenu une addiction. Une addiction des plus bizarres. Ça me remontait le moral de la voir de temps à autre. Revoir son visage après des semaines entières.

— Et jeudi soir ?

Aidan haussa les épaules.

— C'était un soir comme un autre. J'avais espéré qu'elle se connecterait plus tôt. Comme Greta était sortie, ç'aurait été bien. Je songeais à allumer la télé et... à la regarder avec Zoe, en quelque sorte.

Jonah décida de ne pas trop s'attarder là-dessus et remit les empreintes digitales sur le tapis, en lui demandant de nouveau comment elles avaient atterri chez Zoe. Mais, malgré le torrent de confessions dans lequel il s'était jeté, il secoua la tête.

— Je n'y étais pas. Je n'y suis jamais allé. Et la seule chose qui me vienne à l'esprit, c'est que quelqu'un essaie de m'incriminer.

Tandis qu'Aidan signait les documents pour récupérer ses affaires et glissait son téléphone, ses clés et son portefeuille dans sa poche, Jonah ne put s'empêcher d'être d'accord avec lui.

Quand il retourna auprès des membres de son équipe, Jonah était perdu dans ses pensées. Hanson se trouvait déjà à son bureau. Il tira une chaise pour s'asseoir à côté d'elle.

— Vous pensez qu'il dit la vérité ? demanda-t-elle.

— Globalement, oui.

— La vérité sur... ? s'enquit Lightman.

— Sur le fait qu'il n'a jamais mis les pieds dans l'appartement de Zoe. Il croit que quelqu'un cherche à l'incriminer, et j'incline à penser de même. C'est trop particulier, ces empreintes à cet endroit-là et nulle part ailleurs.

— Alors, la question, c'est qui aurait envie de faire ça, dit Lightman.

— Oui, acquiesça Jonah. Ce que je veux dire, c'est qu'en général les assassins ne cherchent pas à piéger les gens. C'est difficile, et ça ajoute une couche de choses dont il faut pouvoir se sortir.

— La vengeance pourrait-elle être un motif ? demanda Hanson en croisant les jambes. Quelqu'un qui voudrait tuer Zoe et faire porter le chapeau à Aidan ?

— Je dirais que c'est le motif le plus vraisemblable.

— Victor voudrait probablement le voir derrière les barreaux, poursuivit Hanson. Et les filles ? Aidan a-t-il repoussé l'une d'elles ?

— Pas qu'on sache, répondit Lightman. Il faudrait regarder ça de plus près ?

— Absolument, dit Jonah. Je me demande également si la personne la plus susceptible d'incriminer quelqu'un n'est pas celle qui comprend le mieux les scènes de crimes.

— Felix Solomon, murmura Hanson.

— Ce que nous devons garder à l'esprit, dit doucement Jonah, c'est que les empreintes innocentent celui qui s'est engueulé avec Zoe à 21 heures. Une dispute peut conduire à une vengeance moins de deux heures plus tard, mais pas à déposer ces empreintes digitales. Il était humainement impossible d'aller jusqu'à Alton et de récupérer celles d'Aidan Poole à temps pour être de retour à 23 heures.

— À moins qu'elles n'aient surgi que plus tard, lança Hanson d'un ton pensif. Felix avait une clé.

— Alors, à moins que ce ne soit Felix, il est hautement improbable que l'assassin soit celui qui s'est disputé avec elle. Et, même dans ce cas, tout porte à croire que la chose était planifiée depuis longtemps. Ce que Zoe a fait dans l'après-midi reste important, c'est évident, et ça peut avoir entraîné le meurtre, mais ce n'est probablement pas la véritable raison pour laquelle elle a été tuée.

— Plutôt la goutte qui a fait déborder le vase, ouais ! s'exclama Hanson.

Jonah jeta un coup d'œil à Lightman.

— On a des images de caméras de surveillance un peu plus loin sur le chemin de la ville ? Quelque chose sur la silhouette avec la casquette qui allait vers chez Zoe ? D'après moi, de tout ce qu'on a vu sur ces images, cette silhouette est celle qui cadre le mieux avec un meurtre prémédité. La connaissance de la position des caméras. Les vêtements. Tout ça indique de la préparation.

— On en a reçu beaucoup, répondit Lightman. J'ai commencé à essayer de retracer ses déplacements, mais il y a un gros volume de films à visionner… Je sais que vous venez de dire que les déplacements de Zoe dans l'après-midi sont moins prioritaires, mais j'ai le sentiment qu'on devrait quand même découvrir où elle est allée lorsqu'elle est sortie de chez elle. Et plusieurs voitures sont passées par là à l'heure probable du décès…

— OK. Séparons-nous en trois, alors. Juliette, voyez si vous pouvez découvrir où Zoe se trouvait pendant le trou dans son emploi du temps. Ainsi que l'identité de celui qui l'attendait quand elle est revenue. Domnall peut s'occuper des voitures.

— J'aimerais bien, mais je travaille sur l'affaire de chantage, lança O'Malley en levant les yeux de son écran. C'est ce que tu m'as dit tout à l'heure…

Jonah sourit. Il avait déjà pris la décision et comptait l'assumer devant Wilkinson dans la matinée.

— Clairement, le lien existe. Il y a sûrement un maître chanteur dans au moins une de ces voitures.

— C'est quasiment sûr ! s'exclama O'Malley avec un petit rire. Je t'ai transféré un e-mail de Ziggy à propos de ces logins, d'ailleurs. L'un de ceux auxquels Solomon pouvait accéder avait des autorisations très étendues, et permettait notamment de se connecter à la base de données nationale des crimes sexuels. S'il s'est plongé là-dedans, il a facilement pu récupérer le nom de Piers Lough.

— Fantastique. Tu peux t'occuper de les supprimer pendant que je passe discuter avec lui ?

Felix ne vint pas ouvrir immédiatement, et Jonah se demanda s'il refusait de parler. Mais, quand il frappa de nouveau, la porte s'ouvrit au bout d'une vingtaine de secondes et Felix apparut.

Pour la troisième fois de la journée, Jonah subit un choc. L'homme devant lui était indéniablement Felix Solomon – vêtu d'un de ses complets gris et, comme toujours, très soigné –, mais il était méconnaissable, le visage livide, les yeux écarquillés. Son expression, habituellement impénétrable, avait cédé la place à un rictus paniqué.

— Je suis désolé, dit l'ancien policier d'une voix beaucoup plus faible que dans le souvenir de Jonah. J'ai... Ce n'est pas le meilleur moment.

Il semblait vouloir refermer, et Jonah sentit instinctivement qu'il devait lui parler tout de suite, pendant qu'il baissait la garde.

— Je suis désolé de vous déranger, mais j'aurais besoin d'un peu d'aide.

Felix hésita, mais finit par mordre à l'hameçon. Il s'écarta pour le laisser entrer dans le salon, où les informations du matin passaient sur une télé, sans le son. Un ordinateur portable était posé sur la table de la cuisine. Jonah se demanda si Felix était encore en train de pirater quelque chose.

Il s'assit sur le canapé à l'invitation de Felix. Celui-ci n'était décidément pas tranquille. Il resta debout, apparemment incapable de tenir en place, respirant avec difficulté, le souffle rauque et irrégulier.

— Ce sont... les effets du stress post-traumatique ? demanda doucement Jonah, même s'il connaissait la réponse.

— Oui. C'est... Il y a des déclencheurs, dit-il en faisant un geste de la main vers la télé.

— Je suppose que les infos sont pénibles, remarqua Jonah, brûlant de curiosité pour ce qui avait pu provoquer une telle réaction chez un de ses collègues. Moi aussi, j'ai quelques souvenirs horribles. Mais j'imagine que j'ai eu de la chance, jusqu'à présent. Rien n'a été assez terrible pour...

Felix continuait de respirer de façon irrégulière.

— Quand même..., dit-il. J'aurais dû me montrer plus fort.

Jonah songea à poursuivre sur ce terrain, puis décida qu'il valait mieux l'interroger sur le piratage.

— On voudrait parler de vos informations à propos de Piers Lough, dit-il d'un ton plus ferme. Lesquelles, je tiens à le préciser, se sont révélées incorrectes. Notre Piers Lough n'a pas du tout le même âge que le pédophile en cavale.

Felix lui jeta un regard surpris qui trancha avec sa panique évidente, puis se mit à faire les cent pas, la respiration toujours aussi laborieuse.

— D'accord, dit-il. Mais ça aurait pu être lui, cependant.

— Ça aurait pu. Mais le plus important, c'est que vous avez consulté des bases de données de la police alors que vous n'avez plus le droit de le faire.

Felix s'arrêta et le dévisagea d'un air pathétique.

— Je ne...

— Je n'ai pas envie de vous causer des ennuis, mais je vais fermer ces comptes.

— Non ! s'exclama Felix en posant la main sur la table de la cuisine. Il faut que je puisse aider. Mon Dieu, je ne l'ai pas aidée quand elle était en vie...

— Comment ça ?

Felix secoua la tête, mais reprit quand même la parole.

— Elle m'avait balancé mes quatre vérités. Le jour où elle est morte. Elle avait perdu patience, elle m'avait dit que j'étais égoïste et que, eh bien, que je m'apitoyais sur mon propre sort.

Jonah repensa à la série de coups de fil que Felix avait passés à Zoe. Puis il songea à Angeline, à qui Zoe avait dit qu'elle était brisée. C'était également ce jeudi-là. Le même jour.

Jonah avait vraiment envie de savoir ce qui avait pu arriver à l'amie gentille, réconfortante et prodigue de son soutien pour qu'elle se retourne ainsi contre tout le monde. Son meurtre avait probablement été planifié, mais l'assassinat s'inscrivait peut-être dans son histoire. Si Zoe avait subitement changé d'attitude envers l'une des nombreuses personnes qui se reposaient sur elle, cela avait pu influencer l'assassin. La plupart des meurtriers sont motivés par l'émotion.

— Vous pensez qu'elle avait raison de vous reprocher ça ? demanda Jonah au bout d'un certain temps.

— C'était... C'était dur, et ça ne tenait pas compte de beaucoup de choses. J'étais très en colère contre elle. Alors, je ne lui ai pas parlé de la journée. Je ne suis pas passé la voir ce soir-là, même si je savais qu'elle ne m'avait balancé ça que parce qu'elle était désespérée. J'ai l'impression... de l'avoir poussée à faire quelque chose, lâcha-t-il en secouant la tête. Je pense qu'elle a invité quelqu'un, et j'ai le sentiment atroce que c'était Aidan Poole.

Jonah se demanda de nouveau si Felix avait une quelconque raison de vouloir impliquer Poole. Il le regarda attentivement.

— Pourquoi Aidan ?

— Parce qu'elle n'a jamais réussi à tourner la page. Il... Il l'avait changée. Peut-être pas à lui seul. Tout le contexte. Peut-être nous tous, aussi.

— Elle n'a rien dit ce jour-là qui vous laisse penser que c'était lui qu'elle avait invité ? insista Jonah.

— Non. Elle n'a rien dit d'autre, vraiment. Cela faisait plusieurs semaines qu'elle n'avait pas mentionné Aidan, même si je crois qu'elle en avait souvent envie.

— Alors, vous ne vous êtes pas redisputé avec elle ? Le jeudi soir ?

Felix secoua la tête.

— Je n'avais pas envie de la voir.

— D'après un témoin, une dispute a eu lieu chez elle à 21 heures. Et, sur les caméras de surveillance, on la voit parler avec quelqu'un quand elle rentre. On devrait bientôt avoir une image de la personne.

— Ce ne sera pas moi, rétorqua-t-il d'un ton plat. Je l'ai vue rentrer depuis l'étage, et j'étais encore trop en colère pour m'y intéresser. Je me suis éloigné de la fenêtre parce que, sur le moment, le simple fait de la voir m'irritait.

Jonah décida qu'il était temps d'aborder leurs nouvelles pistes, à commencer par la présence des empreintes d'Aidan Poole sur la scène du crime.

Il se leva et se dirigea vers deux certificats encadrés au mur, qu'il parcourut des yeux sans les lire vraiment.

— Avez-vous vu Aidan récemment ?

— Bien sûr que non ! s'exclama Felix d'un ton plus irrité que paniqué. Je ne le connaissais que par l'intermédiaire de Zoe, et je n'aimais pas ce que je voyais.

— Mais peut-être les avez-vous fréquentés quand ils étaient encore ensemble ? demanda Jonah en essayant de l'entraîner vers un terrain plus neutre. Ou bien l'avez-vous invité à prendre un verre ?

— Je ne l'ai jamais invité nulle part.

Felix avait une expression plate qui n'était d'aucune aide à Jonah, mais son dégoût était manifeste. Du dégoût pour Aidan. Ça, c'était quelque chose qu'il entendait creuser plus tard, au poste, où tout ce qu'ils diraient serait enregistré.

— Et mercredi ? demanda-t-il en changeant délibérément de sujet. Vous avez vu Zoe, mercredi soir ?

— Mercredi ?

Jonah n'arrivait pas à savoir si Felix était surpris ou pas. Sa panique apparente n'était peut-être qu'une mise en scène, mais elle semblait sans faille. Soit Felix la ressentait vraiment, soit il était incroyablement bon acteur.

— Zoe a vu quelqu'un, tard dans la soirée. Quelqu'un dont la description vous correspond.

— Quoi ? lança Felix en fixant Jonah. Non, ce… ce n'était pas moi. J'étais ici, mercredi. J'ai passé une mauvaise nuit.

— Pas mauvaise au point de vous empêcher d'aller boire un coup dehors ? Et d'être ivre jusqu'à prendre un taxi pour rentrer ?

— Non, répondit Felix.

Il faisait toujours les cent pas, et Jonah commençait à se lasser de ce mouvement perpétuel. Il se demanda comment ses amis le supportaient quand il était dans cet état. Comment Zoe l'avait supporté.

— Non, je ne suis allé nulle part. Qui a-t-elle rencontré ? Un nouveau petit ami ?

— Si sa description vous correspond, il m'a l'air un peu trop âgé pour être un petit ami, répondit Jonah en haussant un sourcil. Vous ne pensez pas ?

— Certaines personnes font plus vieilles que leur âge, dit Felix en reprenant un instant un semblant de contrôle. Je n'ai jamais été l'une d'elles.

Jusqu'à cet après-midi, Jonah aurait souscrit des deux mains, mais, en cet instant, Felix faisait son âge. Et peut-être même plus. Subitement, il était devenu un vieillard frêle, et ce spectacle mettait Jonah mal à l'aise.

— Je ne pense pas que Zoe avait des amis de mon âge. Maeve en a-t-elle mentionné ?

— On creuse la question.

— Bon sang ! Vous avez dit que vous aviez besoin d'aide ! Comment puis-je vous aider si vous ne me dites rien ?

Jonah acquiesça.

— Eh bien, si vous voulez nous aider, vous pouvez le faire correctement. Passez au poste demain et donnez-nous un coup de main, au lieu de faire du piratage en coulisse.

Après avoir dit ça, Jonah se demanda si Felix pouvait en déduire qu'il aurait accès à leurs dossiers. Il songea à corriger cette fausse impression, mais il vit qu'elle exerçait une grosse influence sur lui. Sa respiration s'était apaisée, et son visage avait repris des couleurs.

Jonah quitta Felix et reprit le volant pour rentrer au poste. Une étrange prière lui tournait dans la tête, répétitive comme un mantra, celle de ne jamais se retrouver à l'écart et prêt à tout pour quelques miettes de travail d'enquête, dans l'espoir d'aider un inspecteur animé par ses propres motivations.

24

Juin – cinq mois plus tôt

Latterworth Road était si différent de tous les endroits où Zoe avait jamais voulu vivre qu'elle faillit faire demi-tour et rentrer chez elle. Le calme. Les pavillons de banlieue. Les mères avec les poussettes. Habiter ici serait une sorte d'exil et – pire encore – une confirmation qu'à présent sa vie était finie. Qu'elle ne serait jamais plus une étudiante jeune, attirante et insouciante.

Il était difficile de ne pas détester Maeve à ce moment-là. De ne pas être aussi en colère contre elle qu'elle l'était contre Aidan. Si Maeve avait été l'amie qu'elle aurait dû être, Zoe serait restée.

Mais qu'était-elle censée faire, alors que Maeve la torpillait chaque fois qu'elle en avait l'occasion ? Lorsqu'elle lui transférait des messages d'Aidan, et qu'elle lui disait où la trouver ? À trois reprises, en arrivant chez elle, elle avait repéré la voiture d'Aidan garée non loin, et, chaque fois, Maeve lui avait dit qu'elle était désolée et qu'il l'avait surprise. Qu'elle n'avait pas eu l'intention de le laisser entrer. Qu'elle avait peur qu'il se fasse du mal, d'une façon ou d'une autre.

Zoe avait besoin de prendre ses distances rapidement, et ça signifiait qu'elle devait dire au revoir à leur vieille maison défraîchie mais avec vue sur la rivière, ainsi qu'aux bars, aux pubs et au sentiment de vivre la vie telle qu'elle devait être vécue. Ça signifiait qu'elle devait accepter la proposition de Felix, parce que c'était le seul endroit où elle pouvait emménager dès ce week-end.

Quand il lui ouvrit, Felix avait l'air aussi content qu'elle-même se sentait coupable. Elle semblait incapable de réunir assez d'énergie pour afficher de l'enthousiasme. Il monta les escaliers devant elle en lui disant à quel point il était heureux qu'elle se soit décidée.

— Vous allez être une bien meilleure locataire que la fille qui était là avant vous.

— Elle a déménagé ? C'est réglé ?

— Oui, répondit Felix avec un sourire. Elle est partie hier, alors à vous de décider ce que vous voulez faire.

Il ouvrit et il la fit entrer en lui tenant la porte, avec le geste de quelqu'un qui vous montre une sorte de spectacle. Zoe fit de son mieux pour jauger l'appartement de façon impartiale. Pour évaluer l'espace et la lumière, et non la désespérante absence de vie du lieu.

— Les meubles sont tout neufs, dit-il tandis qu'elle balayait du regard le canapé de couleur claire et la cuisine rutilante. Je songeais à mettre un bureau. Vous pensez que ce serait utile ?

— Ce serait super, répondit Zoe en lui souriant.

Elle se dirigea vers la chambre, très claire, où toute la lumière se reflétait sur le mur de miroirs des portes de la penderie. Au pied du lit, aussi sobre que celui d'un hôpital, on avait posé un duvet roulé et des oreillers.

— Ils sont à moi, dit Felix en les désignant. Vous pouvez les garder.

Zoe acquiesça, puis se tourna vers la penderie. Ne sachant que faire de mieux, elle ouvrit l'une des portes.

— Oh ! s'exclama-t-elle en riant, l'air embarrassé. On dirait qu'elle a laissé quelques affaires.

Elle ouvrit complètement pour que Felix puisse voir les chemises et les vestes pendues à l'intérieur.

— Ah ! lança Felix.

Il s'approcha brusquement et au lieu de regarder de plus près, il referma la porte en la claquant.

— Ne vous inquiétez pas pour ça. Je les lui ferai suivre.

Subitement, Zoe le sentit un peu trop proche d'elle. Elle fit un pas en arrière en lui adressant un sourire gêné.

— Très bien. C'est super d'avoir de l'espace pour accrocher ses vêtements. J'ai trop de fringues, moi.

Pendant un moment, Felix ne dit plus rien, puis il se remit à sourire, aussi chaleureux et plein de confiance que d'habitude.

— Moi aussi.

Il la suivit dans le salon, et elle vit qu'il l'observait pour tenter de deviner si l'endroit lui plaisait. Elle ne savait pas comment lui dire que, ces jours-ci, elle n'arrivait plus à aimer grand-chose.

— Alors, finit-il par dire. Qu'en pensez-vous ?

— C'est super. Merci beaucoup.

— Vous le prenez ?

À l'évidence, il était ravi. Et elle avait envie de l'être, elle aussi.

— Oui, répondit-elle en faisant de son mieux pour sourire. J'aimerais beaucoup.

— Merveilleux ! Merveilleux ! Voulez-vous... Pourquoi ne descendez-vous pas prendre une tasse de thé pendant que je vous imprime un contrat ?

Zoe avait plutôt envie de rentrer chez elle, mais elle acquiesça et le suivit jusqu'à son palier. Au moment où ils arrivaient devant sa porte, le téléphone de Felix vibra.

Il le tira de sa poche et lut. Juste un rapide coup d'œil. Et c'était comme si toute sa vitalité avait été engloutie. Subitement, d'une seconde à l'autre, il était devenu quelqu'un d'autre. Une personne plus âgée, au souffle court et dont les mains tremblaient tandis qu'il essayait d'ouvrir sa porte.

— Tout va bien ? demanda-t-elle.

— Je... Oui, tout va bien, souffla-t-il. Je vais bien. Bien. C'est simplement... un message stressant de la part d'un vieux collègue… Il ne va pas bien, c'est tout, ajouta-t-il d'une voix bizarre en levant les yeux vers elle.

Elle hocha la tête, et se rappela subitement son attitude pendant l'exposition, l'été dernier. Elle avait le sentiment qu'il se passait pas mal de choses autour de Felix. Cachées pour la plupart.

Il dut s'y reprendre à trois fois pour glisser la clé dans la serrure et la faire tourner, et, même si Zoe aurait adoré trouver une excuse pour s'en aller, elle se sentit incapable de l'abandonner dans cet état.

— Laissez-moi vous préparer ce thé, dit-elle. Asseyez-vous et détendez-vous un peu.

Il fallut à Felix une quinzaine de minutes pour pouvoir se remettre à parler. Pendant tout ce temps, il avait à peine prononcé un mot, mais il avait laissé bavarder Zoe et ça l'avait calmé au point qu'il pouvait à présent s'exprimer, et, pour elle, se trouver là et l'aider lui faisait sentir que tout était à sa place. Que c'était pour cette raison qu'elle avait vu le jour.

Elle pouvait aider d'autres gens, aussi. Elle pouvait réparer ses torts avec Victor et Maeve, recommencer à les aider et à les soutenir. S'occuper de tous ces gens et laisser sa lumière les pénétrer ; d'une certaine façon, ça lui suffisait. Elle pourrait être heureuse simplement en les regardant s'épanouir.

— J'ai un syndrome de stress post-traumatique, finit par avouer Felix. Il est déclenché par les choses les plus étranges. Parfois, c'est juste… une image, ou un son. C'est tellement difficile à prévoir.

Elle acquiesça et vint s'asseoir en face de lui avec sa tasse de thé.

— Ou un texto ?

— Oui, répondit Felix en soupirant. Oui, parfois.

— C'était en rapport avec votre travail ? Le traumatisme ?

Felix se mit à lui raconter son histoire. Elle commençait sept ans auparavant, quand il était inspecteur. Il pourchassait un violeur en série qui avait tenté d'étrangler l'une de ses victimes.

— Je revenais d'un interrogatoire. Il était tard. Et le standardiste m'a signalé un crime qui était peut-être en rapport avec mon enquête. Une petite fille qui disait que sa maman avait été agressée.

Felix but une grande gorgée de thé avant de poursuivre. À voir comment ses yeux brillaient, elle comprenait qu'il essayait de ravaler bien plus qu'un simple thé.

Il était arrivé sur les lieux avant les voitures de patrouille. Cela se produisait parfois, et, cette nuit-là, il n'était qu'à deux rues de la scène de crime. La maison était silencieuse, mais la porte d'entrée, entrouverte, bougeait un peu au gré du vent.

— Je savais que j'arrivais trop tard. J'ai saisi ma matraque et je suis entré, mais j'aurais dû entendre quelque chose, la mère ou la fille auraient dû être dehors à attendre la police.

Il avait trouvé la petite fille accrochée à sa mère inconsciente, avec une blessure au ventre qui avait beaucoup saigné quand elle avait rampé vers elle.

— Elle avait quatre ou cinq ans. Une jolie petite chose blonde. Elle était… Elle était encore vivante, et elle avait tellement peur de voir que sa maman ne bougeait plus. Quand je suis arrivé et que j'ai mis les mains sur son ventre pour essayer de stopper l'hémorragie, elle m'a demandé si elle allait mourir.

Zoe tendit la main et prit la sienne, sentant sa gorge se serrer. Elle avait vraiment de la peine pour lui.

— Je lui ai menti. Je lui ai dit : « Tu vas aller bien. Les médecins vont bientôt arriver. Tu entends leurs sirènes ? C'est eux. Ils vont te soigner. » Et elle m'a répondu qu'elle ne se sentait pas bien, et que ses yeux étaient bizarres. J'ai ôté une de mes mains de sa blessure pour lui caresser la joue.

Un long silence s'installa.

— Elle est morte quelques minutes avant l'arrivée de l'ambulance, finit-il par dire. Cette petite fille blonde qui avait essayé d'aider sa maman. Et je ne sais pas vraiment pourquoi… ou peut-être que si… mais ça m'a anéanti. Ça m'a cassé en deux, et je ne pouvais plus continuer à faire ça.

Ils avaient dû l'arracher de force à la petite fille. Il était incapable de lâcher sa main.

— Et après, vous êtes parti ? Vous avez démissionné ?

Felix lui adressa un regard étrange. À mi-chemin entre la colère et la supplication.

— Non… Je suis resté quelques mois de plus. Puis j'ai perdu mon calme avec un suspect, et je l'ai tabassé. Et ensuite… Eh bien, ils ont fouillé mon bureau et ils ont trouvé cette… poupée qui appartenait à la petite fille morte. Je l'avais prise dans sa chambre. Pour une raison quelconque, la seule chose qui m'aidait à me sentir mieux, c'était de la consoler. De continuer à la consoler. Je pense que, quelque part dans ma tête, j'avais l'impression que c'était la petite fille que je consolais…

Cette nuit-là, Zoe mit longtemps à trouver le sommeil. Elle se sentait prise du désir horrible et compulsif de penser à cette pauvre petite fille et à Felix. Et elle ne savait pas pourquoi, mais ce qu'elle trouvait le plus terrible, c'était de l'imaginer en train de bercer la poupée d'une enfant morte.

25

Jonah regagna le bureau de la Crim et ferma la porte de la salle de réunion. Il s'installa dans son fauteuil et tenta de trier ses idées pendant que l'équipe passait en revue les centaines d'heures de vidéo des caméras de surveillance pour retracer les déplacements de Zoe et découvrir d'où venait la silhouette à la casquette. Mais, comme Wilkinson aimait souvent à le lui rappeler, il était inutile d'embaucher un employé de maison si c'était pour passer ses journées à faire le ménage soi-même. Ce qui, entre autres choses, était symptomatique des différences entre le mode de vie de Jonah et celui du divisionnaire.

En ce moment, Jonah était confronté à un problème courant en matière d'enquêtes. Il y avait de grandes zones où rien ne semblait coller, et tout un tas de personnes avaient l'air louches. Heureusement qu'on vivait à une époque où les possibilités pour pister les gens ne manquaient pas.

En outre, certains points de procédure étaient incontournables. Il avait conscience que le temps était venu d'informer les Swardadine des derniers développements de l'enquête.

Il serait peut-être utile de leur parler du type éméché que Zoe avait vu le mercredi soir au bar, décida-t-il avant de composer leur numéro.

Siku répondit presque immédiatement.

— Oui ? lança-t-elle d'un ton sec.

— Inspecteur Sheens à l'appareil. Je voulais vous dire où nous en sommes, et également vous poser quelques questions.

Elle l'écouta en silence lui raconter que Zoe était sortie le jeudi dans l'après-midi. Il ne fut pas surpris d'apprendre qu'elle n'était au courant de rien à ce propos. Puis il passa à la soirée de mercredi.

— Un homme âgé ? demanda Siku.

— Oui. Les cheveux blancs, bien habillé, d'après les descriptions.

— Son propriétaire ! s'exclama Siku. Felix.

— On creuse la question. Pour le moment, il nie qu'un tel rendez-vous ait eu lieu.

Jonah laissa un court silence s'installer, puis reprit la parole.

— D'après vous, elle ne voyait personne d'autre ? Aucun… petit ami ? Après sa rupture avec Aidan ? Je sais que cet homme était plus âgé, mais peut-être qu'à la suite de cette relation…

À nouveau, le silence se fit.

— Je ne crois pas, déclara finalement Siku. Elle ne m'en aurait peut-être pas parlé, si elle ne l'avait vu qu'à quelques reprises, mais… J'essayais de l'encourager à trouver quelqu'un d'autre, mais elle était assez réticente. C'était tellement frustrant. Elle n'a jamais réussi à vraiment se détacher d'Aidan.

Jonah acquiesça.

— Je pense devoir porter à votre connaissance de nouvelles informations à propos d'Aidan Poole. Elles ne l'impliquent pas directement dans le meurtre, mais elles sont tout de même significatives.

— Il a fait quelque chose d'autre ? demanda aussitôt Siku.

— Eh bien, oui et non. Il a menti quand il a dit que Zoe et lui avaient renoué. Ils avaient définitivement rompu en mai, et elle avait coupé tout contact. Il a admis l'avoir vue parce qu'il l'espionnait à travers sa webcam.

Nouveau silence.

— Quel salaud ! Et sournois avec ça !

Sa voix était rauque d'émotion, et Jonah ne pouvait pas dire grand-chose pour la réconforter. Il ne pouvait pas altérer les faits, et il était juste que les parents soient les premiers informés, avant que cela ne filtre.

— Je suis vraiment désolé. Mais, au moins, il en subira les conséquences. Il va certainement être poursuivi.

— C'est forcément lui, lança Siku d'une voix grave et féroce. Il l'a espionnée et il l'a tuée. Il était obsédé, c'est ça ?

— C'est une possibilité, parmi beaucoup d'autres. Et je vous tiendrai au courant dès que nous aurons du nouveau.

De toute évidence, Hanson attendait qu'il raccroche pour lui parler parce qu'elle se présenta devant sa porte tout de suite après.

— On a un peu avancé avec les caméras de surveillance, monsieur. On a Victor Varos qui monte dans un taxi à 20 h 15, en centre-ville, et qui part en gros dans la direction de l'appartement de Zoe. Je vais vérifier les autres caméras sur le chemin, mais il est très possible que ce soit lui, celui qui l'attendait devant chez elle.

— Bon boulot, répondit sincèrement Jonah. Vous pouvez m'envoyer les images ?

Il s'installa à son bureau pour les regarder, car il voulait se faire sa propre opinion au lieu de passer par le filtre de l'équipe. Il ne dut pas attendre longtemps pour voir Victor apparaître à l'écran, une silhouette vêtue de noir qui gagnait la station de taxis à côté de l'église de Holyrood. Il portait une veste légère, tandis que les autres passants étaient emmitouflés, et il marchait d'un pas hésitant.

Il se penchait pour parler au chauffeur du premier taxi de la file, puis, après s'être escrimé quelques secondes pour ouvrir la portière, il grimpait à l'arrière.

Jonah coupa la diffusion au moment où le taxi s'éloignait vers le nord. Victor était monté à bord à 20 h 15, l'air ivre, et s'était éloigné en direction de l'appartement de Zoe. Il était très possible que, ne trouvant personne à son arrivée, il l'ait attendue.

Jonah réfléchissait à tout cela quand son téléphone sonna. Dans un premier temps, il ne reconnut pas la voix de Martin Swardadine. Depuis leur premier coup de fil, Martin avait perdu son ton d'autosatisfaction polie. La prononciation parfaite et la voix posée. À la place, il ne restait qu'une chose plate, fêlée et crue.

— Je suis désolé, inspecteur. Je vous ai fait perdre du temps, mais ce n'était pas intentionnel. L'autre homme... L'imbécile éméché qu'elle est venue aider mercredi soir... c'était moi.

Écouter Martin n'était pas facile. La honte qui perçait dans ses propos était gênante à entendre, et, d'instinct, Jonah avait envie de tout faire pour le soulager.

Martin lui avoua qu'il avait un problème avec l'alcool. C'était quelque chose qu'il avait essayé de cacher à sa femme pendant des années. Il avait fini par s'en ouvrir à Zoe.

— C'était si facile de parler avec elle ! s'exclama-t-il, la voix pleine d'émotion. J'avais honte de m'appuyer sur elle, mais elle était si douée pour me réconforter. Elle avait foi dans le fait que je puisse m'en sortir, mais elle ne me jugeait pas quand je n'y arrivais pas. Quand je procrastinais pour me faire aider, ou quand je gâchais tout et que je me prenais une cuite, elle était toujours là.

— Et vous étiez à Southampton, cette nuit-là ?

— Oui.

Un silence pesant s'ensuivit.

— J'y suis resté toute la journée, reprit-il. Mes rendez-vous ne s'étaient pas bien passés. Ces gens-là lisaient en moi comme dans un livre ouvert. Certaines personnes sont comme ça. Elles... Elles posent leurs questions, et la façon dont elles vous regardent pendant que vous essayez de leur fourguer votre baratin habituel...

Il se racla bruyamment la gorge.

— J'ai dit à Siku qu'il valait mieux que je les invite à dîner, mais, en réalité, je suis allé m'asseoir dans le premier bar que j'ai trouvé. Je n'aurais pas dû appeler Zoe. Elle n'avait pas besoin de ça. Elle avait déjà suffisamment à faire avec ses propres problèmes.

— Elle est venue vous retrouver ?

— Oui. Comme toujours. Quoi qu'elle ait été en train de faire. Elle venait à mon secours... jusqu'à Londres, parfois. Cette fois-ci, c'était pire, je crois. Je me souviens d'avoir vraiment vomi, et je n'étais pas bon à grand-chose. Alors, elle m'a emmené à la gare en taxi et elle m'a acheté de l'eau, des chips et du chocolat tandis que nous attendions le dernier train, puis elle m'a forcé à manger et à boire jusqu'à ce que je me sente un peu mieux. Elle m'a même demandé si je voulais qu'elle vienne avec moi, mais, à ce moment-là, je commençais à reprendre mes esprits et je lui ai dit de rentrer. Et alors... Alors, je suis tombé les quatre fers en l'air au moment de monter dans le train, et elle a dû m'aider à grimper dedans. Je ne me suis même pas fait mal, c'était simplement... pathétique. Un échec total. Je n'étais qu'un échec spectaculaire, une personne inutile.

Jonah termina de griffonner ses notes.

— Ça nous aurait aidés d'avoir cette information plus tôt, monsieur Swardadine.

— Je sais, répondit-il d'une voix rauque. Je sais. Je suis désolé. Quand vous m'avez posé des questions sur elle, Siku était là... J'avais honte, tout simplement. À présent, Siku est au courant. Je lui ai tout avoué. Même si c'était la dernière chose qu'elle avait envie d'entendre en ce moment.

— Eh bien, j'apprécie le fait que vous nous en ayez parlé. Je vous tiens au courant dès que nous avons du nouveau.

Jonah raccrocha et retourna auprès de son équipe.

— Je vais demander à Victor et à notre témoin du pub de passer, mais, entre-temps, quelqu'un peut harceler le bureau de Martin Swardadine jusqu'à ce qu'on soit sûrs que son alibi tient ?

Victor s'avéra élusif. À 18 heures, tandis que la recherche sur les images des caméras de surveillance se poursuivait,

Jonah avait tenté de le joindre sur son portable et au café, puis il avait appelé Maeve et Angeline pour leur demander si elles l'avaient vu. Ce n'était le cas pour aucune des deux.

Leur témoin téléphonique, qui était arrivé vers 17 h 15, semblait assez gêné de s'être trompé de jour.

— J'y étais les deux soirs, dit-il en guise d'excuse. Et j'ai dû supposer que ça s'était passé le jeudi parce que c'est le jour où elle a disparu.

Quand on lui avait présenté une série de photographies, il avait immédiatement identifié Martin Swardadine, même s'il s'agissait d'un cliché très professionnel et policé.

— C'est lui. Il avait un peu plus de barbe, mais c'est lui.

Au moment où il s'en allait, Lightman reçut un coup de fil du bureau de Martin Swardadine. Lightman croisa le regard de Jonah en attendant que son interlocuteur lui donne tous les détails.

— Il y était vraiment, retransmit-il après avoir raccroché. Ils étaient deux au dîner avec le client, Martin et le P-DG. Ils ont tous beaucoup bu, mais c'est Martin qui leur a appelé un taxi à 23 h 40. Il était là-bas.

— Bon, eh bien, ça, c'est réglé, dit Jonah en acquiesçant de la tête. Il n'aurait pas pu retrouver Zoe à l'heure de sa mort, selon la fenêtre des légistes, et il n'était certainement pas chez elle à 23 heures, notre horaire le plus probable… Vous avez avancé avec l'ancienne locataire de Felix Solomon ? ajouta-t-il en se tournant vers Hanson.

Elle secoua la tête.

— Il prétend qu'il ne retrouve pas ses coordonnées. Quand on voit à quel point il est méticuleux, je dirais que c'est de l'obstruction délibérée.

— J'aimerais bien savoir ce qu'elle pourrait dire sur lui, de manière générale. Je me demande si les voisins ne pourraient pas nous aider.

— Le voisin non pédophile ?

Jonah lui sourit.

— Le voisin non pédophile pour autant que nous le sachions.

La maison semblait bouger et craquer plus encore que d'habitude, et les sons lui parvenaient par intermittence, à travers la rumeur de la pluie. Greta avait cru s'y être accoutumée, mais maintenant qu'Aidan était parti, c'était comme si la maison avait gagné une nouvelle personnalité, plus dissolue, et qu'elle était déterminée à lui rappeler sa solitude à la nuit tombante. Qu'est-ce que ce serait tout à l'heure, quand elle devrait aller se coucher toute seule ?

Elle avait sorti son ordinateur portable, un signe de sa détermination à continuer de travailler malgré son misérable mari. Mais, comme c'était prévisible, elle n'avait pas écrit un mot. Elle ressassait la conversation avec Aidan, et, chaque fois, elle éprouvait la même douleur à cause de ce qu'il avait fait, brûlant d'envie de lui hurler dessus.

Elle savait qu'elle s'était montrée cruelle. D'une certaine façon, elle lui avait probablement donné des raisons de croire que ses actes se justifiaient. Elle s'était montrée dure, froide et elle était furieuse. Mais en même temps, elle ne pouvait pas se résoudre à le regretter. Si quelque chose la réconfortait un peu, c'était de lui avoir dit ses quatre vérités. Elle lui avait fait sentir de quel bois elle se chauffait.

Et, à présent, quelques heures plus tard, elle avait désespérément envie d'en parler avec quelqu'un. Il fallait que ça sorte ! Mais la pulsion de tout déverser le disputait à un sentiment d'humiliation totale. Il avait couché avec une étudiante, et toute la passion, la force et l'amour qu'elle avait placés dans leur mariage ne signifiaient rien. Pas plus que tout ce qu'elle avait fait pour rester mince, en forme et jolie.

— Va te faire foutre, Aidan, murmura-t-elle pour la quinzième fois peut-être. Va te faire foutre pour m'avoir infligé ça.

Et le pire, la chose qu'elle refusait d'admettre alors qu'elle avait bloqué puis débloqué son numéro, c'était qu'une partie d'elle-même n'était ni forte, ni froide, ni en colère. Une partie d'elle-même voulait simplement qu'il revienne et qu'il lui dise que tout cela n'était qu'une grosse erreur et qu'il ne recommencerait jamais, au grand jamais. Une partie d'elle-même désirait croire qu'il n'avait pas aimé quelqu'un d'autre, et qu'elle représentait tout pour lui.

Elle avait vraiment besoin d'un verre. Peu importait le nombre de fois où elle s'était dit qu'elle n'en avait pas besoin pour supporter ça ! Pour l'instant, boire un verre était son unique envie.

Elle se dirigea vers la cuisine, jambes tremblantes, et prit l'une des grandes coupes de dégustation qu'on leur avait offertes pour leur anniversaire. Elle la remplit, puis rangea la bouteille, mais elle la ressortit et l'emporta dans le salon. Elle patienta, le temps que les premières gorgées lui procurent un peu de bien-être, et, quand elle vit qu'il ne se passait rien, elle vida calmement son verre puis le remplit à nouveau.

Mon Dieu, qu'est-ce qu'elle le détestait ! Elle le détestait plus qu'elle n'avait détesté quiconque dans sa vie.

Les premiers effets du délassement chaleureux de l'alcool commençaient à se faire sentir lorsqu'en levant les yeux elle vit un visage qui la fixait de l'autre côté de la vitre. L'espace d'un instant, elle pensa que c'était peut-être Aidan. Mais elle connaissait trop bien ses traits. Elle connaissait sa silhouette. Ça, c'était un autre homme, debout à quelques mètres de sa fenêtre.

Le choc produisit quelque chose d'horrible dans sa poitrine. Leurs regards se croisèrent, puis il se détourna et disparut.

Le cœur de Greta battait à tout rompre. Elle était malade de peur. Où était-il passé ? Que voulait-il ?

Elle se précipita vers la porte d'entrée et passa la chaîne d'une main tremblante, puis elle pensa à la porte de service et aux baies vitrées. Elle courut jusqu'à elles et les verrouilla. Ensuite, elle prit son téléphone et alla s'enfermer dans la salle de bains. Assise sur le rebord de la baignoire, elle demeura dans le noir, totalement secouée.

Elle pensa à la police. Puis elle songea au sergent qui lui avait préparé du thé l'après-midi même. À quel point il s'était montré fort, capable et apaisant.

Elle avait déjà enregistré son numéro dans son téléphone, ce qui était une bonne chose, parce que ses mains tremblaient tellement qu'elle avait du mal à presser les boutons.

Hanson avait très mal à la tête. Des vagues de douleur semblaient irradier de ses yeux. Sa migraine s'était déclenchée quarante minutes après qu'elle avait commencé à visionner les images des caméras de surveillance, et ça empirait malgré les deux cachets de paracétamol qu'elle avait fait passer avec du thé froid.

L'enthousiasme initial après la découverte de Victor Varos avait rapidement laissé place à la déception. Elle ne parvenait pas à le situer dans le quartier de Zoe à la bonne heure, ni, d'ailleurs, nulle part où elle s'attendait à le voir apparaître.

Encore un quart d'heure, se dit-elle. Et au cours de ces quinze minutes, tu vas le trouver.

Elle fut contente d'être interrompue par la sonnerie du téléphone de Lightman. Ça lui donnait une excuse pour détourner les yeux de l'écran un instant et se masser de nouveau les tempes.

— Sergent Lightman, répondit-il comme d'habitude.

Il écouta quelques instants.

— Vous pensez qu'il est encore là ? Oui, d'accord. Je vais immédiatement envoyer un agent et je passerai aussitôt que possible.

À peine avait-il raccroché que Sheens réapparut. Hanson jeta un coup d'œil interrogateur à Lightman.

— C'était Greta Poole. Elle dit que quelqu'un l'observait par la fenêtre, et qu'elle ne sait pas si l'individu est encore là.

Hanson brandit le poing en signe de victoire.

— Je vous l'avais dit ! Les groupies de Lightman ne nous déçoivent jamais.

Jonah rentra chez lui à 19 h 30. Lightman avait confirmé qu'il était chez Greta Poole, et qu'elle ne semblait courir aucun danger.

On n'avait toujours pas de nouvelles de Victor Varos, et, même si sa disparition commençait à inquiéter Jonah, rester au poste n'allait pas beaucoup l'avancer en la matière. Il était possible que Victor ignore leurs appels et qu'il soit allé embêter Greta Poole, mais il était également possible qu'il se soit enfui, et qu'il l'ait fait parce qu'il avait quelque chose à cacher.

Les images des caméras de surveillance ne permettaient pas de trancher. À 21 heures, Victor aurait pu se trouver chez Zoe et s'engueuler avec elle. Il aurait aussi pu revenir plus tard pour la tuer. Mais rien ne le prouvait.

Jonah avait demandé à O'Malley de passer chez Victor en rentrant chez lui, pour voir si quelqu'un s'y trouvait. À ce stade, c'était tout ce qu'il pouvait faire.

Pour rentrer, Jonah emprunta un chemin qui l'amena en haut de Furzley Lane, où le cottage de Jojo était probablement remis à neuf, à présent. Il tenta d'apercevoir les cheminées, comme le soir où, passant par là, il avait vu le ciel s'embraser d'un rouge furieux.

Ce soir, en revanche, il n'y avait rien à voir. Les cheminées étaient masquées par les arbres, pourtant nus, et la distance entre eux le poignit légèrement, d'une douleur qui persista tandis que ses pensées glissaient doucement vers Michelle.

Lightman l'appela un peu plus tard à propos de l'intrus chez Greta Poole.

— Ça semble sérieux, dit-il. L'un des voisins a vu un homme sortir en courant de l'allée de Greta à peu près à la bonne heure. Greta Poole elle-même persiste et signe, même si elle a un peu bu.

— Intéressant, répondit Jonah. L'un des deux a-t-il fourni une description ?

— Rien, à part qu'il s'agissait probablement d'un homme du quartier. Greta n'est pas totalement claire là-dessus. Elle s'est rendu compte que ce n'était pas Aidan grâce à sa coiffure et à sa stature, mais elle n'a pas bien vu son visage, et tout s'est passé très vite. Elle a eu la sensation qu'il avait une barbe, ou une écharpe sur le bas du visage, mais c'est à peu près tout.

— Pas de couleur ?
— Non.
— C'est dommage, dit Jonah pensivement. Ça m'aurait intéressé de savoir si c'était notre jeune suspect brésilien en cavale.
— Je lui ai demandé de nous passer un coup de fil si d'autres détails lui reviennent.
Jonah raccrocha, et il était déjà chez lui quand O'Malley appela à son tour.
— Ici, pas de Victor, mais j'ai demandé à son colocataire de nous prévenir quand il rentrera.
— Super. Merci, Domnall.
C'était l'heure de dîner, et il n'avait rien de particulièrement facile à cuisiner. En cherchant un peu, il vit qu'il disposait des ingrédients pour préparer un curry à la noix de coco, alors il se mit à peler des oignons. Pendant qu'ils blondissaient, il se prépara une tasse de thé, tandis que ses pensées revenaient vers Jojo et l'incendie. C'est alors qu'il se rendit compte qu'il n'avait jamais répondu à son message.
Pour une raison ou pour une autre, le fait d'avoir loupé la fenêtre pendant laquelle il pouvait la contacter le mit plus mal à l'aise qu'avoir couché avec son ex le samedi précédent. Il rédigea une longue réponse pleine d'excuses tout en éminçant les légumes et en remuant. Il inclut une brève description du merdier dans lequel ils étaient au boulot, et lui demanda pendant encore combien de temps elle comptait demeurer dans le trou du cul du monde. Il ne parla pas de Michelle, et, quand il envoya son message, il ne se sentit pas franchement mieux.
Il était assis devant son assiette quand O'Malley le rappela.
— Victor est de retour chez lui. Son coloc m'a envoyé un texto.
— À l'instant ?
— Oui.
Jonah jeta un coup d'œil à l'horloge du micro-ondes. 21 h 50. Deux heures et demie après que quelqu'un était allé espionner Greta chez elle.

— Merci, Domnall. Tu pourrais regarder pour moi les horaires des trains d'Alton à Southampton ?

— Bien sûr, patron. Tant que je ne suis pas obligé d'y aller moi-même.

— Non ! On va le laisser tranquille pour ce soir. Mais demain à la première heure, s'il n'a pas rappelé, je passerai le voir en personne.

Il parvint à manger la moitié de son curry avant le coup de fil suivant.

— Désolé, patron, dit Hanson. Angeline vient de m'appeler sur mon portable en demandant à vous parler. Je lui ai expliqué que j'étais chez moi, mais elle a beaucoup insisté. Elle semble avoir bu, pour le moins.

— Elle a quelque chose à dire ?

— Apparemment.

— Très bien. Je vais l'appeler. Elle sera peut-être plus bavarde si elle est éméchée. Pouvez-vous m'envoyer son numéro ?

Il avala encore quelques bouchées en attendant le texto de Hanson, puis appela Angeline dès qu'il le reçut.

— Inspecteur Sheens à l'appareil, Miss Judd. Que puis-je pour vous ?

— Vous pouvez m'aider. Je sais qui l'a tuée.

Angeline avait la voix pâteuse, mais un ton triomphant. Instinctivement, Jonah se sentit sceptique, mais il avait depuis longtemps appris que les personnes les plus improbables pouvaient se révéler pertinentes.

— Qui a tué Zoe ?

— À l'évidence, c'était Victor, répondit-elle avec une arrogance d'adolescente. Il a menti. Il a dit qu'il ne l'avait pas vue, mais ce n'est pas vrai.

Jonah essaya de réprimer un soupir. Il se mordit la langue pour ne pas demander à Angeline pourquoi elle n'en avait rien dit plus tôt.

— Quand l'a-t-il vue ? demanda-t-il plutôt en écartant son assiette et en cherchant de quoi noter.

Ne trouvant aucun papier, il finit par saisir l'enveloppe d'une facture de gaz, qui ferait tout aussi bien l'affaire.

— Jeudi, déclara Angeline avec une satisfaction visible. Il a menti, et je l'ai démasqué. Il connaissait la raison pour laquelle Zoe et moi on s'était engueulées le jeudi matin, mais il était censé ne pas l'avoir vue depuis le mercredi. Et quand je l'ai vu le jeudi soir, il se disputait avec quelqu'un.

— Excusez-moi ? Vous l'avez vu quand ?

— Le jeudi soir. Quand je suis allée acheter du vin.

Jonah fit une pause.

— Vous n'aviez jamais mentionné ça.

— Ah bon ? J'ai dû oublier. Ça a été…

Sa voix se brisa, malgré son ébriété apparente. Jonah eut subitement la sensation qu'Angeline savait exactement ce qu'elle faisait. Que cette jeune femme d'aspect fragile cachait une intelligence aiguisée que personne n'avait encore remarquée.

— Vous avez dit qu'il se disputait.

— Oui. Au téléphone.

— Pouvez-vous décrire précisément ce qui s'est passé ? demanda-t-il calmement.

Une partie de l'esprit de Jonah se focalisait sur ce qu'Angeline tentait de faire. Avait-elle décidé de leur jeter Victor en pâture, comme une sorte de vengeance ?

— À partir du moment où vous êtes sortie de chez vous. Vous habitez où, d'ailleurs ?

— Dans Hill Lane.

Il nota l'information, puis lui demanda de préciser à quelle hauteur. Hill Lane traversait la ville du nord au sud et s'étendait en périphérie. Sur une courte distance, elle courait parallèlement à Latterworth Road, une rue beaucoup plus courte et étroite à deux pâtés de maisons. Jonah l'avait déjà empruntée pour se rendre chez Zoe.

Il pressa Angeline pour obtenir plus de détails, et finit par apprendre que l'appartement d'Angeline n'était qu'à huit cents mètres de celui de Zoe.

— Et où alliez-vous ?

— Je vous l'ai dit. Acheter du vin.

Dans l'écouteur, Jonah entendit des bruits de fond, et Angeline se tut pendant un instant.

— Vous êtes en compagnie de quelqu'un ? demanda-t-il.

Un bref silence suivit sa question.

— Non, répondit-elle d'un ton provocant. Pourquoi aurais-je besoin de compagnie. Je ne suis plus une enfant.

— Bien sûr que non. Alors, vous avez remonté la rue jusqu'au magasin de spiritueux.

— Et j'ai croisé Victor, qui criait sur quelqu'un au téléphone. En fait, je l'ai d'abord entendu, et ensuite je l'ai vu.

— Et c'était à quelle heure exactement ?

— Exactement, je ne sais pas, mais c'était avant que le magasin ferme, c'est-à-dire avant minuit.

— Mais est-ce que ça aurait pu être beaucoup plus tôt ? À 20 ou 21 heures ?

— Non, c'était plus tard. J'ai vu les infos de 22 heures. Je m'étais endormie et, quand je me suis réveillée, elles passaient à la télé. C'était horrible.

Jonah tenta de replacer l'événement dans l'image mentale qu'il s'était faite de la soirée du jeudi.

— Et vous étiez ivre quand vous l'avez vu ?

Elle ne répondit pas tout de suite.

— C'était avant que j'aille au magasin, lança-t-elle froidement.

Ce qui n'était pas vraiment un non, pensa Jonah.

Il demanda à Angeline de passer au poste le lendemain pour faire sa déposition, sans trop savoir jusqu'à quel point il pouvait y croire. Ce souvenir subit, le fait qu'elle était probablement ivre à ce moment-là, et qu'elle l'était certainement maintenant… Il entendit un nouveau bruit en arrière-plan avant de raccrocher, et eut la certitude qu'elle était avec quelqu'un. Il aurait bien aimé savoir qui.

Il était difficile de ne pas penser à Felix Solomon, qui avait accès aux données de la police. Il pouvait peut-être consulter leurs dossiers à eux, si ça se trouvait, et avoir ainsi appris que tous les yeux se tournaient à présent vers Victor Varos ? C'était peut-être lui qui tenait compagnie à Angeline ? Ces deux-là se connaissaient-ils, et jusqu'à quel point ?

Pour l'instant, sa réflexion n'avait guère dépassé les conclusions basiques. L'élément principal, c'était qu'Aidan Poole avait été piégé. Ce qui voulait dire que quelqu'un avait eu accès à ses empreintes digitales.

Zoe s'était engueulée avec quelqu'un à 21 heures, mais Jonah n'avait jamais vraiment souscrit à l'idée du meurtre planifié et mené à bien en quatre-vingt-dix minutes, à la suite d'une dispute. C'était par trop improbable. Le soin qu'on avait pris à maquiller ça en suicide. Le desflurane. Les empreintes.

À présent, Angeline déclarait que Victor avait vu Zoe, et Jonah tendait à penser que l'heure la plus vraisemblable, c'était 21 heures. Victor avait très bien pu se prendre le bec avec elle. Il avait démontré qu'il avait un sale caractère, et si Zoe s'était subitement montrée indifférente ou furieuse, comme cela semblait avoir été le cas, il avait pu mal réagir. Mais Jonah avait du mal à l'imaginer retournant à l'appartement pour y commettre un meurtre de sang-froid à peine une heure et demie plus tard.

L'assassin s'était peut-être disputé avec Zoe, mais bien avant. Angeline et Felix l'avaient fait plus tôt dans la journée. Et la gravité prétendue de ces deux querelles, de même que leur sujet, ne reposait que sur leurs déclarations.

Victor pouvait leur en apprendre beaucoup plus sur ce qui s'était réellement passé avec Angeline. S'ils le persuadaient de leur parler.

L'espace d'un instant, la théorie de Hanson – l'idée qu'en fait l'assassin travaillait en binôme – lui revint à l'esprit. D'instinct, il en avait douté, mais, à présent, après cet étrange coup de fil, et en songeant que Felix et Angeline étaient tous deux en mauvais termes avec Zoe le jour de sa mort, il n'en était plus si sûr.

26

21 novembre, 16 h 45 – six heures plus tôt

Zoe déambulait depuis des heures. Parfois, elle était submergée par le dégoût d'elle-même, et, parfois, elle éprouvait une telle colère pour chacune des personnes présentes dans sa vie que l'intérieur de son crâne lui semblait une sorte d'enfer, une horrible fournaise qui menaçait de carboniser tous les gens autour d'elle.

Elle en avait tellement marre de leurs conneries, et des siennes aussi. Elle avait vraiment essayé de croire qu'apporter de la joie aux autres lui suffirait, mais, la veille au soir, quelque chose avait basculé en elle. Elle s'était rendu compte, au plus profond d'elle-même, que sa façon de penser ne reposait que sur une invention.

Elle avait fini par comprendre que la joie des autres ne signifiait rien. Rien du tout. Peut-être parce que personne dans son entourage ne semblait plus heureux. Peu importait le nombre de fois où elle leur remontait le moral. Ou le nombre de fois où elle leur parlait patiemment de la cause de leur mal-être. Aucun ne changeait jamais. Ni Maeve. Ni Victor. Ni Felix. Ni Angeline. Ni son père.

La seule qui changeait, c'était elle. Elle coulait avec eux, elle se noyait dans leur misère.

Et c'était peut-être aussi parce que le bonheur des autres peut vous lacérer. Il peut vous transpercer et vous donner envie de hurler.

C'était le bonheur de Greta Poole qui avait fini par briser Zoe. Elle avait passé tant de temps à se dire que la femme d'Aidan le méritait. Qu'il n'était qu'un salaud qui la trompait, et qu'il recommencerait.

Et alors, la veille, elle les avait vus. Elle avait quitté ses amis pour aller aider son père, et elle avait vu Greta et Aidan attablés derrière la vitre d'un restaurant, à peine deux portes plus loin. Ils rayonnaient, ils étaient beaux, et Zoe avait dû se pencher sur le caniveau pour vomir comme une vulgaire poivrote.

En se redressant, elle s'était sentie étrangement légère. Elle avait imaginé qu'un terrible fardeau venait de la quitter en la laissant à la dérive.

Ne sachant que faire d'autre, elle était allée porter secours à son père. Par habitude, c'est tout. Une habitude qui la poussait à dérouler le processus compassionnel, même si elle savait que tout là-dedans était creux et factice. Même si elle le détestait.

Cette habitude l'avait emmenée jusqu'à la gare avant de la déserter aussi, ne laissant derrière elle qu'une rage incontrôlable. Quand son père avait levé la jambe pour monter dans le wagon, elle l'avait poussé, assez fort pour qu'il se cogne la tempe sur l'un des montants et qu'il tombe. Elle espérait non sans perversité que, le lendemain, l'hématome se verrait, pour que tous ceux qui travaillaient avec lui se rendent compte de ce qu'il était vraiment.

Tandis qu'il gémissait, étalé sur le sol, elle n'avait ressenti aucune honte. Aucun des sentiments horrifiés qu'elle aurait dû éprouver. Elle ne ressentait qu'une étrange impression de liberté, et elle sourit en faisant semblant de l'aider et de le dorloter tandis qu'elle lui disait qu'il avait trébuché et qu'elle avait essayé de le retenir.

Au matin, il lui avait envoyé un texto pour s'excuser, et elle n'avait ressenti que du dégoût. Alors, elle n'avait pas répondu.

Pas aujourd'hui. Aujourd'hui, elle ne se souciait plus de ça. Elle se moquait des sentiments de son père, ou de ceux d'Angeline. C'était presque satisfaisant de dire à une amie qu'elle était inutile. Brisée. Et de le penser vraiment.

Puis elle était sortie de chez elle à temps pour aller en cours, le visage glorieusement vierge de tout maquillage, et elle était partie dans l'autre direction, se détestant autant qu'elle détestait les autres. Ce n'est qu'au bout d'un très long moment qu'elle avait commencé à baigner dans une sorte d'hébétude creuse quasiment supportable.

À huit cents mètres de chez elle, son téléphone sonna. Il était au fond de son sac et elle n'arrivait pas à mettre la main dessus. Mon Dieu, qu'est-ce qu'elle détestait cette sonnerie joyeuse ! Pourquoi diable l'avait-elle choisie ? C'était une véritable torture.

— La ferme ! cria-t-elle en s'escrimant pour ouvrir son sac. La ferme ! La ferme ! La ferme !

La sonnerie se tut, Dieu merci ! Mais elle reprit aussitôt. Le salaud qui l'appelait n'avait pas l'air de vouloir lâcher l'affaire.

Elle parvint finalement à tirer son téléphone de son sac. En voyant le nom de Felix à l'écran, elle songea à refuser l'appel, mais elle était trop en colère pour se contenter de le faire taire.

Elle décrocha. Le souffle de Felix était court et haché. Elle avait toujours eu pitié de lui à cause de ça. Elle l'avait toujours apaisé. Toujours. Mais, aujourd'hui, ça ne signifiait plus rien pour elle. Rien à part une responsabilité hideuse dont elle ne voulait pas.

— Je ne peux pas vous parler maintenant. Je suis désolée. Je ne vais pas bien.

Elle raccrocha. Trois secondes plus tard, il appela de nouveau. Elle décrocha avec l'impression qu'il venait physiquement de lui mettre un poids sur le ventre. La poitrine. La tête. Un fardeau impossible à porter.

— Je suis désolé, dit-il. Mais je n'ai personne d'autre. J'ai essayé de… de parler à Esther, mais…

— Il faut que vous trouviez quelqu'un d'autre. Je suis désolée, moi aussi. Je ne peux plus faire ça. Trouvez-vous quelqu'un d'autre, Felix.

Elle raccrocha, mais, quand le téléphone se remit à sonner, elle sentit une rage irrépressible la submerger.

— Quoi ? lança-t-elle d'un ton mauvais.

— Pourriez-vous simplement passer me voir, s'il vous plaît ? Juste une minute ?

— Vous ne vous intéressez jamais qu'à vous-même, pas vrai ?

— Bien sûr que non ! répondit-il, surpris.

Il avait l'air choqué, et c'était tellement bon à entendre.

— Alors, pourquoi ne m'écoutez-vous pas ?

— Parce que je... Je ne vais pas bien. J'ai besoin... J'ai besoin d'aide.

— Et quand avez-vous besoin d'autre chose ? s'écria Zoe. Mais vous ne vous aidez pas vous-même, hein ? Vous prétendez que tout est de la faute des services de santé britanniques, ou de la police, mais vous refusez d'écouter ! Vous ne voulez pas suivre une thérapie, vous refusez de prendre vos putains de médicaments et, bizarrement, c'est la faute des autres. Et c'est moi qui dois me coltiner cette merde, c'est ça ? C'est moi !

— Comment pouvez-vous dire ça ? répliqua-t-il, moitié larmoyant et moitié en colère. Je ne suis pas comme ça, ajouta-t-il, le souffle court.

— Si, vous l'êtes. Sinon, vous essaieriez de changer. Je ne vais pas continuer à déverser ma joie dans l'égout de votre réticence à lever ne serait-ce qu'un doigt pour aller mieux. Je ne vais pas le faire, Felix !

Elle raccrocha, en éteignant son téléphone, cette fois-ci. Elle tremblait, d'excitation autant que de colère. C'était tout aussi bon que lorsqu'elle s'en était prise à Angeline le matin même en lui balançant qu'elle était brisée et pas indispensable.

Une partie d'elle-même avait envie d'appeler d'autres gens pour leur dire leurs quatre vérités. Pour leur apprendre que

Felix était un crétin inutile. Elle voulait employer des mots si horribles qu'ils embraseraient l'air.

Elle rentra chez elle, tellement renfrognée qu'elle avait mal à la tête. Elle ne tenait pas en place. Il fallait qu'elle sorte.

Elle s'aperçut que le bol de croquettes de Monkfish était vide, et qu'il ne restait quasiment plus d'eau dans sa gamelle. Elle les remplit avec tout autant de colère, irritée qu'elle était par cette autre forme de servitude. Mais Monkfish ne se montra même pas quand elle les reposa par terre, ni quand elle l'appela. Il avait peut-être senti qu'elle était de mauvaise humeur, et il savait qu'il valait mieux garder ses distances. Putains de chats ! Jamais là quand on avait besoin de réconfort. Ils ne s'intéressaient qu'à eux-mêmes.

— Je les hais, murmura-t-elle. Je les hais tous. Pourquoi ne me laissent-ils pas tranquille ?

Pendant plusieurs minutes, elle ne fit que haïr, jusqu'à ce qu'autre chose vienne la titiller. Le remords. L'horreur. Quelque chose.

Oh, mon Dieu. Qu'est-ce qu'elle était en train de faire ? Mais qu'est-ce qu'elle était en train de faire ?

Il demeurait encore en elle, quelque part, une facette plus rationnelle et plus aimante qui lui disait que ses amis étaient bons avec elle quand ils le pouvaient. Qu'ils se souciaient d'elle tout autant qu'elle se souciait d'eux. Pourquoi ne parvenait-elle plus à le croire ? Pourquoi ne parvenait-elle plus à ressentir quoi que ce soit à part cette rage incandescente ?

Elle ouvrit la fenêtre de son bureau. Elle avait démonté les stores dès le jour de son emménagement et celle-ci s'ouvrait en grand sur la rue, laissant l'air froid de novembre entrer sans entraves. Elle se pencha plus qu'elle n'aurait dû pour le capter. Elle avait besoin de s'y plonger, d'en remplir ses poumons pour refroidir sa colère. Sinon, elle allait finir par se consumer.

Elle imagina son portrait, une silhouette enveloppée de flammes. Autour d'elle, dans cette huile sur toile, il ne restait que de la poussière. Une collection de fragments qui surnageaient, les débris de tous les gens autrefois dans son orbite.

Elle se pencha un peu plus, et entendit une voix en contrebas. Une femme, au téléphone devant la porte de l'immeuble, parlait joyeusement à un interlocuteur qui était visiblement son petit ami.

— Non, ça ne sera pas long, disait-elle. Il faut simplement que je trouve un collier et je rentre... Oui, ajouta-t-elle avec un rire discret. Ça ne laisse pas grand-chose à l'imagination. Je te montrerai. OK. Salut.

Elle tendit encore le cou jusqu'à distinguer la porte, et la femme qui traversait à présent la rue. Que faisait-elle donc ici ? Elle n'avait rien à y faire ! Ici, c'était chez Zoe. Cette femme lui avait déjà tout pris. Allait-elle venir jusqu'ici pour lui voler le peu de paix qui lui restait ?

Elle se surprit à vouloir la suivre. En sortant, elle se souvint à peine de prendre ses clés, n'ayant qu'une seule image en tête, le profil souriant de cette femme. La gaieté dans sa voix.

Quand Zoe arriva dans la rue, la femme était encore en vue. À aucun moment elle ne se demanda ce qu'elle faisait ici. Elle comptait la traquer. Elle allait lui faire du mal, et ce serait bien fait pour cette salope.

27

Quand Jonah arriva au bureau, peu après 7 heures, il trouva le rapport psychiatrique de Felix Solomon et le résumé de l'incident à l'origine de son traumatisme dans sa boîte mail. Il commença par le résumé, et parcourut avec un sentiment d'inexorabilité la série d'événements qui avaient déclenché sa dépression. La mère. La petite fille qui s'était vidée de son sang dans ses bras.

La langue du rapport était factuelle et dépourvue d'émotion, pourtant Jonah dut faire une pause et respirer un grand coup quand il eut fini de le lire. Sa propre expérience en la matière ne lui permettait que trop facilement de s'imaginer ce que Solomon avait ressenti, et comment une telle chose pouvait anéantir n'importe qui. En fin de compte, un policier pouvait avoir vu ce genre de spectacle pendant des années ; il n'en demeurait pas moins un être humain.

Il consulta ensuite le rapport psychiatrique, un peu plus empathique. Le psychologue de la police qui l'avait rencontré à quatre reprises au cours des trois mois suivant les faits s'était montré clair : Felix était traumatisé par ce qu'il avait vu. Il avait admis avoir du mal à dormir et à se concentrer, et on l'avait plus d'une fois trouvé à son bureau dans les mêmes vêtements que la veille, apparemment inconscient du temps qui s'était écoulé.

À partir de là, ça empirait. On avait appelé le psychologue une cinquième fois quand Felix avait pourchassé un témoin réfractaire jusque chez lui et l'avait houspillé avant de se bagarrer à coups de poing avec lui et de lui casser le nez. Le psychologue avait recommandé un congé d'un mois pour raisons personnelles plutôt qu'une suspension, mais Felix avait insisté pour être suspendu. Ça lui permettait de reprendre le boulot au bout de deux semaines au lieu d'attendre un mois.

Le dernier entretien fit battre le cœur de Jonah un peu plus vite. Le contexte était présenté en détail. Pendant sa suspension, l'inspecteur Solomon avait jeté sa voiture dans une boutique de prêt-à-porter de High Street, à Brighton. C'était en plein jour. À la prise de sang, on avait constaté qu'il avait avalé les quatre cachets de diazépam figurant sur son ordonnance plus deux de tramadol qu'il s'était procurés par ailleurs. Nul doute qu'il s'était endormi au volant.

Après, quand le divisionnaire avait demandé qu'on fouille le bureau de Felix en quête de médicaments illégaux, on y avait découvert un jouet d'enfant dont il était vite devenu clair qu'il provenait de la scène du crime qui l'avait traumatisé. Felix avait déclaré ne se souvenir de rien.

On lui avait alors laissé le choix entre partir à la retraite ou perdre son boulot. On avait aussi suspendu son permis et il avait été placé en conditionnelle. L'incident était trop médiatisé pour qu'il en aille autrement. La police devait traiter les siens encore plus durement que les autres. Ça, au moins, c'était bien compris.

Jonah s'adossa pour réfléchir à tout ça. Le jouet, c'était un détail perturbant. Pourquoi l'avait-il pris ? Était-ce une sorte de trophée bizarre ? Était-ce parce que la petite fille l'obsédait et qu'il voulait conserver quelque chose d'elle ?

Jonah essayait de trouver un équilibre entre la compassion pour cet homme, un ex-flic intelligent plein de savoir-faire, et la certitude qu'il avait au minimum outrepassé ses droits en accédant à des informations confidentielles.

Hanson s'était réveillée tôt, et, à présent que sa migraine avait disparu, son esprit se mit à l'œuvre. Elle commença à réfléchir à Victor Varos et Felix Solomon ; à Angeline Judd et Maeve Silver.

La veille au soir, O'Malley lui avait envoyé un texto pour lui indiquer que l'intrus chez Greta Poole était probablement Victor Varos. Savoir cela l'avait soulagée, même s'ils n'avaient pas encore de certitude en la matière. Du coup, songea Hanson, c'était très certainement lui, devant chez elle. C'était le même genre de comportement, qui avait pu être déclenché par l'agressivité de ses questions dans la salle d'interrogatoire.

Le fait de pouvoir mettre un nom et un visage sur la silhouette diminuait beaucoup son anxiété. Elle se rendait compte qu'elle devait continuer de faire attention quand elle allait au bureau ou qu'elle en revenait, mais elle se dit que la réalité était quand même moins glauque que ses pires fantasmes.

Maintenant que c'était réglé, elle se remit brusquement à penser aux soupçons qu'elle avait nourris avant que Felix Solomon n'ait été aperçu avec Zoe et que Victor Varos ne soit apparu sur les images des caméras de surveillance.

— Il se pourrait encore qu'ils soient deux, murmura-t-elle entre ses dents.

Mais ça pouvait également être l'une des filles. Même Angeline, malgré sa frêle carrure, aurait pu tuer Zoe. Achever une femme droguée était facile.

Hanson mangea un toast aussi vite que possible et s'habilla. Il faisait encore nuit quand elle monta dans sa voiture, mais elle était totalement éveillée. C'était aujourd'hui qu'ils allaient boucler l'enquête, décida-t-elle. Qu'elle allait la boucler !

À part Sheens, enfermé dans son bureau, seul Walker était présent quand elle arriva au poste, à 7 h 10. Elle lui adressa un sourire en coin, regrettant de ne pas disposer de l'espace pour elle seule. Le calme total était une denrée rare qu'elle avait tendance à apprécier.

— Vous n'arrivez pas à dormir, vous non plus ?

— Non, répondit-il. J'ai trop de choses dans la tête.

— Pareil. En milieu d'après-midi, je serai une loque, et c'est précisément le moment où le patron voudra que je me montre intelligente.

Walker sourit, et elle dut quand même admettre que sa présence ici avait quelque chose de convivial. D'ailleurs, elle pouvait difficilement se plaindre du bruit. Walker reprit ce qu'il était en train de faire et se concentra calmement dessus. Il n'était même pas assez proche d'elle pour qu'elle entende le son de ses doigts sur son clavier.

Elle se prépara un café, puis alluma son ordinateur en se disant que, pour l'instant, elle pouvait bien laisser tomber le visionnage des images de surveillance. Personne ne lui en voudrait. Après tout, elle était en avance, et elle faisait ce qu'elle voulait de son temps libre.

Elle reprit la transcription de l'interrogatoire de Maeve et la relut depuis le début. Elle aurait bien aimé être présente et pouvoir observer ses réactions. Essayer de comprendre quelqu'un sur la seule base de ses mots était difficile.

Mais, même ainsi, Hanson se dit qu'à l'évidence Maeve essayait de protéger Aidan. Elle était la seule à avoir une bonne opinion de lui, et à le dire. Elle justifiait cette attitude positive à son égard de bien des façons. Il était drôle. Il la traitait bien. Il ne voulait pas faire de mal à sa femme. Et, quand on l'avait confrontée au fait qu'il avait harcelé Zoe, elle avait encore essayé de le défendre. Hanson trouvait cette obstination intéressante.

Elle pensa qu'il fallait s'entretenir de nouveau avec elle, et qu'elle aimerait bien s'en charger en personne. Il était encore trop tôt pour l'appeler. Dans une vingtaine de minutes, peut-être.

Quand Lightman arriva, elle était encore en train d'y réfléchir. Elle lui adressa un vague sourire embarrassé, ne sachant toujours pas comment interagir avec lui. Dieu merci, le téléphone sur son bureau sonna à ce moment-là. Elle se jeta dessus.

— Agent Hanson. Que puis-je pour vous ?

— Excusez-moi, je ne suis pas sûre de m'adresser à la bonne personne.

C'était une voix de femme, bien timbrée, avec un accent du Sud-Est plutôt que de Southampton.

— J'étais la tutrice de Zoe… Zoe Swardadine.

— Oh ! Vous êtes au bon endroit. Je suis dans l'équipe de l'inspecteur Sheens, qui est chargée de l'enquête.

— Très bien. Je n'en étais pas sûre… À vrai dire, je voudrais signaler un vol. Le vol d'un des tableaux de Zoe.

Hanson se redressa.

— Vous êtes de l'école d'art ?

— Oui. La Winchester School of Art. Je m'en suis aperçue ce matin, mais je ne sais pas précisément quand cela s'est produit.

— Puis-je prendre votre nom et votre adresse ?

Sheens sortit de son bureau quelques minutes après qu'elle eut raccroché.

— Bonjour, patron ! Il s'est passé un truc intéressant à l'école d'art de Zoe.

Sheens la regarda d'un œil vague, puis quelque chose sembla s'enclencher.

— Un de ses tableaux ?

— Oui ! Bien vu ! s'écria Hanson. Il a été volé.

— Bien. Je vais aller jeter un coup d'œil là-dessus avec vous. Lightman, pouvez-vous veiller à ce que Victor Varos soit ici à notre retour ?

Hanson demanda aussi à Lightman de retourner voir Maeve, même si elle était frustrée de devoir déléguer cette conversation potentiellement importante.

— Quelque chose me chiffonne dans son attitude avec Aidan Poole, avait-elle expliqué. Et on ne s'est quasiment pas penchés sur elle pour l'instant.

Sheens était du même avis.

— J'aimerais aussi en savoir plus sur ce qu'elle pense de Victor Varos, avait-il ajouté.

De fait, il ne restait plus que le sergent O'Malley, tout juste arrivé, pour regarder les images des caméras de surveillance.

— Amusez-vous bien ! lança-t-il d'un ton désinvolte. Je vais rester ici avec mes vieux yeux, à devenir chaque jour un peu plus myope.

— De toute façon, pour toi, c'est trop tard ! répondit Hanson avec un sourire. Et au moins, comme ça, on protège tes vieux genoux.

Sheens la mit au courant de son coup de fil à Angeline Judd, la veille, et lui fit part des soupçons que son instinct lui dictait : elle avait parlé aussitôt après qu'on avait découvert que Victor mentait.

— Pourquoi pensez-vous qu'elle a fait ça ? demanda Hanson.

— Je ne sais pas, et ça me préoccupe un peu, d'ailleurs. Elle a prétendu qu'elle était seule quand elle m'appelait, ce qui me préoccupe un peu plus.

— Elle aurait pu être avec Aidan Poole ?

— Oui. Ou avec pas mal d'autres personnes. Quoi qu'il en soit, j'aimerais vraiment savoir si Victor Varos est effectivement passé dans sa rue en râlant contre quelqu'un.

Hanson laissa échapper un soupir.

— Le groupe qu'ils forment est assez spécial, non ?

— C'est ce que je dirais aussi...

— Cette personne que vous avez entendue en fond sonore, reprit Hanson au bout d'un moment. Ça me fait penser... Vous savez que les gens qui ont des troubles de l'alimentation ont souvent deux proches décisifs ? Généralement, le premier se montre complaisant et l'autre les freine. Le gentil flic et le méchant flic, en quelque sorte.

— Ah bon ? Je ne savais pas.

— J'avais une copine anorexique, à l'école. Et, pendant un temps, c'était moi le méchant flic.

Sheens rigola, et Hanson sourit.

— Oui, d'accord. C'est ironique ! En général, c'est plutôt vous qui les détruisez et moi qui dois les reconstruire.

— Je suis certain que, si vous vouliez, vous pourriez jouer le rôle de la méchante.

Hanson n'était pas sûre qu'il parlait sérieusement.

— Quoi qu'il en soit, poursuivit-elle, je me demande si cet inconnu est l'autre personnage, le gentil flic. Lightman m'a dit que, lorsqu'il était allé la voir, quelqu'un avait retiré tous les objets avec lesquels elle aurait pu se blesser.

— Attendez ! s'exclama Sheens. Je suis perdu. C'est lequel, le gentil flic ?

— Celui qui se montre complaisant. Il s'occupe d'elle, mais il déclenche aussi le trouble de l'alimentation et ce qui va avec. L'alcool.

— Mais pas le suicide ?

— Qui ferait ça ? s'écria Hanson, légèrement choquée.

— Vous seriez étonnée, répondit Sheens d'un air sombre.

Hanson décida de ne pas creuser la question.

— Je pense qu'on devrait demander à Aidan Poole s'ils se sont fréquentés dernièrement, lança-t-elle plutôt. Il s'est quand même fait mettre à la porte de chez lui. Et si elle était amoureuse de lui...

— Ça m'a traversé l'esprit. Je me suis également posé des questions sur Felix Solomon. Mais ça pourrait aussi bien être Maeve, il n'y a pas de raison. À l'évidence, elle est beaucoup plus cohérente qu'Angeline.

— C'est vrai, concéda Hanson. Mais ils sont nombreux dans ce cas-là.

Un bref coup de fil à Maeve avait permis d'apprendre qu'elle assistait à une réunion paroissiale, mais qu'elle ne voyait aucun inconvénient à s'entretenir avec Lightman juste après. Elle disposait d'une heure avant la reprise des cours, alors Lightman lui proposa de passer sur place, curieux qu'il était de la rencontrer en contexte.

Il trouva facilement l'église St Agnes of Rome, mais elle ne ressemblait pas à ce qu'il avait escompté. C'était sûrement à cause du nom, qui évoquait un ancien bâtiment. Probablement catholique.

Or l'église, des plus modernes, était un vaste immeuble circulaire dont l'un des côtés s'aplatissait en un vitrail contemporain à motifs angulaires. La paroisse faisait de toute évidence partie de l'Église anglicane. D'après lui, le bâtiment datait de moins de deux ans, et il était intéressant de voir un lieu de culte si grand et si prospère, qui contrastait avec l'église décatie de son village. Cet endroit respirait la croissance vibrante d'une congrégation, alors qu'à Newcombe ils réussissaient à peine à remplir la chapelle à Noël et à Pâques, et elle n'était pourtant pas grande.

Un panneau affiché à l'entrée proclamait « Planning St Agnes of Rome », et, d'un rapide coup d'œil, il vit qu'un service, une réunion de prière et des réunions des groupes masculins et féminins se tenaient chaque jour de la semaine. Le dimanche, six événements différents avaient lieu, dont un déjeuner et un souper. Clairement, la paroisse se portait bien.

Derrière les grandes portes vitrées, le grand vestibule lui évoqua un crématorium, excepté le coin thé et café, où l'on voyait des mugs de toutes les couleurs.

Des voix provenaient d'une pièce dont la porte était entrouverte, sur sa droite, et il s'y dirigea pour jeter un coup d'œil par l'embrasure. Un petit groupe, assis en cercle, écoutait une voix masculine.

— … pour le restant de la semaine. Tant que vous êtes toujours partant pour nous accueillir au numéro 4, Johannes ?

— Oui, tout à fait. Nous serions enchantés de recevoir tout le monde.

Lightman se déplaça de façon à voir qui parlait. Assis au bout de la pièce à côté de Maeve, l'homme, grand, jeune et extrêmement maigre, avait un sourire perpétuellement vissé aux lèvres. Il l'adressait à tous les présents, alors que Maeve semblait moins impliquée. Plus préoccupée.

— Très bien. Merci, Johannes. Autre chose… ? OK. On dirait qu'on a fini, alors.

Les gens commencèrent à se lever, à déplacer les chaises et à discuter entre eux. Maeve ne se pressait pas et, quand l'homme lui posa une question, elle se tourna vers Lightman. En l'apercevant, elle fit un effort visible pour sourire et se dirigea vers lui.

— Bonjour, dit-elle. Nous nous sommes déjà rencontrés au poste de police, non ?

— C'est exact, répondit-il tandis que les autres empilaient les chaises contre le mur.

Il reposa les yeux sur elle. Ses traits s'étaient affaissés et elle avait l'air tendue. Vidée, même.

— La journée a été longue ?

— Oh, pas vraiment. C'est simplement que... vous savez, quoi, dit-elle en haussant les épaules. Mais les fauteuils sont plus confortables à côté, si vous avez des questions à me poser.

— Bien sûr. Je vais essayer de faire vite.

— Pas de problème, répondit-elle en jetant un coup d'œil à l'horloge sur le mur du fond.

Subitement, elle eut l'air très pressée.

— Oh ! Je n'avais pas vu l'heure ! OK, il va falloir qu'on se dépêche. On était censés terminer à 10 heures.

— Ce sera bref, la rassura-t-il tandis qu'elle le conduisait dans une pièce plus petite meublée de gros fauteuils de cuir.

Encore un signe de la prospérité de la paroisse.

— Désirez-vous un thé ou un café ? demanda Maeve en refermant derrière eux.

— Non, je vous remercie. Je ne vais pas vous retenir.

— Super. Alors, que voulez-vous de moi ?

— Plusieurs choses. Dans votre première déclaration, vous avez exprimé des réserves à propos de Victor Varos.

— Ah, pas des réserves, répondit-elle aussitôt. Pas vraiment. J'essayais simplement d'expliquer ce qu'il ressentait. Je ne pense pas qu'il l'ait tuée.

— Mais il aurait pu se disputer avec elle ?

Maeve lui adressa un regard méfiant.

— Quelqu'un d'autre a dit ça ?

— Pas mal d'indices suggèrent une dispute avec elle, jeudi en début de soirée, affirma Lightman non sans savoir qu'il déformait un peu la vérité.

Maeve haussa de nouveau les épaules.

— Je ne suis pas au courant de ça.

— Jeudi, vous ne l'avez pas vu ?

— Non, dit-elle en secouant la tête. J'étais au souper entre femmes, et ensuite, je suis rentrée. Mais, même s'ils se sont disputés, je ne crois pas qu'il lui ait fait du mal. Il l'aimait.

— Et Aidan Poole ? Victor aurait-il voulu lui faire du mal, à lui ?

Maeve s'esclaffa comme si l'idée était absurde, mais Lightman nota que son rire se brisait un peu trop brusquement.

— Il ne l'aimait pas, mais c'est tout.

— Il ne l'a jamais menacé, il ne s'est jamais battu avec lui ?

Maeve se tut pendant une seconde lourde de sens, puis elle enchaîna.

— Non, je suis sûre que non. Il n'y a que cette fois, au café.

— Qu'avait-il dit à Aidan, exactement ?

Elle secoua la tête en levant les yeux au ciel.

— Écoutez, il ne faut pas prendre ça au pied de la lettre.

— Je comprends bien, répondit-il doucement. Mais ce serait utile de savoir.

— Il lui a dit que, s'il revenait, il le tuerait. Mais vous savez bien qu'il ne voulait pas vraiment dire qu'il le tuerait !

— C'est ce que vous pensez ?

— Ce n'est pas Aidan qu'on a retrouvé mort, non ? lança-t-elle avec une étincelle dans le regard. C'est Zoe.

— Victor voyait sans doute en lui l'homme qui se mettait en travers de son chemin, mais, lorsqu'elle a été de nouveau célibataire, il a peut-être pensé qu'en fait c'était elle.

Maeve fixa le plafond.

— Quelqu'un l'a tuée, reprit Lightman. Je sais que vous ne voulez pas croire qu'il s'agissait de l'un de vos amis, mais quelqu'un l'a fait.

— C'est ce que vous affirmez ! s'écria-t-elle avec une énergie subite. Mais je me demande si vous n'avez pas tort. Siku m'a confié qu'ils n'avaient jamais renoué et que Zoe ne s'en était jamais vraiment remise. Elle était peut-être désespérée, et aucun d'entre nous ne s'en est rendu compte.

Elle posait sur Lightman un regard de plus en plus baigné de larmes.

— Elle avait tellement souffert la dernière fois qu'ils ont rompu. En mai.

— Que lui est-il arrivé, plus tard dans la soirée de jeudi ? demanda Lightman en changeant de sujet. On sait que Zoe est sortie de chez elle à 17 heures et qu'elle n'est rentrée qu'à 20 h 30. J'aimerais savoir ce qui s'est passé pendant ce laps de temps.

— Je ne sais pas du tout ce qu'elle aurait pu faire. Peut-être qu'elle s'est effondrée, et qu'elle a demandé à Aidan de se remettre avec elle…

Elle le toisa, les yeux brillants.

— Et puis, elle a dû décider qu'elle en avait assez, conclut-elle d'un air de défi.

— Si je vous comprends bien, vous pensez qu'elle était désespérée. Mais Aidan Poole a été témoin d'une agression.

— C'est peut-être ce qu'il avait envie de croire ! Peut-être que ce qu'il a vu et entendu, c'était Zoe en train de décider qu'elle en avait marre. Mais il ne pouvait sans doute pas le supporter. Il savait peut-être que c'était de sa faute… Et s'il n'avait jamais vraiment vu bouger cette porte ?

Lightman acquiesça comme s'il enregistrait l'information, tout en observant attentivement l'expression de son interlocutrice. Les deux questions qui lui vinrent immédiatement à l'esprit, c'était d'où elle tenait le détail de la porte qui s'ouvrait, et pourquoi elle avait subitement tellement envie de peindre la mort de Zoe en suicide.

De l'extérieur, l'école d'art n'avait pas l'air très prometteuse, mais, une fois qu'il se retrouva dans ses couloirs courbes au milieu de tant de couleurs et de textures, Jonah se dit qu'il aurait bien aimé rester là pour toujours. Il observait chaque œuvre et chaque détail tandis que Hanson et lui-même suivaient la tutrice de Zoe, une blonde élancée enveloppée dans un cardigan et répondant au nom d'Annette Lock.

— On n'a pas de caméras de surveillance à l'intérieur, leur avait déclaré Annette. Mais on en a devant. Le bureau vous enverra les images. Ce n'était pas de la maintenance, au cas où vous vous poseriez la question. J'ai vérifié avec eux qu'il ne s'agissait pas d'un malentendu.

Elle fit halte au milieu d'un des couloirs du rez-de-chaussée et désigna la paroi. Il n'y avait pas grand-chose à voir, juste un crochet, une grande étendue de mur, et une petite carte écrite à la main, épinglée au milieu. On y lisait : Zoe Swardadine, le titre de l'œuvre, *Her painted eyes*, et une légende, *Œuvre lauréate du prix Willart Long.*

— Il est important, ce prix ? demanda Jonah.

— Oui, répondit Annette avec un sourire crispé. C'était une très belle pièce. Vraiment magnifique.

— Zoe avait du talent ?

— Oui. Même si, au début, elle était simplement bonne. Les toiles avec un seul personnage qu'elle a peintes pendant des mois étaient très bien, mais pas… pas spectaculaires. Rien à voir avec ses derniers travaux, quand elle a ajouté un second personnage et qu'elle a commencé à expérimenter avec leurs interactions.

Hanson lui jeta un regard curieux.

— C'était un homme ? Le personnage qu'elle a ajouté ?

Annette inclina la tête.

— C'était une ombre, mais essentiellement masculine.

Jonah se demanda si cette ombre était une représentation d'Aidan Poole. Il aurait bien aimé voir le travail de Zoe.

Il balaya des yeux le couloir en se disant que sa forme courbe facilitait le travail de quiconque voulait prendre quelque chose sans être vu. Le voleur n'était repérable qu'à quelques mètres de part et d'autre de l'endroit où il se trouvait.

— Quand la toile a-t-elle été accrochée ? demanda Hanson.
— À la fin de l'année dernière.
— Vous pensez qu'elle a de la valeur ?
— Je… C'est difficile à dire, répondit-elle en croisant les mains sur son ventre, ce qui fit bizarrement ressortir ses coudes. En général, les étudiants ne vendent pas leur travail, même s'il est bon. Personne ne les connaît. Mais comme elle a été assassinée, un intérêt pourrait se développer… D'un autre côté, à quoi bon voler cette toile si vous ne pouvez pas dire publiquement qu'elle est d'elle ?
Hanson hocha la tête pensivement.
— Eh bien, dit Jonah, si j'en crois mon expérience, il existe toujours quelqu'un, quelque part dans le monde, qui se lance dans tous les trucs bizarres qui peuvent vous passer par la tête. Alors, ça ne me surprendrait pas d'apprendre que certains collectionnent les œuvres d'art dont les auteurs ont été assassinés.
— Mon Dieu ! s'exclama Annette. C'est horrible.
— Effectivement… Combien de personnes savaient que ce tableau se trouvait ici ?
— Tous ceux qui passaient, j'imagine… Ce que je veux dire, c'est que ce n'est pas un lieu spécialement privé. On n'a pas besoin d'un badge ou de quoi que ce soit pour entrer pendant les heures d'ouverture…
Elle s'interrompit subitement.
— Vous savez, reprit-elle après un bref instant, j'aurais dû y penser avant. Ce n'est pas la première fois que quelqu'un interférait avec son travail.
— Non ?
— Non ! affirma-t-elle en croisant les bras. L'année dernière, une de ses toiles avait été vandalisée. Ce n'était pas très gentil. Quelqu'un avait écrit « Catin » en travers, à la peinture rouge. Le vandale s'était servi de ses tubes de peinture, et elle avait fini par abandonner le projet, parce que c'était irritant et difficile à rattraper.
— Ça se produit souvent, ce genre d'incident ?

— Non ! s'écria Annette d'un ton légèrement offensé. Bien sûr que non. Tout le monde ici est étudiant. Les élèves connaissent la relation personnelle qu'on peut établir avec une œuvre. Zoe était dévastée, après ça, et nous n'avons jamais pu identifier le coupable. Ensuite, jusqu'à la fin du trimestre, nous avons commencé à fermer les ateliers le soir, même si certains étudiants avaient envie de rester toute la nuit pour terminer leurs pièces finales.

— Mais vous n'avez pas prolongé cette mesure ce trimestre ?

— Non, parce qu'il ne s'était plus rien passé depuis. Et nous avons pensé... Pour être franche, nous nous sommes dit qu'elle avait dû larguer quelqu'un et qu'elle payait le prix fort. Elle n'a fourni aucune information, mais j'ai eu l'impression qu'elle savait qui avait fait ça.

Jonah acquiesça de nouveau, en pensant à ce mot. *Catin*. C'était très particulier. Un peu daté. Et ça signifiait que quelqu'un savait qu'elle avait une relation.

Il quitta les lieux en se disant que c'était une verrue bizarre dans une affaire qui l'était déjà bien assez comme ça. Il était fort peu vraisemblable que la personne qui avait volé le tableau ne soit pas le tueur. Mais celui-ci avait couru un risque énorme, si c'était bien lui. Cela semblait indiquer une certaine forme d'obsession pour Zoe, qui allait à l'encontre des idées qu'il avait développées. Il tendait plutôt à penser que le tueur éprouvait pour elle un ressentiment froid au moment où il était passé à l'acte. Alors pourquoi tenait-il tant à posséder quelque chose d'elle ?

— Qu'en pensez-vous ? demanda Hanson au bout de quelques minutes.

Jonah conduisait, perdu dans ses pensées, et la question le fit sursauter. Il avait constaté que Hanson inclinait moins que Lightman et O'Malley à le laisser réfléchir tranquillement, mais il ne trouvait pas cela aussi horripilant qu'il l'aurait cru. Parfois, comme aujourd'hui, il sentait qu'il avait besoin d'exprimer ses idées à voix haute.

— Plusieurs choses… Principalement que ça ne cadre pas avec la théorie que j'avais commencé à mettre sur pied. La préparation, le suicide maquillé, la sensation constante d'être observé… Tout cela ressemblait à quelqu'un qui considérait Zoe d'un œil froid. Quelqu'un avec qui elle se serait disputée. Alors, pourquoi voler un tableau ? Pourquoi vouloir garder quelque chose d'elle, en dépit des énormes risques ?

Hanson ne répondit pas tout de suite.

— Ça dépend de ce qui figurait sur le tableau, finit-elle par dire. C'était peut-être Angeline. Le tableau l'évoquait peut-être. Ou bien Zoe avait glissé un indice qui nous permettrait d'identifier l'assassin, et celui-ci ne voulait pas qu'on le voie.

Jonah hocha lentement la tête. Il jeta un coup d'œil à son téléphone, où une notification de message venait de s'afficher à l'écran. Ça commençait par : « Bonjour, c'est Piers Lough… »

— Pourriez-vous me le lire ? demanda-t-il en désignant l'appareil.

Hanson prit le téléphone et s'exécuta.

— Oh, il a contacté l'ancienne locataire de Felix Solomon, une certaine Shannon. Elle n'avait pas laissé ses coordonnées parce qu'elle avait un contentieux avec Felix à propos du loyer et, apparemment, celui-ci s'était montré un peu désagréable, alors elle ne veut pas être mêlée à quoi que ce soit.

Hanson le regardait tandis qu'il réfléchissait à la meilleure façon de répondre.

— OK. Remerciez-le et demandez-lui si Shannon n'accepterait pas de nous parler brièvement, simplement pour qu'on s'assure qu'elle va bien. Avec un peu de chance, à ce moment-là, on pourra l'encourager à nous en dire plus.

Hanson était encore en train de taper le message quand Lightman appela pour rendre compte de son entretien avec Maeve Silver. Dès que Jonah entendit qu'elle avait suggéré l'hypothèse du suicide, il trouva cela intéressant. Comme Lightman l'avait remarqué, elle semblait au courant des détails de ce qu'Aidan avait vu. Et ces informations n'avaient pas été rendues publiques.

— Alors, soit elle parle avec Aidan, soit elle sait ce qui s'est passé parce qu'elle était avec lui.

— C'est ce que je me suis dit.

— Avez-vous eu l'impression qu'elle souhaitait qu'on adhère à la thèse du suicide ? demanda Jonah.

— Difficile à dire. Il est possible qu'elle-même ait envie d'y croire.

— Si elle a vu Aidan, elle aurait pu le faire toucher quelque chose et récupérer ses empreintes digitales ! s'exclama Hanson.

— Je suis d'accord, dit Jonah. C'est probablement l'aspect le plus intéressant. Ils n'étaient pas si nombreux à avoir accès aux empreintes d'Aidan, et il semble possible que Maeve ait été dans ce cas.

En fait, quand ils rentrèrent au poste, Victor Varos n'était pas encore arrivé. Il s'était contenté de les baratiner pendant une heure et demie en affirmant qu'il « devait prendre son service et qu'il n'avait pas le choix ».

— T'a-t-il donné l'impression qu'il avait quelque chose à cacher ?

— Oui, répondit O'Malley. Cela dit, tout le monde me donne cette impression. Mais je parie que c'est lui qui a menacé Maeve Silver.

— Je dirais qu'il est en pole position, concéda Jonah.

— Du côté des caméras, pour lui, on trouve du pour et du contre. J'ai repéré le taxi qu'il a pris à 20 heures la nuit du meurtre : il s'engageait dans West Bargate, c'est-à-dire vers chez lui et non vers chez Zoe. Mais j'ai aussi pris la liberté de vérifier les images de la nuit dernière sur celle qui se trouve à côté de la station de taxis, à l'heure où Greta Poole a vu quelqu'un devant chez elle. À 17 h 18, on voit Victor passer à vélo en pédalant comme un possédé. Ça lui donnait le temps d'attraper le train de 17 h 42 vers Alton.

— Super boulot, Domnall !

— Ah, monsieur ! lança Hanson. Je voulais vous en parler avant, mais je pense qu'il a aussi traîné devant chez moi samedi soir.

Jonah la dévisagea un moment. Il était déstabilisé.

— Devant chez vous ?

— Quelqu'un était devant ma porte quand je suis rentrée en faisant du jogging, expliqua-t-elle alors que le rouge à ses joues démentait le calme apparent de sa voix. Je l'ai vu, et j'ai attendu qu'il s'en aille avant d'entrer. Un moment, j'ai pensé que ça pouvait être lui, mais difficile d'en être sûre. Il est parti dans l'autre sens, et ma priorité, c'était d'entrer et de me mettre au chaud... Mais j'imagine que c'est de bonne guerre, dit-elle avec un petit haussement d'épaules. Je lui ai mené la vie dure quand on l'a interrogé.

— L'idée qu'il connaisse votre adresse m'inquiète un peu, dit Jonah à voix basse. Votre numéro de fixe est dans l'annuaire ?

— Je ne crois pas.

— OK. Je vais vérifier. Je vais faire un tour au café. Victor peut se préparer à passer sur le gril.

— Ça commence à faire beaucoup de soupçons qui pèsent sur lui ! s'exclama O'Malley. Tu ne veux pas emmener un agent pour le ramener ici ?

Jonah fut surpris, puis il se rendit compte qu'en fait la remarque de Domnall n'avait rien d'étonnant. Ces derniers temps, la plupart de ses théories n'existaient que dans sa tête.

— Oui. Eh bien... Victor va devoir faire face à deux mises en examen potentielles pour harcèlement, répondit Jonah en s'obligeant à rester immobile et à partager ses pensées. Mais j'ai la forte intuition qu'il n'a rien à voir avec le meurtre de Zoe.

— Parce que le taxi est parti dans la mauvaise direction ? demanda O'Malley.

— Pas vraiment. D'après moi, le trajet du taxi nous apprend simplement que ce n'était pas lui qui attendait Zoe devant chez elle.

Jonah prit l'iPad d'O'Malley qui dépassait d'une pile de papiers sur son bureau et afficha un plan de Southampton.

— Il est monté dans le taxi à 20 heures, en centre-ville. Il ne lui aurait guère fallu qu'un quart d'heure pour aller chez Zoe, mais il n'est pas parti dans ce sens-là. Il s'est dirigé vers son propre domicile, qui se trouve à vingt minutes à pied de l'appartement de Zoe.

— Alors…, répondit Hanson en suivant des yeux le trajet que Sheens indiquait du doigt. Vous pensez qu'il a changé d'avis, et qu'il est retourné la voir après être rentré ?

— Exactement ! Je pense qu'il est rentré et qu'ensuite il a traversé le parc à pied, comme il avait bu et qu'il ressassait sa soirée. Il aurait parfaitement eu le temps d'y aller, de prendre un verre et de se disputer avec elle à 21 heures.

— Pourquoi tu penses que c'est lui ? demanda O'Malley.

— Il savait qu'Angeline s'était disputée avec Zoe, ce qui n'aurait pas dû être le cas, répondit Hanson avant que Jonah puisse le faire. Et il nous évite. En plus, personne d'autre n'a avoué avoir rencontré Zoe à ce moment-là. C'est aussi le comportement typique d'une personne extrêmement angoissée.

— La question intéressante, c'est : Victor a-t-il vu qui attendait Zoe devant chez elle quand elle est rentrée ?

Une fois Sheens parti, Hanson alla poser son sac sur son bureau, où elle trouva un Post-it fixé à l'écran de l'ordinateur. Il fallait qu'elle rappelle un certain Luke sur un numéro de portable. Elle le décolla en tchipant, frotta l'écran pour essuyer la marque de colle, puis le brandit en direction d'O'Malley.

— C'est quoi, ça ?

— Oh, un type qui a des infos pour toi. Apparemment, on lui a dit de ne parler qu'à toi et à toi seule, alors j'ai pris son numéro.

Hanson acquiesça, habituée qu'elle était à recevoir les coups de fil de l'équipe. C'était logique, vu qu'elle en était l'unique agent.

— Oh, merci de me rappeler ! s'exclama Luke avec un enthousiasme tel qu'il en était bizarre. J'avais tellement envie de vous parler. Je dois me dépêcher de finir le courrier, mais pourriez-vous passer après ?

— C'est à propos de quoi ?

— Maeve Silver. Je suis directeur spirituel dans sa paroisse. J'ai vu l'un de vos collègues lui parler, et je pense que vous devriez être mis au courant de certaines choses la concernant.

— Bien sûr ! Je peux être en ville dans vingt minutes…

— Vous connaissez le café végan de Queensway ? Dans une demi-heure ?

— D'accord ! s'exclama Hanson. À tout à l'heure.

Son téléphone sonna de nouveau avant qu'elle ait le temps de sortir. Elle décrocha en soupirant.

— Agente Hanson. Que puis-je pour vous ?

Après un bref silence, une femme répondit.

— Le sergent Lightman est-il là ? Je souhaiterais lui parler de quelque chose.

Plusieurs pensées traversèrent l'esprit de Hanson, la première étant qu'il s'agissait encore de Greta Poole. Mais ce n'était pas la même voix. L'accent était différent, et le ton plus léger.

— J'ai bien peur qu'il ne se soit absenté du bureau, mais, si vous souhaitez nous parler de quelque chose, je peux peut-être vous aider ?

— Ah, non, ça va, dit la voix. Je rappellerai un peu plus tard.

Hanson reconnut Maeve Silver, la suspecte que Lightman venait tout juste d'aller voir. Elle secoua la tête en raccrochant. L'équipe n'avait pas vraiment besoin de cette bordée d'œstrogènes.

— Je reviens dans une heure environ, dit-elle à O'Malley. Je te cède le poste d'assistant personnel de Ben Lightman. Fais-en bon usage.

En voyant la tête de Victor lorsqu'il entra dans le café, Jonah se dit qu'il savait qu'il était coincé. Il termina de s'occuper d'un client à la caisse, puis s'adressa au jeune homme qui travaillait à côté de lui. Ensuite, il ôta son tablier et vint se planter en face de Jonah.

— Je vous ai dit que j'avais du boulot.

— Et je vous ai dit que c'était urgent, rétorqua calmement Jonah. Vous ne voulez donc pas découvrir qui a tué votre amie ?

Victor lui adressa un regard mi-colérique mi-défait, et le conduisit jusqu'à une table d'angle.

— Très bien. Que voulez-vous savoir ?

— Commençons par hier soir. Vous êtes allé chez Aidan et Greta Poole. Pourquoi ?

— Je n'y suis pas…

— Vous n'êtes pas aussi doué que vous le croyez pour effacer vos traces, dit fermement Jonah. Vous avez été filmé.

Un silence s'installa. Victor serrait les dents, puis il se décida.

— D'accord. J'étais… Je voulais simplement lui parler. Non. En fait, je voulais le cogner.

— Pourquoi ?

— Parce qu'il l'a tuée, lança Victor en redressant le menton. Vous êtes peut-être trop englués dans vos procédures pour le voir, mais c'est lui qui l'a fait.

— C'est grâce aux procédures que nous sommes sûrs de ne pas arrêter d'innocent. Vous devriez y réfléchir, et m'écouter. Quelqu'un cherche à nous faire croire que c'était Aidan Poole. Mais nous avons de très, très bonnes raisons de penser que ce n'était pas lui, et vous devez nous aider à trouver le véritable coupable, déclara Jonah en le fixant de son œil le plus dur. Vous êtes déjà allé chez les Poole, avant ?

— Non, répondit Victor en secouant la tête d'un air boudeur.

— Comment connaissiez-vous son adresse ?

— Je l'ai trouvée sur Google il y a quelques mois. Quand il a commencé à sortir avec elle. Je voulais y aller pour lui dire de la laisser tranquille, précisa-t-il avec un air de défi.

— Et vous ne l'avez pas fait ? insista Jonah. Vous n'avez pas… Je ne sais pas, moi… Pris quelque chose qui lui appartenait et dont vous pensiez peut-être vous servir plus tard ?

Victor le regarda avec une perplexité évidente.

— Non. Je vous l'ai dit. Je n'y étais jamais allé avant. Je n'y étais jamais allé parce que… Maeve m'avait dit que Zoe ne me le pardonnerait jamais.

Jonah faillit éclater de rire.

— Elle avait probablement raison… Je pense que vous êtes en colère depuis longtemps, ajouta-t-il en remarquant la tension des muscles de ses bras. Je pense aussi qu'une partie de cette colère s'est déversée sur Zoe jeudi soir.

Victor redressa brusquement la tête.

— Je n'y suis pour rien !

— Mais vous êtes allé la voir, insista Jonah. Vous avez pris un taxi en centre-ville.

— Mais je n'y suis pas allé en taxi…

Victor s'interrompit, et Jonah lui sourit.

— Vous n'y êtes pas allé en taxi ? Non. Vous êtes rentré chez vous, vous vous êtes mis à penser à Zoe, au fait qu'elle voyait peut-être quelqu'un d'autre. La veille, elle était partie brusquement, et vous aviez trouvé cela injuste. Vous attendiez qu'elle se remette de la rupture avec Aidan.

Victor ne répondit rien. Il regardait ses mains, ses doigts qui se pliaient et se dépliaient en rythme.

— Vous y êtes allé à vélo ? Ou à pied ?

Un long silence s'installa.

— À pied, finit par répondre Victor. Je ne retrouvais pas les clés de mon vélo.

— Et vous avez croisé quelqu'un en chemin ? Quelqu'un que vous avez reconnu ?

— Non, pourquoi ? J'aurais dû ? répliqua Victor en lui jetant un regard étrange.

Jonah le fixa un moment.

— Mais vous avez fait tout ce chemin, et Zoe vous a dit non, reprit calmement Jonah. Elle vous a dit qu'elle n'était pas intéressée… Ça vous a surpris, son humeur ? Subitement, elle n'était plus la fille gentille et compatissante que vous aimiez, non ?

— Quelque chose clochait chez elle. Quelque chose… qu'il lui avait fait. Ce n'était pas elle. Elle était… *Como um diabo*, murmura-t-il.

— Elle vous a annoncé, aussi durement que possible, qu'elle avait supporté vos tentatives de la contrôler pendant assez longtemps. Et ça vous a mis dans une colère folle.

Après un bref silence, Victor acquiesça.

— Mais, un peu plus tard, vous avez décidé de retourner la voir.

— Non ! Non ! Je ne l'ai pas tuée ! s'exclama Victor avec une expression de bête traquée.

— Dites-moi ce qui s'est passé. On vous a vu. On vous a vu dans Hill Lane. On sait que vous y êtes retourné.

Victor tourna la tête vers le comptoir. Après une longue pause, le visage fermé, grinçant des dents, il se décida à répondre.

— Je ne sais pas à quoi je pensais. J'avais l'impression de ne pouvoir aller nulle part ailleurs, tellement j'étais en colère. Je n'en pouvais plus de rester assis chez moi, alors je suis sorti.

— À quelle heure ?

— Je ne sais pas… 23 heures, 23 h 30. Je ne suis pas sûr.

— Vous êtes allé chez Zoe.

— Presque jusque chez elle. Mais, tout en marchant, j'ai réfléchi, et, pour une raison ou pour une autre, je me suis focalisé sur Maeve, je me suis dit que tout était de sa faute. Ce n'était… Ce n'était pas juste. Mais j'avais décidé qu'elle était responsable, parce qu'elle avait toujours été tellement gentille avec Aidan, et… je l'ai appelée.

— Vous avez appelé Maeve ?

— Oui. Je l'ai engueulée. Je lui ai dit qu'elle avait tout foutu en l'air.

— Vous l'avez réveillée ? demanda Jonah en étudiant l'expression de Victor.

— Non. Elle était encore dans la rue.

— Dans la rue ?

— Oui. À vélo, elle allait quelque part. Elle était essoufflée quand elle a décroché.

Jonah acquiesça en essayant de ne pas laisser deviner ce qu'il pensait : Maeve avait déclaré qu'elle était rentrée directement chez elle après le souper entre femmes et qu'elle n'en avait pas bougé.

Pour la première fois depuis plusieurs jours, le soleil se montrait. Une brise avait emporté tous les nuages, laissant derrière elle un ciel d'un bleu étincelant. Un sourire vint aux lèvres de Hanson quand elle se dit qu'elle avait bien choisi l'horaire de cet entretien.

Néanmoins, le vent marin soufflait encore, et il passait à travers sa veste tandis qu'elle s'éloignait de sa voiture. Elle referma la porte du café végan aussi vite que possible et se dirigea vers le comptoir en cherchant des yeux son interlocuteur. Elle doutait que, de nos jours, un directeur spirituel se promène avec un col romain, et elle se demanda comment elle allait le reconnaître. Mais un homme dégingandé installé près d'une fenêtre leva les yeux vers elle et agita le bras, lui évitant la peine de deviner.

Il avait déjà une consommation, mais elle décida que ça valait le coup de le faire attendre et de commander quelque chose de chaud. Elle demanda un Americano noir, et la chaleur du mug lui fit du bien quand elle l'emporta à la table. Elle se laissa tomber dans le fauteuil vide, qui se révéla bien plus confortable que son aspect miteux ne le laissait présager.

— C'est bien, ici ! dit-elle. Merci d'avoir proposé.

— Je vous en prie ! Luke Searle.

— Juliette, répondit-elle en serrant la main qu'il lui tendait, plus grande et bien plus chaude que la sienne. Merci de nous avoir appelés.

— J'ai envie de donner un coup de main. Il y a plusieurs choses que vous devriez savoir, dit-il avec un soupir pensif. C'est difficile avec Maeve. C'est une bonne personne, vraiment, elle fait beaucoup de choses pour son entourage, et il n'y a personne en qui j'aurais davantage confiance quand il s'agit d'aider quelqu'un.

Elle attendait qu'il en vienne au « mais » non sans excitation. Elle n'eut pas à patienter bien longtemps.

— Mais je crois... Je crois qu'il est juste d'affirmer qu'elle se laisse un peu emporter avec les gens.

— C'est-à-dire ?

— Eh bien, il y avait... il y avait un pasteur qui a fini par s'en aller, en partie à cause d'elle. Je ne crois pas que c'était de sa faute, précisa-t-il avec une expression dubitative. Ce n'était qu'un malentendu. Elle a cru qu'il s'intéressait à elle. Et j'entends par là qu'il s'intéressait à elle en tant que femme, pas spirituellement. Il était devenu une obsession pour elle...

— Mais qu'est-ce qu'elle a fait ? Elle l'a harcelé ?

— En fait, oui, répondit Luke en soupirant. Mais elle n'en avait pas conscience. Ce n'était pas volontaire. C'était un simple malentendu, je le répète. Il était gentil avec elle, et elle l'a mal interprété. Peut-être traversait-elle une période un peu difficile. Je ne sais pas. Quoi qu'il en soit, ça posait quand même un problème parce qu'il avait une femme et des enfants. Et quand il a cessé de communiquer avec elle, elle s'en est ouverte à moi et à un autre directeur spirituel de la paroisse, en nous disant qu'elle ne pouvait plus demeurer parmi nous.

— Alors... comment se fait-il que ce soit le pasteur qui soit parti ?

— Eh bien, nous nous sommes peu à peu rendu compte que cela se passait dans la tête de Maeve. Nous avons également discuté avec lui. Il tenait absolument à régler le problème, mais ne voulait surtout pas la blesser. Finalement, il a décidé de partir. On lui a proposé une autre paroisse à Cardiff, près de chez ses parents. Et je voudrais signaler que Maeve était désespérée quand elle l'a su. Elle a dit que ce n'était pas du tout ce qu'elle voulait. Qu'elle n'avait pas souhaité le forcer à partir. Et je suis sûr que c'était vrai. C'est simplement que les choses se sont mal goupillées.

Hanson n'avait aucun mal à s'imaginer Maeve Silver en femme obsédée par une rivale. Elle était d'un caractère intense, et la façon qu'elle avait de soutenir tout le monde incitait Hanson à penser que Maeve bridait ses propres émotions. Ou peut-être qu'elle s'était glissée dans le rôle de la bonne jeune fille chrétienne sans vraiment y croire.

— Pourriez-vous me donner davantage de détails sur le harcèlement ? En quoi consistait-il, concrètement ?

— Elle lui téléphonait et lui envoyait des messages en permanence. Au début, c'était à propos des Écritures et de sa foi, mais plus tard, elle lui a dit qu'elle avait besoin de lui et qu'elle l'aimait... Je pense qu'il se sentait un peu coupable de ne pas lui avoir dit brutalement de mettre fin à tout ça, ajouta-t-il en soupirant. Parce que c'est un homme bon et qu'il la considérait comme une âme en peine. Un peu de pragmatisme n'aurait pas été de trop.

— Elle le suivait ?

— Eh bien...

Il grommela de frustration.

— Je ne pense pas qu'on pourrait formuler ça ainsi. Je pense qu'à un moment donné elle a voulu voir comment il était en famille, et qu'elle les a suivis dans un parc. Au bout d'un certain temps, il s'est rendu compte qu'elle était sur un banc, à les observer, et il a ramené sa femme et ses enfants à la maison. Elle n'a jamais essayé de s'approcher ni de dire quoi que ce soit. Elle les a simplement observés.

Hanson repensa en frissonnant à la transcription de l'interrogatoire de Victor Varos. Quand il parlait de la façon dont Maeve regardait Aidan et Zoe, et qu'il s'était dit à l'époque que c'était parce qu'elle manquait d'amour.

Mais, à présent, Hanson songeait que la vérité était peut-être un peu différente. Peut-être les observait-elle parce qu'elle haïssait tous ceux qui se mettaient entre Aidan et elle, tout comme elle haïssait la femme qui s'était mise entre son pasteur et elle. Peut-être que Maeve réfléchissait à ce qu'elle ressentirait en tuant Zoe Swardadine.

28

Quand Aidan se réveilla, il était complètement habillé, allongé dans une chambre qu'il ne reconnut pas. Un hôtel Premier Inn, comprit-il au bout d'un instant. Il y était venu dès que la police l'avait laissé partir. Il ne se souvenait pas d'avoir décidé de se coucher.

Il se redressa, avec l'impression d'émerger d'un rêve qui aurait duré plusieurs jours. Un rêve pendant lequel il avait seulement pensé à sa douleur et à sa déconvenue. Pourquoi n'avait-il pas pensé à l'assassin de Zoe ? Pourquoi le fait qu'elle avait été assassinée n'avait-il pas été plus important que tout le reste ?

Il se remémora tout ce qu'il avait fait depuis le jeudi et ne se reconnut dans aucun de ses actes. L'effet du deuil, se dit-il, mais ça aussi, c'était stupide. Si la police avait été moins avisée, elle l'aurait mis en examen pour meurtre.

Bon, il était temps de se réveiller. Pas simplement de se réveiller, mais de faire quelque chose. Pas uniquement pour lui, mais pour Zoe.

Le coup de fil que Lightman avait attendu et redouté toute la matinée arriva au moment où il rentrait au poste. Il souffla un grand coup avant de décrocher.

— Bonjour, maman. Comment ça va ?

— Oh, Ben !

Il n'avait pas besoin de lui poser d'autres questions.

— Ça va aller, maman. Ça va aller.

En l'entendant pleurer presque silencieusement à l'autre bout du fil, il se demanda ce qu'il pourrait faire pour la réconforter.

— Patron ! lança O'Malley. J'ai retrouvé Zoe Swardadine sur des images pendant le laps de temps qui nous manquait. À 17 h 28, elle se dirigeait vers la ville.

Jonah leva les yeux vers lui. Il réfléchissait au mensonge de Maeve Silver, qui n'était pas restée chez elle le jeudi soir et à la clé de Felix Solomon. Il hocha la tête.

— Vers la ville ? C'est tout ? Tu ne pourrais pas la retracer plus loin ?

— Probablement. Mais ce qui est intéressant, c'est que la femme avec les lunettes la précède constamment.

Fronçant les sourcils, Jonah se leva pour aller jeter un coup d'œil. O'Malley lui passa les images, où l'on voyait la femme de profil tandis qu'elle se dirigeait vers la ville. Sa coiffure punk était facilement reconnaissable, de même que sa veste crasseuse, ses bottes et son jean. Comme l'avait dit O'Malley, c'était à coup sûr la même femme. Et peu après, on voyait apparaître Zoe, qui pressait le pas.

— Qu'est-ce que tu en penses ? demanda O'Malley. Pour moi, ça ressemble à une filature.

— Je suis d'accord. Mais pourquoi ? Pourquoi se mettre à suivre une inconnue ? À moins que ce ne soit une autre étudiante de l'école d'art ? On avait vandalisé un de ses tableaux mais ça paraît faible, comme mobile.

— Je vais continuer à chercher, répondit O'Malley. Maintenant qu'on l'a repérée un peu plus loin, ça devrait être plus facile de la retrouver sur les caméras du centre-ville.

— Merci, dit Jonah avec un petit soupir. Tu n'as jamais aperçu Maeve Silver, par hasard ? Sur un vélo, peut-être ?

— Non, pas encore… Pourquoi ?

— Victor Varos déclare qu'il l'a appelée tard le soir, après 23 heures, et qu'elle faisait du vélo dans la rue. Ce qui, si c'est vrai, nous apprend que Maeve n'était pas chez elle jeudi soir, contrairement à ce qu'elle nous a dit.

— Tu veux que je la convoque ?

— Oui, mais sans lui mettre la pression. Dis-lui que Lightman a oublié de lui demander quelque chose.

Il regagna son bureau et, en entrant, il entendit le ping discret signalant l'arrivée d'un e-mail. Annette Lock avait tenu parole, et elle lui envoyait la photographie du tableau volé.

Il l'afficha et s'absorba dans la contemplation de la frêle silhouette enveloppée de pénombre. Le dos arqué, comme par la douleur ou l'extase. La façon dont la forme brumeuse s'enroulait autour d'elle. Mais le véritable point focal du tableau, c'était la silhouette à l'arrière-plan, sa tête relevée vers le ciel, les yeux absents ou… ou scellés, d'une certaine manière. Une zébrure rouge vif sur son ventre lacérait les bleus, les gris et les blancs orageux du reste de la toile, et il était difficile de détourner les yeux de cette entaille et de la fureur qu'elle exprimait.

— O'Malley ! Tu t'y connais en peinture ?

— Pas vraiment, mais je veux bien donner mon avis. Et Maeve Silver ne répond pas à son téléphone.

Le sergent vint regarder l'écran par-dessus son épaule. Ils fixèrent la toile pendant quelques secondes, puis O'Malley laissa échapper un gros soupir.

— Elle était douée, hein ?

On frappa de nouveau à la porte. C'était Hanson, les joues rouges et les yeux brillants.

— Monsieur, j'ai des informations utiles à propos de Maeve Silver.

— Qu'est-ce que c'est ? demanda Jonah sans quitter l'écran des yeux.

Il savait qu'il n'accordait pas toute son attention à Hanson, mais il avait l'impression que le tableau lui parlait.

— Elle a couru après l'ancien pasteur de sa paroisse, répondit Hanson depuis le seuil. Elle les a harcelés, lui et sa famille, à tel point qu'il a dû déménager dans une autre ville.

Jonah leva lentement les yeux vers elle.

— C'était quand ?

— Il y a huit mois.

— Alors, il est concevable que, par la suite, elle ait jeté son dévolu sur Aidan Poole.

— C'est ce que je me suis dit.

Ses yeux se fixèrent de nouveau sur la toile.

— Qu'est-ce que vous regardez ? demanda Hanson.

— Désolé. C'est le tableau volé. On a la photo. En fait, j'aimerais bien que vous me donniez votre avis là-dessus.

Il tourna l'écran vers elle et l'observa tandis qu'elle l'examinait.

— Oh ! dit-elle. Ça me semble assez parlant !

Jonah la regarda d'un air perplexe.

— Parlant comment ?

— Sur les raisons pour lesquelles on l'a volé. Enfin, probablement, ajouta-t-elle en faisant pivoter l'écran vers les deux hommes. Vous disiez que vous trouviez étrange que quelqu'un prenne quelque chose à quelqu'un qu'il déteste, et moi j'avançais que ça révélait peut-être quelque chose sur l'assassin. Mais, en fin de compte, ce tableau justifie le meurtre.

Jonah examina de nouveau la toile.

— Expliquez-moi ça.

— Les deux silhouettes au premier plan sont Zoe et Aidan.

— Mais celle-ci, c'est Angeline Judd, non ? demanda O'Malley.

— Oui, Angeline est le modèle, mais, en réalité, c'est un autoportrait. Elle peint Angeline, qui a l'air abîmée, en tant que représentation d'elle-même.

Hanson sourit devant l'expression dubitative d'O'Malley.

— Écoutez ! Annette Lock nous a dit que Zoe n'avait rajouté cette silhouette brumeuse qu'au moment où elle avait commencé à fréquenter Aidan, non ? Avant, la silhouette centrale était seule.

— Alors, Zoe et Aidan sont engagés dans leur histoire d'amour, dit Jonah. Puis, à un moment, ce troisième personnage apparaît, et Aidan et elle-même le font souffrir.

— Exactement ! s'exclama Hanson en se redressant avec un grand sourire. Zoe reconnaît que leur relation nuit à quelqu'un.

— Bien...

Jonah reposa les yeux sur ce visage aveugle et la blessure sanglante de son ventre.

— Je pense que l'assassin l'a pris comme une preuve de ce que Zoe savait exactement ce qu'elle faisait avec Aidan Poole, dit Hanson en fixant Jonah. Elle savait qu'ils faisaient du mal à quelqu'un, et que son meurtre était donc justifiable. C'est ainsi que je l'interprète, en tout cas. Et si vous voulez mon avis, il y a 90 % de chances que l'assassin soit une femme, étant donné que la silhouette sur le tableau est un personnage féminin.

En observant le visage aveugle de la femme, Jonah commença à comprendre ce que Hanson voulait dire.

Lightman reposa son téléphone en soupirant et vit qu'il avait reçu un message pendant qu'il parlait avec sa mère.

Pouvez-vous passer chez moi ? Il y a plusieurs choses que j'ai vraiment besoin de dire.

Il fronça les sourcils, puis renvoya un bref message en demandant qui c'était. Puis il comprit avant même que la réponse n'arrive. C'était ça, le mauvais côté, quand on est abordable, songea-t-il en soupirant.

— Excusez-moi, dit-il au chauffeur de taxi. Pouvez-vous me conduire autre part ?

Jonah se rendait bien compte qu'O'Malley attendait qu'il dise quelque chose, mais il avait l'esprit bien trop occupé pour parler. Subitement, beaucoup de choses s'expliquaient.

Bien sûr que c'était une femme. C'était une femme qui avait entrepris de se procurer une clé de l'appartement de Zoe. Une femme qui avait eu la meilleure occasion de placer les empreintes d'Aidan Poole sur cette poignée de porte. Une femme qui avait tout planifié froidement, pour se venger... et peut-être par désir tordu de gagner l'affection de l'homme qu'elle aimait.

Hanson ressassait la conversation avec Luke Searle, en pensant de temps à autre aux déclarations de Victor. Ces deux-là avaient décrit Maeve dans les mêmes termes, ce qui préoccupait un peu Hanson. À l'évidence, Maeve voulait qu'Aidan Poole reste dans sa sphère, ce qui la préoccupait encore un peu plus. Mais, le pire, c'était qu'elle avait probablement menti sur ses déplacements.

Maeve n'avait jamais semblé avoir un motif très solide pour tuer Zoe. Mais et si elle en avait eu un quand même, après tout ? Et si elle avait retrouvé Aidan en se disant qu'il allait lui tomber dans les bras maintenant qu'il n'était plus avec Zoe ? Et si ce dernier l'avait rejetée ?

Il fallait qu'ils discutent avec Aidan Poole. Immédiatement.

Elle s'était déjà levée quand elle vit Felix Solomon entrer dans les bureaux de la Crim avec une lueur de détermination dans les yeux. L'agent qui l'accompagnait frappa à la porte du bureau de Sheens, et Hanson se rassit avec un soupir de frustration.

Elle mit plusieurs minutes à s'ôter Maeve de l'esprit et à se demander pourquoi Felix était passé au poste.

Le téléphone de Jonah sonna au moment où il allait se lever, et il sourit légèrement en voyant le nom d'Angeline Judd à l'écran. Il savait déjà pertinemment ce qu'elle allait lui dire, mais il décrocha quand même.

— Inspecteur Sheens.

— Un de vos hommes a pris un café avec Luke Searle, dit-elle d'une voix claire et très différente du ton empâté qu'elle avait la fois précédente. Je voudrais savoir pourquoi.

— J'ai bien peur de ne pas pouvoir vous donner d'informations sur une affaire en cours.

On frappa à sa porte, et, en se retournant, il vit Felix Solomon, escorté par un agent. Il mit le doigt en l'air pour indiquer qu'il ne serait pas long.

— Ne soyez pas stupide ! s'écria Angeline. Je ne vous demande pas des informations sur l'affaire. Je veux simplement savoir quelles conneries Luke raconte à propos de Maeve.

— Encore une fois…

— C'est un serpent. Qu'est-ce qu'il avait à dire ? Que Maeve a harcelé quelqu'un, ou des merdes de ce genre ?

Jonah grommela une quelconque onomatopée. En partie parce qu'il était content de la laisser parler, et en partie parce que ça lui donnait le temps de penser aux questions qu'il allait poser à Felix Solomon.

— Elle n'a jamais harcelé Isaac. C'est lui qui l'a séduite. Elle l'a attendu pendant un an, putain, et il n'arrêtait pas de revenir à la charge. Je les ai vus ensemble, et j'ai vu ses textos. Quand tout est ressorti au grand jour, il a menti, et Luke Searle, ce connard sexiste, s'est rangé de son côté.

Jonah avait beau avoir l'esprit ailleurs, il ne pouvait s'empêcher d'être étonné de voir Angeline prendre la défense de son amie. Pour l'instant, tout ce qu'il avait vu d'elle indiquait plutôt une personne en manque d'affection et manipulatrice. Découvrir qu'elle pouvait éventuellement se montrer une amie loyale le surprenait et lui réchauffait un peu le cœur.

— Pouvez-vous prouver cela ?

Angeline éclata de rire.

— Oui, je peux. Et, puisque vous voulez une preuve vite fait, si Isaac était à ce point innocent, pourquoi a-t-il invité Maeve à passer à son hôtel jeudi soir ?

— Nous n'étions pas au courant, dit Jonah en saisissant une feuille, non pas pour prendre des notes, mais pour écrire une liste de noms. Maeve nous a dit qu'elle était rentrée chez elle.

— Probablement parce qu'elle pensait que les horaires n'étaient pas importants, et qu'elle n'avait vraiment pas envie d'en parler. Mardi, il lui a dit qu'il allait quitter sa femme pour elle. Et jeudi, finalement, elle a cédé : elle a couché avec lui en pensant qu'elle vivait un véritable amour. Et devinez quoi ? Une fois qu'il a eu ce qu'il voulait, il est reparti à Cardiff et il n'a plus donné de nouvelles. Elle a le cœur brisé, et maintenant Luke fait tout pour la dénigrer alors qu'il devrait s'employer à faire virer ce type de l'Église.

— Tout cela est très utile.

— Vous ne me croyez pas, c'est ça ? demanda Angeline d'un ton amer. Vous pensez qu'elle a tué Zoe.

— Non, répondit calmement Jonah. Non. Je sais qu'elle ne l'a pas fait.

Un long silence s'installa. Puis Angeline déclara brusquement qu'elle devait y aller, et elle raccrocha.

Jonah reposa le téléphone sur son bureau avec un sentiment d'urgence croissant. Il indiqua à l'agent de faire entrer Felix.

— Vous n'auriez pas pu mieux tomber, dit-il tandis que Felix s'installait dans l'un des fauteuils.

De la main, il invita Hanson à les rejoindre et lui passa la feuille qu'il avait griffonnée.

— Pourriez-vous m'imprimer des photos de tous ces gens, s'il vous plaît, et me les découper ?

Debout devant l'imprimante, Hanson sentit que sa frustration cédait petit à petit la place à de la curiosité. Allait-il demander à Felix d'identifier quelqu'un ? C'était bizarre. Felix connaissait tant de personnes impliquées dans l'affaire.

Mais pas toutes, se dit-elle en regardant les portraits que l'imprimante crachait. Pas toutes.

Jonah vit que Felix avait retrouvé toute sa maîtrise de soi. Rien ne trahissait plus la coquille vide qu'il était la veille. Confortablement installé face à Jonah, il accepta le café que celui-ci lui proposait. Jonah était quasiment sûr que Felix aurait préféré qu'ils inversent les rôles.

— Pourriez-vous revenir rapidement sur les événements de jeudi après-midi ? demanda Jonah tandis que Hanson découpait les photos.

— De jeudi après-midi ? répliqua Felix en haussant les sourcils.

— Oui. Quand vous avez retrouvé votre amie Esther pour prendre un thé.

À l'évidence, Felix ne s'attendait pas à ce qu'on lui demande une chose pareille.

— Eh bien, je vous l'ai dit. Elle est arrivée à 16 heures.

— C'était prévu ? Ou s'est-elle présentée spontanément ?

— Elle est venue spontanément. Ce n'était pas un alibi programmé…

— Vous êtes tombé sur elle ?

Felix tourna le regard vers O'Malley, puis le ramena sur Jonah.

— Oui. C'est le cas. Elle était montée voir son appartement et je suis tombé sur elle dans l'escalier, alors je l'ai invitée à prendre une tasse de thé.

— C'est lequel, son appartement, précisément ?

— Je ne sais pas, répondit Felix en haussant les épaules. Je ne lui ai jamais demandé.

— Et elle n'en a jamais parlé d'elle-même ?

— Non.

— Elle revenait du deuxième étage ?

Felix réfléchit un instant avant de répondre.

— Oui, mais j'aimerais vraiment comprendre où cela nous mène. Je suis venu pour vous aider.

— Et vous êtes en train de le faire, dit Jonah en se levant pour ouvrir la porte à Hanson.

Quand elle lui tendit la pile de photos, il la remercia d'un sourire et retourna s'asseoir à son bureau.

— Une de ces femmes est-elle Esther ?

Jonah posa les portraits sur la table, et la main de Felix se tendit immédiatement vers l'une d'elles.

— C'est elle. Une autre coupe de cheveux, et à présent elle porte des lunettes, mais c'est elle.

Jonah lui adressa un petit sourire qui ne rendait pas justice à la satisfaction qu'il éprouvait.

— Pouvez-vous me dire pourquoi vous me demandez ça ?

— Parce que Esther n'est pas celle que vous croyez. La femme que vous venez d'identifier, c'est Greta Poole.

29

Le verrou. C'était à cela qu'Aidan avait besoin de penser. Ils n'étaient pas si nombreux à pouvoir y placer ses empreintes. Et l'assassin de Zoe avait nécessairement eu la possibilité de se les procurer.

À présent, il était assis devant le bureau de sa chambre d'hôtel, son ordinateur portable ouvert devant lui. Il n'y connaissait rien en maquillage d'empreintes digitales, mais c'est à ça que Google servait.

Quand il commença à taper « Comment... », le premier terme de recherche qui apparut le bloqua.

Comment déterminer si votre partenaire vous trompe.

Mon Dieu. Était-ce donc ça la requête la plus fréquente de l'humanité ? Ou ce résultat de recherche sortait-il parce que Greta l'avait déjà sollicité sur l'une des machines dont il se servait ?

Il sentit une profonde vague de tristesse l'envahir à l'idée qu'elle ait pu taper cela. Avait-elle soupçonné quelque chose ? Avait-elle mis la vérité de côté parce qu'elle était trop difficile à regarder ?

Subitement, il sentit un besoin désespéré de savoir. De savoir si elle s'était doutée de quelque chose, et jusqu'à quel point, ainsi que ce qu'elle pensait à présent. Avait-elle tourné la page, ou pouvait-il encore espérer se réconcilier avec elle ?

Cette pulsion familière était trop forte pour qu'il puisse en faire abstraction, même si, par le passé, c'était toujours Zoe qu'il avait espionnée. Il avait commencé par lire ses textos pendant qu'elle prenait sa douche, et c'est là qu'il s'était rendu compte que Victor lui envoyait tout le temps des messages. De fait, il s'était demandé s'il lui adressait aussi des e-mails, et il n'avait pas mis longtemps à deviner le mot de passe de la boîte de Zoe.

Fouiner dans sa vie était devenu une habitude, et il n'avait pas pu s'arrêter quand ils s'étaient séparés. En fait, il ne l'avait jamais autant espionnée que depuis qu'ils s'étaient séparés. Pour lui, cela n'était qu'une façon de continuer à faire partie de sa vie. Finalement, il était monté en grade dans les techniques d'espionnage, et il avait piraté sa webcam, ce qui lui avait au moins permis de la regarder, même s'il ne pouvait plus la posséder.

Il n'avait quasiment jamais songé à surveiller Greta. Il avait dû rapidement parcourir ses e-mails une ou deux fois au fil des ans, en cherchant des détails flatteurs sur lui-même, ou des indices pour lui offrir un cadeau pour Noël. Il n'avait jamais découvert grand-chose de palpitant. Elle n'avait rien à cacher.

Mais, maintenant, il voulait savoir. Il désirait, intensément, savoir ce qu'elle racontait aux gens à son propos. À leur propos. Il voulait désespérément savoir ce qu'elle allait faire.

Il prit son téléphone et ouvrit Safari. Il se rappelait encore le mot de passe qu'elle utilisait il y a des années, et il doutait fort qu'elle l'eût modifié. Elle n'était pas très méticuleuse en matière de sécurité.

À sa triste satisfaction, son compte s'ouvrit facilement. Et ses e-mails s'affichèrent devant lui, bien classés dans leurs dossiers respectifs.

La première page ne semblait rien contenir de particulièrement intéressant, mais Greta était démoniaque en matière de classement. Il ne saurait vraiment qu'une fois qu'il aurait fait ses recherches.

Il commença par taper son prénom dans la barre de recherche, mais, comme on pouvait s'y attendre, des milliers et des milliers d'e-mails s'affichèrent, ceux qu'ils s'étaient envoyés depuis toutes ces années, et les lire lui prendrait un temps infini. Un temps qu'il n'avait pas.

Il songea ensuite à taper le nom de Zoe, mais il s'aperçut qu'il n'avait jamais dit à Greta comment elle s'appelait. Il avait gardé cette information pour lui. Il ne supportait pas de chercher « adultère », alors il essaya « Southampton ».

Cette fois-ci, seuls quarante résultats s'affichèrent, ce qui était beaucoup mieux. Plusieurs confirmations de réservations de billets de train et, un peu plus bas, un e-mail à sa mère qui semblait prometteur, mais qui datait en fait de plusieurs mois.

Il lui fallut du temps avant de finir d'examiner de plus près ses réservations et de se demander pourquoi elles étaient si nombreuses. Il lui fallut encore plus de temps avant de se demander pourquoi elles étaient toutes ultérieures à cet e-mail de sa maman, qui datait de juillet.

Il ouvrit le plus récent, qui la félicitait d'avoir réservé un billet pour Southampton. Il datait d'hier après-midi. Il éprouva un sentiment étrange en songeant que Greta s'était trouvée là-bas, elle aussi. En même temps que lui.

Puis il ouvrit le précédent, qui datait de jeudi soir. Il concernait un billet pour le train de 21 h 51, de London Bridge à Southampton, et ce que cela signifiait le frappa comme une vague.

— C'est juste là, dit Lightman au chauffeur de taxi.

Il avait reconnu la belle demeure, même si c'était la première fois qu'il la voyait de jour. Un soleil froid dans un ciel temporairement sans nuages l'éclairait d'une lumière un peu triste. Elle était trop grande pour une femme seule. Ou même un couple, à vrai dire. Elle avait besoin d'enfants. De vie. De bruit.

Il avait réservé son taxi sur une application, en se servant de sa carte, ce qui lui évitait d'utiliser du liquide.

Il descendit aussitôt. La porte d'entrée s'ouvrit. À l'évidence, elle l'attendait.

— C'est tellement gentil à vous d'être venu, lança Greta.

— Aucun problème. J'espère que vous allez bien depuis l'autre soir.

— Oui, dit-elle en posant la joue contre le rebord du battant. Ces quelques jours ont été difficiles, mais, bizarrement, je crois que prendre conscience de tout ce qui m'avait échappé et des proportions que cela avait atteintes m'a fait du bien. Je pense que je ne me montrerai plus aveugle à ce point.

Il lui adressa un petit sourire, et, soudain, elle s'esclaffa.

— Désolée ! s'exclama-t-elle. Entrez !

Elle fit un pas de côté pour le laisser passer.

— Je me suis dit qu'Aidan devait avoir fait la connaissance de quelqu'un récemment, dit Jonah, et que cette personne l'avait amené à laisser ses empreintes sur un verrou. Peut-être qu'elle a démonté celui de sa propre salle de bains après qu'il l'a utilisé. Mais, de toute évidence, la personne la mieux placée pour le faire avec une telle facilité, c'était la femme qui habitait avec lui.

— Pourtant, on ne pensait pas du tout à Greta, dit Hanson.

Elle regardait les panneaux tandis qu'ils s'engageaient sur l'autoroute au nord de Southampton pour aller chez les Poole, sans parvenir à se débarrasser de son chagrin – ce n'était pas elle qui avait élucidé l'affaire ! En ce qui concernait Maeve, elle avait bien analysé les choses, mais elle s'était quand même trompée.

— Greta avait un alibi pour toute la soirée, et on a cru qu'elle n'était pas au courant pour Aidan et Zoe.

— Et, d'après son alibi, elle se trouvait à Londres, ajouta Jonah.

— Mais, en fait, elle était au courant, hein ? Et Aidan et Zoe ne s'en sont jamais rendu compte.

— Oui ! Elle est loin d'être stupide, et Aidan n'est pas aussi doué qu'il le pense pour masquer ses émotions. J'imagine qu'elle a soupçonné quelque chose et qu'elle a vérifié. Peut-être qu'elle s'est servie de son téléphone ou de son ordinateur pour une raison quelconque. Elle a dû voir des messages qu'il n'avait pas effacés assez tôt.

— Mais elle ne l'a pas mis au pied du mur. Peut-être par fierté, ou dans l'espoir qu'il finirait par quitter Zoe.

— Oui, répondit Jonah. Je penchais pour la seconde option, mais il est aussi possible qu'elle ait détesté l'idée de rendre cela public.

Subitement, Hanson pensa à Lightman, qui devait probablement être revenu au poste à l'heure qu'il était.

— Il vaudrait mieux que je mette Ben au courant, lança-t-elle.

On est en route pour procéder à une arrestation. Tu es rentré à la base ? Tu pourrais probablement nous rattraper si tu te dépêches.

— C'est sur son ordinateur, dit Greta en faisant passer Lightman dans le bureau d'Aidan. C'est la première fois que j'ai eu l'idée de fouiller dedans. Ce qui fait de moi quelqu'un de vraiment stupide, je crois.

— Ou quelqu'un qui a confiance en son prochain, objecta Lightman.

— Eh bien, parfois, je devrais faire plus attention.

L'éclat orangé du soleil dans la pièce faisait briller ses yeux.

— Je crois... Je crois qu'il l'a tuée, souffla-t-elle.

Lightman acquiesça lentement, puis posa les yeux sur l'écran. Un dossier intitulé « Notes de lecture » était ouvert. Et il était rempli de photos, que Lightman tenta de ne pas trop fixer. C'était des images de violence, et presque toutes concernaient des femmes.

— C'est un psychopathe, vous ne croyez pas ? demanda-t-elle d'un ton étrangement posé. Il en a des centaines. Toutes dans ce dossier, qui était masqué dans le navigateur. Je pensais qu'il n'y avait rien à trouver, puis j'ai fait une recherche sur les fichiers non indexés. Et alors...

Lightman laissa échapper un long soupir. Dans un premier temps, il pensa que quelqu'un avait essayé de s'introduire dans la maison, la veille. Peut-être pour y placer ces preuves incriminantes. Ou alors qu'Aidan avait voulu entrer pour les effacer avant qu'on les découvre.

— Je suis désolé que vous ayez dû voir cela, dit-il.

— Je ne sais pas pourquoi je n'ai pas regardé avant.

Il sentit son téléphone vibrer dans sa poche. C'était un message de Hanson, à propos d'une arrestation. Allaient-ils pincer Aidan ? Ou un rebondissement les avait-il aiguillés sur quelqu'un d'autre ? Il était dévoré de curiosité, mais Greta se penchait à côté de lui pour agrandir la fenêtre Google Chrome.

— J'ai aussi consulté l'historique de son navigateur. Regardez !

Éparpillées parmi les recherches ordinaires, des phrases comme « Combien de temps faut-il pour mourir d'une entaille au poignet ? » et « Où sont les artères dans les bras ? ».

Il fit défiler la page en fronçant les sourcils. Ces requêtes n'étaient pas récentes. À l'évidence, Aidan n'utilisait son ordinateur que sporadiquement. Certaines des recherches dataient de plusieurs mois.

Se pouvait-il que quelqu'un d'autre ait eu accès à cet ordinateur pendant une aussi longue période ? Ou alors, était-ce Aidan ?

Le souffle de Greta se mua en sanglot, et il ferma rapidement la fenêtre du navigateur. Elle pleurait, le visage caché dans la manche de son cardigan.

— Je suis vraiment désolé. Vous voulez que je vous apporte quelque chose ?

— Non, ça va aller, répondit-elle en essuyant ses larmes. Ça va. Je vais faire du thé. Vous en voulez ?

— Bien sûr, mentit Lightman.

Il voulait répondre à Hanson, mais il avait besoin d'un peu d'intimité pour qu'elle lui dise qui ils comptaient arrêter. Il ne serait pas très approprié que Greta voie cela. Tandis qu'elle se dirigeait vers la cuisine, il lui demanda s'il pouvait utiliser les toilettes.

— Vous les trouverez dans le vestibule, répondit Greta.

Il prit son téléphone et, tout en marchant, envoya un bref texto à Hanson pour lui dire qu'il était chez Greta Poole et qu'elle avait un disque dur plein de preuves. Il espérait que Hanson répondrait pendant qu'il était aux toilettes. Dans la cuisine, la bouilloire cliquetait, et il entendit Greta tirer des tasses d'un placard.

— Merde ! s'exclama Hanson.

— Que se passe-t-il ?

— Lightman est chez Greta Poole.

Jonah sentit le regard de Hanson se poser sur son visage dans l'attente de la marche à suivre, alors que lui-même avait les tripes retournées… ou l'impression de les avoir perdues sur l'autoroute.

— Qu'est-ce que je fais ? demanda-t-elle. Je le rappelle ?

— Envoyez-lui un autre texto, répondit Jonah avec un ton aussi posé que possible. Dites-lui qu'on a un petit problème avec un suspect, et qu'il faut qu'il revienne au poste dès qu'il pourra. Mieux vaut ne pas mettre la puce à l'oreille de Greta, si jamais elle est en mesure de voir l'écran de son téléphone.

— OK.

Les mains de Hanson tremblaient quand elle tapa le message. Jonah se rappela comment, quelques mois plus tôt, il avait foncé dans les embouteillages à l'heure de pointe pour venir à son secours.

— Ça va aller, dit-il. Greta Poole n'est au courant de rien, et Ben a du sang-froid.

Lightman faillit percuter un étendoir où des vêtements séchaient.

— Désolée ! cria Greta. J'aurais dû vous indiquer l'autre. Aidan me le reproche systématiquement.

Il se glissa à l'intérieur et se retourna pour fermer la porte. Le battant pivota, mais il n'y avait pas de verrou. Simplement la zone où le bois n'avait pas été peint, à l'endroit où le cadenas s'était trouvé.

Il se figea, la main sur la poignée. Dans sa poche, son téléphone vibra, mais il ne le prit pas.

J'aurais dû vous indiquer l'autre...

Il respira un grand coup et rouvrit.

Elle l'attendait, un mélange de chagrin et de colère sur le visage. Elle serrait fermement un grand couteau de cuisine contre sa cuisse.

— Il ne l'a pas lu ! s'écria Hanson au bout d'une minute.

— Donnez-lui un peu de temps. Il l'a peut-être vu sur l'écran d'accueil.

— Et s'il ne le lit pas ?

— Dans ce cas, il va probablement prévenir l'équipe informatique qu'il a trouvé un disque dur plein de preuves et il s'en ira. Alors, on pourra entrer, répondit Jonah d'un ton apaisant.

Mais il devait bien admettre qu'un soupçon d'inquiétude l'avait traversé, lui aussi. Greta l'avait leurré pendant des jours, et elle avait berné son mari pendant des mois. Elle était extrêmement intelligente. Elle était également forte et imprévisible. Jonah n'aimait aucune de ces caractéristiques chez un assassin.

*

— Putain ! lâcha Greta avec un rire mouillé de larmes. Quelle idiote ! Je... Je suis désolée. C'est de ma faute. Vous n'y êtes pour rien. Un moment d'absence..., dit-elle en reniflant. J'imagine que je me suis laissé emporter par mon rôle de femme en pleurs, et j'ai été négligente. Cela dit, vous savez... ce n'est pas qu'un rôle. C'est aussi une année de souffrance. Qui s'est développée peu à peu et qui ne demande qu'à ressortir.

— Ça va aller, répondit-il avec un sourire aussi calme et rassurant que possible.

Il savait que Greta voulait le tuer. Elle était forte, elle avait un couteau. Et donc de bonnes chances de le blesser. Néanmoins, il n'avait pas particulièrement peur. Pas après avoir laissé son père dans une chambre stérile à l'hôpital, avec la perspective d'une lente et douloureuse dégradation.

— Ça ne va pas vraiment aller, répondit Greta. Je vais devoir vous faire ce que je lui ai fait, sauf que vous, vous ne le méritez pas. Mais je n'ai pas le choix, je crois, ajouta-t-elle d'un ton préoccupé.

— Bien sûr que si, vous avez le choix, répliqua Lightman avec un petit rire. Savoir ce que vous avez fait et vous condamner pour ces actes, ce n'est pas pareil. Beaucoup de choses peuvent arriver dans un tribunal, et il est difficile de véritablement prouver que quelqu'un a commis un crime. Particulièrement si la personne s'est montrée méticuleuse.

Greta réfléchit un instant à ce qu'il venait de dire. Lightman, quant à lui, pensait à son téléphone, toujours dans sa poche.

— C'est plus difficile de s'en tirer avec deux meurtres qu'avec un seul. Et mon patron sait où je me trouve.

Elle acquiesça.

— Alors, à l'évidence, il faudra que vous soyez parti. Je me servirai de votre voiture, en veillant à passer devant suffisamment de caméras de surveillance.

Lightman ressentit une sorte d'admiration froide pour elle. Elle comprenait et planifiait les choses tellement vite ! Elle ne se contentait pas de gérer. Elle avait le genre d'esprit qui peut analyser les composantes d'un problème et trouver une solution en un instant.

— Une caméra pourrait montrer que c'était vous qui étiez au volant.

— J'aurai besoin de vos vêtements.

— Nous pourrions aussi examiner les preuves de ce qu'Aidan a fait, dit-il avec un regard appuyé. Vous en avez assez pour l'inculper, ou du moins pour susciter un doute raisonnable.

— Et passer des mois au tribunal à essayer de gagner la sympathie du jury afin de sortir de prison ? Vous croyez que j'ai envie de pleurer devant eux, de leur confier à quel point Aidan était horrible et d'admettre devant le monde entier que j'ai été assez faible pour le laisser faire ça ? Il faudrait que je joue la femme trompée, alors que j'ai tout fait – tout fait ! – pour ne pas être cette femme-là.

Greta secoua la tête et redressa le menton.

— Je préfère me battre jusqu'au bout.

— Peut-être devrais-tu te battre avec la bonne personne, dit calmement une voix derrière Lightman.

Celui-ci ressentit un tel choc qu'il tourna le dos à Greta et à son couteau. Dieu merci, Greta était aussi surprise que lui par l'arrivée de son mari.

— Vingt-deux minutes, dit Hanson en regardant l'écran du GPS de Jonah.

Il lui jeta un coup d'œil.

— Toujours rien de la part de Ben ?

— Non.

— Je suis certain que tout va bien, dit-il d'un ton rassurant.

Mais il enfonça un peu plus l'accélérateur.

— Qu'est-ce que tu fais là ? demanda Greta.

Sa voix avait perdu toute chaleur en s'adressant à Aidan. Elle était froide. Pleine de fureur et de dégoût.

— Je suis venu te parler. Parce que j'ai compris ce qui s'était passé. Et ensuite, après mon mouvement de colère initial, je me suis rendu compte que c'était moi qui t'avais fait ça.

— Qu'est-ce que tu fais là ? Va plutôt brûler en enfer !

— Il faut que je te dise à quel point je m'en veux.

Aidan fit un pas en avant, et elle réagit instantanément. Elle brandit son couteau devant elle avec un feulement de chat sauvage.

— Je ne vais rien écouter de ce que tu as à dire ! J'en ai marre d'écouter. Tu m'as menti encore et encore. Même quand elle t'a largué, tu n'arrivais pas à m'aimer assez. Tu la voulais tellement que tu... tu... tu es devenu un voyeur. Je ne me suis jamais sentie aussi humiliée de ma vie.

Lightman était plus captivé par leur conversation qu'il ne l'aurait dû. Il fallait qu'il agisse. Il devait sortir de cette maison avec Aidan, ou trouver un moyen de désarmer Greta. Mais il était difficile de bouger alors qu'il ne parvenait pas à s'arracher au spectacle de ce couple pris dans un moment de haine, de douleur et de violence.

— Je sais, répondit Aidan. Je sais à quel point tu as dû souffrir. J'ai fait des choses horribles. Parce que je suis un raté. Tu avais raison.

Il fit un nouveau pas en avant, mais Greta ne bougea pas, et, à présent, il n'était plus qu'à quelques centimètres du couteau.

— Je voulais être avec toi parce que tu es forte et que tu es belle, mais ensuite je ne suis pas arrivé à gérer. Je cherchais ton approbation, parce que ma mère n'avait jamais prononcé le moindre mot pour m'accorder la sienne. Ce n'était pas de ta faute.

Lightman se força à évaluer la situation rationnellement. Greta bloquait la porte de la cuisine, et il ne pensait pas pouvoir atteindre l'escalier. Malheureusement, de son côté, Aidan bloquait la porte d'entrée. Mais, s'il s'avançait de quelques pas dans la pièce, Lightman pourrait foncer vers l'ouverture.

Le seul obstacle, c'était Greta, qui brandissait son couteau vers Aidan et faisait tout pour le dissuader d'avancer.

— Tu l'avais, mon approbation, cracha-t-elle. Je brossais toujours ton ego dans le sens du poil. Même si tu étais incapable d'être fier de moi, parce que ça t'aurait émasculé, d'une certaine façon. Je t'ai donné tout ce qu'une personne peut donner, mais, toi, tu as préféré cette... cette... *catin*. Et tu lui as dit que tu ne ressentais plus que de la froideur pour moi.

Lightman s'écarta de Greta d'un pas, se rapprochant de la porte d'entrée.

Il se dit qu'il avait peut-être la place de passer derrière Aidan, tout juste. Idéalement, il faudrait qu'il l'embarque au passage pour le pousser dehors. Il réfléchit à la manœuvre en faisant un nouveau pas de côté. Se jeter en avant. L'attraper. Le traîner. Tout ça avant que Greta ne puisse blesser quelqu'un avec son couteau.

La question était de savoir s'il faisait courir un trop grand danger à Aidan.

— Je me suis répété que tu étais froide, indifférente, et que je ne t'intéressais pas, dit calmement Aidan, dont le visage commençait à se mouiller de larmes. C'était ma ligne de défense, parce que j'étais… une merde avec toi. Et je sais que c'était injuste. Mais c'était la seule chose que j'avais pour rétablir l'équilibre entre nous. Parce que je trouvais que tu ne flattais pas mon ego autant que je l'aurais voulu. Mais j'avais tout faux, pas vrai ? Complètement faux. Tu pensais à moi tout le temps. Et tu n'étais pas non plus le livre ouvert que je croyais connaître. Tu dissimulais une telle souffrance, et tu continuais quand même.

— Arrête de faire ça ! s'écria-t-elle.

— De faire quoi ?

— Tu me dis ce que j'ai envie d'entendre ! Tu es juste… Tu es juste en train de mentir encore une fois !

Aidan secoua la tête.

— Je ne te dis pas tout ça dans l'espoir que tu me reprennes, même si je pense que c'est une chose que je désirerai toujours. Je te dis ça parce que tu mérites de l'entendre. J'aurais dû te le dire il y a un an et devenir suffisamment adulte pour nous sauver tous les deux.

Il se frotta la joue.

— Je n'ai jamais cessé d'être obsédé par toi, poursuivit Aidan. Par la façon dont les autres hommes te regardaient, et dont tout le monde était attiré vers toi. Je ne suis arrivé à ne plus penser à toi qu'en prétendant que tu étais quelqu'un d'autre.

Lightman était presque en place. Aidan s'en sortait bien pour retenir l'attention de Greta.

Il allait devoir agir, avec les risques que cela comportait. Ça pouvait mal tourner, il le voyait. Et Greta ne reculait pas.

— Arrêtez de bouger ! cria-t-elle subitement.

C'était à lui qu'elle s'adressait, cette fois-ci. Elle avait compris le danger.

— Greta, ça ne sert à rien de lui faire du mal, dit Aidan. Tu n'as besoin de faire de mal à personne. Je t'aime. Je t'aime tellement. Et je veux qu'il ne t'arrive rien de mauvais.

— Si tu m'aimes, barre-toi et laisse-moi régler ça, répondit-elle avec un tremblement dans la voix qui ne s'était pas manifesté jusque-là. Va-t'en, et peut-être que tu pourras m'aider à effacer les traces si jamais j'en ai besoin.

Aidan lui adressa un drôle de petit sourire.

— Ma chérie, aucun de nous deux ne va sortir d'ici. Ce n'est pas ainsi que ça se termine, si ?

Puis, le sourire toujours accroché aux lèvres, il fit un pas en avant.

Lightman ne songea pas un instant à profiter de l'ouverture pour sortir. Il était convaincu qu'il venait de voir Aidan s'embrocher sur le couteau.

Mais, d'une manière ou d'une autre, le couteau revint contre la cuisse de Greta, puis il passa derrière le dos de son mari quand elle le prit dans ses bras. Ils n'avaient plus conscience de la présence de Lightman, perdus dans une étreinte qui lui donnait envie de s'éclipser sur la pointe des pieds.

Finalement, il ôta doucement la lame de la main de Greta et sortit.

30

Jonah aperçut les premiers gyrophares. À côté de lui, Hanson avait le souffle court. Il était difficile de ne pas mettre le pied au plancher sur les cent derniers mètres, mais il se maîtrisa, se garant prudemment derrière la voiture de patrouille. L'ambulance n'était pas arrivée, du moins pas encore.

Hanson bondit de la Mondeo avant même qu'elle ne s'immobilise et partit en courant vers la maison.

— Madame ! l'interpella un des deux agents qui se tenaient dans l'allée.

— Où est Ben ? Où est le sergent Lightman ? demanda-t-elle tandis que Jonah descendait de voiture à son tour.

— Juliette !

C'était la voix de Lightman, mais Jonah ne le voyait pas encore. Il pressa le pas jusqu'à l'apercevoir, debout à côté de la porte d'entrée, un gobelet de thé à la main. Et Juliette se jeta dans ses bras.

Jonah lui adressa un petit sourire, puis se tourna vers l'agent le plus proche.

— C'est possible d'avoir un point sur la situation ?

Greta avait été évacuée quelques minutes avant leur arrivée, et Aidan avait supplié qu'on le laisse partir avec elle.

Ne sachant pas s'ils devaient l'arrêter aussi, les agents avaient fini par accepter.

On les avait placés dans deux salles d'interrogatoire différentes, et, à deux reprises déjà, Aidan avait dit à l'officier de garde que tout était de sa faute et que c'était à lui d'aller en prison.

— C'est assez barré, quand même, non ? murmura Hanson.

Ils se trouvaient tous les quatre dans le couloir – O'Malley ayant refusé d'être mis à l'écart –, et, tandis qu'ils se préparaient à lancer la procédure de mise en examen de Greta Poole, ils regardaient son mari, à qui l'on venait d'apporter une tasse de café, au travers de la vitre.

— Il l'aime encore après qu'elle a assassiné sa maîtresse ? demanda-t-elle.

— C'est possible, je crois, répondit Lightman. Quand il a commencé à lui balancer toutes ces excuses, j'ai cru qu'il était en train de la baratiner pour me donner le temps de sortir. Je me suis dit qu'il était malin. Mais ensuite il s'est avancé et l'a invitée à le poignarder… et je ne vois pas pourquoi il aurait fait ça ni pourquoi il prendrait sa défense s'il ne l'aimait pas, d'une étrange façon.

— C'est drôle, dit Jonah. Chaque décision qu'Aidan a prise est caractérisée par la faiblesse. Même la plus importante de toutes. Leur histoire est vraiment tordue.

Hanson se tourna vers lui en fronçant les sourcils.

— Je ne suis pas d'accord. Ce n'est pas leur histoire. C'est l'histoire de Zoe. On peut trouver bizarrement romantique le dénouement de tout ça, mais Greta a quand même assassiné Zoe. C'est Zoe la victime, pas Greta Poole.

— Je souscris totalement, dit Jonah en soupirant. Bon, on y va ?

— J'ai su qu'il avait couché avec elle dès le lendemain du jour où il l'a fait pour la première fois, dit Greta de la voix ferme et posée qu'elle avait toujours eue.

À plat sur la table, ses avant-bras, ses coudes et la pointe de ses doigts formaient un triangle, tandis que, d'un mouvement presque imperceptible, elle frottait ses pouces l'un contre l'autre.

— Il sursautait chaque fois que son téléphone vibrait, il essayait de lire ses messages sans que je le voie. C'était douloureusement clair.

— Mais vous ne vous êtes pas expliquée avec lui ? demanda Lightman.

— Je ne savais pas comment m'y prendre avant d'avoir une preuve. Ce qui, en fin de compte, s'est révélé facile. Un samedi matin, je me suis levée tôt, et je suis descendue au rez-de-chaussée en prenant son téléphone au lieu du mien. J'ai consulté ses messages, et, ensuite, sur WhatsApp, j'ai trouvé tout ce que j'avais besoin de savoir.

Sa voix trembla un instant, et, pour Jonah, il devint clair que ce souvenir, aujourd'hui encore, lui paraissait terrible. Un traumatisme ponctuel à partir duquel tout le reste avait suivi. Mais cette suite n'était pas inéluctable, pensa-t-il. Elle aurait pu agir d'une façon très différente, et se contenter de le quitter.

— Qu'est-ce qui vous empêchait de vous séparer de lui ?

Greta hésita.

— Plusieurs raisons. Je ne sais pas exactement laquelle était la principale. L'humiliation, en partie. Ma réaction initiale, ç'aurait été de lui crier dessus, mais je me suis rendu compte que ça m'obligeait à le mettre à la porte. Et, si je le faisais, tout le monde allait être au courant. Les gens sauraient ce qu'il avait fait, et ils me jugeraient.

— Vous ne croyez pas que ce serait plutôt lui qu'ils auraient jugé ? demanda doucement Jonah.

Greta le toisa.

— Vous n'avez jamais vu ce qui se passe lorsqu'un mariage se brise ? Comme c'est arrivé à ma mère ? Vous ne savez donc pas que ce n'est jamais – jamais ! – de la faute de l'homme ? Non, c'était parce qu'elle se laissait aller, qu'elle était trop barbante, qu'elle ne lui donnait pas satisfaction au lit...

Elle reposa les mains à plat sur la table, puis serra les poings jusqu'à ce que ses jointures deviennent toutes blanches.

— Très jeune, j'ai appris comment ces choses-là se passent. Et je n'avais aucune intention de permettre que ça m'arrive. J'avais trop investi dans ce rôle d'épouse modèle. Savez-vous qu'il ne s'est pas passé un seul jour depuis notre mariage sans que je me maquille ?

Jonah acquiesça, ce qui sembla apaiser un peu la colère de Greta.

— Alors, vous espériez qu'il mettrait fin à son aventure avec Zoe ?

— Oui. J'espérais qu'il suivrait la voix de la raison. Comment aurait-il pu faire autrement, étant donné que, moi, j'étais tout simplement parfaite ? J'ai passé plus de temps à faire la cuisine, alors que je mangeais moins. Je me suis injecté des poisons dans le visage pour me débarrasser de mes rides et je lui ai taillé plus de pipes qu'un homme ne peut en supporter sans y rester, putain !

C'était horrible, et c'était drôle, mais Jonah essaya de ne pas s'esclaffer. Sur l'enregistrement, ça ne faisait jamais très bon effet. Cela dit, il pensait que Greta aurait apprécié qu'il rie. À la place, il soupira.

— Mais il a continué de la fréquenter.

— Oui, répondit-elle d'une voix subitement empâtée. Il a continué. Et je le savais, parce qu'il n'était pas très doué pour la dissimulation, malgré ce qu'il croit. Son téléphone était synchronisé à ses autres ordinateurs, et, parfois, quand j'étais à la maison, les messages apparaissaient en pop-up sur l'écran de l'ordinateur de bureau. Je n'avais même pas besoin de me connecter pour les voir.

Jonah songea qu'elle avait lu de nombreux messages de Zoe et seulement certains de ceux d'Aidan. Cette configuration l'avait-elle en partie poussée à tuer Zoe ? Parce qu'elle voyait simplement l'autre femme qui flirtait et qui envoyait des sextos, mais pas les réponses d'Aidan, alors qu'elles jouaient un rôle aussi important dans leur dialogue ?

— Quand avez-vous pris la décision de tuer Zoe ? demanda-t-il calmement.

— Ça n'a pas été une décision prise à un instant donné, répondit Greta d'un ton hésitant, mais… l'aboutissement d'un tas de choses. Une fois, j'ai tagué Aidan sur une photo, sur Facebook, pour être sûre qu'elle soit au courant de mon existence, et elle l'a largué. Je l'ai vu à sa tête quand il a lu son message. Je me suis dit que c'était terminé.

— Mais ce n'était pas le cas ?

— Non, pas du tout ! s'exclama Greta avec dureté. Elle l'a récupéré dans les quinze jours. Après ça, elle ne pouvait plus prétendre qu'elle ignorait la situation. Elle savait que j'existais, et elle avait choisi de continuer. Ça devenait de plus en plus difficile de lui pardonner.

— Mais ils n'étaient plus ensemble quand vous l'avez tuée. Aidan avait mis fin à leur relation. Ça ne vous suffisait pas ?

Greta secoua la tête.

— Elle avait fait du bon boulot, avec lui. Bien trop bon. Il était encore… accroché. J'ai fouillé dans son ordinateur, où j'ai retrouvé des images d'elle, des captures d'écran. Il les avait prises longtemps après leur rupture, alors qu'elle ne savait même pas qu'il la regardait. Et, mon Dieu ! Ça, c'était pire que tout ce que j'avais ressenti avant !

Elle prit subitement une grande bouffée d'air, mi-inspiration, mi-sanglot.

— Parlez-nous de cette nuit-là, dit Lightman. Le jeudi soir. C'était méticuleusement préparé, non ?

— Bien sûr que oui ! Je devais me débarrasser d'elle. Je voulais qu'Aidan ne soit pas… qu'il ne soit pas…

Elle secoua de nouveau la tête, inspira un grand coup et, subitement, elle redevint une femme forte. Une femme d'action.

— Ce jour-là, je suis passée deux fois chez elle. La première fois, j'ai emporté des vêtements, que j'ai laissés dans un casier de la salle de gym à côté de la gare. Il fallait que je vérifie qu'elle avait bien un couteau d'artiste dont je pourrais me servir, un qui soit indubitablement à elle, et j'ai décidé de m'éviter des ennuis ultérieurs en l'emportant.

— Quelque chose m'interpelle, dit Jonah. Je ne comprends pas pourquoi vous avez maquillé le meurtre en suicide tout en essayant de faire porter le chapeau à Aidan.

Greta s'esclaffa.

— Je n'avais pas vraiment décidé de lui faire porter le chapeau, même à ce moment-là. J'avais un côté faible, qui me poussait à vouloir simplement me débarrasser de Zoe. Je pensais que ça suffirait. Mais j'avais des cartes en réserve. Toutes les images que j'avais passé des semaines à télécharger sur son ordinateur, et le tableau, et les empreintes digitales. J'avais encore la possibilité de signaler le vol de ce verrou dans les toilettes. Ça aurait jeté un doute sur les empreintes. J'aurais pu le laisser s'en sortir. Mais c'est cette horrible chrétienne de pacotille, Maeve, qui a pris la décision pour moi. Dès l'instant où Zoe est morte, elle a recommencé à envoyer des textos à Aidan.

— Recommencé ?

— Oh, ils avaient une histoire, précisa Greta d'un ton amer. J'avais cru que ce serait sans lendemain. Un simple baiser quand Aidan était ivre et énervé de s'être fait larguer. Il semblait la tenir à distance. Mais il a accepté de la rencontrer et je voyais que tout allait recommencer. Elle lui faisait du rentre-dedans, encore et encore. Des messages à propos de qui pouvait bien avoir tué Zoe. Elle lui disait qu'ils devraient essayer de trouver l'assassin ensemble, et qu'elle ne croyait pas que c'était lui. J'ai fait de mon mieux pour la prévenir. Certaines des choses qu'elle disait… elle s'approchait un peu trop.

Jonah acquiesça, satisfait de pouvoir enfin attribuer l'agression de Maeve à Greta.

— Merci. J'aimerais que vous nous disiez comment vous êtes devenue Esther.

Le sourire de Greta s'agrandit peu à peu. Elle rayonnait.

— Ça m'a beaucoup amusée. Je savais où Zoe travaillait, et ce n'était pas très difficile de trouver où elle habitait. Je l'ai surveillée pendant des mois, sans qu'elle remarque jamais rien. Quand j'ai décidé qu'elle méritait une punition, je me suis garée devant le Café Gina, et je l'ai suivie jusque chez elle. Je me suis bien mieux débrouillée qu'Aidan ! s'exclama-t-elle avec un petit rire. Je l'avais déjà vue parler à Felix au café, alors j'ai convaincu ce dernier de me laisser entrer dans l'immeuble. Je lui ai dit que je voulais voir mon locataire mais qu'il ne répondait pas à l'interphone. C'était suffisant pour le lancer, et, à partir de là, ça a été vraiment facile de parvenir à mes fins avec lui.

— Vous avez pris son jeu de clés de l'appartement de Zoe, et vous en avez fait un double.

— Des semaines auparavant, oui. Je suis carrément tombée sur lui le jeudi, il vous l'a dit ? Quand je suis allée chercher le couteau et installer le verrou de la salle de bains. J'étais en train de repartir quand je l'ai vu. Il m'a invitée à prendre un thé, sans jamais prendre la peine de réfléchir aux raisons de ma présence… Il était plutôt lent pour un inspecteur, vous savez, dit-elle en se penchant en avant. Il n'a jamais demandé à Esther quel appartement elle possédait, ni pourquoi elle ne venait qu'occasionnellement. Il passait bien trop de temps à parler de lui et de ses problèmes.

— Donc, vous aviez le couteau et les clés, dit Lightman.

— Oui. Je suis rentrée à la maison afin de me changer pour le dîner, et, en chemin, la petite catin m'a fourni toutes les preuves dont j'avais besoin pour confirmer qu'elle méritait la mort. Elle a dû me reconnaître, parce qu'elle s'est mise à me suivre.

— On a des images, dit Jonah. Pouvez-vous nous expliquer ce qui s'est passé ?

— Elle m'a agressée, répondit Greta d'un ton monocorde. Ce pauvre petit cœur brisé s'est jeté sur moi, et je me suis subitement retrouvée à plat ventre sur le trottoir tandis que la petite salope me bourrait de coups de pied. Et vous savez ce qu'elle me disait ? Cette douce créature ? Elle me disait que je lui avais tout pris et qu'elle voulait que je meure. *Elle* m'a dit ça à *moi* !

Il y avait une telle rage sur le visage de Greta, elle semblait si convaincue de la légitimité de sa colère que Jonah en avait froid dans le dos.

— Que s'est-il passé ensuite ? demanda Lightman. Vous avez pris le dessus ?

— Ça n'a pas duré si longtemps que ça. Un passant, un homme assez fort, l'a saisie et l'a écartée de moi. Elle est partie en courant, et j'ai dit à l'homme de ne pas s'inquiéter. J'ai déclaré que c'était quelqu'un de ma famille, quelqu'un d'un peu dérangé, et le type est parti. C'est une bonne chose que les gens ne prennent pas très au sérieux les agressions sur les femmes, vous savez. Parce que si on avait pu établir un lien entre elle et moi, tout était foutu.

Jonah soupira. Il se demandait si Greta était dans le déni de la peine de prison qui l'attendait ou de la gravité de ses actes. Ce n'était pas du tout une « bonne chose » que la police ne soit pas intervenue. Dans le cas contraire, elle n'aurait peut-être jamais tué une jeune femme.

Au bout d'un instant, ce fut Lightman qui reprit la parole.

— Alors, après l'agression, vous êtes rentrée chez vous, puis vous êtes allée assister au dîner de remise des prix ?

— C'est exact. Un événement de ce genre est probablement ce qui se fait de plus pratique pour partir discrètement. J'ai enfilé une robe moulante, suffisamment courte pour qu'elle ne dépasse pas sous mes autres vêtements. J'ai dîné, j'ai remis ma récompense, puis j'ai prétexté un coup de fil à passer. En fait, j'ai pris mon manteau, je suis sortie côté jardin et je suis montée dans le taxi que j'avais commandé. J'ai réussi à prendre le train de 21 h 51 à London Bridge. Avec mon manteau par-dessus ma robe, et mes bottes, j'avais une tenue raisonnablement neutre.

— Puis vous vous êtes changée, dit Jonah. Vous avez mis un survêtement et une casquette.

— Oui. Je me suis changée à la salle de gym, puis j'ai pris mon cabas et je suis allée à pied jusque chez Zoe. Je suis entrée.

Jonah n'avait pas envie d'entendre la suite, mais Greta poursuivit quand même. Le desflurane. Comment le fait que Zoe fût déjà dans son bain lui avait paru un cadeau du ciel.

— Vous ne craigniez pas qu'Aidan vous voie ? demanda Lightman.

— Ne soyez pas stupide ! répliqua-t-elle avec irritation. Je n'aurais pas fait tout ce chemin sans vérifier ça. Je savais que son champ de vision ne dépassait pas le gond de la porte. J'avais téléchargé son petit programme espion et j'avais essayé.

— Vous saviez qu'il serait en train de regarder, alors ?

Jonah était curieux d'entendre sa réponse.

— Je ne le savais pas, dit-elle avec un étrange sourire. Mais je l'espérais.

Elle termina son récit en expliquant qu'elle s'était de nouveau changée, pour avoir l'air d'une femme mal fagotée et plus âgée, et qu'elle était repartie. Jonah se rappelait cette femme dans un énorme manteau, sur les images des caméras de surveillance. Il n'avait eu aucune raison de s'intéresser à elle.

Il songea que toute cette histoire était affaire d'observation. Aidan, qui observait Zoe sans son consentement, et Greta, qui l'observait en train de le faire. Maeve et Victor observaient la relation entre Aidan et Zoe, dont ils tiraient du bon et du mauvais. Les caméras de surveillance, que Greta avait repérées et évitées.

Il se rappela que quelqu'un, un scientifique peut-être, avait dit que rien n'arrive si personne n'est là pour s'en rendre compte, et il sentit qu'il y avait une étrange vérité dans cette phrase.

— Qu'est-ce que vous avez fait du cabas ?

— Je l'ai rempli de vêtements de Zoe et je l'ai placé dans la penderie, répondit Greta en haussant les épaules. Personne n'allait regarder là-dedans, du moins pas immédiatement. J'y suis retournée hier pour le récupérer. Oh, vous devriez passer nourrir le chat. Ce stupide animal était devant la porte quand je suis entrée.

Jonah hocha la tête, en partie à cause de son intelligence, en partie à cause de son arrogance, et en partie à cause de cette bizarre attention envers un animal alors qu'elle venait d'assassiner une jeune femme.

Soudain, Greta redressa la tête.

— Oh, et vous avez retrouvé le tableau ?

— Celui que vous avez volé ? lança Lightman.

— Je ne l'ai pas volé, répondit Greta d'une voix subitement agressive. Dès le moment où elle m'a mise dessus, ce tableau était à moi. Il était à moi ! Il montrait qu'elle méritait ce qui lui était arrivé. Elle m'a mise dessus, elle a effacé mes yeux et elle a montré qu'ils me faisaient du mal ensemble. Ça signifiait qu'elle savait ce qu'elle faisait. Elle savait que chaque instant qu'elle passait avec Aidan me faisait souffrir. Elle pensait simplement que j'étais aveugle. Mais je n'étais pas aveugle, affirma-t-elle d'une voix redevenue normale. Je ne l'ai jamais été.

Ensuite, elle leur avoua que le tableau se trouvait chez elle, dans la chambre d'amis, innocemment accroché à un mur.

— Ça ne m'inquiétait pas que quelqu'un le voie, parce qu'on aurait supposé qu'Aidan l'avait emporté, expliqua-t-elle en souriant. C'était juste une preuve de plus contre lui.

— Mais c'était avant que vous mettiez Aidan à la porte ! s'exclama Lightman. Vous n'aviez pas peur qu'il le voie ?

Greta s'esclaffa en secouant la tête.

— Je pouvais absolument compter sur le fait qu'Aidan respecte sa routine et ne mette jamais les pieds dans cette pièce. Et vous savez, même s'il était entré, je ne pense pas qu'il l'aurait reconnu. Pendant tout le temps qu'il a passé avec Zoe, ils ont à peine parlé de son travail. Je pense qu'elle aurait pu peindre des chats de dessins animés, ç'aurait été pareil. Il s'en moquait tant qu'elle continuait à lui céder.

Lightman éclaircit quelques détails supplémentaires, mais c'était à peu près toute l'histoire. La vérité tout entière et sordide.

— Vous savez, ajouta Greta une fois qu'ils eurent terminé, quand je suis rentrée à la maison, après le dîner, j'étais tellement heureuse de contempler son visage. Je sentais qu'il avait vu quelque chose en essayant d'espionner Zoe, et qu'il était déchiré sur la marche à suivre. C'était tellement bon d'avoir réussi à lui faire ressentir ça.

Hanson avait écouté la déposition de Greta de l'autre côté de la vitre. O'Malley avait fait des allées et venues : il était intéressé, mais pas fasciné, contrairement à elle. Pour lui, tout semblait peut-être trop facile, à présent.

Elle ne partit qu'après que Greta eut expliqué où se trouvait le tableau, parce que l'interrogatoire touchait à sa fin, mais aussi parce qu'elle ressentait une intense colère pour le compte de Zoe.

En sortant de la salle, elle entendit son téléphone sonner sur son bureau. C'était Siku Swardadine. Hanson était contente d'être celle qui avait pris l'appel.

— Je vous contacte parce que l'inspecteur Sheens m'a laissé un message, dit la mère de Zoe, la voix rauque d'émotion. Vous êtes sûre ? Vous êtes sûre que vous les avez ?

— Oui ! répondit Hanson. On en est sûrs. L'inspecteur vous donnera les détails, mais c'est une certitude.

À l'autre bout du fil, le silence se fit, au point que Hanson faillit demander à Siku si elle était toujours là. Mais, alors, elle entendit un souffle rauque.

— Merci. Merci.

— J'espère que ça vous soulage, dit Hanson avant de raccrocher, un peu gênée d'avoir les yeux mouillés.

Elle renifla et essaya de ravaler ses larmes. En levant la tête, elle vit que l'agent Walker, qui revenait visiblement de la cuisine, la regardait. Elle sentit le rouge lui monter aux joues.

— C'était la famille ? demanda-t-il.

— Ouais. Difficile de ne pas compatir.

— Ça craint, admit Walker en hochant la tête. Mais l'affaire étant bouclée, vous pouvez noyer votre chagrin dans un verre.

— J'imagine, répondit-elle en essayant de sourire. Et vous, comment ça se passe ?

— C'est prometteur. Un de mes dossiers de vandalisme devrait passer au tribunal. Alors, on dirait qu'on a tous les deux mérité d'aller au pub ce soir.

Hanson acquiesça avec un sourire indécis. Elle n'était pas certaine d'avoir compris ce qu'il proposait. Peut-être parlait-il simplement d'une sortie en groupe. D'une réunion entre collègues.

Elle salua Lightman de la tête quand il franchit le seuil de la salle d'interrogatoire, puis plongea le nez dans ses dossiers. Mais, vers 19 heures, elle se dit qu'elle devait faire quelque chose. Lightman ne lui avait pas adressé la parole depuis des heures, et elle n'en pouvait plus d'essayer de deviner pourquoi. Peut-être était-il gêné parce qu'elle s'était jetée dans ses bras. Peut-être avait-elle tout gâché.

Quand il se leva pour aller se faire un café dans la cuisine, elle lui emboîta le pas avec un ridicule sentiment d'excitation.

— Hé ! lança-t-elle en arrivant à côté de lui. Walker propose une soirée au pub. Ça te branche ?

Lightman arborait son expression habituelle, amicale mais indéchiffrable.

— Je ferais mieux de m'abstenir, dit-il avec un sourire. Je viens de passer deux jours à me remettre de ma dernière gueule de bois.

— Tu n'es pas obligé de prendre une cuite ! s'exclama-t-elle en essayant d'adopter le ton de la plaisanterie. Moi, je ne vais boire qu'un ou deux verres.

Il leva les yeux vers Walker, puis son regard se perdit un instant dans le vague. Quand il la fixa de nouveau, c'était comme si un économiseur d'écran s'était affiché sur son visage. Comme si Ben s'était mis en veille.

— Allez-y sans moi. Mais merci.

Hanson retourna à son bureau avec une conscience aiguë de chacune de ses enjambées. Elle avait l'impression d'avoir quatorze ans et de traverser la cantine après avoir demandé au garçon le plus populaire du collège de sortir avec elle. Au moins, cette fois-ci, personne ne riait.

Elle passa devant son bureau et poursuivit jusqu'à celui où Walker travaillait encore. Quand il leva les yeux, elle lui fit un grand sourire.

— Prêt pour ce verre, alors ?

Jonah commençait à rassembler la paperasse pour le dossier quand on l'interrompit. Un homme du nom de Richard Hoskins demandait à lui parler. Jonah accepta de le recevoir, sans trop savoir qui était ce type ni ce qu'il avait à lui dire.

En attendant que l'homme se présente, il vit que Michelle lui avait envoyé un texto. Il jeta un coup d'œil à travers sa porte vitrée pour vérifier qu'il avait le temps de le lire, puis il l'afficha.

Elle avait réfléchi et, elle en était sûre, tout cela avait été une erreur de la part de l'un comme de l'autre. Rien n'avait vraiment changé dans leur relation, rien qui puisse la faire fonctionner, et, depuis quelque temps, elle fréquentait quelqu'un de son boulot.

Il eut quasiment l'impression de vivre une nouvelle rupture. Il se fit des reproches. Il était dévasté. Il avait envie de lui dire d'y réfléchir à deux fois.

Mais elle avait raison, ce qui ne rendait pas les choses plus faciles, même si sa propre vie serait plus simple.

Il reposa son téléphone et fit de son mieux pour tout remballer dans ce même geste. Il fallait qu'il se concentre, qu'il mette un terme à cette affaire. Que justice soit rendue à Zoe Swardadine.

Richard Hoskins arriva devant sa porte. C'était un trentenaire aux cheveux gominés avec une veste de cuir trop petite pour lui. Elle bâillait par-dessus sa chemise à motifs.

— Monsieur Hoskins, dit Jonah en lui serrant la main avant de lui désigner le fauteuil de l'autre côté de son bureau.

— Richie, appelez-moi juste Richie.

— Que puis-je faire pour vous ?

— Eh bien, répondit Richie en se grattant l'oreille, ce n'est pas vraiment pour moi. C'est pour ma petite amie. Elle s'appelle Angeline Judd.

Jonah le regarda d'un œil nouveau, surpris qu'Angeline fréquente un homme si peu engageant, en léger surpoids avec au moins dix ans de plus qu'elle et l'accent d'un ouvrier de Portsmouth. Un type avec des vêtements bon marché et une odeur pénétrante d'after-shave.

— Elle a collaboré avec nous dans le cadre d'une enquête pour meurtre, dit Jonah en hochant la tête.

— Je sais, et je suis content qu'elle veuille vous aider ! s'exclama Richie en levant la main. Mais ça lui fait du mal, tout ça. J'aimerais bien qu'on la laisse tranquille pendant un moment.

Jonah acquiesça lentement.

— C'est probablement faisable.

— Je me demande si je devrais vous le dire, mais je l'ai vue, le soir où elle est morte. Zoe.

Jonah repensa aux images des caméras de surveillance.

— Vous l'attendiez devant chez elle, c'est ça ?

— Ouais ! Je crois que je lui ai fait un peu peur. Je ne voulais pas. Je lui ai juste demandé d'appeler Angeline, qui était toute retournée parce qu'elles s'étaient engueulées. Bon, Zoe ne m'a jamais aimé, de toute façon. Je crois qu'elle n'avait pas confiance en moi. Mais, quand même, je ne voulais pas qu'elles s'embrouillent pour rien. Angeline était tellement dépendante de Zoe… Mais, elle n'est plus là, maintenant, ajouta-t-il en baissant la tête.

— Je suis désolé.

— Je sais. Mais ça va aller. Elle va s'en remettre d'une manière ou d'une autre. Je vais faire de mon mieux pour m'occuper d'elle. Et elle a Maeve et les autres filles de son cours, ajouta-t-il en soupirant. C'est terrible à dire, mais, d'une certaine façon, ça va lui faire du bien. Je crois que cette dépendance envers Zoe n'était pas bénéfique.

— Peut-être pas, dit Jonah en se levant. Vous n'avez pas besoin de vous inquiéter, monsieur Hoskins. L'assassin de Zoe a été arrêté.

— Oh ! s'exclama Richie en se levant à son tour. C'est bien. C'est vraiment bien, ça. Je vais le dire à Angeline.

Avant de sortir, il se retourna.

— Ce n'était pas un des amis d'Angie, non ?

— Non, répondit Jonah avec un sourire. Ce n'était pas un de ses amis.

— Bien ! lança Richie avec un petit salut. Alors, bonne chance !

Hanson et Walker avaient mis en balance quelques idées de pubs avant d'opter pour le bar à vin de Bedford Place, que Hanson avait suggéré parce qu'il avait un parking. Si jamais elle finissait par boire plus d'un verre, elle voulait pouvoir laisser sa voiture sans prendre d'amende.

Au poste, Walker était prêt à partir, alors, en mettant son manteau, Hanson lui dit qu'elle le retrouverait là-bas, et elle alla frapper à la porte du bureau de Sheens. L'inspecteur regardait son écran avec une expression distante.

— À demain ! lança-t-elle.

Il lui adressa un regard vide, puis acquiesça subitement.

— Très bien ! Je ne vais pas rester très longtemps. Je veux simplement mettre au propre mes notes de la journée.

— Félicitations pour tout ça ! dit Hanson.

— À vous aussi.

Puis, tandis qu'elle s'en allait, il ajouta :

— Vous avez fait un super boulot, soit dit en passant. Et particulièrement sur le tableau. Vous aviez tapé dans le mille.

— Sauf que je pensais que c'était Maeve, répliqua-t-elle d'un ton ironique.

Sheens haussa les épaules.

— À un moment, j'ai cru que c'était Felix, et, plus tard, peut-être Angeline. C'est comme ça. Ça ne veut pas dire que vous n'avez pas fait du bon boulot.

— Merci, souffla-t-elle avec un sourire réticent. J'apprécie.

— Oh, et j'ai voulu creuser l'histoire du type qui était devant chez vous, samedi. Pour voir s'il s'agissait bien de Victor Varos. Eh bien, il semblerait que ce n'était pas lui. Quand je lui en ai parlé, après tout le reste, il avait sincèrement l'air perplexe. Il m'a répondu qu'il était au cinéma, et j'ai fait vérifier. On dirait bien que c'est vrai.

— Oh ! s'écria Hanson.

Mais, comme, en ce moment, tout semblait prendre forme et devenir plus clair, elle n'eut pas l'impression que ce détail avait de l'importance.

— Je voulais simplement que vous le sachiez, reprit calmement Sheens. Pour que vous réfléchissiez à qui cela pourrait être d'autre. Et, vous savez… si ça peut poser un problème.

Sheens la regardait droit dans les yeux, et pour une raison ou pour une autre, elle se sentit gênée.

— Eh bien, je vais y réfléchir. Ce n'est probablement rien, ajouta-t-elle avec un petit sourire.

Ce n'est qu'une fois dehors qu'elle se mit à penser à cette silhouette, et qu'elle se rappela un message que Damian lui avait envoyé des mois auparavant.

Je suis devant chez toi…

31

Huit mois plus tard

Maeve était en avance. Vraiment tout à fait en avance. Les tables à prosecco étaient intactes sur la pelouse, leurs nappes blanches voletant presque tristement sous la brise, tandis qu'une serveuse en gilet et nœud papillon noir, accroupie à côté de l'une d'elles, remuait des bouteilles dans un seau de glace.

Maeve était fière de sa ponctualité. Elle s'était comportée comme Zoe l'aurait fait.

Elle sortit son téléphone de son sac à main et regarda si Angeline ne lui avait pas envoyé de texto. Un peu plus tôt, celle-ci lui avait dit qu'elle arriverait avec Richie dans vingt-cinq minutes. Il ne lui restait plus qu'à donner à manger à Monkfish avant de partir.

Le voisin de Zoe avait fini par remettre la main sur son chat, et avait proposé de le donner aux parents de Zoe. Ceux-ci avaient suggéré de le confier plutôt à l'une des filles, et Maeve avait été soulagée qu'Angeline accepte avec enthousiasme. Elle ne voulait pas de ce lien. Avec l'année qui venait de s'écouler, Maeve sentait qu'elle avait besoin de voyager. Pas pour se découvrir, mais plutôt pour se perdre. Pour enterrer tout ça dans un lieu inconnu et ne plus jamais l'exhumer.

En fait, Angeline lui renvoya un message : elle serait là dans dix minutes. Maeve disposait encore de quelques instants de solitude.

Elle prit un verre sur une table en souriant d'un air reconnaissant avant que la serveuse ne puisse lui dire que le bar n'était pas encore ouvert, puis elle se retourna pour contempler la nouvelle aile en se demandant ce qu'elle était censée ressentir. En effet, c'était un beau bâtiment, un mélange de pierre de taille et de verre qui se mariait bien avec l'école d'art, tout en l'éclipsant. Même la bibliothèque circulaire entourée de douves, pensa Maeve.

Elle était follement contente que l'aile porte le nom de Zoe, même si elle éprouvait un ardent sentiment d'injustice quand elle songeait que son amie n'avait connu le site qu'en chantier. Elle n'avait pas vécu assez longtemps pour voir la fin des travaux, tout ce verre et toute cette pierre blanche, ces pelouses récemment plantées et ces parterres de pivoines et de roses qui n'étaient encore ni fanés ni luxuriants. Elle ne saurait jamais que ses parents avaient comblé de leur poche le déficit lorsque les coûts de construction avaient dépassé le budget initial.

Zoe aurait pu y être en personne, et non uniquement dans la mémoire des invités, juste une étudiante de plus qui serait venue assister à l'inauguration et boire du prosecco à l'œil. C'était le genre de manifestation qui lui allait si bien, parfaite pour son caractère chaleureux et sa bonne humeur chronique, si contagieuse.

Maeve tenta de faire passer le sentiment d'injustice avec une gorgée de prosecco. En baissant son verre, elle vit que quelques personnes commençaient à arriver. Un couple habillé comme pour un mariage. Une silhouette avachie en veste sombre et chemise sans cravate.

Soudain, le cœur de Maeve se serra. C'était Victor ! Victor qui ne lui avait pas adressé la parole depuis bientôt huit mois. Victor qui l'avait refoulée quand elle était venue au café avec Angeline, pendant l'étrange période avant le procès.

Les mots qu'il avait prononcés étaient gravés dans sa mémoire ; elle les entendait aussi clairement aujourd'hui que ce jour-là.

— Qu'est-ce que tu fous ici ? On n'a rien à se dire ! Sans Zoe, on n'a plus aucune raison de se parler.

Elle se rappelait la douleur terrible qu'elle avait ressentie. L'humiliation. Le sentiment aigu d'injustice. Au lieu de lui répondre, comme l'aurait fait la Maeve d'avant, elle était restée figée dans le silence.

C'était Angeline qui était intervenue. La timide Angeline avait passé un bras autour des épaules de Maeve en traitant Victor de connard.

— Je me fous que tu sois en deuil, avait dit Angeline. Tu n'as pas le droit de lui faire du mal ainsi ! Elle a déjà eu pas mal de merdes à encaisser. Et, personnellement, tu peux aller t'isoler et te rendre dingue dans ton coin, je m'en fous. En fin de compte, tu seras le seul à en souffrir.

Elle avait conduit Maeve à l'extérieur, gentiment mais avec détermination, et lui avait frotté le dos quand elle s'était mise à pleurer. C'était la première fois, mais certainement pas la dernière, que Maeve avait vu Angeline montrer une force dont elle n'aurait jamais soupçonné l'existence.

Elle jeta un nouveau coup d'œil à son téléphone, puis balaya la pelouse des yeux en espérant voir Angeline et Richie. C'était triste, mais elle ne voulait pas se retrouver toute seule face à Victor.

Elle lui tourna le dos et se dirigea de nouveau vers la table à prosecco en vidant son verre en chemin, afin de pouvoir en prendre un autre.

Elle s'y trouvait toujours – elle avait bu la moitié du suivant –, quand elle entendit sa voix.

— Maeve, dit-il quelque part derrière son épaule gauche. Je suis désolé. Ce que j'ai dit… c'était une connerie. J'ai été… j'ai été horrible.

Elle se sentit obligée de le regarder. Son expression était méconnaissable. Empreinte de douceur. Ouverte. Sa colère, en le quittant, avait fait de lui quelqu'un d'autre.

Elle acquiesça. Elle savait qu'elle était censée dire quelque chose. Elle aurait voulu lui avouer qu'elle comprenait. Elle aurait aussi voulu lui confier qu'elle avait traversé des choses vraiment affreuses, et que ce n'était pas juste.

En fin de compte, elle lui adressa un petit sourire en coin.

— Ouais ! s'exclama-t-elle. C'est vrai ! Mais pourquoi rompre les habitudes de toute une vie ?

Une vingtaine de minutes plus tard, Angeline et Richie étaient arrivés, Angeline avait engueulé Victor puis lui avait pardonné, et Maeve avait essayé de ne pas pleurer en embrassant tour à tour les deux parents de Zoe. Puis on les avait tous appelés pour assister à l'ouverture officielle de l'aile Zoe Swardadine. On avait demandé à Siku de prononcer quelques mots, et, contrairement à tous les orateurs que Maeve avait rencontrés jusque-là, elle s'était vraiment contentée de quelques mots.

— J'étais tellement en colère que Zoe ne soit pas ici pour voir ça, et qu'elle ait manqué tant de choses qui auraient pu faire partie de sa vie. Mais, en vous voyant tous ici aujourd'hui, c'est... Je me rends compte que sa vie était merveilleuse. Vous êtes si nombreux ici à en avoir fait partie, et je tiens à vous remercier pour chaque moment de bonheur que vous lui avez donné. Je suis fière d'être ici aujourd'hui.

Elle rejoignit son mari, et tous deux coupèrent ensemble le grand ruban blanc qu'on avait tendu en travers de la porte. Maeve applaudit et suivit des yeux le ruban quand il tomba à terre. Elle ne pouvait s'empêcher de penser qu'il brillait comme un jet de peinture chatoyant.

REMERCIEMENTS

La liste des personnes envers qui un auteur a une dette est toujours bien plus grande que ce qu'il ou elle aurait cru possible. J'espère qu'aucun de ceux qui m'ont aidée à relever les problèmes et les défis de ce livre ne passera entre les mailles.

Pour commencer, merci à tous les merveilleux représentants de Penguin Random House, qui ont travaillé infatigablement pour soutenir mon précédent roman. Sans eux, jamais – doux euphémisme – *Je t'attends* n'aurait fait tout ce chemin. J'avais fait le rêve de voir mes livres sur les rayonnages des librairies ; vous en avez fait une réalité, et c'est ce qu'il y a de plus beau.

À tous les merveilleux membres de Girton Players, pour une bonne décennie de soutien et pour avoir mis de la vie dans toutes les pièces que j'ai écrites. Et particulièrement à Dave et Yvonne Peat, Helen Wilson, Paul Malpas, Maggie Phillips et à la mémoire de Richard « Bobdog » Austin. Vous étiez les meilleures personnes auprès de qui apprendre l'art d'écrire une pièce. Je vous suis tellement reconnaissante !

À Catherine Wood, Lucy Beresford-Knox et aux autres étonnants membres de l'équipe des cessions de droits de Penguin, qui ont emporté mes mots vers un nombre stupéfiant de pays et de langues magnifiques.

À Jennie Ronan et son œil d'aigle, à Beatrix McIntyre et sa patience incroyable, qui m'ont toutes deux épargné une honte énorme en éditant et en relisant mon texte. Mieux encore, pendant tout le processus, vous avez fait en sorte que je ne me sente pas stupide, ce qui révèle un véritable savoir-faire.

À Chris Haines, qui s'est montré non seulement volontaire, mais aussi merveilleusement disponible pour mes questions sur la police. (S'il demeure quelques erreurs, je présente mes plus plates excuses. Elles sont évidemment de mon fait.)

À Pa, Sandy et Nicky Lodge, les trois premières paires d'yeux qui se sont posées sur le manuscrit, et qui m'ont aidée à ne pas m'éparpiller.

À Claire Bush et Ella Watkins, qui ont veillé à ce que mes livres soient lus par bien plus de gens que je ne l'aurais cru possible en restant des personnes adorables, tout simplement.

À la merveilleuse Sarah Houtermann, mon éditrice allemande, qui est géniale. Ton soutien m'a stupéfiée, et j'ai adoré travailler de nouveau avec toi !

À Joel Richardson, à son immense intelligence et sa perspicacité, qui ont rendu chacun de mes livres tellement meilleur, et avec qui c'est un plaisir absolu de collaborer. Le travail sur le deuxième livre a été aussi amusant que je l'escomptais. Un gigantesque merci.

À Felicity Blunt, mon extraordinaire agente que j'adore, la fée marraine officielle de ma vie et un pitre absolu. Tu es à l'origine de chaque bonne décision et de chaque étape majeure de cette incroyable histoire.

Et, finalement, à Rufus, pour la joie, les distractions, les discussions qui remontent le moral (principalement à propos de *Minecraft*, mais bon !), et pour avoir manifesté un tel enthousiasme quand je te lisais mon texte. Dans le prochain, j'essaierai d'inclure davantage de contenu adapté aux enfants.

Cet ouvrage a été imprimé en France par
CPI Bussière
Z.I. rue Pelletier Doisy
18200 Saint-Amand-Montrond (France)

pour le compte des Éditions Fayard
13 rue du Montparnasse, 75006 Paris
info-fayard@editions-fayard.fr
en septembre 2025

Composition réalisée par
Belle Page

PAPIER CERTIFIÉ

fayard s'engage pour
l'environnement en réduisant
l'empreinte carbone de ses livres.
Celle de cet exemplaire est de :
900 g éq. CO_2
Rendez-vous sur
www.fayard-durable.fr

Dépôt légal : août 2024
N° d'édition : 78-3097-5/01 - N° d'impression : 2086152